COLLECTION « BEST-SELLERS »

JOY FIELDING

LOST

roman

Traduit de l'américain par Christine Bouchareine

ROBERT LAFFONT

Titre original : LOST
© Joy Fielding, Inc., 2003
Traduction française : Éditions Robert Laffont, S.A., Paris, 2006

ISBN 2-221-10272-X
(édition originale : ISBN 0-7434-4629-1 Atria Books, New York)

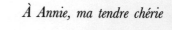

À Annie, ma tendre chérie

1.

La matinée commença, comme souvent, par une dispute. Plus tard, quand Cindy devrait se rappeler l'ordre précis des événements, la façon dont la situation lui avait échappé, elle aurait bien du mal. Y compris à retrouver la raison de sa querelle avec sa fille aînée. Le chien, la douche, le prochain mariage de sa nièce, tout lui paraîtrait alors ridicule, futile. Au fond, rien de très extraordinaire à ses yeux ne s'était produit. C'était un jour normal, au début.

(Retour sur images : Cindy, vêtue du peignoir en éponge vert et bleu qu'elle a acheté juste après le départ de Tom, émerge de sa chambre en se frictionnant les cheveux ; Julia, drapée dans une serviette à rayures jaunes et blanches, arpente rageusement le palier devant la porte de la salle de bains, un mètre quatre-vingts de colère sous pression ; Elvis, le terrier irlandais abricot perpétuellement crasseux, bondit autour d'elle. Il est arrivé en même temps que Julia, quand elle est revenue vivre à la maison.)

Julia tambourina à la porte.

— Heather, bon sang, qu'est-ce que tu fiches là-dedans ?

— Je crois qu'elle se douche !

Cindy se mordit aussitôt les lèvres. Elle avait encore perdu une bonne occasion de se taire.

Les yeux de Julia la fusillèrent sous la masse de cheveux blonds qu'elle s'entêtait à lisser pour leur faire perdre leur ondulation naturelle.

— Sans blague !

Cindy n'en revenait pas que ces deux mots pussent contenir autant de venin, de mépris.

— Elle va bientôt sortir.

— Y a déjà plus d'une demi-heure qu'elle est là. Je n'aurai plus d'eau chaude.

— Mais si, voyons !

Julia s'acharna sur la porte.

— Julia, ça suffit, tu vas finir par la casser.

— N'importe quoi ! rétorqua-t-elle en frappant de plus belle.

— Julia...

— Maman...

Match nul. À l'image de leurs relations depuis le deuxième anniversaire de Julia, quand la fillette avait commencé par refuser de porter la robe blanche à froufrous que Cindy lui avait achetée pour l'occasion. Puis ensuite d'assister à sa fête. La mère avait fini par céder.

Dix-neuf années s'étaient écoulées. Rien n'avait changé.

— Tu as sorti le chien ? demanda Cindy.

— Et quand aurais-je eu le temps de le faire ?

Cindy ignora le sarcasme.

— Quand tu t'es levée. Comme convenu.

Julia leva au ciel ses grands yeux verts.

— Nous avions conclu un marché, insista Cindy.

— Je le sortirai plus tard.

— Il a été enfermé toute la nuit. Il doit être pressé.

— Il attendra.

— Je ne veux plus d'accident.

— Tu n'as qu'à le sortir toi-même.

— Tu es vraiment têtue !

— Tu es vraiment scato !

— Julia...

— Maman...

Match nul.

Julia abattit de nouveau la main sur le battant.

— Maintenant, tu sors de là !

Le coup sur la porte fit à Cindy l'effet d'une gifle. Elle porta inconsciemment la main à sa joue.

— Arrête, Julia. Elle ne peut pas t'entendre.

— Elle le fait exprès. Elle sait que j'ai une audition importante aujourd'hui.

— Ah bon?

— Oui, pour le nouveau film de Michael Kinsolving. Il doit venir au festival et en profitera pour auditionner les jeunes talents de Toronto.

— C'est magnifique!

— C'est papa qui a tout organisé.

Cindy, les dents serrées, se força à sourire.

— Si tu voyais ta tête! (Julia imita la mine coincée de sa mère.) Si tu dois tomber en catalepsie chaque fois que je mentionne papa...

— Mais pas du tout!

— Votre divorce remonte à sept ans, maman. Il serait temps de t'en remettre.

— Je t'assure que je m'en suis totalement remise.

Julia haussa ses sourcils finement épilés d'un air dubitatif.

— Bref, ils cherchent une inconnue, ce qui veut dire que n'importe quelle fille d'Amérique du Nord peut se présenter. Heather, pour l'amour du ciel! hurla-t-elle en entendant la douche s'arrêter. Tu n'es pas la seule à vivre ici, tu sais!

Cindy contempla l'épaisse moquette beige à ses pieds. Il y avait moins d'un an que Julia avait décidé de revenir vivre avec sa mère et sa sœur, après avoir passé sept années chez son père. La nouvelle femme de son ex-mari avait fait clairement comprendre à sa fille aînée que leur luxueux appartement de cinq cents mètres carrés, au bord du lac, était trop petit pour eux trois. Julia avait tout aussi clairement signifié à sa mère que son retour n'était que temporaire : elle emménagerait dans son propre appartement dès qu'elle en aurait les moyens, c'est-à-dire quand elle serait lancée. Cindy était si contente de la voir revenir, de pouvoir rattraper les années perdues, que même la vue du chien inondant le tapis n'avait pu entamer son enthousiasme. Elle l'avait accueillie les bras ouverts, le cœur débordant de gratitude.

Derrière elles, la porte d'Heather s'ouvrit et une adolescente ensommeillée, perdue dans une immense liquette violette imprimée de petits cœurs blancs, sortit dans le couloir, en clignant les yeux. De ses longs doigts délicats, elle repoussa les boucles brunes de son visage à la Botticelli, puis elle frotta son nez retroussé, couvert de taches de rousseur.

— C'est quoi ce vacarme ? demanda-t-elle tandis qu'Elvis lui faisait la fête et sautait en essayant de lui lécher le menton.

— Oh, pour l'amour du ciel, Duncan ! (Julia donna un coup de pied dans la porte.) Bouge ton petit cul minable !

— Julia...

— Maman...

— Il n'a rien de minable, son petit cul ! protesta Heather.

— Dire que je vais être en retard à mon audition parce que le crétin de jules de ma sœur se sert de ma douche.

— Ce n'est pas ta douche, ce n'est pas un crétin et il habite ici depuis plus longtemps que toi ! rétorqua Heather.

— Ça, c'était une grosse erreur !

Julia lança un regard accusateur à sa mère.

— Qui a dit ça ?

— Papa.

Les lèvres de Cindy dessinèrent automatiquement le sourire que déclenchait toute allusion à Tom.

— Je t'en prie, ce n'est pas le moment.

— Fiona non plus ne comprend pas ce qui t'a pris de le laisser s'installer ici, persista Julia.

— J'espère que tu as répondu à cette pauvre simple d'esprit de s'occuper de ses oignons.

Les paroles avaient jailli sans qu'elle ait pu les retenir.

— Maman !

Heather écarquilla les yeux d'inquiétude.

— Vraiment, maman ! s'exclama Julia, les yeux levés au ciel.

Le « vraiment » fit déborder le vase. Il frappa Cindy en plein cœur et elle dut s'appuyer contre le mur.

Elvis, comme s'il tenait à donner son opinion, leva la patte et arrosa la porte de la salle de bains.

— Oh, non !

Cindy se retourna furieuse vers sa fille aînée.

— Ne me regarde pas avec ces yeux-là. C'est toi qui lui as fait peur en hurlant.

12

— Tu as intérêt à nettoyer.

— Je n'ai pas le temps. Mon audition est à onze heures.

— Il est huit heures et demie !

— Tu as une audition ? demanda Heather.

— Michael Kinsolving profite de son passage au Festival du film pour auditionner de jeunes comédiennes. C'est papa qui a organisé ça.

— Génial ! dit Heather tandis que les lèvres de Cindy dessinaient à nouveau un sourire figé.

La porte de la salle de bains s'ouvrit et, dans un nuage de vapeur, un grand échalas sortit, vêtu d'une serviette nouée autour des reins ; ses cheveux bruns trempés tombaient sur ses yeux espiègles. Il leur décocha un petit sourire et plongea vers la chambre qu'il partageait avec la fille cadette de Cindy, depuis bientôt deux ans. Évidemment, au départ, il devait occuper la chambre d'amis à l'entresol. Pendant trois mois, Cindy avait feint d'ignorer que, dès qu'elle s'endormait, Duncan montait rejoindre Heather. Puis, peu à peu, tout le monde avait cessé de faire semblant. Sans qu'aucune allusion ait été faite à ce changement.

En réalité, qu'Heather et Duncan couchent ensemble ne dérangeait pas Cindy. Elle aimait sincèrement Duncan, qui se montrait à la fois attentionné et très utile dans la maison. Il avait même réussi à garder son flegme et sa bonne humeur après l'arrivée tempétueuse de Julia. Duncan et Heather étaient des enfants gentils et responsables. Ils se fréquentaient depuis leur première année d'université et avaient toujours parlé mariage.

C'était uniquement ça qui contrariait Cindy.

Quand elle les regardait lire leur journal au petit déjeuner, (lui prenait des céréales au miel, elle du muesli à la cannelle), il lui arrivait de les trouver presque trop bien ensemble, déjà installés dans leur couple. Elle s'étonnait que sa fille se contente d'une vie aussi casanière et se demandait si ce n'était pas la conséquence de son divorce.

— Pourquoi est-elle si pressée de se mettre la corde au cou ? Elle n'a que dix-neuf ans. Elle est à l'université. Elle devrait au contraire s'éclater, avait-elle récemment confié à ses amies. Sinon quand le fera-t-elle ? avait-elle poursuivi, en dépit de leurs mines choquées.

Elle-même pouvait compter sur les doigts d'une main ses aventures depuis le divorce, dont deux juste après la décision brutale de Tom de la quitter pour une autre. Il avait d'ailleurs abandonné cette histoire sitôt le jugement prononcé... Sept ans à passer d'une fille à l'autre, chacune plus jeune et plus idiote que la précédente. Une douzaine au moins. Treize à la douzaine, songea-t-elle, la mâchoire à nouveau crispée. Jusqu'à l'arrivée de Fiona, la benjamine du lot. Une dinde. Insensé, elle avait à peine huit ans de plus que Julia! Il l'avait prise au berceau! Ce n'était même pas une dinde, c'était une bécasse.

— Maman? demanda Heather.

— Hein?

— Tu te sens bien?

— Madame Carver?

Duncan réapparut au côté d'Heather. La serviette avait été remplacée par un jean délavé. Le jeune homme enfila un T-shirt bleu marine sur son torse glabre encore humide.

— Ça ne va pas? Vous avez l'air bizarre.

— Elle pense à mon père, soupira Julia.

— Quoi? Jamais de la vie!

— Alors, pourquoi ce sourire tendu?

Cindy prit une profonde inspiration et essaya de desserrer les mâchoires.

— Je croyais que tu étais pressée de prendre ta douche.

— Il n'est que huit heures et demie, répondit Julia tandis qu'Elvis se mettait à aboyer.

— Qui veut faire une promenade? demanda aussitôt Duncan.

Le chien partit en trombe devant lui alors que le téléphone se mettait à sonner.

— Si c'est Sean, je ne suis pas là, annonça Julia.

— Pourquoi appellerait-il sur ma ligne? s'étonna Cindy.

— Parce que je ne veux plus lui répondre sur la mienne.

— Pourquoi?

— J'ai rompu avec lui et il ne veut pas l'accepter. Je ne suis pas là.

— Et toi? plaisanta Cindy en se tournant vers sa fille cadette. Tu es là?

— Oui, mais je n'ai aucune intention de parler à Sean.

— Je reviens dans vingt minutes, lança Duncan depuis la porte d'entrée.

Le meilleur de mes enfants, pensa Cindy en décrochant le téléphone, sur sa table de nuit.

— Allô.

— C'est moi.

Cindy se laissa tomber sur son lit défait, la nuque soudain prise dans un étau.

— C'est Sean? chuchota Julia.

— Leigh! répondit Cindy en couvrant le micro.

Julia leva les yeux au ciel et tourna un regard déçu vers la fenêtre. Dehors, le soleil matinal de la fin août donnait une illusion de paix et de tranquillité.

— Pourquoi chuchotes-tu? demanda la sœur de Cindy à l'autre bout du fil. Tu es malade ou quoi?

— Je vais très bien. Et toi? Tu appelles horriblement tôt.

— C'est peut-être tôt pour toi, mais moi je suis debout depuis six heures.

Cindy à son tour leva les yeux au ciel. Leigh avait érigé en art la rivalité entre sœurs. Si Cindy était debout depuis sept heures, Leigh prétendait s'être levée à cinq; Cindy avait mal à la gorge, Leigh avait mal à la gorge et de la fièvre. Cindy avait mille choses à faire, sa sœur en avait mille et une!

— Ce mariage me tuera, gémit-elle. Tu n'imagines pas le travail que ça me donne.

— Je croyais que tout était réglé. (Leigh préparait le mariage de sa fille depuis que celle-ci avait eu cinq ans.) Quel est le problème?

— Notre mère me rend folle.

Cindy sentit son mal de tête s'étendre d'un coup du haut de la colonne vertébrale à l'arête du nez. Elle essaya de se représenter sa sœur, trois ans et cinq centimètres de moins qu'elle, huit kilos de plus, mais elle n'arrivait pas à se souvenir de la couleur de ses cheveux. La semaine précédente, ils étaient d'un beau brun profond, celle d'avant d'un rouge carotte inquiétant.

— Qu'a-t-elle encore fait? s'enquit-elle à contrecœur.

— Sa tenue ne lui plaît pas.

15

— Qu'elle en change !

— C'est trop tard. La satanée robe est déjà prête. D'ailleurs nous devons faire nos derniers essayages cet après-midi. Il faut que tu viennes.

— Moi ?

— Tu dois lui dire qu'elle est fabuleuse. Toi, elle te croira. Et puis, je suis sûre que tu as envie de voir Heather et Julia habillées en demoiselles d'honneur ?

Cindy tourna brutalement la tête vers Julia, qui regardait toujours dehors.

— Heather et Julia ont un essayage cet après-midi ?

— Sûrement pas ! s'exclama Julia. Je n'irai pas. Je déteste cette robe !

— À quatre heures. Et pas question d'être en retard, continua Leigh, sans se soucier de la réaction de sa nièce.

— Je ne porterai jamais une horreur pareille, continua Julia en arpentant le couloir. Avec tout ce violet, je ressemble à une grappe de raisin géante.

— Tu peux compter sur les filles, promit néanmoins Cindy, et Julia leva les bras au ciel. Quant à moi, j'ai un terrible mal de crâne qui commence...

— Arrête, moi, j'ai la migraine depuis deux jours. Écoute, j'ai mille choses à faire. Je te verrai à quatre heures.

— Je n'irai pas, dit Julia tandis que sa mère raccrochait.

— Tu ne peux pas y couper. Tu fais partie des demoiselles d'honneur.

— Je suis prise.

— C'est ma sœur.

— Tu n'as qu'à la mettre, toi, sa foutue robe !

— Julia...

— Maman...

Julia pivota sur les talons, disparut dans la salle de bains et claqua la porte derrière elle.

(Flash-back : Julia titube sur ses jambes potelées et enfouit son visage contre le ventre de sa mère, enceinte, qui lui lit une histoire ; Julia, neuf ans, montre fièrement ses deux bras plâtrés après une chute de bicyclette ; Julia, treize ans, une tête de plus que sa mère, refuse de présenter des excuses à sa sœur qu'elle vient d'insulter ; Julia, l'année suivante, fourre ses vêtements dans la nouvelle valise Vuitton que son père lui a achetée et monte dans la BMW, abandonnant derrière elle son enfance... et sa mère.)

Plus tard, Cindy se demanderait si ces images étaient prémonitoires du désastre qui les guettait. Avait-elle soupçonné, en regardant Julia disparaître derrière la porte claquée, que ce serait la dernière vision qu'elle aurait de sa fille ?

Sans doute pas. Comment aurait-elle pu deviner ? Il était bien trop tôt pour songer que les malheurs, comme les grands fléaux, naissent parfois de petits riens. C'est seulement rétrospectivement que certains faits anodins paraissent déterminants. Mais sur le moment, le matin de la disparition de Julia lui parut semblable aux autres ; l'accrochage, un simple épisode de leur mésentente permanente. Cindy n'avait aucune raison d'accorder une importance particulière à l'incident. Sa fille lui avait toujours mené une vie infernale. Rien de nouveau !

Julia...
Maman...
Match nul.

2.

— J'ai rencontré un homme merveilleux.

Cindy dévisagea son amie de l'autre côté de la table. Trish Sinclair était un exemple de sophistication naturelle et de grâce éternelle. Elle n'aurait pas dû être belle, et pourtant elle l'était : un visage taillé au couteau, des traits à la Modigliani accentués par une chevelure d'un noir extraordinaire, qui tombait en boucles spectaculaires sur des épaules osseuses, et un généreux décolleté, qu'on devinait dans l'échancrure d'un chemisier jaune vif.

— Tu es mariée, lui rappela Cindy.

— Il n'est pas pour moi ! Il est pour toi.

Cindy rentra la tête dans les épaules, tendit le visage vers le soleil et inspira lentement. Comme tous les ans, Trish avait invité ses deux amies Meg et Cindy, autour de quelques sandwiches au thon et d'un verre de chardonnay. Elles devaient choisir les films qu'elles iraient voir au prochain festival. La journée était d'une douceur idéale même si l'air sentait imperceptiblement l'automne. On ne pourrait bientôt plus manger dehors.

— Ça ne m'intéresse pas, répondit Cindy.

— Écoute-moi avant de dire non.

— Je croyais que nous devions parler de cinéma.

Cindy se tourna vers son amie Meg pour l'appeler à l'aide. Meg Taylor, proche de la cinquantaine, était aussi blonde et plate que Trish était brune et voluptueuse. Assise à l'autre bout du banc, vêtue d'un jean coupé et d'un débardeur à rayures rouges et blanches, elle était plongée dans la lecture de l'impressionnant catalogue du festival.

— Le dernier film de Patricia Rozema n'a pas l'air mauvais, dit-elle de sa petite voix flûtée.

— À quelle page ? demanda Cindy, ravie de la diversion.

La dernière rencontre organisée par Trish s'était soldée par un désastre. Une soirée conflictuelle avec un juge trois fois divorcé. Au dernier moment il s'était penché vers Cindy pour un petit baiser de conciliation sur la joue, croyait-elle. En fait il l'avait embrassée en plongeant sa langue si profondément dans sa bouche qu'elle avait pensé, fugitivement, qu'il lui faudrait l'aide d'un plombier pour s'en débarrasser !

— Présentation spéciale, répondit Meg. Page 97.

Cindy feuilleta aussitôt le programme.

— Mise en scène élégante et interprétation subtile, lut Meg. Ce qui nous impressionne le plus dans la nouvelle réalisation de Rozema...

— C'est elle qui fait des films sur les lesbiennes, non ? la coupa Trish.

— Tu crois ?

Le regard de Cindy rebondissait entre ses deux meilleures amies. Cindy et Meg étaient inséparables depuis le cours préparatoire ; Cindy et Trish s'étaient liées d'amitié devant le stand Clinique, chez Holt, dix ans auparavant.

— *Mansfield Park* ne parlait pas de lesbiennes, protesta Cindy, songeant que ses deux amies n'avaient pas beaucoup changé au fil des années.

— Il y a des connotations lesbiennes, insista Trish.

— Voyons, c'est inspiré d'un livre de Jane Austen, lui rappela Meg.

— N'empêche qu'il y a vraiment des allusions.

— Et alors ?

— Je ne veux pas de lesbiennes cette année.

— Comment ça ?

— J'ai eu ma dose. Nous avons vu assez de films sur le problème l'an dernier.

Cindy éclata de rire.

— Tu as un quota pour les lesbiennes ?

19

— Et ça inclut les homosexuels ?

Meg prit une pomme verte et mordit bruyamment dedans.

— Oui. (Trish repoussa une grosse mèche de son front et ajusta son petit pendentif en diamant en forme de cœur.) Ils me fatiguent aussi.

— Eh bien, voilà la moitié des films éliminés.

Cindy but une gorgée de vin et la garda en bouche, tout en savourant la chaleur du soleil de fin août sur ses joues.

Une année s'était écoulée, pensait-elle, depuis le précédent Festival international de Toronto. Le prochain approchait. Et dans l'intervalle il n'y avait pas eu de nouveautés, en dehors du retour de Julia à la maison.

Mais depuis, plus rien n'était comme avant.

— Il te plaira beaucoup, dit soudain Trish, sautant du coq à l'âne.

Quoique, à la façon dont elle se penchait sur la table, on sentît qu'elle guettait l'occasion de relancer le sujet.

— Il est brillant, drôle et séduisant.

Cindy regarda une procession de nuages passer au-dessus de sa tête. Ils s'effilochèrent et s'étalèrent dans le ciel comme des toiles d'araignées.

— Je t'ai déjà dit que ça ne m'intéresse pas.

— Il s'appelle Neil Macfarlane. C'est le nouveau comptable de Bill. Nous avons dîné avec lui hier soir : il est beau à se pâmer ! Je te jure. Tu l'adoreras.

— À quoi ressemble-t-il ? s'intéressa Meg.

— Grand, mince, vraiment beau garçon.

— Et que diriez-vous de *Le vent nous emportera* ? proposa Cindy, ignorant leur conversation. Page 257.

Trish laissa échapper un grognement tandis que Meg feuilletait son programme à la recherche de la page concernée.

Meg faillit s'étrangler avec sa pomme.

— Tu plaisantes, j'espère ! Un film iranien ! Aurais-tu oublié *Caravan to Heaven* ?

— Ce n'était pas le film où un chameau s'enlise dans le sable et où ils mettent trois heures à le sortir ?

Trish grimaça en y repensant.

— Exactement.

— Oublions l'Iran.

— Et la France ? demanda Cindy.

— Oh, non ! Ils ne font que manger et parler dans les films français, dit Meg.

— Parfois, ils font l'amour, remarqua Trish.

— Ouais, ils parlent en faisant l'amour, insista Meg.

— Alors on élimine la France ? (Le regard de Cindy alla de Meg à Trish.) Et celui-là ? *Night Crawlers.* Page 316. Film suédois. On a quelque chose contre eux ?

Meg souleva le gros catalogue et lut à haute voix comme si elle était à l'école.

— Le long métrage dépeint courageusement les aspects sordides de la vie de banlieue. Sans concession et...

— Attends, la coupa Trish. Qu'avions-nous dit que signifiait « sans concession » ?

— Eh bien, si je me souviens du code, commença Cindy, lyrique signifie...

— Lent, répondit Meg.

— Stupéfiant sur le plan visuel signifie...

— Mortel comme la pluie, répondit Trish.

— Et sans concession signifie...

— Caméra portative, déclarèrent Meg et Trish.

— Bravo. Donc nous ne voulons ni de lyrique, ni de stupéfiant sur le plan visuel, ni de sans concession...

— Et nous avons déjà éliminé les gays, les lesbiennes et l'Iran.

— Sans oublier la France.

— Vous y allez peut-être un peu vite pour la France, protesta Cindy.

— Et l'Allemagne ?

— Aucun sens de l'humour.

— Hong Kong ?

— Trop violent.

— Le Canada ?

Les trois femmes échangèrent un regard vide.

— Et le nouveau film de Michael Kinsolving ? proposa Cindy. Page 186.

— C'est pas un peu dépassé ?

— Oui, il y a longtemps qu'il n'a rien fait de génial.

Meg reprit le catalogue et lut une nouvelle fois à voix haute :

— Frais, stylé, contemporain et dérangeant. (Elle reposa le journal et mordit dans sa pomme.) Le « dérangeant » me gêne. On pourrait penser qu'il s'agit d'un nom de code pour « vulgaire ».

— Julia avait une audition avec Michael Kinsolving ce matin, annonça Cindy.

— Ah bon ? Comment ça s'est passé ?

— Je ne sais pas.

Cindy sortit le téléphone portable de son sac imprimé léopard, appuya sur la touche du numéro de Julia, à la maison. Elle l'écouta sonner plusieurs fois et s'apprêtait à raccrocher lorsqu'elle entendit la voix rauque de sa fille.

« Vous êtes bien chez Julia. Je suis vraiment désolée de ne pouvoir vous répondre en ce moment, mais je tiens beaucoup à savoir ce que vous vouliez me dire, alors laissez-moi un message après le bip et je vous rappellerai dès que possible. Sinon, vous pouvez me joindre sur mon portable au 416 555 43 32. Merci beaucoup et très bonne journée. »

Cindy raccrocha et rappela le portable. Elle tomba sur le même message.

— C'est maman, ma chérie. Je voulais juste savoir comment s'était déroulée ton audition. Appelle-moi si tu peux. Sinon, je te verrai à quatre heures, ne put-elle s'empêcher d'ajouter.

— Qu'y a-t-il à quatre heures ? demanda Meg pendant que Cindy remettait l'appareil dans son sac.

— L'essayage de leurs robes de demoiselles d'honneur.

— Pouah ! s'exclama Trish. Je me revois encore au mariage de ma sœur. Nous avions les robes les plus horribles que j'aie jamais vues. En taffetas rose ! Vous m'imaginez, moi, en taffetas rose !

— J'adore le rose, dit Meg.

— J'étais tellement mal à l'aise que j'aurais voulu disparaître sous terre. Évidemment, le mariage n'a pas tenu, et j'ai toujours pensé que c'était à cause des robes. (Trish se tourna vers Meg.) Tu avais des demoiselles d'honneur quand tu as épousé Gordon ?

— Huit. En taffetas rose.

Cindy éclata de rire autant à l'évocation du souvenir qu'à la tête de Trish.

— J'en faisais partie.

Meg pouffa de rire à son tour.

— Et elle était ravissante en taffetas rose.

Les premières notes de la *Neuvième* de Beethoven retentirent tout à coup.

— C'est mon téléphone. (Cindy fouilla précipitamment son sac.) Sans doute Julia.

— Je lui ai donné ton numéro, lui annonça en vitesse Trish.

— Quoi?

— J'ai donné ton numéro à Neil Macfarlane.

— Allô? (Une voix mâle retentit à l'oreille de Cindy.) Allô? Vous m'entendez?

— Je n'arrive pas à croire que tu aies pu faire ça sans m'en parler avant, siffla Cindy en plaquant le combiné contre sa poitrine.

— Il est vraiment adorable, rétorqua Trish.

C'était visiblement une explication suffisante pour elle.

— Allô? insista la voix.

— Allô. Excusez-moi, reprit Cindy qui mourait d'envie de jeter le téléphone à la tête de son amie.

— Vous êtes Cindy?

— Et vous, Neil?

Il éclata de rire.

— Je vois que Trish vous a parlé de moi.

Cindy fusilla du regard son amie qui se servait un autre verre de vin.

— Que puis-je faire pour vous, Neil? J'ai peur d'avoir déjà un comptable.

— Sois sympa, l'implora Trish.

— Dans ce cas, peut-être me permettriez-vous de vous inviter à dîner un soir, répondit-il sans se démonter.

— À dîner?

— Tu es folle de rage contre moi, soit. Mais ne te défoule pas sur lui, murmura Trish.

23

— Mais quand? demanda Cindy.

— Que diriez-vous de ce soir?

— Ce soir?

— Il est vraiment adorable, répéta Trish d'un ton suppliant.

— Ce soir, parfait, céda Cindy tandis que Trish poussait un cri de joie et que Meg sautait sur place comme une gamine. Où?

— Au Pasta Bar? À sept heures?

— Je vous retrouverai là-bas.

Cindy flanqua le portable dans son sac et se retourna vers son amie qui la contemplait avec un large sourire.

— Je n'arrive pas à croire que tu aies pu me jouer un tour pareil!

— Oh! détends-toi. Tu vas passer une soirée merveilleuse.

— Il y a plus d'un an que je ne suis pas sortie avec un homme.

— Justement, il était temps, tu ne crois pas?

— Je ne saurai pas quoi lui dire.

— Ne t'inquiète pas. Tu t'en sortiras.

— Je n'ai pas la moindre idée de ce que je vais mettre.

— Quelque chose d'élégant, suggéra Trish.

— Et surtout de sexy, ajouta Meg.

— Ben voyons! Élégant et sexy! Je n'ai pas fait l'amour depuis, quoi...

— Trois ans, dirent Trish et Meg en chœur.

— Et je parie que tu le lui as dit! s'esclaffa Cindy.

— Qu'est-ce que tu crois? Je le crie sur tous les toits!

Trish servit à Cindy un grand verre de vin et leva son verre pour porter un toast.

— Aux bons films, au bon vin, et au bon sexe.

— Très français comme formule, vous ne trouvez pas? demanda Meg en mordant dans sa pomme.

— Je n'arrive pas à croire qu'elle ait pu me faire ça, marmonna Cindy tandis qu'elle attendait au feu, à l'angle de Balmoral et d'Avenue Road. Comment a-t-elle osé lui donner mon numéro? (Elle secoua la tête. Le feu passa au vert et elle démarra sur les chapeaux de roues.) Et j'ai accepté ! Mais quelle idée !

Elle entendit Elvis aboyer dès qu'elle posa le pied sur le trottoir, et pourtant sa maison était de l'autre côté de la rue. Donc, il n'y avait personne chez elle. Le chien avait dû lever la patte sur le tapis de l'entrée, sa nouvelle façon de protester quand on le laissait seul plus d'une demi-heure. Elle avait essayé de l'enfermer dans la cuisine, mais il arrivait toujours à s'échapper. Il avait même réussi à ouvrir la grande cage qu'elle avait achetée et qui traînait maintenant au garage. Cindy gloussa. Il était digne de sa maîtresse.

Une petite brise soulevait les feuilles lustrées des gros érables qui longeaient la large avenue, située en plein cœur de la ville. Cindy et Tom avaient acheté la vieille maison de briques brunes, près du coin de Balmoral et de Poplar Plains, à peine quelques mois avant le départ de Tom et elle l'avait gardée au terme de leur divorce. Tom, lui, avait conservé leur pavillon sur l'océan, en Floride, et leur chalet au bord du lac, à Muskoka. L'arrangement convenait parfaitement à Cindy, citadine dans l'âme.

Elle adorait Toronto. Sa famille s'y était installée quand elle avait treize ans et elle avait aimé la ville dès le premier jour. Ils venaient de la banlieue de Detroit et, au début, elle avait appréhendé un déménagement vers un nouveau pays... *Il neige toujours là-bas ; les gens ne parlent que le français ; il faut faire le mort si on rencontre un ours !* En quelques jours, toutes ses réticences avaient été balayées par l'agréable réalité. Elle n'était pas séduite uniquement par l'architecture originale, la diversité des quartiers, les galeries d'art, les boutiques branchées et les cinémas, mais par le fait que c'était aussi une ville que les gens habitaient réellement. Ils n'y venaient pas seulement pour travailler le jour avant de regagner leur banlieue le soir. Le centre résidentiel mêlait vieilles demeures imposantes, avec piscine et jardin, et nouvelles tours de bureaux vertigineuses ; il y avait toujours une station de métro à deux pas ; un métro propre, des rues sûres, des gens polis, même si on les disait distants en comparaison de leurs voisins du sud. Une ville de trois millions d'habitants, cinq en comptant les environs, où l'on dénombrait rarement plus de cinquante meurtres par an. Stupéfiant ! songeait maintenant Cindy qui étendit les bras comme pour enlacer la ville tendrement. Elle lui pardonnait jusqu'à l'humidité des mois d'été qui lui faisait friser les cheveux.

Après la mort de son mari, la mère de Cindy avait brièvement envisagé de repartir vivre à Detroit, où habitaient encore son frère et sa sœur. Mais les filles, qui à l'époque étaient déjà mariées, l'en avaient dissuadée. Norma Appleton avait vendu la vieille maison de famille sur Wembley Avenue, et s'était installée dans un nouvel immeuble sur Prince Arthur, à un pâté de maisons de la Mecque du shopping qu'était Bloor Street. Et surtout à moins de cinq minutes en voiture de chez ses enfants.

(— Nous aurions dû la laisser retourner à Detroit, s'était souvent lamentée Leigh. Elle me rend folle.

— Tu lui accordes trop d'importance. Ignore ses piques.

— Évidemment, toi, tu peux dire ça ! Elle est béate devant tout ce que tu fais.

— Malheureusement, il n'y a pas de quoi !

— Non ! Tu crois ?)

Cindy laissa échapper un petit rire qui résonna dans la rue déserte. Elle ne comprenait pas comment sa mère et sa sœur pouvaient se disputer si souvent : elles avaient le même caractère.

Elle regarda sa montre. Il était presque trois heures. Elle avait à peine le temps de sortir le chien avant d'aller aux essayages chez Marcel. Puis elle devrait revenir en vitesse à la maison prendre une douche et se changer pour le stupide rendez-vous avec Neil Macfarlane. Et elle n'avait toujours aucune idée de ce qu'elle pourrait mettre. Elle n'avait rien d'à la fois élégant et sexy. Quelle idée d'avoir accepté l'invitation ! Qu'avait-elle besoin de s'imposer une telle corvée ? Elle croisa les doigts et pria le ciel que Julia soit bien à l'essayage à quatre heures.

Elle gaspillait une énergie folle à s'inquiéter pour sa fille aînée. Lorsque Julia vivait avec son père, Cindy songeait à elle à chaque minute de la journée. Est-ce qu'elle mangeait correctement ? Se couchait-elle suffisamment tôt ? Faisait-elle ses devoirs ? Est-ce qu'elle était en bonne santé ? Heureuse ?

26

S'endormait-elle en pleurant comme cela arrivait souvent à Cindy ? Regrettait-elle sa décision ? Était-ce par fierté qu'elle s'entêtait à rester avec son père, année après année ?

Il lui semblait que, par son absence, Julia avait occupé une place démesurée dans la maison de Balmoral Avenue. Le vide qu'elle avait laissé s'était transformé en une douleur persistante au creux de l'estomac... un ulcère qui aurait refusé de guérir même après son retour, pensa-t-elle.

Un léger mouvement attira son attention et Cindy se tourna vers la maison de ses voisins. Faith Sellick, qui venait d'avoir son premier bébé à trente et un ans, était assise sur le perron et se balançait d'avant en arrière, le visage caché par ses longs cheveux emmêlés.

— Faith ?

Cindy s'approcha doucement et vit la jeune femme, normalement amicale et ouverte, lever lentement vers elle un visage noyé de larmes, un regard vide.

— Faith ? Que se passe-t-il ? Ça ne va pas ?

Faith lança un bref coup d'œil par-dessus son épaule, vers la maison. Cindy remarqua deux auréoles sur le chemisier blanc au niveau de la poitrine gonflée de lait.

— Que se passe-t-il, Faith ? Où est le bébé ?

Faith tourna vers elle de grands yeux tristes et éteints.

Cindy tendit l'oreille, à l'affût d'un signe de vie venant de l'intérieur de la maison, mais elle n'entendit qu'Elvis qui aboyait à côté. Mille pensées lui traversèrent l'esprit ; Faith et son mari s'étaient disputés ; il l'avait quittée ; un horrible accident était arrivé à Kyle, leur bébé de deux mois ; Faith était sortie respirer un peu d'air frais et la porte s'était malencontreusement refermée. Cependant aucune des explications ne justifiait son expression vide, et sans réaction, comme si elle n'avait jamais vu Cindy.

— Faith ? Que se passe-t-il ? Parle-moi.

Faith ne répondit pas.

— Faith, où est Kyle ? Il lui est arrivé quelque chose ?

Faith leva vers la maison un visage à nouveau ruisselant de larmes.

Cindy se rua à l'intérieur, monta l'escalier quatre à quatre, fonça vers la chambre du bébé et poussa la porte, essoufflée.

Elle se précipita vers le berceau, terrifiée à l'idée de ce qu'elle pouvait découvrir.

Le bébé était étendu sur le dos, dans de jolis draps en vichy bleu clair et blanc. Il portait un pyjama jaune avec un petit bonnet assorti, son beau visage aussi rond et lisse que celui de sa mère ; ses petites lèvres formaient une moue parfaite, les petits poings rouges étaient serrés, et les minuscules jointures toutes blanches. Respirait-il ?

Elle se pencha, posa la joue contre sa bouche et sentit un merveilleux parfum de nourrisson. Doucement, elle mit ses lèvres fraîches sur la poitrine tiède de l'enfant et retint sa respiration jusqu'à ce qu'elle sente le corps se soulever en inspirant. Une fois. Deux fois.

— Dieu soit loué ! chuchota-t-elle, en effleurant le front du bébé afin de s'assurer qu'il n'avait pas de fièvre.

Puis elle se redressa et quitta la pièce sur la pointe des pieds, les jambes chancelantes.

— Ouf, tu vas bien.

Faith, toujours assise en haut du perron, continuait à se balancer d'un mouvement identique à celui de l'érable planté au milieu de la pelouse... Cindy redescendit et s'installa à côté d'elle.

— Faith ?

Pas de réponse.

— Faith, qu'est-ce qui ne va pas ?

— Je suis désolée, murmura la jeune femme d'une voix si faible que Cindy n'était pas sûre qu'elle eût parlé.

— Pourquoi es-tu désolée ? Il est arrivé quelque chose ?

Faith la regarda d'un air interrogateur.

— Non.

— Alors qu'est-ce qui ne va pas ? Qu'est-ce que tu fais là ?

— Le bébé pleure ?

— Non. Il dort à poings fermés.

Faith passa des mains tremblantes sur sa poitrine.

— Il doit avoir faim.

— Il dort, répéta Cindy.

— Je suis une mauvaise mère.

— Mais non. Tu es une merveilleuse maman, la rassura sincèrement Cindy, se souvenant du bonheur de Faith lorsqu'elle était venue lui annoncer sa grossesse, de la gentillesse avec laquelle elle lui avait demandé des conseils, de sa patience et de sa douceur avec le bébé. Viens, il faut rentrer.

Faith prit sans résistance la main que Cindy lui tendait pour l'aider à se relever et la suivit docilement à travers le grand hall jusqu'à la salle de séjour rectangulaire, sur l'arrière de la maison. Un cardigan bleu pâle traînait sur le parquet près du piano. Faith le ramassa, l'enfila et le boutonna rapidement. Puis elle se laissa tomber sur le canapé de velours vert et renversa la tête contre les coussins.

— Quel est le numéro de Ryan au cabinet?

— Il travaille.

— Oui, je sais. Je voudrais son numéro de téléphone.

Faith fixa le mur vert pâle sans répondre.

— Ne t'inquiète pas. Je le trouverai. Allonge-toi.

Faith lui sourit, releva les jambes sur le canapé et replia les genoux contre sa poitrine.

Cindy repéra rapidement le numéro de Ryan sur le tableau de la cuisine, près du combiné. Il répondit dès la première sonnerie.

— Ryan Sellick, dit-il en guise de bonjour.

— Ryan, c'est Cindy Carver. Il faut que tu rentres à la maison.

3.

— Tu es en retard.

— Je suis désolée. J'ai fait aussi vite que possible.

— J'avais dit quatre heures.

Leigh tapota le bracelet en or de sa montre, et repoussa d'un geste sec la mèche qui lui tombait sur le visage. Elle foudroya Cindy d'un regard exaspéré. Ses yeux étaient soulignés d'un épais trait d'eye-liner noir, et les cils d'un mascara qui formait de minuscules tas charbonneux. L'anxiété lui raidissait les épaules.

— Il est presque quatre heures et demie et Marcel doit partir à cinq heures.

— Je suis sincèrement navrée.

Cindy tourna la tête vers le petit homme frisé, moulé dans un pantalon de cuir. Il parlait avec son assistante à l'autre bout de la longue pièce.

— Ma voisine a eu un problème. Elle avait un comportement très bizarre. Et j'ai perdu la notion de l'heure.

— Comme d'habitude !

— Que veux-tu dire ?

— Écoute, maintenant que tu es enfin arrivée, on ne va pas se disputer.

Cindy prit une profonde inspiration, et compta silencieusement jusqu'à dix. Si tu n'avais pas choisi un couturier à l'autre bout de la ville, je serais arrivée à l'heure, avait-elle envie de lui répondre. Si tu n'avais pas fixé des essayages à l'heure de pointe, je n'aurais pas mis aussi longtemps. Et en plus, c'est toi qui en fais tout un plat, pas moi.

— Alors, comment ça se passe ? se contenta-t-elle de demander.

— Comme prévu. Maman me rend folle, dit Leigh à voix basse.

— Qu'est-ce que vous chuchotez ? lança une voix râpeuse du fond d'une cabine.

Cindy se retourna et jeta un coup d'œil sur la petite boutique : une large vitrine, des murs blancs tapissés d'étagères couvertes de robes de soie et de satin, à différents stades de réalisation. Des rouleaux de tissus de couleurs vives jonchaient le sol et occupaient deux fauteuils ; un grand miroir en pied d'un côté, trois glaces en angle d'un autre, une pièce dans le fond encombrée de tables, de machines à coudre et de planches à repasser. Cindy se faufila vers un portant où étaient suspendus des ensembles et des robes moins habillés. Peut-être y trouverait-elle quelque chose d'élégant et sexy pour son rendez-vous avec Neil Macfarlane.

— Cindy est arrivée, annonça Leigh à leur mère.

— Bonjour, ma chérie !

— Bonjour, maman. Comment est ta robe ?

— Tu vas me le dire.

Cindy regarda sa mère, habituellement pleine de vivacité, écarter lentement le lourd rideau blanc qui fermait la cabine et lisser le tissu de la robe de satin bleu en fronçant les sourcils d'un air dubitatif.

— Dis-lui qu'elle est belle, murmura Leigh derrière sa main en faisant semblant de se gratter le nez.

— Qu'est-ce que ta sœur marmonne ?

— Elle dit que tu es magnifique.

— Et toi, qu'en penses-tu ?

— Naturellement ! s'exclama Leigh à mi-voix. Mon avis ne compte pas !

— Qu'est-ce qu'elle marmonne encore ? demanda la vieille dame.

— Je suis là, maman. Inutile de passer par Cindy.

— Je te trouve très belle, acquiesça Cindy, parfaitement d'accord avec sa sœur.

Elle tendit la main pour tapoter la coupe au carré très moderne de sa mère.

Norma plissa les lèvres.

— Il fallait s'y attendre! Vous vous serrez les coudes.

— Qu'est-ce que tu lui reproches? demanda Cindy tout en repérant une petite robe de cocktail rouge qui lui plaisait.

— Je n'aime pas le décolleté. (Elle tirait sur l'encolure fautive.) Il est trop sévère.

Il est peut-être un peu profond, songea Cindy, remarquant le haut très échancré de la robe rouge. Il ne faudrait quand même pas que Neil Macfarlane se fasse des idées.

Elle entendit la voix de Trish susurrer à son oreille : *Il est vraiment craquant.*

— Je lui ai déjà expliqué trente-six fois que...

— Je suis là, tu sais, dit Norma. Tu peux t'adresser directement à moi.

— Je t'ai déjà dit trente-six fois que Marcel devait ajouter des perles autour.

Cindy écarta mentalement la robe rouge et passa à une longue robe sac informe beige. Définitivement non, décidat-elle en s'imaginant perdue dans les plis volumineux. Elle ne voulait pas que Neil Macfarlane ait l'impression de sortir avec une nonne.

Tu n'as pas fait l'amour depuis trois ans.

— J'ai horreur des perles, disait sa mère.

— Depuis quand?

— Je les ai toujours détestées.

— Et si tu mettais une veste? suggéra Cindy. Marcel pourrait te confectionner un petit quelque chose en dentelle.

Elle jeta un regard implorant vers le styliste qui abandonna aussitôt son assistante pour venir les rejoindre.

— Oui, ça me plairait beaucoup, approuva sa mère.

— Je croyais que tu n'aimais pas la dentelle, dit Leigh.

— J'ai toujours adoré ça.

La dernière fois qu'elle avait fait l'amour, Cindy se souvenait qu'elle portait un déshabillé en dentelle. Son amant s'appelait Alan. Ils s'étaient rencontrés à la boutique de Meg, où il était venu acheter une paire de boucles d'oreilles en cristal et turquoise pour l'anniversaire de sa sœur. Cindy avait découvert une semaine plus tard qu'il n'avait pas de sœur, lorsque sa femme était venue échanger les boucles contre un bijou plus fin. Trop tard. Le déshabillé avait été acheté, l'acte consommé.

— Qu'en pensez-vous, Marcel ? demanda-t-elle d'une voix bizarrement sonore.

Le pauvre homme recula d'un pas et jeta un regard anxieux vers la mère de Cindy en essayant de ne pas voir les plis qu'elle infligeait au tissu délicat. Sans une hésitation, il attrapa le mètre qui lui pendait autour du cou.

— Tout ce que vous voudrez.

Tout ce que vous voudrez, répéta intérieurement Cindy, savourant la sonorité des mots. Depuis quand ne lui avait-on pas offert ce qu'elle désirait. Neil Macfarlane y arriverait-il ? *Il est beau à se pâmer. Je te le jure. Tu l'adoreras.*

— Tu disais que tu avais des problèmes avec ta voisine ? reprit sa mère en tendant les bras afin de permettre à Marcel de les mesurer.

— Oui, s'empressa de répondre Cindy, ravie de changer le cours de ses idées. Tu te souviens des Sellick ? Ils ont eu un bébé il y a deux mois ? Je crois que c'est le baby blues.

— J'ai connu ça, moi aussi, dit Leigh.

— Tu avais des hémorroïdes, corrigea sa mère.

Marcel, qui mesurait l'ample tour de poitrine de Norma, tressaillit, gêné.

— Voyons, j'ai fait une dépression après la naissance de Jeffrey et aussi après celle de Bianca.

— Je ne m'en souviens pas.

— Évidemment. Si c'était arrivé à Cindy...

— Cindy n'a jamais fait de dépression postnatale.

— À propos, où est passée notre ravissante future mariée ? coupa Cindy.

Elle réalisait subitement qu'elle ne voyait ni sa nièce ni ses filles.

— Elles en avaient assez d'attendre, elles sont allées prendre un café.

— Heather est magnifique dans sa robe, dit Norma.

— Et la mariée, maman ? interrogea Leigh, l'air vexé. Comment as-tu trouvé Bianca ? À moins qu'elle ne mérite pas d'être mentionnée ?

— Qu'est-ce que tu racontes ? J'ai dit qu'elle était ravissante.

— Non, tu n'en as pas parlé.

— Bien sûr que si.

— Et Julia ? demanda Cindy.

— Julia ! Elle ne nous a pas encore honorées de sa présence.

— Elle n'est pas arrivée ?

— Elle a dû perdre la notion du temps, sans doute, rétorqua Leigh avec un petit sourire ironique.

— Je t'ai dit que j'étais désolée. (Cindy fouilla dans son sac à la recherche de son portable.) Elle est allée à une audition. Peut-être l'a-t-on fait attendre...

— Quel genre d'audition ?

Norma se retourna afin que Marcel lui mesure le dos.

— Avec Michael Kinsolving, le réalisateur. Il est venu pour le Festival du film.

Cindy composa le numéro de sa fille et écouta la sonnerie.

— Toi et ton festival ! soupira Leigh.

— N'est-ce pas lui qui sort avec Cameron Diaz ? demanda leur mère. À moins que ce ne soit Drew Barrymore ? Depuis *Charlie et ses drôles de dames*, je les confonds. Enfin, quoi qu'il en soit, il paraît que c'est un sacré coureur.

— Oh, pour l'amour du ciel, maman ! s'exclama Leigh. Comment peux-tu dire des choses pareilles ! Tu ne sais même pas qui c'est, bon sang !

Sa mère se redressa, indignée. Marcel en lâcha son mètre.

— J'ai lu un article sur lui dans *People*.

— Il est très connu, dit Cindy.

« Je suis désolée de ne pouvoir répondre à votre appel », susurra le répondeur de Julia. Elle coupa aussitôt, composa le numéro du portable et entendit le même message.

— Il y a longtemps qu'il n'a rien fait de bien, continua leur mère d'un air entendu. On dit que c'est un obsédé sexuel.

— Non, vous confondez avec Michael Douglas ! intervint Marcel, soudain très intéressé.

— Vraiment ?

— Avant qu'il n'épouse Catherine Zeta-Jones.

— Mais je rêve! De quoi parlons-nous!

Leigh leva les bras au ciel.

— Quel est ton problème, ma chérie? demanda sa mère.

— Mon problème? Le mariage de ma fille a lieu dans moins de deux mois. Et personne ne se rend compte que le temps passe et qu'il y a encore des tonnes de choses à faire.

— Voyons, tout est déjà réglé, ma chérie. (Sa mère tira sur la longue jupe en taffetas.) Vous ne trouvez pas qu'il y a trop de tissu par ici? J'ai l'impression de ressembler à une hippie.

— Julia ne répond pas.

Cindy remit le téléphone à sa place et regarda la porte en espérant la voir entrer.

— Elle a quarante minutes de retard.

— Peut-être qu'elle s'est perdue.

— Perdue! Il suffit de prendre le métro à St. Clair et de descendre à Finch. Comment veux-tu qu'elle se perde?

— Elle a pu rater l'arrêt. Tu la connais. Elle est parfois distraite.

— Julia? Distraite? Jamais de la vie! Elle sait toujours pertinemment ce qu'elle fait!

— Que veux-tu dire exactement?

— Et si tu nous montrais ta robe, Leigh? interrompit Norma.

— Oui, soupira Cindy. Maman m'a dit qu'elle était fabuleuse.

— Elle ne l'a jamais vue.

— Bien essayé! chuchota Norma à Cindy tandis que Leigh se dirigeait vers les cabines d'essayage en râlant. Il faut que tu raisonnes ta sœur, ma chérie. Elle me rend folle.

Cindy aperçut son reflet dans un panneau de trois miroirs, s'approcha horrifiée par la vision, et incapable de s'en détacher; elle donnait l'impression d'arriver sur les lieux d'un accident. Depuis quand était-elle devenue aussi laide? s'inquiéta-t-elle, hypnotisée par les rides qui entouraient ses grands yeux et sa petite bouche, les fixant jusqu'au moment où son regard se brouilla. Elle plissa les paupières, à la recherche de la jeune femme qu'elle avait été. Il fut un temps où on la disait superbe.

Comme Julia.

À quand remontait la dernière fois qu'un homme lui avait dit qu'elle était belle ? Cindy recula, enleva les rouleaux de tissu qui encombraient un siège et s'assit. Elle était agitée, en proie à la fois à de l'énervement contre sa sœur, de la colère vis-à-vis de sa fille aînée et de la curiosité au sujet de Neil Macfarlane. Était-il aussi brillant et séduisant que le prétendait Trish ? S'intéresserait-il à une femme de quarante-deux ans à la poitrine un peu tombante et aux fesses mollassonnes ? Un tel parti ne devait pas compter les jeunes beautés impatientes de faire sa connaissance. Tom, lui, n'avait pas hésité.

Cindy regarda sa montre. Déjà cinq heures moins le quart. Le temps qu'elle termine ici et rentre chez elle, si elle n'était pas devenue folle avant, il lui resterait à peine quelques minutes pour se doucher et se changer. Elle devrait s'assurer aussi que les enfants auraient de quoi manger. Elle décida en soupirant qu'Heather et Duncan pourraient se commander une pizza et se souvint alors que Julia avait mentionné qu'elle dînerait sans doute avec son père. Elle était peut-être avec lui en ce moment ?

— Ta da !

En claironnant, Leigh écarta le rideau de sa cabine d'un geste théâtral et apparut, dans un nuage de taffetas rose, devant sa mère et sa sœur éberluées.

Cindy croyait rêver. Elle ouvrit la bouche mais aucun son ne sortit.

— Bien sûr, j'ai l'intention de perdre cinq kilos avant le mariage ; ce sera donc moins large ici, dit Leigh en tirant sur les plis au niveau de la taille ; et là, ajouta-t-elle en aplatissant le tissu sur les hanches, dans un bruissement de soie. Alors, qu'en pensez-vous ?

Elle leva les bras au-dessus de sa tête et tournoya.

— Tu ne devrais pas faire ça, ma chérie, dit sa mère avec un geste vers le dessous des bras de sa fille.

— Faire quoi ?

— Montrer tes « Bonjour, Helen ! »

— Mes quoi ?

— Tes « Bonjour, Helen ! »

— De quoi parles-tu ? (Leigh se tourna vers Cindy.) Qu'est-ce qu'elle raconte ?

— Tu te souviens de tante Molly ?

— Évidemment !

— Et de son amie Helen, qui habitait juste en face ?

— Non, ça ne me dit rien.

— Peu importe.

Cindy se prépara à l'explosion qui allait suivre.

— Chaque fois que tante Molly apercevait Helen, elle la saluait avec de grands gestes en criant : « Bonjour, Helen ! Bonjour, Helen ! » Et comme la peau sous ses bras tremblotait, maman a baptisé ça le « Bonjour Helen ».

— Quoi !

— Bonjour, Helen ! Bonjour, Helen ! lança leur mère en agitant la main vers une femme invisible.

— Tu veux dire que j'ai la peau des bras qui tremblote ?

— Comme nous toutes, tenta Cindy.

— Non, pas toi, dit sa mère.

— Non, les bras de Cindy sont parfaits ! (Leigh se mit à faire les cent pas.) C'est parce qu'elle, elle a le temps d'aller à la gym cinq fois par semaine !

— Je n'y vais pas aussi souvent, voyons.

— Elle peut se permettre de travailler quand ça lui chante, elle...

— Ce n'est pas vrai. Je travaille trois après-midi par semaine.

— ... et elle a donc largement le temps de s'occuper d'elle ou du Festival du film ou...

— Pourquoi cette fixation sur le festival ?

— Je ne fais aucune fixation. D'ailleurs, moi aussi, j'adorerais passer dix jours à courir d'un film à l'autre. J'aime le cinéma autant que toi, tu sais !

— Qu'est-ce qui t'en empêche ?

— Figure-toi que j'ai des responsabilités. J'ai quatre enfants et un mari dont je dois m'occuper !

— Ta fille se marie, tes fils sont à l'université et ton mari est assez grand pour prendre soin de lui.

— Comme si tu savais comment t'occuper d'un mari ! (Leigh blêmit.) Non, non, ce n'est pas ce que je voulais dire.

Cindy hocha la tête, la voix coupée.

Leigh se tourna vers leur mère.

— C'est de ta faute! Toi et tes satanés « Bonjour Helen! »

— Tu prends toujours tout mal. Mais ce n'est pas une excuse pour être méchante avec ta sœur.

Leigh baissa la tête.

— Je suis vraiment désolée, Cindy. Je t'en prie, pardonne-moi.

— C'est le stress, répondit Cindy, magnanime.

— Tu n'imagines pas. Il ne m'arrive que des catastrophes. L'hôtel s'est aperçu qu'il avait loué la salle de bal deux fois le même jour. Nous avons passé un temps fou à régler le problème. Plus le fleuriste qui n'est pas fichu de trouver du lilas en octobre...

— Mais le lilas ne fleurit pas en automne! s'exclama sa mère.

— ... les parents de mon futur gendre qui n'ont pas proposé de participer aux frais. Et maintenant Jason voudrait un groupe reggae à la place du trio que nous avons réservé.

— C'est le marié, dit Cindy.

— C'est un crétin, rétorqua Leigh au moment où la porte d'entrée s'ouvrait.

— Qui est un crétin? demanda Bianca, la fille de Leigh, en avançant dans le magasin, suivie d'Heather.

Cindy sourit aux deux jeunes filles en jean. Bianca ressemblait à Leigh. Elle était un peu ronde, surtout au niveau des hanches, ce qui la faisait paraître moins grande que sa taille. Elle avait aussi les yeux noisette de sa sœur, la bouche pulpeuse et le même grand sourire.

(Photos : Cindy, six ans, déguisée en Wonder Woman à l'occasion d'Halloween, souriant timidement à l'objectif pendant que Leigh, trois ans, vêtue uniquement d'un masque noir, fait d'horribles grimaces; Cindy, treize ans et Leigh, dix ans, posent de chaque côté de leur mère, devant leur nouvelle maison de Wembley Avenue, Leigh fait des cornes à sa sœur; la mère et ses deux filles adolescentes assises sur un gros rocher au bord du lac Joseph, Cindy plisse les yeux sous le soleil, le visage de Leigh est dans l'ombre.)

— Bonjour, tante Cindy.

— Bonjour, mon cœur.

— C'est qui le crétin ? répéta Bianca.

Leigh éluda la question, et se plongea dans la contemplation des plis de sa robe.

Heather embrassa Cindy sur la joue.

— Salut, maman.

— Bonjour, ma chérie. Il paraît que tu étais superbe en demoiselle d'honneur. Je suis désolée d'avoir raté ça.

— Tu auras certainement d'autres occasions de me voir, répondit Heather avec un petit clin d'œil. Julia est arrivée ?

— Bien sûr que non ! répliqua Leigh sans laisser à Cindy le temps de répondre.

— Tu es très belle, dit Heather à sa tante.

Leigh leva une main vers son visage, se tripota les cheveux comme une petite fille, puis rabattit le bras, brusquement gênée. Elle massa machinalement la peau au-dessus du coude.

— Tu as mal au bras ? s'inquiéta Heather.

— Et si j'essayais de rappeler Julia ?

Cindy sortit son téléphone et composa le numéro du portable de sa fille. Elle tomba une fois de plus sur le répondeur. Où es-tu, Julia ? se demanda-t-elle, avec la sensation d'être transpercée par le regard hargneux de sa sœur à qui elle tournait le dos.

— Julia, il est presque cinq heures, dit-elle d'une voix unie. Où es-tu, bonté divine ?

4.

La première fois que Julia avait disparu, elle avait quatre ans. Cindy avait emmené ses filles au parc voisin et poussait Heather sur la balançoire lorsqu'elle s'était aperçue que Julia ne jouait plus sur le tas de sable avec les autres enfants. Elle avait passé vingt minutes à tourner dans un rayon de plus en plus large autour du terrain de jeux, en criant à tous les gens qu'elle croisait : « J'ai perdu ma petite fille, vous ne l'auriez pas vue, s'il vous plaît ? »

Cindy avait fini par jeter Heather sur son épaule comme un vieux sac, et s'était ruée chez elle, décidée à appeler la police : Julia était assise sur les marches du perron, furieuse.

— Tu en as mis du temps ! Je t'attendais.

Julia l'attendait-elle quelque part maintenant ? Cindy entra dans sa chambre et aperçut sa fille cadette, vautrée sur le lit, devant la télévision, Elvis allongé contre elle.

— Mais qu'est-ce que tu regardes ? s'écria-t-elle en voyant sur l'écran une jeune fille étonnamment bien pourvue, avec de longs cheveux et un minuscule bikini blanc, étaler de la peinture verte sur le torse musclé d'un bellâtre.

L'homme souriait tellement que son visage semblait prêt à exploser. Elle recula, s'imaginant déjà les dents blanches écrasées sur le papier peint bleu clair de sa chambre, comme des confettis.

— Ça s'appelle *Blind Date* [1].

---

1. Rendez-vous entre deux inconnus. *(N.d.T.)*

Quel à-propos ! Cindy s'assit au bout du lit, en s'efforçant de ne pas songer au dîner du soir.

— Que font-ils ?

— Ils font connaissance, répondit Heather, pince-sans-rire.

— Il y a décidément des gens prêts à n'importe quoi pour passer à la télé.

Malgré ses résolutions, Cindy pensa à nouveau à Julia, toujours très contrariée qu'elle n'ait pas daigné venir à l'essayage ni même s'excuser.

— Descends, Elvis, bougonna-t-elle, reportant sa rogne sur le chien.

Elvis entrouvrit un œil endormi, poussa un énorme soupir et roula sur le côté.

La deuxième disparition de Julia avait eu lieu moins d'un an après la précédente escapade. Elle avait profité du moment où sa mère mettait Heather au lit pour la sieste de l'après-midi. Cindy avait trouvé la porte de la cuisine ouverte et Julia partie. Elle avait mis la maison sens dessus dessous, puis elle avait fait le tour du quartier en hurlant son nom. Quand elle était revenue à la maison, le téléphone sonnait. C'était Tom.

— Julia est là, avait-il simplement annoncé, et Cindy avait senti qu'il souriait.

Julia, lasse d'attendre sa mère, avait décidé d'aller rejoindre son père, qui travaillait à plus d'un kilomètre de là.

— Tu es restée trop longtemps avec Heather, avait protesté Julia lorsque son père l'avait ramenée à la maison.

L'aurait-elle contrariée une fois de plus ? Cindy se leva et alla vers son placard.

— Tu vois, le principe de cette émission, c'est de réunir deux personnes un après-midi sous prétexte d'une activité quelconque, plage, escalade, etc., avant de les faire dîner ensemble...

Où était Julia ? Pourquoi n'avait-elle pas téléphoné ?

— ... et à la fin de la soirée, continua Heather, ils décident devant la caméra s'ils ont envie de se revoir ou pas.

— En se basant sur une profonde entente intellectuelle, sans doute, ironisa Cindy, revenant brutalement au présent.

Elle passa en revue les vêtements accrochés dans la penderie, à la recherche d'une tenue à la fois élégante et sexy.

— Je ne vois rien ! soupira-t-elle. Je suis sûre que Julia, elle, trouverait ce qu'il faut.

— Quoi ?

— Je n'ai plus rien à me mettre.

— Moi non plus. Si on allait faire des courses, demain ?

Cindy fouilla dans ses tailleurs-pantalons. L'un était chaud, l'autre trop léger, le troisième un peu strict pour un premier rendez-vous, mais il plairait peut-être à un comptable. Elle finit par choisir un pantalon gris en lin et un chemisier ample qui avaient au moins l'avantage d'être propres.

— Oh, si tu voyais ce qu'ils font maintenant ! cria Heather d'une voix à la fois choquée et ravie. Maman, viens vite.

Cindy surgit du placard à temps pour apercevoir le bellâtre glisser le bout d'un tuyau d'arrosage dans le bas du bikini de la bimbo aux gros seins qui poussait des hurlements de joie.

— Comment peux-tu regarder des âneries pareilles ?

— Arrête, c'est super drôle !

Heather remarqua alors les vêtements qu'elle tenait.

— Qu'est-ce que tu fais ? Tu sors ?

Cindy sentit dans le « Tu sors ? » une pointe d'indignation.

— Je ne rentrerai pas tard.

— Où vas-tu ?

— Je vais seulement dîner dehors.

— Et avec qui ?

— Personne en particulier.

— Qu'est-ce que tu veux dire ?

Heather s'assit sur le lit, croisa les jambes et appuya son menton sur ses mains, son radar en alerte générale.

— Rien de spécial.

— Je te trouve bien évasive.

— Je te trouve bien indiscrète.

Je te trouve bien têtue, avait-elle dit à Julia ce matin.

Je te trouve bien scato.

— C'est juste de la curiosité. Tu me demandes toujours où je vais.

— Parce que je suis ta mère.

— Tu as un rendez-vous galant ? C'est ça, hein ? C'est qui ?

— Qui est-ce ? la corrigea Cindy. Je croyais que tu faisais des études littéraires.

— Avec qui sortez-vous, mère ?

Heather avait imité la voix de Julia et le mot « mère » frappa Cindy comme un élastique.

— Il s'appelle Neil Macfarlane. C'est le comptable de Trish.

— Est-il beau ?

— Oui, d'après Trish.

— Tu ne l'as jamais vu ?

Cindy rougit.

— Alors... alors c'est un blind date ! s'écria Heather en appuyant exagérément sur les deux derniers mots, les mains tendues vers la télévision.

Tu as déjà fait une partie à trois ? demandait le Roméo à sa Juliette qu'il gavait de homard avant de se pencher pour lécher le beurre qui lui coulait sur le menton.

— Oh, mon Dieu ! soupira Cindy.

— Et c'est ce que tu vas porter ?

Heather montra les vêtements que sa mère tenait à la main. Cindy mit le chemisier devant elle.

— Qu'en penses-tu ?

— Tu devrais mettre quelque chose de plus décolleté, qui fasse un peu d'effet, tu vois.

— Je crois que ça correspond parfaitement à l'impression que je veux donner. Où est Duncan ? demanda-t-elle, s'apercevant soudain qu'elle ne l'avait pas vu depuis son arrivée.

Heather haussa les épaules, d'un air qui se voulait indifférent, et se rallongea.

— J'sais pas.

— Ah bon ? Étonnant.

Heather la fusilla du regard.

— Pourquoi ? On n'est pas siamois.

— Vous vous êtes disputés ?

— Oh ! une broutille.

Cindy sentit au ton d'Heather qu'il valait mieux ne pas insister. Et puis, elle préférait ignorer ce qui s'était passé. Elle en savait déjà bien assez sur leurs relations. C'était l'inconvénient de dormir dans la chambre voisine. On entendait les moindres chuchotements, gloussements, craquements enthousiastes du lit.

— Tu pourrais me rendre un service ?

Elle sourit à Heather et attendit qu'elle lui demande lequel. En vain.

— Tu pourrais appeler ton père ?

— Pourquoi ?

— Je voudrais savoir si Julia dîne chez lui.

— Pourquoi ne pas l'appeler toi-même ?

— Je te demande de le faire.

— Ça ne me dit pas pourquoi.

— Heather, je t'en prie...

— J'appellerai quand l'émission sera terminée.

— Dans combien de temps ?

— Dans un quart d'heure.

Nous nous entendons parfaitement sur le plan intellectuel, confiait la bimbo à la caméra.

— Je compte sur toi.

— Ne t'inquiète pas pour Julia. Elle t'a dit qu'elle n'irait pas à l'essayage. Je ne vois pas pourquoi tu te fais tant de souci.

— Ce n'est pas ça. Je me demande si elle ne se serait pas perdue.

— Perdue ! répéta Heather de la voix de sa tante.

La dernière fois que Julia avait disparu, elle avait treize ans. Cindy se remettait difficilement de la mort brutale deux mois auparavant de son père, Tom était en « voyage d'affaires » avec sa conquête du moment et Heather chantait en soliste dans la chorale de son école. Julia était censée rentrer à la maison suffisamment tôt pour accompagner sa mère au concert, mais à sept heures elle n'était toujours pas là. Cindy avait passé une heure à appeler ses amies, puis à faire le tour des voisins sous la pluie battante. Elle avait tenté de joindre Tom à Montréal, mais il ne se trouvait pas à l'hôtel. En désespoir de cause, à neuf heures du soir, complètement déboussolée, elle était allée chercher Heather à la fin du concert et l'avait trouvée en compagnie de Julia.

— Je t'avais dit que je te rejoindrais ici ! avait soutenu sa fille aînée. Tu n'écoutes jamais !

Julia lui avait-elle parlé de projets pour ce soir ? se demandait maintenant Cindy qui jeta les vêtements sur le lit avant de se diriger vers la salle de bains. N'avait-elle pas bien écouté ?

— Mon Dieu! Je suis affreuse, gémit-elle.

— Pas du tout, cria Heather de la chambre à côté.

— Je suis petite.

— Un mètre soixante-cinq, ce n'est déjà pas si mal.

— Et ma coiffure est un désastre.

Cindy tira sur ses boucles brunes.

— Tu dis n'importe quoi!

Heather apparut sur le pas de la porte.

— Maman, qu'est-ce qui ne va pas?

— Rien, rien.

— Normalement, moi je devrais me plaindre de mon physique et toi tu devrais me rassurer avec les habituelles platitudes maternelles.

Cindy sourit. Heather avait raison. Quand leurs rôles s'étaient-ils subitement inversés?

— Ton rendez-vous galant t'angoisse.

— Ce n'est pas un rendez-vous galant. Et je ne suis pas angoissée.

Cindy ouvrit le robinet et se lava vigoureusement le visage.

— N'utilise pas le savon.

La fille arrêta la main de sa mère et chercha dans la pharmacie le démaquillant.

— Pourquoi acheter des produits géniaux si tu ne t'en sers jamais?

— C'est trop contraignant.

— Essaie ça! Et ensuite ça. (Heather sortit un assortiment de flacons du placard encombré et les posa sur le comptoir en merisier.) Après, je te maquillerai. Tiens, en parlant de maquillage, depuis quand tante Leigh se fait-elle les yeux à la Tammy Faye?

— J'espère qu'il s'agit d'une toquade.

— Pourvu qu'elle lui passe avant le mariage.

Le téléphone sonna.

— Il serait temps! grommela Cindy, persuadée que c'était Julia. Allô! dit-elle d'une voix agressive.

— Cindy, c'est Leigh, annonça sa sœur comme si elle avait su qu'elles parlaient d'elle. Je voulais juste m'excuser de ce que je t'ai dit tout à l'heure.

— Oh, ce n'est pas grave!

— J'ai perdu la tête.

— Effectivement.

— Enfin, je suis désolée.

— J'accepte tes excuses.

— C'est la faute du mariage. Et de maman, évidemment.

— Évidemment.

— Je suis constamment sous pression. Parfois je me laisse emporter.

Cindy hocha la tête.

— Je t'envie, tu sais, soupira sa sœur.

Cindy raccrocha en riant.

— Qu'y a-t-il de drôle? demanda Heather.

— La façon de s'excuser de ta tante.

Cindy posa les yeux sur l'écran. Une autre jeune femme, dont le bikini foncé était assorti à sa peau d'ébène, montait dans une baignoire avec un homme chauve et couvert de tatouages qui ressemblait à un M. Propre en noir.

— De quoi s'est-elle excusée?

— De rien justement.

Cindy secoua la tête. Elle essayait de se souvenir d'un seul moment où elle aurait pu se sentir proche de sa sœur.

(Elle la revoit à huit ans, qui singe le moindre de ses gestes, et la suit de pièce en pièce, comme un petit chien.

— Pourquoi elle m'imite tout le temps! proteste-t-elle en la repoussant.

— Pourquoi m'imite-t-elle! la reprend sa mère. Tu sais que l'imitation est la plus sincère des flatteries.

— Je la déteste.

— Je la déteste aussi, dit Leigh en écho.

— Vous vous adorerez quand vous serez grandes, assure leur mère.)

S'aimaient-elles? se demanda Cindy en regardant M. Propre expliquer ses tatouages à sa compagne. Elles étaient diamétralement opposées. Elles n'avaient pas les mêmes goûts, encore moins les mêmes intérêts ou le même style. Qu'il s'agisse de vêtements, de politique, d'hommes. Elles avaient beau faire des efforts, et il leur arrivait d'essayer, elles ne s'entendaient pas. À peine arrivaient-elles à se supporter. Et encore...

46

Bizarrement, elles n'avaient jamais été aussi proches que juste après le mariage de Cindy et après son divorce. Lorsque Cindy s'était enfuie avec Tom aux chutes du Niagara, c'était Leigh qui avait convaincu les parents de lui pardonner et d'accepter le jeune homme. Et ensuite Leigh venait souvent les voir dans leur minuscule appartement, complice à retardement.

Lorsque Tom l'avait quittée en emmenant Julia, Leigh l'avait à nouveau soutenue. Elle passait le soir, lui faisait des courses, proposait de garder Heather. Pendant des mois, elle l'avait appelée matin et soir. Elle lui avait procuré le meilleur avocat de la ville et avait joyeusement applaudi lorsque Cindy avait obtenu un jugement qui lui assurait la sécurité à vie.

De son côté, Leigh était mariée à un proviseur de lycée et leur union semblait heureuse. Warren était un homme patient à l'extrême et sincèrement amoureux de sa femme.

— Jamais Warren ne me tromperait, avait souvent déclaré Leigh. Cindy avait toujours acquiescé, convaincue de la justesse de cette affirmation, et ignorant le sous-entendu latent : « comme Tom t'a trompée ».

— Maman ? s'inquiéta Heather. Qu'est-ce qui t'arrive ? Pourquoi souris-tu bizarrement ?

Cindy desserra les dents.

— C'est cette émission stupide.

Elle appuya sur la touche arrêt de la télécommande et regarda M. Propre et sa compagne disparaître dans les ténèbres.

— Hé...

— Appelle ton père, je t'en prie...

— Je ne comprends pas pourquoi tu ne le fais pas toi-même, bougonna Heather en attrapant le téléphone.

— Je n'ai pas envie de parler à la Bécasse, marmonna Cindy.

— Quoi ?

— Appelle-le.

Heather composa le numéro et attendit en se balançant d'un pied sur l'autre.

— Bonjour, Fiona, commença-t-elle pendant que Cindy grimaçait sous son nez comme si elle avait senti une mauvaise odeur. C'est Heather. Comment vas-tu ?

Cindy retourna dans la salle de bains et tira la langue devant le miroir.

— Ze vais très bien, minauda-t-elle, imitant la petite voix maniérée de Fiona. Ze suis gaie comme un pinson et belle comme le zour.

— Est-ce que ma sœur est là ?

Cindy attrapa la brosse et commença à se coiffer en guettant la réponse.

— Vous l'attendez pour dîner ?

Donc Julia n'était pas chez son père. Du moins, pas encore.

— Demande-lui si elle a eu de ses nouvelles ! lança Cindy en revenant vers la chambre.

— Tu as eu de ses nouvelles ? (Heather secoua la tête à l'intention de sa mère.) D'accord, si vous l'avez, dites-lui d'appeler la maison. OK ? Ouais, ça va. Je voulais juste lui parler. D'accord. Salut.

Elle raccrocha.

— Julia n'était pas là ?

— Elle va bien, rassure-toi. Pourquoi appelles-tu Fiona la Bécasse ?

Cindy haussa les épaules et se coiffa avec tant de vigueur que le manche de la brosse se décrocha.

— Oh, il ne manquait plus que ça !

— Je vais t'aider.

Heather remit le manche en place. Puis elle brossa tendrement les cheveux bouclés de sa mère.

— Tu vas voir. Je vais te faire toute belle pour ton rendez-vous galant.

— Ce n'est pas un rendez-vous galant.

— Je sais.

— Je ferais mieux de rester là d'ailleurs.

— Ne dis pas de bêtises. Je serai très bien toute seule.

— Je m'inquiète pour Julia.

Heather s'arrêta brusquement de la coiffer.

— Tu as fini ?

Heather hocha la tête et lui rendit la brosse.

— Tu n'as pas besoin de moi.

5.

— Et comment avez-vous connu Trish ?

Cindy ramena ses cheveux derrière l'oreille, moins par nécessité que pour se donner une contenance. Elle redressa les couverts sur la nappe blanche, pourtant parfaitement placés, et reforma les plis de la serviette. Puis elle retoucha une nouvelle fois sa mèche et regarda par la baie, au-dessus de la tête de Neil Macfarlane, le ciel bleu que le crépuscule décolorait peu à peu en camaïeu de gris. Il ferait bientôt nuit, songea-t-elle. Les jours raccourcissaient. Une constatation qu'elle pourrait utiliser pour alimenter la conversation lorsqu'ils n'auraient plus rien à se dire. N'était-ce pas afin d'éviter ces moments pénibles qu'elle avait cessé d'accepter des rendez-vous ? Ou les hommes avaient-ils simplement cessé de l'inviter ?

— Nous nous sommes rencontrées il y a une dizaine d'années en attrapant le même flacon de lait hydratant. Nous étions toutes les deux pressées. C'était pendant le Festival du film et nous n'avions pas beaucoup de temps entre les projections.

— J'en déduis donc que Trish est une fan de cinéma.

— Oui, comme moi.

Évidemment, la suite logique de la conversation aurait voulu qu'elle demande « Et vous ? » Mais Cindy s'abstint car la question aurait signifié qu'elle s'intéressait à Neil Macfarlane. Et elle était bien décidée à ne pas lui prêter plus d'attention que ça. Elle se gratta délicatement la nuque et tendit la main vers la corbeille à pain qu'elle se contenta finalement de déplacer de quelques centimètres. Elle ne voulait pas se bourrer de pain. Ni mettre des miettes sur ses vêtements. Elle n'avait pas envie non plus de voir le serveur s'approcher d'elle d'un air de reproche, avec les horribles gadgets qui permettent de balayer les petits débris qui jonchent les tables. Elle voulait terminer son dîner, si le serveur daignait venir prendre leur commande ; boire du vin, si le sommelier voulait bien dénicher le bordeaux coûteux que Neil avait commandé ; et sortir de ce maudit restaurant pour retrouver Julia à la maison. Où pouvait-elle être ? Pourquoi n'avait-elle pas appelé ? Cindy fouilla dans son sac afin de vérifier que le portable était allumé.

— Tout va bien ? demanda Neil.

— Très bien.

Elle sourit, en évitant soigneusement ses yeux étonnants, d'un bleu presque turquoise avec des reflets argentés. Trish n'avait pas menti. Neil était très beau. Même plus : il était fabuleux. Et Cindy avait décidé dès le premier coup d'œil que moins elle le regarderait, mieux elle se porterait.

(Première impression : Un homme grand, mince, des cheveux bruns ondulés encadrant un visage de gamin, qui l'attend au pied de l'élégant escalier en acajou, avec, en toile de fond, une vue sur la ville à couper le souffle ; il sourit, de profondes fossettes lui creusent les joues tandis qu'elle s'approche timidement et que la ville s'estompe ; il porte une chemise bleue qui souligne la couleur extraordinaire de ses yeux ; la main tendue est chaleureuse.

— Cindy, dit-il d'une voix douce, avec l'assurance de quelqu'un qui n'a pas l'habitude de se tromper.

— Neil ? demande-t-elle en retour, aussitôt atterrée par la stupidité de sa question.

Qui d'autre pourrait-il être ? Elle se sent déjà mal à l'aise.)

— Et quel genre de film aimez-vous ? demanda-t-il alors que le sommelier s'approchait et soumettait fièrement la bouteille à son jugement. Cela me semble parfait, opina-t-il sans quitter Cindy des yeux.

Cindy se concentra sur le serveur qui déboucha la bouteille d'une main experte.

— J'aime tous les styles, dit-elle, vaguement déçue que le bouchon n'ait pas offert plus de résistance.

Le sommelier tendit le bouchon à Neil qui le sentit docilement et hocha la tête. Puis Neil goûta le vin qu'on venait de lui servir.

— Excellent! Il faut juste le laisser respirer quelques instants.

Il en a de la chance, le vin, songea Cindy, en regardant le serveur remplir son verre.

— Vous n'avez vraiment aucune préférence? reprit Neil. Pourquoi tenait-il tant à lui faire la conversation? Il se fichait autant des films qui pouvaient lui plaire que de la façon dont elle avait connu Trish. Et s'il feignait de s'intéresser à elle, c'était parce qu'il espérait avoir ainsi plus de chances de coucher avec elle. Mais pourquoi pourrait-il la désirer? Là, ça la dépassait! Un peu de jugeote, pour l'amour du ciel! songeat-elle en se forçant à contempler le sol. Il devait avoir à ses pieds un nombre considérable de femmes séduisantes, jolies et surtout plus jeunes. Et s'il voulait faire l'amour, c'était parce qu'elle se trouvait là, décréta-t-elle. Tout simplement. Ça ne comptait pas.

Ça ne compte pas.

Combien de fois Tom lui avait-il répété cette phrase?

Cindy releva la tête et regarda Neil Macfarlane droit dans les yeux.

— J'adore le sexe et la violence, répondit-elle, en toute honnêteté.

C'était la première fois qu'elle osait l'avouer.

— Pardon?

— Vous m'avez demandé quel genre de films j'aimais. J'aime les films de sexe et de violence.

Elle prit son verre et but une longue gorgée de vin qui lui râpa la gorge. Neil avait raison. Il fallait le laisser respirer. Elle rejeta les cheveux en arrière, but à nouveau.

— Vous avez l'air choqué.

Neil sourit, les deux fossettes encadrèrent sa bouche comme des guillemets.

— Le sexe, je comprends. Mais l'hémoglobine...?

— Les effusions de sang ne me plaisent pas non plus. (Cindy sentit le vin lui réchauffer l'estomac.) Je n'aime pas voir les gens se faire trucider. En réalité, ce qui m'attire, c'est la menace de la violence, la possibilité que quelque chose d'horrible puisse arriver.

— Les femmes en détresse, dit Neil, hochant la tête comme s'il comprenait, comme s'il savait déjà tout d'elle, et n'avait rien à découvrir.

— Je déteste cette expression, dit-elle d'une voix plus forte qu'elle ne le voulait. (Elle but une nouvelle gorgée de vin afin de se donner du courage.) Je la trouve condescendante. Jamais vous n'entendez parler d'homme en détresse. Pourtant l'essence même des drames, ce sont les gens en détresse. Pourquoi sent-on une pointe de dérision dès qu'il s'agit d'une femme ?

Waouh ! Elle n'en revenait pas d'avoir fait une sortie pareille.

Neil se renfonça dans son siège et leva les mains en geste de reddition. Cindy se prépara à une réponse cinglante qui la remettrait à sa place et la réduirait à une militante féministe butée, hostile aux hommes.

— Vous avez raison, déclara-t-il alors à sa grande surprise.

Son soulagement lui fit l'effet d'une douche.

— Je crois qu'on ne m'a jamais dit ça, avoua-t-elle, une main posée sur le cœur.

Il éclata de rire.

— Je n'y avais pas réellement réfléchi, mais je suis totalement de votre avis. Tous les drames reposent en fait sur des histoires de gens en péril, ou sur une période de leur vie où ils sont menacés ; ils doivent prendre un risque ou des décisions vitales, bref se tirer de situations critiques, sauver leur peau. Et le terme femme en détresse est condescendant, vous avez entièrement raison.

Cindy sourit. Il désirait vraiment la mettre dans son lit.

— Trish vous a-t-elle dit que je n'avais pas couché avec un homme depuis trois ans ?

Les mots avaient jailli sans qu'elle ait pu les retenir.

Neil arrêta son geste alors qu'il s'apprêtait à boire.

— Je ne crois pas qu'elle l'ait mentionné, non.

Lentement, soigneusement, il porta le verre à ses lèvres et but une longue gorgée qu'il garda en bouche, presque comme s'il avait peur d'avaler.

— Vous croyez qu'il a assez respiré ? demanda Cindy, ravie de l'avoir mis mal à l'aise.

Il avala et expira longuement.

— Il est parfait.

Le serveur s'approcha et demanda s'ils avaient choisi. Neil attrapa le menu.

— J'ai oublié ce que je voulais prendre, reconnut-il piteusement en parcourant la carte des yeux. Ah oui, le spécial !

— Le foie de veau me tente beaucoup, dit Cindy, en songeant que c'était bien agréable de contrôler la situation, pour changer – depuis quand cela ne lui était-il pas arrivé ? Et je commencerais volontiers par une salade d'endives aux poires.

Elle mourait de faim subitement.

— Et moi par des calamars.

— Excellent choix, monsieur, dit le serveur avant de s'en aller avec les menus.

Et qu'a-t-il à reprocher au « mien », de choix ? se demanda Cindy, un peu déstabilisée, son assurance déjà en perte de vitesse. Que lui arrivait-il ? Quelle idée de dire à un inconnu qu'elle n'avait pas fait l'amour depuis trois ans ! Elle semblait avoir oublié qu'il était le comptable de Trish, bon sang ! Que devait-il penser d'elle ?

— Avez-vous remarqué que les jours raccourcissent ? demanda-t-elle, presque désespérée.

Neil tourna les yeux vers les fenêtres orientées à l'est et au sud.

— Oui, peut-être.

Il ramena son regard vers Cindy et la considéra avec un mélange de curiosité amusée et d'attente prudente, comme s'il craignait ses prochains mots, tout en étant impatient de les entendre.

— Et si vous me parliez des joies de la comptabilité. Il y en a ?

— J'aime à le croire. Il y a quelque chose de très satisfaisant dans les chiffres.

— Comment ça ?

— Les chiffres sont ce qu'ils paraissent. Ils sont francs. À l'opposé des gens.

Cindy acquiesça d'un hochement de tête.

— Je ne pense pas que vous ayez beaucoup de problèmes relationnels.

Neil haussa les épaules et leva son verre pour porter un toast.

— Aux gens !

Cindy fit tinter son verre contre le sien en évitant son regard.

— J'en déduis que vous étiez bon en maths au départ ?

— Exact.

— Moi, j'étais nulle. Je détestais.

— Moi, c'est en littérature que j'étais mauvais.

— J'adorais.

Il y eut un moment de silence.

— Pourrions-nous maintenant reparler de « sexe », comme vous dites ? demanda-t-il, et elle éclata de rire malgré elle.

— Pourrions-nous oublier ce que j'ai dit ?

— Je crains que ce ne soit difficile.

— Pouvons-nous au moins essayer ?

— Absolument.

Nouveau silence.

— Écoutez, il est évident que je ne suis pas douée pour ça.

— Pour quoi ?

— Toute cette histoire... Ce rendez-vous...

— Pourquoi dites-vous cela ?

— Eh bien, ma conversation n'est pas très passionnante.

— Au contraire. Vous avez su éveiller mon intérêt.

Cindy rit à nouveau.

— Le sexe est un moyen facile d'attirer l'attention.

— Oh non, pas toujours facile !

Cindy termina son verre.

— Alors, que vous a raconté Trish sur moi, en fin de compte ?

Neil s'appuya contre son dossier et réfléchit quelques secondes.

— Elle m'a dit que vous étiez spirituelle, belle et que peu d'hommes trouvaient grâce à vos yeux.

— Quelle jolie façon de dire que je n'ai pas fait l'amour depuis trois ans ! (Cindy plaqua la main sur ses lèvres.) Mon Dieu ! Mais que m'arrive-t-il ?

— Vous n'avez pas fait l'amour depuis trois ans, expliqua-t-il avec un sourire coquin.

Une vague de chaleur s'étendit sur le visage et le cou de Cindy, comme un coup de soleil. Elle sentit tous les regards posés sur elle.

— Peut-être devrais-je faire une annonce officielle. Oui, je crois que les gens n'ont pas entendu dans le fond, là-bas.

— Et pourquoi une telle abstinence ? Vous êtes vraiment aussi sélective que Trish le prétend ?

— Disons plutôt que je suis irascible. Les hommes n'aiment pas les femmes agressives.

— Vous êtes irascible ?

— Il paraît.

Je n'ai jamais supporté tes colères, lui avait dit son ex-mari.

— Ça va ? s'inquiéta Neil.

— Oui, pourquoi ?

— Vous avez un drôle d'air.

— Je vais bien. Enfin, mis à part le fait que je me sens complètement stupide, je vais très bien.

— Je vous trouve charmante. Je passe un moment très agréable.

— C'est vrai ?

— Pas vous ?

— Si, moi aussi, reconnut-elle en riant.

— Parfait. Reprenez du vin.

Il remplit leurs deux verres et trinqua à nouveau.

— Aux femmes coléreuses.

— Aux hommes courageux.

(Souvenir : La voix de Tom sur le répondeur. Bonjour, c'est moi. Écoute, ce n'est pas facile à dire, alors je n'irai pas par quatre chemins. Je m'en vais. En réalité, je suis déjà parti. Tu peux me traiter de lâche et de tous les noms, mais j'ai pensé qu'il valait mieux ne pas te le dire directement. Tu sais que je n'ai jamais supporté tes colères. Je suis à l'hôtel Four Seasons. Appelle-moi quand tu auras fini de hurler.)

— Trish m'a dit que vous travailliez à Hazelton Lanes, reprit Neil.

— Oui. Chez l'une de mes amies qui a une ravissante petite bijouterie. Je l'aide trois après-midi par semaine.

— Et depuis combien de temps ?

— Depuis sept ans.

— Depuis votre divorce.

— Trish vous en a parlé ?

— Elle m'a juste dit que vous étiez divorcée depuis sept ans.

C'était la partie des rendez-vous qu'elle aimait le moins. Le résumé sentimental où l'on était censé étaler son linge sale et se dénuder l'âme, évacuer les frustrations, raconter la souffrance en espérant trouver une oreille sympathique. Seulement ce déballage ne l'intéressait pas. Il y avait longtemps qu'elle n'en espérait plus rien.

— Bon, je vais essayer d'être aussi brève que possible. Mon mari m'a quittée il y a sept ans pour une autre femme, ce qui ne m'a pas étonnée : il me trompait depuis des années. La surprise en revanche, c'est que ma fille aînée ait choisi de le suivre. Mais finalement j'aurais dû m'y attendre, elle a toujours préféré son père. Quoi qu'il en soit, continua Cindy en tournant les yeux vers le portable dans son sac, mon jugement de divorce me permet de vivre sans devoir travailler. Ce qui tombe bien, je n'ai pas fait d'études. Mon mari m'a enlevée quand j'avais dix-huit ans... Vous me suivez toujours ?

— Je bois chacune de vos paroles.

— Après mon mariage, j'ai travaillé chez Eaton's deux ou trois ans à vendre des serviettes, des draps et d'autres articles passionnants, pour faire vivre notre ménage pendant que mon mari terminait ses études de droit. Puis j'ai été enceinte et j'ai arrêté de travailler pour élever Julia. Deux ans après, Heather est arrivée. Julia ne m'a jamais pardonné la naissance de sa petite sœur (Cindy dut faire un effort pour garder un ton léger), comme en a témoigné sa décision d'aller vivre chez son père.

— Mais vous la voyiez, non ? Le week-end, pendant les vacances ?

Cindy sentit son estomac se nouer.

— Elle était en pleine adolescence, je la voyais quand elle avait un moment.

— Je suppose que son absence a dû être très difficile pour vous.

— Affreuse. J'avais l'impression qu'on m'avait arraché une partie de moi-même. Je ne pouvais plus dormir, je n'arrêtais pas de me demander ce que j'avais fait de mal. Parfois j'arrivais à peine à sortir de mon lit. J'ai cru que j'allais devenir folle. Mon amie Meg m'a alors proposé de travailler dans sa boutique. J'ai d'abord refusé puis j'ai décidé que je devais m'occuper. Et c'est génial. Je travaille trois après-midi par semaine. Je peux prendre des congés quand je veux. Comble de bonheur, ma fille est revenue habiter à la maison.

Cindy jeta à nouveau un regard vers son sac.

— Vous la gardez là-dedans?

Cindy sourit.

— Je suis désolée. J'attends qu'elle me rappelle. Et j'ai honte de vous avoir raconté tout ça. Pourrions-nous nous faire une faveur réciproque et ne plus jamais aborder le sujet de mon ex-mari et de mon divorce?

— Je trinque à cette résolution.

Ils firent tinter leurs verres l'un contre l'autre.

— À votre tour.

Cindy se renfonça dans son siège et but une gorgée de vin.

— Votre vie personnelle en cinquante mots maximum.

Il rit.

— Eh bien, j'ai été marié.

— Combien de temps?

— Quinze ans.

— Et depuis quand êtes-vous divorcé?

— Je ne suis pas divorcé.

— Oh?

— Ma femme est morte il y a quatre ans.

— Pardon, je suis désolée!

— Elle s'est réveillée un matin en disant qu'elle ne se sentait pas bien et, six semaines plus tard, elle était emportée par un cancer.

— Quelle horreur ! Trish ne m'avait pas dit...

— Je ne pense pas qu'elle le sache. Je ne connais Trish que depuis peu de temps et les seules choses qu'elle m'ait demandées c'est si j'étais marié, et si j'avais envie de sortir avec l'une de ses amies.

Cindy secoua la tête.

— Et vous, pauvre homme, vous avez dit oui.

— Exactement.

— Avez-vous des enfants ?

— Un fils. Max. Dix-sept ans. Un gamin extra.

Cindy essaya de s'imaginer Julia à dix-sept ans, mais les années entre ses quatorze et vingt et un ans ressemblaient à des chocolats oubliés au soleil. Un amalgame informe. Des années perdues, des souvenirs à jamais irrécupérables.

Le serveur réapparut brusquement.

— Une salade d'endives aux poires pour madame, annonça-t-il comme si elle pouvait avoir oublié. Des calamars pour monsieur. (Il posa les plats.) Bon appétit.

— Merci.

Cindy leva sa fourchette et la planta dans la salade en jetant un nouveau coup d'œil à son portable. Hélas le téléphone était obstinément muet et Julia restait, comme toujours, cruellement hors de sa portée.

6.

Le téléphone sonna exactement à deux heures du matin, tranchant net le fil de son sommeil. Elle jeta le bras dans la direction de la sonnerie, sa main heurta la table de nuit et elle poussa un cri de douleur en cherchant le combiné à tâtons.

— J'ai cru comprendre que vous aviez perdu votre fille, dit la voix à l'autre bout.

Cindy se redressa aussitôt, complètement réveillée, le corps tendu, les pieds sur le sol, prête à courir.

— Qui êtes-vous ?

— Peu importe. Ce qui compte, c'est que je l'aie trouvée.

Cindy tourna les yeux dans l'obscurité vers la fenêtre comme si Julia s'était brutalement évaporée par les lattes du store pour se cacher entre les branches de l'érable rouge, dans le jardin. Son sang battait aux tempes.

— Où est-elle ? Comment va-t-elle ?

— Vous devriez mieux surveiller vos enfants.

— Je vous en prie, pourriez-vous juste me dire où elle est ?

— Vous savez ce qu'on dit, n'est-ce pas ? C'est celui qui le trouve qui le garde... et celui qui le perd qui pleure...

— Quoi ? Qui êtes-vous ? Qu'avez-vous fait à Julia ?

— Il faut que j'y aille maintenant.

— Attendez. Ne coupez pas. Je vous en prie !

En entendant le déclic, Cindy eut l'impression que Julia venait de mourir dans ses bras.

— Non ! Non !

— Maman? (Une voix apeurée l'appelait du seuil.) Maman, qu'est-ce qui ne va pas?

Cindy pivota d'un bloc et rejeta les draps, oubliant qu'elle était nue, les pupilles dilatées par l'incrédulité lorsqu'elle reconnut l'identité de la personne qui s'avançait vers elle.

— Julia? Tu es là? Tu vas bien? (Elle tendit les bras vers sa fille et l'écrasa contre elle.) Je viens de faire un cauchemar horrible. Mais tu vas bien. Tu vas bien. (Elle l'embrassa sur la joue, puis sur le front, et sentit la peau de Julia se glacer sous ses baisers.) Mon pauvre bébé. Tu es gelée. Viens dans mon lit. Qu'est-ce qui t'arrive, ma chérie? Tu es malade? (Cindy la poussa vers le lit, Julia tomba inerte contre les oreillers, ses cheveux blonds étalés autour du visage. On aurait dit des algues dans une mare.) Tout va bien, à présent, ma chérie. Maman est là.

Julia la dévisageait d'un œil froid, mort. Elle parla sans bouger les lèvres.

— C'est de ta faute, dit-elle.

Cindy poussa un hurlement.

Et soudain quelqu'un s'approcha d'elle, lui toucha l'épaule, caressa son bras.

— Maman? Maman? Que se passe-t-il? Maman, réveille-toi. Réveille-toi!

Cindy sentit alors quelque chose d'humide près de sa hanche, et un battement contre le lit. Elle ouvrit les yeux et vit Heather tremblante, le visage strié par les rayons de la lune qui filtraient à travers les stores. Elvis, debout sur les pattes de derrière, donnait de grands coups de langue dans sa direction. Sa queue tapait contre le sommier.

— Que se passe-t-il?

— C'est plutôt à toi de me le dire. Tu vas bien?

Quelque chose bougea dans l'obscurité derrière Heather. Cindy tendit le cou et plissa les yeux pour percer les ténèbres.

— Il y a quelqu'un? Julia, c'est toi?

— C'est moi, madame Carver, répondit Duncan, s'approchant à son tour, vêtu seulement du bas de son pyjama rayé bleu et blanc.

Heather portait le haut.

— Oh! (Cindy remonta précipitamment les draps.) Mon peignoir, demanda-t-elle avec un geste vague vers le pied du lit.

Heather prit le peignoir en éponge vert et marine et en enveloppa les épaules de sa mère.

Cindy contemplait son lit d'un regard vide. Les détails du rêve s'évaporaient déjà, crevés comme des bulles par l'air frais de la nuit, emportant Julia.

— Oui, j'ai fait un cauchemar. Un terrible cauchemar.

— Veux-tu que j'aille te chercher du lait chaud ou autre chose ? proposa Heather.

Cindy secoua la tête.

— Julia est rentrée ?

Elle vit qu'Heather fronçait les sourcils malgré l'obscurité.

— Sa porte est fermée, répondit Duncan.

— Elle la ferme toujours, lui rappela Heather. Tu veux que j'aille vérifier ?

— Je m'en occupe. (Cindy enfila la robe de chambre et se leva.) Retournez vous coucher tous les deux. Je suis désolée de vous avoir réveillés, essayez de vous rendormir. Il est tard.

Elle les suivit dans le couloir et s'arrêta devant la porte de sa fille aînée. Elvis lui lécha les pieds. Elle posa la main sur la poignée.

— Elle va hurler si tu la réveilles, l'avertit Heather.

Elle tourna doucement la poignée, poussa la porte qui s'ouvrit avec un craquement, passa la tête dans l'entrebâillement et essaya de distinguer le lit, les yeux plissés.

Il était vide.

Cindy le sentit avant même qu'Elvis ne bondisse dans la chambre pour se jeter sur les peluches posées sur l'oreiller. Heather courut après lui et se tordit les pieds sur des CD épars sur la moquette bleue.

— Merde ! cria-t-elle alors que Cindy allumait la lampe.

— Heureusement qu'elle n'est pas là ! remarqua Duncan, narquois.

Le chien se mit à aboyer.

— Bon sang, où est-elle ?

Cindy contempla la pagaille de sa fille : les vêtements éparpillés par terre, sur les étagères, sur le bureau en noyer et le dos du fauteuil en cuir. La minirobe rose vif accrochée aux volets blancs ; la paire de sandales à talons d'une hauteur exagérée, pendue par les brides à un montant du lit.

— Elle doit être chez papa.

Heather chassa le chien du lit.

— Pourquoi n'a-t-elle pas appelé?

— Parce qu'elle est comme ça. À moins qu'elle ne soit chez Sean.

— Je croyais qu'ils avaient rompu.

— Et alors?

Cindy hocha la tête en hésitant à téléphoner au jeune homme à une heure pareille.

— Ne l'appelle pas, la mit en garde Heather qui avait deviné ses pensées. Elle va bien, maman. Arrête de t'inquiéter. Tu peux être sûre qu'elle ne se fait pas le moindre souci pour toi.

— Tu as raison.

Cindy essaya de ne pas imaginer Julia baignant dans une mare de sang au bord d'un fossé, sur une route perdue. Ou pire encore.

— Tu ne nous as pas dit comment s'était passé ton rendez-vous galant, ce soir.

— Ce n'était pas un rendez-vous galant.

— Bon, d'accord. Alors, vous êtes-vous bien entendus sur le plan intellectuel?

Cindy revit les merveilleuses fossettes de Neil quand il souriait, sentit le contact de sa peau chaque fois que son bras avait effleuré le sien tandis qu'il la raccompagnait chez elle, et son haleine sucrée alors qu'il l'embrassait sur la joue en lui souhaitant bonne nuit.

— Nous avons passé un moment agréable.

— Vous allez vous revoir?

— On verra.

Cindy l'embrassa sur le front et tapota le bras de Duncan.

— Allez vite dormir.

— Toi aussi, répondit Heather. Tu viens, Elvis?

Elvis se coucha instantanément aux pieds de Cindy et refusa d'en bouger.

— Je crois qu'il veut dormir avec toi.

Heather suivit Duncan et referma la porte de leur chambre.

— Tu parles d'un cadeau!

Elvis se mit sur le dos et offrit son ventre aux caresses.

— Viens, espèce d'idiot. Allons nous coucher.

Elvis se releva d'un bond, fit deux pas, puis s'assit et contempla la chambre de Julia. Lui non plus ne semblait pas comprendre son absence.

— Elle va bien. (Le chien l'écouta en penchant la tête de côté.) Mais elle ne perd rien pour attendre.

Cindy regagna sa chambre, se laissa tomber sur son lit et s'allongea sur les draps. Elvis sauta à côté d'elle et se blottit au creux de ses genoux. Cindy se tourna, il se serra plus près.

— Je ne crois pas que ce soit une bonne idée, dit-elle au bout de quelques minutes passées à chercher en vain une position confortable. Je n'ai plus l'habitude de partager mon lit. Désolée.

Elle s'assit, alluma sa lampe de chevet et saisit le téléphone.

Ne l'appelle pas, entendit-elle dire Heather.

C'était trop tard. Ses doigts composaient déjà le numéro qu'elle ne pensait pourtant pas connaître par cœur.

Une voix endormie et ennuyée décrocha à la quatrième sonnerie.

— Allô?

Cindy imagina la jeune femme s'asseyant dans son lit, repoussant les abondantes boucles rousses de son visage de poupée, une bretelle de la coûteuse chemise de nuit en soie rose glissait sur l'épaule laiteuse, sa poitrine ronde palpitait sous la douce lueur de la lune.

Une véritable couverture de livre. *Roman d'amour pour les Bécasses.*

— Fiona. C'est Cindy.

Elle imagina Tom s'asseyant à son tour à côté de sa jeune femme et remontant d'un doigt joueur la bretelle sur son épaule.

— Il est deux heures du matin, Cindy.

— Je sais l'heure qu'il est.

— Il est arrivé quelque chose?

— Julia est-elle chez vous?

— Julia? Non.

— Que se passe-t-il? entendit-elle Tom grogner.

— C'est ton ex. Demande-lui.

— Enfin, Cindy, tu as vu l'heure?

Cindy sentit sa gorge se contracter, comme à chaque fois qu'elle était forcée de lui parler.

— Fiona me l'a déjà demandé. Et sincèrement, je suis navrée de vous déranger aussi tard, mais Julia n'est pas rentrée, je n'ai pas eu de nouvelles de la journée et je me demandais si elle ne t'aurait pas contacté.

Il y eut un long silence.

— Non, pas depuis ce matin, vers dix heures et demie.

— Elle ne t'a pas appelé après l'audition?

— Non plus.

— Et ça ne t'inquiète pas?

— Pourquoi? (Cindy reconnut aussitôt le ton d'avocat.) J'ai d'autres préoccupations. Je n'exige pas de ma fille qu'elle me tienne au courant de ses faits et gestes, nuit et jour.

— Moi non plus.

— Il faut que tu la lâches un peu, Cindy, sinon tu vas encore la faire fuir.

Cindy sentit des larmes lui piquer les yeux. Lâcher ce que je n'ai jamais tenu? Je ne l'ai pas fait fuir. C'est toi qui l'as enlevée. Dans ta putain de BMW!

— Elle doit être avec Sean.

Cindy hocha la tête.

— Surtout ne l'appelle pas maintenant.

Cindy raccrocha sans dire bonsoir.

— Salaud! chuchota-t-elle tout bas.

Tom ne pouvait pourtant pas l'entendre! Elle resta quelques secondes sans bouger, Elvis serré contre elle.

— Et toi, qu'en penses-tu? Je couve trop mes enfants?

En réponse, Elvis sauta du lit, courut vers la porte de la salle de bains et se retourna. Il attendait qu'elle le suive.

— Quoi? Tu veux sortir?

Il aboya.

— Chut! D'accord. J'arrive.

Cindy resserra la ceinture de sa robe de chambre, enfila une paire de mules blanches élimées et descendit l'escalier d'un pas décidé.

— Tu te rends compte de ce que tu me fais faire, à une heure pareille ? Tu as intérêt à ne pas me déranger pour rien, je te préviens.

Elle ouvrit la porte et sortit sur le perron. Elvis descendit les marches en courant.

— Elvis, attends ! Où vas-tu ?

Elle vit son ombre traverser la pelouse et franchir la haie qui séparait le jardin de celui des voisins.

— Elvis, reviens ici ! Non ! Je rêve !

Ses mules claquaient bruyamment. Cindy descendit les marches à son tour.

— Elvis, reviens ! Tu es un vilain chien.

Voilà qui va le faire revenir..., pensa-t-elle.

— Tu es un bon toutou, Elvis. Viens voir maman.

Sauf que sa maman ce n'était pas elle, mais Julia ! Elle était donc sa grand-mère ! Seigneur !

— Tout va bien, Cindy. Il est là, lança une voix non loin d'elle.

Elle sursauta et poussa un cri.

— Désolé. Je ne voulais pas t'effrayer. (La voix venait de derrière la haie.) C'est moi. Ryan.

Cindy abandonna ses chaussons, passa à travers les arbustes et se retrouva dans le jardin des Sellick, les pieds trempés par la rosée. Ryan était assis sur la dernière marche du perron, dans la même position que sa femme, Faith, l'après-midi précédent. La lumière de deux lanternes en cuivre éclairait son beau visage : le nez long et droit, les lèvres minces, les pommettes marquées, la petite fente au menton. Ses cheveux bruns retombaient sur son front et le col de sa chemise, une chemise qui devait être marron ou noire, comme ses yeux. Julia l'avait toujours trouvé terriblement séduisant, se souvint Cindy. Elle s'approcha et aperçut Elvis, la tête posée confortablement sur ses genoux. Il léchait le jean du voisin d'un air béat. Elle remarqua que Ryan était pieds nus comme elle et portait une longue égratignure sous l'œil droit qu'il n'avait pas la veille.

— Je suis désolée de te déranger.

Cindy s'arrêta en bas des marches, elle ne voulait pas l'envahir davantage.

— Elvis, viens ici.

— Il ne me gêne pas.

Ryan gratouilla la tête du chien entre les oreilles.

— En fait, je suis ravi d'avoir de la compagnie.

— Ça va ?

— Pas moyen de dormir.

— Comment va Faith ?

Il haussa les épaules. Visiblement, il ne savait pas quoi répondre.

— Ma sœur a également fait une dépression après la naissance de ses deux enfants.

— Vraiment ? Et alors ?

Cindy fit un effort de mémoire mais, comme sa mère, elle n'en gardait aucun souvenir.

— Ça a fini par passer avec le temps.

— C'est ce qu'a dit son médecin. Il paraît que c'est assez fréquent.

— Oui.

— Tu n'en as jamais souffert ?

— Non. J'ai eu de la chance.

Cindy avait adoré ses grossesses et le temps où les enfants étaient bébés. Malgré les coliques dont avait souffert Julia dès sa naissance et qui l'avaient rendue si pénible. Heather, en revanche, avait fait des nuits entières dès deux mois et demi, et en même temps était passée à trois repas par jour. Et elle allait d'elle-même sur le pot à treize mois.

Cindy s'assit sur la marche et contempla la rue déserte, s'attendant presque à voir sa fille aînée émerger dans la lumière des réverbères.

— Le médecin lui a-t-il donné un traitement ?

— Il lui a prescrit du Valium, mais ça n'a pas l'air très efficace. Il lui faudrait quelque chose de plus fort.

— Elle devrait aller voir un psy.

— Oui, peut-être.

Ryan se massa l'arête du nez, comme pour chasser un début de migraine.

— Sa mère ne pourrait pas l'aider pendant quelques semaines ?

— Elle a déjà fait plusieurs fois l'aller-retour de Vancouver. Je ne peux pas lui demander de prendre l'avion chaque fois qu'il y a un problème. Et je n'ai plus mes parents...

— Et si vous preniez une nounou?

— Faith ne veut pas en entendre parler. Il faut être une mère indigne pour ne pas être capable de s'occuper de son enfant, me répond-elle chaque fois que j'en parle. (Il secoua la tête et tâta délicatement sa joue égratignée.) Je ne sais pas quoi faire. Une chose est certaine, je ne peux pas continuer comme ça. Aujourd'hui, non seulement je suis arrivé au bureau à midi passé mais j'ai dû rentrer quand tu m'as appelé.

— Je pourrais venir dans la semaine.

— Non. Je ne peux pas t'infliger une corvée pareille.

— Pas du tout. Et je verrai avec Heather et Julia si elles peuvent garder Kyle, de temps en temps.

Ryan éclata d'un rire joyeux qui la surprit.

— Qu'ai-je dit de drôle?

— Je vois très mal Julia en baby-sitter.

— Je ne savais pas que tu la connaissais aussi bien.

— Il suffit de la regarder marcher dans la rue. Il n'y a qu'elle pour se pavaner comme ça.

Cindy vit aussitôt l'image de Julia jaillir de l'ombre et s'avancer vers eux, la tête haute, en balançant les bras et les épaules au rythme de ses hanches. Il avait raison, elle marchait sous l'œil d'une caméra imaginaire en permanence.

— Ça va, sinon? s'enquit Ryan.

— Que veux-tu dire?

— Eh bien, Julia et le petit ami d'Heather... euh... j'ai oublié son nom...

— Duncan.

— Ouais, Duncan. Ils ont eu une sacrée dispute, ce matin!

— Une dispute?

— Oui, dans l'allée. Je les entendais crier de chez moi.

Il montra le salon, à gauche de l'entrée.

Ce devait être pendant qu'elle était allée acheter le chardonnay, calcula-t-elle en pensant au déjeuner de la veille avec nostalgie. Il semblait déjà loin. Julia se serait donc disputée avec Duncan? Et pourquoi ne lui en avait-il pas parlé? Ni Heather?

— À quelle heure ?

— Un peu avant onze heures, je crois.

Julia s'était accrochée avec Duncan juste avant de partir à son rendez-vous. Et si la querelle l'avait perturbée au point de lui faire rater l'audition de sa carrière ? Cela expliquerait qu'elle ne soit pas rentrée. Elle devait être folle furieuse. Et tout ça par la faute du maudit Duncan. Elle n'aurait jamais dû lui permettre d'emménager chez elle.

Cindy se leva.

— Je dois rentrer. Tu as besoin de dormir. Viens, Elvis. La fête est finie.

Bizarrement, le chien se redressa d'un bond et la suivit.

— Merci de ta gentillesse, lui lança Ryan alors qu'elle arrivait dans l'allée.

— Tout finira par s'arranger, tu verras, répondit Cindy d'un ton confiant, pendant qu'Elvis se soulageait contre le tronc d'un gros érable.

C'est plus tard, allongée sur son lit, incapable de trouver le sommeil – Julia n'était toujours pas rentrée –, que Cindy se demanda qui elle avait voulu convaincre.

7.

À sept heures et demie précises, le lendemain matin, Cindy appela Sean Banack.

— Sean, ici la mère de Julia, dit-elle en guise de bonjour. Elle est chez vous ?

— Quoi ? Pardon, qu'est-ce que vous avez dit ? demanda-t-il d'une voix chargée d'alcool et de tabac.

— C'est Cindy Carver. La mère de Julia, répéta-t-elle en imaginant le garçon appuyé sur un coude au milieu des draps froissés, repoussant les longs cheveux blonds de son visage puis frottant ses yeux fatigués.

Elle se demanda si Julia était allongée près de lui. *Je ne suis pas là*, l'entendit-elle presque chuchoter avant de se retourner et d'enfouir la tête sous l'oreiller.

— Madame Carver ? répéta Sean, visiblement stupéfait.

— Je suis désolée d'appeler si tôt. Pourrais-je parler à Julia ?

— Elle n'est pas là.

— Je vous en prie, Sean. C'est très important.

— Elle n'est pas là !

— Savez-vous où elle est ?

Sean émit un gloussement entre rire et sanglot.

— Je suis navré, madame Carver, mais cela ne me regarde plus.

— Que voulez-vous dire ?

— Simplement que nous avons rompu. Et je n'ai pas la moindre idée de ce qu'elle fait. Il est sept heures du matin, je me suis couché à trois heures, j'ai la gueule de bois et j'aimerais bien dormir.

— Sean, s'écria-t-elle avant qu'il ne coupe la conversation. Je vous en prie. Julia n'est pas rentrée de la nuit et je suis très inquiète. Si vous pensez savoir où elle peut être...

— Désolé, madame Carver. Ce n'est plus à moi qu'il faut le demander.

— Que voulez-vous dire ? À qui...

Il avait raccroché. Cindy fixa le combiné avant de le reposer sur son socle.

— Incroyable ! Absolument incroyable !

Elvis s'étira, sauta du lit et la regarda d'un air interrogateur.

— Qu'est-ce que ça signifie : « Ce n'est plus à moi qu'il faut le demander » ?

Le chien pencha la tête pensivement d'un côté puis de l'autre et courut à la porte en jappant.

— C'est tout ce que tu trouves à dire ?

Elvis aboya à nouveau et commença à gratter la moquette.

— Je sais, je sais. Tu veux sortir. Une minute, d'accord ?

Elvis s'assit, attendit patiemment qu'elle prenne sa douche et enfile un jean et un vieux T-shirt orange. Puis il la suivit dans le couloir.

— Tu crois que Julia est rentrée pendant que je me douchais ?

Elle jeta un coup d'œil vers la porte de la chambre que partageaient Duncan et Heather. Ça l'ennuyait qu'aucun des deux ne lui ait parlé de la dispute de la veille avec Julia. Quand même... une dispute suffisamment houleuse pour que le voisin l'entende de chez lui. Elle eut envie de faire irruption dans la chambre et d'exiger des explications mais pensa qu'il valait mieux sortir le chien avant. D'ici là, Julia serait peut-être rentrée.

— Allez, viens, Elvis.

Cindy lui mit sa laisse et attrapa un sac en plastique dans la cuisine. C'est seulement après avoir claqué la porte d'entrée qu'elle s'aperçut qu'elle avait oublié la clé. Elle aurait au moins une excuse pour réveiller tout le monde en revenant.

— Où es-tu, Julia ? demanda-t-elle à la rue baignée de soleil, l'oreille tendue vers la rumeur qui montait déjà des encombrements sur Avenue Road.

Quel drôle de nom de rue ! songea-t-elle tandis qu'Elvis se soulageait sur la pelouse du voisin. À croire que la municipalité se trouvait à court d'imagination.

Elle tourna à gauche dans Poplar Plains, vers le sud, entraînée par Elvis. La journée promettait d'être magnifique. Elle sentait déjà la chaleur et la légère brise qui agitait les feuillages. Dans une semaine, l'université de Toronto rouvrirait ses portes, Heather et Duncan reprendraient leurs cours, elle retrouverait des centaines d'autres fans de cinéma au festival et Julia... Où serait Julia ?

Où était-elle en ce moment ?

Cindy tira sur la laisse d'Elvis qui s'attardait au coin de Poplar Plains et de Clarendon, puis repartit d'un bon pas vers Edmund.

— Dépêche-toi de faire ce que tu as à faire, grommela-t-elle.

À sa stupéfaction, le chien s'accroupit et abandonna un témoignage fumant de son passage au milieu du trottoir. Cindy retint sa respiration et fit disparaître le tout dans le sac en plastique.

— Tu es un gentil toutou. Si seulement mes filles étaient aussi obéissantes.

Qu'avait voulu dire Sean quand il lui avait répondu que les problèmes de Julia ne le concernaient plus ? Il avait paru nettement contrarié par leur rupture mais pas amer. *Ce n'est plus à moi qu'il faut le demander.* À qui devait-elle s'adresser, alors ?

Bon sang, Julia ! Où es-tu ?

Cindy salua de la tête un costaud qui sautait à la corde devant un immeuble, de l'autre côté de la rue. Même à cette distance, on voyait qu'il transpirait abondamment et elle se demanda si un tel exercice était bien raisonnable. Elle regarda sa montre. Il était à peine un peu plus de huit heures. Justement, Julia était peut-être au cours de gym. Oui, c'était ça. Elle avait dû rencontrer des amis après l'audition, ils avaient passé l'après-midi ensemble, puis étaient allés manger des sushis bien arrosés et la soirée s'était terminée trop tard pour téléphoner. Et quand elle s'était réveillée, elle était partie directement au cours de yoga. Cindy n'avait aucune raison de s'inquiéter. Il ne lui était pas arrivé malheur. Julia n'avait été ni blessée, ni molestée, ni kidnappée, ni assassinée, ni démembrée, ni jetée en morceaux dans le lac Ontario... Elle rentrerait dans une heure prendre une douche, se faire un brushing avant la lourde journée qui l'attendait. Si elle n'avait pas appelé, c'était tout simplement parce qu'elle n'avait pas l'habitude de rendre des comptes. Son père n'avait jamais exigé d'elle qu'elle... comment l'avait-il si élégamment formulé ? qu'elle le tienne informé de ses moindres faits et gestes.

— J'espère que vous nettoyez derrière votre chien, lui lança une femme par la fenêtre d'un appartement.

Cindy souleva le sac en plastique.

— C'est quoi, à votre avis ? Mon sac à main ?

La femme s'empressa de disparaître et referma brutalement la fenêtre.

Que les gens sont agressifs ! soupira intérieurement Cindy, avant de jeter le sac dans une poubelle qui en était déjà remplie. Elle tourna à l'ouest sur Balmoral pour rentrer. *Je n'ai jamais supporté tes colères*, entendit-elle dire Tom tandis qu'elle montait les marches en courant et cognait à la porte.

— Je ne comprends pas qu'on puisse partir sans prendre ses clés, râla Heather entre deux bâillements.

Elle se servit un grand bol de céréales à la cannelle, avant de se plonger dans la lecture du journal du matin.

— Tu ne m'avais pas dit que Julia et Duncan s'étaient disputés, hier matin.

— Ce n'était pas grave.

— Suffisamment pour inquiéter plusieurs de nos voisins, broda Cindy.

— Vraiment ? Qui donc ?

— La question n'est pas là.

— Il n'y avait rien d'important, maman.

— Pourquoi se sont-ils disputés ?

— Des bêtises. Tu connais Julia.

— Toi, tu sais pourquoi ils se sont querellés. Alors, dis-le-moi.

Heather baissa son journal et soupira en fixant la porte d'un regard implorant comme si elle espérait faire miraculeusement apparaître Duncan. Mais la douche coulait toujours et il ne descendrait pas avant un bon moment.

— Ce n'était rien, je t'assure. Sa Majesté était en retard, et elle voulait qu'on la conduise à son audition. Quand Duncan lui a dit qu'il partait dans la direction opposée et qu'il n'avait pas le temps de lui servir de chauffeur, elle s'est mise à hurler. Elle l'a poursuivi jusqu'à la voiture.

Cindy s'en voulut de ne pas avoir été là pour accompagner sa fille.

— Ça l'aurait tué de l'emmener ?

— Ça la tuerait de passer son permis de conduire ? Elle a quand même réussi à rater trois fois un test aussi stupide.

Cindy s'était déjà fait la réflexion. La vue des jambes interminables de Julia n'avait pas suffi apparemment à influencer la décision de l'examinateur...

— Le problème n'est pas là.

— Le problème, c'est que le monde ne tourne pas autour de Julia ! Arrête de t'inquiéter, maman. Elle va très bien.

— Alors, où est-elle ? Pourquoi n'a-t-elle pas téléphoné ?

Cindy s'attendait à ce que sa fille hausse les épaules mais, bizarrement, elle n'en fit rien.

— As-tu appelé papa ?

Cindy hocha la tête.

— Et Sean ?

— Il m'a dit que Julia ne le concernait plus. Il m'a laissé entendre qu'elle sortait avec quelqu'un d'autre.

— Vraiment ?

— Tu ne vois pas qui ça pourrait être ?

— Ma sœur ne m'a jamais fait de confidences. Tu devrais demander à Lindsey.

— Lindsey ?

— Lindsey, la plus géniale, la plus grande amie que Julia ait jamais eue ! Elle a fait sa connaissance le mois dernier. C'est celle qui a d'énormes implants mammaires !

L'image d'une monstrueuse poitrine en équilibre instable sur un torse étroit apparut devant les yeux de Cindy. Des implants qui flottaient en l'air comme deux ballons d'hélium au risque de masquer le visage de leur propriétaire.

— Tu connais son numéro ?

— Il doit être dans le carnet d'adresses de Julia.

Quelques minutes plus tard, Cindy entra dans la chambre de sa fille aînée et commença à fouiller dans ses affaires avec réticence. Elle regarda à l'intérieur des tiroirs, souleva les vêtements. Dans le capharnaüm, elle trouva un billet de cinq dollars roulé en boule, un pull qui lui avait manqué tout l'hiver, plusieurs paquets de préservatifs mais pas le moindre agenda. Et elle ignorait le nom de famille de Lindsey. Quelle mère était-elle donc pour ne pas connaître les noms des amis de sa fille ?

— Je t'assure qu'elle va très bien, insista Heather lorsqu'elle revint bredouille à la cuisine. Tu peux toujours contacter l'hôpital. Au cas où.

Cindy passa l'heure suivante à joindre tous les hôpitaux de la ville. Elle commença par ceux du centre, le Mount Sinaï, l'hôpital de Toronto, le Women's College, le Western, St. Mike's, et même l'hôpital des Enfants malades. Elle continua par les environs et Sunnybrook, North York General, Humber Memorial et même Scarborough. Sans résultat. Aucune patiente répondant au nom de Julia Carver et correspondant à sa description n'avait été amenée aux urgences au cours des dernières vingt-quatre heures.

Elle appela la police, demanda s'il y avait eu des accidents ou des incidents dans lesquels sa fille aurait été impliquée, mais la réponse fut encore négative et elle raccrocha, à la fois soulagée et angoissée.

L'horloge du micro-ondes indiquait dix heures. Une journée entière s'était écoulée depuis la scène de la salle de bains.

Cindy contempla la cuisine maintenant vide. Heather et Duncan étaient remontés et elle les entendait se chamailler. Ils avaient beau prétendre que tout allait bien, elle avait senti une tension entre eux. À cause de Julia ? Elle n'avait pas oublié le nombre de fois où Tom et elle avaient affiché de grands sourires devant leurs filles alors qu'ils se déchiraient à mi-voix sitôt la porte de leur chambre refermée.

Cindy attrapa une nouvelle fois le téléphone, composa le numéro du bureau de Tom, et attendit, un petit sourire aux lèvres, qu'on lui réponde.

— Cabinet Thomas Carver, gazouilla la secrétaire d'une voix infantile, alors qu'elle avait pratiquement l'âge de Cindy.

— Monsieur Carver, s'il vous plaît?

— Cindy? C'est vous?

— Irena! s'écria Cindy, sidérée qu'elle reconnaisse encore sa voix. Comment allez-vous?

— Très bien. Débordée, comme d'habitude. Ça fait une éternité que je ne vous avais pas entendue. Vous allez bien?

— Très bien, merci, mentit Cindy. Il est là? demanda-t-elle en parlant de son ex-mari.

Elle ne pouvait décemment pas demander à parler à l'enfoiré.

— Non. Il est en réunion à l'extérieur et je ne pense pas qu'il reviendra au cabinet aujourd'hui. On est vendredi, c'est un long week-end... vous connaissez.

Non, Cindy ne connaissait pas. Elle acquiesça néanmoins. Du temps de leur mariage, les jours se ressemblaient, il n'était pas question de week-ends et surtout pas prolongés. Tom passait sa vie au cabinet. Comme Irena.

— Doit-il vous contacter dans la matinée?

— Oui, bien sûr.

— Pourriez-vous lui dire de m'appeler le plus vite possible? C'est très important.

— Je ne peux pas vous aider?

— Non.

Cindy se la représenta, penchée en avant, les jambes croisées, remettant une mèche de cheveux blonds en ordre. Cindy avait été au courant de sa longue liaison avec son mari pratiquement dès le début. Elle s'était entremêlée à d'autres aventures. Une grande tapisserie avec plein de fils, en somme... L'arrivée de la Bécasse avait-elle mis un terme à leurs relations? se demanda-t-elle en reposant le combiné.

Il se mit aussitôt à sonner.

— Julia ?

Son pouls s'accéléra, ses tempes battaient.

— Non, c'est Trish. J'appelais seulement pour avoir des nouvelles d'hier soir.

— Hier soir ?

— Ton dîner avec Neil Macfarlane.

— Mon dîner avec Neil ?

— Ce n'était pas bien ?

— Si, si, c'était génial.

— Raconte ! la pressa Trish en riant. Je veux tout savoir.

— Trish, on peut se parler plus tard ? J'attends un coup de fil important.

— Ça va ?

— Oui, oui.

Il y eut un bref silence.

— D'accord. Rappelle-moi.

Cindy regarda fixement le poste. Pourquoi n'avait-elle pas parlé de Julia à Trish ?

— S'il te plaît, Julia, manifeste-toi !

Comme s'il n'attendait que ça, l'appareil sonna.

— Julia ?

— Non, c'est moi, dit sa sœur.

Cindy sentit son corps entier s'affaisser.

— Leigh, je peux te joindre plus tard ?

— Tu plaisantes ! Ta ligne est occupée depuis ce matin. J'ai autre chose à faire ! Avant que tu me trouves un créneau dans ton emploi du temps...

— C'est juste que j'attends un appel de Julia...

— Eh bien, quand tu l'auras, profites-en pour la prévenir que je lui ai fixé un nouvel essayage, mercredi prochain, à deux heures. Et si elle n'y va pas, qu'elle n'espère pas que Marcel finisse la robe. D'ailleurs, dans ce cas, inutile qu'elle vienne au mariage.

— Je lui transmettrai.

— Dis-lui bien que Bianca compte sur elle ! lança Leigh en guise d'au revoir.

À peine avait-elle raccroché que le téléphone se manifesta à nouveau.

— Allô? Julia?

— C'est Meg. Comment s'est passé ton dîner d'hier?

Cindy sentit ses genoux faiblir. Elle se retint au dossier de la chaise.

— Bien.

— Sans plus?

— Si, c'était super.

— Il est aussi beau que Trish le prétend?

— Oui, très beau.

— Ça va? Tu as l'air bizarre.

— Non, en fait, je ne me sens pas en grande forme.

— Oh, non! Tu ne vas pas tomber malade maintenant. Le festival commence la semaine prochaine.

— Je serai remise.

— Il vaut mieux ne pas prendre de risque. Ne viens pas cet après-midi. Je peux tenir la boutique seule.

— C'est vrai? Ça ne t'ennuie pas?

— Bien sûr que non. Repose-toi.

Cindy se demanda pourquoi elle n'avait pas confié à ses deux meilleures amies que Julia n'était pas rentrée de la nuit et qu'elle n'avait aucune nouvelle depuis la veille. Elle mourait d'envie de leur en parler mais quelque chose l'en empêchait. Quoi? L'embarras? La honte? La peur? La peur de quoi, exactement? Que ses craintes se réalisent si elle les formulait à voix haute et que Julia soit perdue à jamais?

Elle pensa à Lindsey, « la meilleure amie que Julia ait jamais eue »? À l'inverse de Cindy et d'Heather, Julia avait toujours noué des liens aussi éphémères qu'intenses. Une nuée de filles et de garçons gravitaient autour d'elle, et ceux qui entraient dans le cercle de ses relations en étaient plus ou moins rapidement expulsés. Les uns émergeaient indemnes et ravis de l'expérience, si brève fût-elle. D'autres repartaient amers et rancuniers, en léchant d'horribles plaies qui refusaient de guérir.

Elle aurait dû mieux monter la garde. Quelle mauvaise mère!

Cindy se dirigea vers le comptoir à l'extrémité de la pièce, et enfouit les mains sous ses aisselles pour calmer ses tremblements. Heureusement, il y avait encore du café. Il était amer mais elle le but en suppliant Julia de l'appeler pour la rassurer.

— C'est stupide. Tu te rends folle toute seule, dit-elle à voix haute. Calme-toi. Respire à fond. Répète après moi : il n'y a aucune raison de s'inquiéter, il n'y a aucune raison de s'inquiéter.

Nouvelle sonnerie : elle plongea comme si elle avait été propulsée par un canon.

— Allô ? Julia ?

— Neil Macfarlane, annonça son interlocuteur. C'est vous, Cindy ?

Elle refoula le sanglot qui lui serrait la gorge.

— Oui. Bonjour, Neil.

— Je vous dérange ?

— Ma fille n'est pas rentrée de la nuit, s'entendit-elle gémir. J'ai peur.

— J'arrive.

8.

— A-t-elle déjà fait ça ?
— Si elle a déjà découché ?
Neil opina. Il était assis près de Cindy sur l'un des deux canapés en cuir du salon. Les fenêtres, dans leur dos, donnaient sur le jardin situé à l'arrière de la maison. Trois peintures de poires à des stades de maturité différents étaient accrochées devant eux. Cindy ne se rappelait plus le nom du peintre qui les avait exécutées. Tom les avait achetées sans lui demander son avis ni son approbation. *C'est moi qui gagne l'argent, c'est moi qui décide*, avait été plus ou moins le leitmotiv de leur vie commune. Ça et le défilé incessant des maîtresses, songea Cindy en souriant tristement à l'homme séduisant qui était assis à l'autre bout du canapé, se demandant si lui aussi avait trompé sa femme. Elle caressa la surface du canapé. Du superbe cuir italien, pleine peau. Garanti à vie. Contrairement à son mariage. Tom l'avait également choisi, de même que le tissu à carreaux des fauteuils, devant la cheminée de marbre noir. Elle n'avait rien changé après son départ. Elle avait sans doute inconsciemment attendu qu'il revienne. Elle secoua la tête, comme pour chasser son ex-mari de ses pensées.
— Cindy ? (Neil se penchait vers elle.) Ça va ? Vous avez l'air absente.
Cindy se ressaisit avec effort.
— Oui, elle a déjà découché. Mais elle prévient toujours. Elle n'oublie jamais.

Sauf une fois, après son retour au domicile maternel, lorsqu'elle tenait à prouver qu'elle était adulte et n'avait plus de comptes à lui rendre, arguant du fait que son père n'avait jamais eu de telles exigences. Cindy avait alors souligné qu'elle, sa mère, avait besoin de savoir qu'il ne lui était rien arrivé. C'était une question de considération, pas de contrainte. Julia avait levé les yeux au ciel, cependant elle n'avait plus jamais passé une nuit dehors sans la prévenir.

Si, il y avait eu une autre fois où elle avait oublié. Mais elle avait appelé dès le lendemain matin à la première heure en s'excusant abondamment.

— Vous ne travaillez pas? demanda-t-elle à Neil, avant qu'un autre exemple ne lui revienne à l'esprit.

— Je prends mes vendredis, en été.

Cindy se souvint vaguement qu'il le lui avait dit la veille.

— Vous n'êtes pas forcé de rester, Neil. C'est vraiment gentil d'avoir pris la peine de passer, je suis très touchée, mais vous devez avoir des projets pour ce long week-end et...

— Je n'ai aucun projet.

— ... Julia devrait rentrer d'une minute à l'autre, maintenant, continua-t-elle sans relever ce qu'impliquait sa réponse. Et le temps de l'étrangler, tout rentrera dans l'ordre!

Elle voulut rire et un sanglot sortit de sa gorge.

— Oh, mon Dieu, et s'il lui était arrivé quelque chose?

— Je suis sûr que non.

— Vous en êtes certain?

— Je vous le promets.

Bizarrement, Cindy se sentit mieux.

— Merci.

Neil prit ses mains entre les siennes.

Il y eut une avalanche de pas dans l'escalier et Heather déboula dans la pièce.

— J'ai entendu la porte. Julia est rentrée?

Cindy retira précipitamment ses mains.

— Qui est-ce?

— Neil, je vous présente Heather, ma fille cadette. Heather, voici Neil Macfarlane.

— Ah, le comptable!

Heather s'avança et enregistra d'un œil méfiant le jean et la chemise en jean noir de Neil.

Neil se leva et lui serra la main.

— Ravi de vous rencontrer, Heather.

Elle hocha la tête.

— J'ai cru que Julia était rentrée.

— Toujours pas.

Heather se balança d'un pied sur l'autre.

— Nous allions partir à Queen Street, avec Duncan. À moins que tu n'aies besoin de moi ?

— Non, ma chérie. Tout va bien.

— Tu es sûre ? Je peux rester si tu veux.

— Non, ma chérie. Vas-y.

— Tu me préviens dès que Julia arrive ?

Cindy hocha la tête et jeta un regard anxieux vers la porte.

— Tu as le numéro de mon portable ?

— Bien sûr. (Cindy prit conscience que la suite de chiffres qu'elle avait en tête était le numéro de Julia.) Mais je préfère que tu me le notes quelque part.

Heather disparut dans la cuisine.

— Je te le laisse près du téléphone, lança-t-elle alors que Duncan dévalait à son tour l'escalier.

— Julia est arrivée ?

— Pas encore.

Duncan dévisagea Neil et croisa les bras sur sa poitrine, d'un geste protecteur.

— Vous êtes de la police ?

Cindy blêmit. Pourquoi posait-il une question pareille ?

— Neil est comptable, expliqua Heather, en revenant dans la pièce. (Elle l'entraîna vers la porte.) Il faut y aller. Tu n'oublies pas de m'avertir quand elle rentre !

— Promis. (Cindy se tourna vers Neil.) Vous croyez que je devrais signaler son absence à la police ?

— Si vous êtes inquiète, oui.

— Ça ne fait que vingt-quatre heures.

— C'est déjà suffisant.

Elle pensa à Tom. Elle devrait attendre qu'il la rappelle avant d'entreprendre quoi que ce soit de précipité.

— Je devrais peut-être encore patienter?

— Avez-vous joint le studio où elle devait passer son audition pour savoir si elle s'est présentée?

— Je ne sais pas qui contacter. Je sais juste que c'était une audition pour Michael Kinsolving, mais il a dû louer un local et je ne connais ni l'adresse ni le téléphone.

Je ne sais rien, se lamenta-t-elle intérieurement. Quel genre de mère suis-je donc?

— Tom devrait le savoir. C'est mon ex-mari. Le père de Julia. Il a organisé le casting. Il sera au courant.

Raison de plus d'attendre qu'il me contacte avant de prévenir la police, reconnut-elle en son for intérieur.

Neil se leva et alla prendre le cadre en plexiglas posé sur la cheminée.

— C'est elle?

Cindy fixa la photo qui avait été prise quelques jours après les dix-huit ans de sa fille aînée. Elle souriait, dévoilant des dents d'une régularité et d'une blancheur parfaites, arborant sur ses élégantes épaules une veste en cuir crème de Gucci, un présent de son père. Elle portait des clous d'oreilles en diamants, autre cadeau de son petit papa. Le soir de la photo, Cindy lui avait offert un joli collier en or avec son nom. Julia l'avait cassé en retirant son pull à col roulé.

— Je l'avais oublié, lui avait-elle annoncé nonchalamment.

Elle lui avait rendu la chaîne pour la faire réparer. Et à peine l'avait-elle récupérée qu'elle l'avait perdue, deux semaines plus tard.

Cindy prit le cadre des mains de Neil, le reposa sur la cheminée et passa un doigt sur la joue de sa fille.

— C'est un vieux cliché.

— Elle est ravissante.

— Oui, c'est vrai.

— Comme sa mère.

Le téléphone sonna.

Cindy se précipita vers la cuisine, se prit les pieds dans le tapis en sisal de l'entrée et se cogna la hanche contre l'embrasure de la porte.

— Merde! lâcha-t-elle en saisissant l'appareil. Allô?

— Eh bien, merde toi-même! rétorqua sa mère. Qu'est-ce qui t'arrive, ma chérie? Tu te laisses aller?

Cindy porta la main à son visage en s'apercevant brusquement qu'elle ne s'était pas maquillée. Pourtant Neil lui avait dit qu'elle était belle, pensa-t-elle avec gratitude. Elle lui fit signe que ce n'était pas Julia.

— Je vais très bien, maman. Mais je suis débordée. Je peux te rappeler?

— Inutile. Je voulais juste avoir de tes nouvelles. Ta sœur t'a trouvée un peu agressive tout à l'heure et j'avoue que je ne lui donne pas totalement tort.

Cindy ferma les yeux et passa la main dans ses cheveux.

— Tout va bien, maman.

— Parfait, ma chérie. Fais attention à toi.

— C'était ma mère. (Cindy forma aussitôt le numéro de sa boîte vocale pour s'assurer que personne n'avait essayé de la joindre pendant leur conversation.) Ma sœur s'est plainte que j'avais été agressive avec elle.

— Elle voulait dire expéditive, sans doute.

Cindy éclata de rire.

— Merci d'être venu. Ça me fait vraiment plaisir.

— Je regrette seulement de ne pouvoir vous aider davantage.

Cindy eut soudain un déclic.

— Vous pourriez m'emmener voir Sean Banack, annonça-t-elle brusquement.

— Qui ça?

— Je vous expliquerai en route.

Elle attrapa un morceau de papier et griffonna un mot à Julia, qu'elle posa au milieu de la table de la cuisine. On ne sait jamais, elle allait peut-être revenir pendant son absence. Avant de sortir, elle essaya encore une fois son portable et laissa un nouveau message. Elle avait senti quelque chose dans la voix de Sean quand elle lui avait parlé, songea-t-elle en se souvenant de leur conversation; rien à voir avec l'alcool, les cigarettes, la fatigue, l'impatience ou la blessure d'amour-propre...

C'était de la colère!

Oui, elle l'avait trouvé... agressif.

— Sean est là ?

— Non, répondit le jeune Noir athlétique qui bloquait l'entrée du petit appartement situé au-dessus d'un vieux bazar, dans le sud de Dupont Street, près de Christie.

Il était grand, le crâne luisant, une boucle en argent à l'oreille gauche, des écouteurs de baladeur passés autour du cou. Il portait un débardeur blanc avec un pantalon de jogging noir et tenait une bouteille d'Évian à la main.

— Vous devez être Paul, dit Cindy, qui venait d'extraire des méandres de son subconscient le nom du colocataire de Sean.

Elle lui tendit la main et s'introduisit en douceur dans l'appartement surchauffé, Neil sur ses talons. Le jeune homme lui répondit par un sourire méfiant.

— Et vous êtes ?

— Voici Neil Macfarlane et je suis Cindy Carver, la mère de Julia.

L'expression du jeune homme changea imperceptiblement.

— Je suis ravi de faire votre connaissance, madame Carver, monsieur Macfarlane. Excusez le désordre.

Il contempla d'un air embarrassé le salon derrière lui.

Cindy suivit son regard. Le plancher et le canapé en velours côtelé marron disparaissaient sous les livres et les journaux. Une porte en bois complètement délabrée, posée sur quatre paquets de briques rouges, faisait office de table basse. De vieux numéros du *Toronto Star* étaient étalés sur la table de la salle à manger en guise de nappe. UN MARI TÉLÉPHONE À SA FEMME APRÈS L'AVOIR DÉCAPITÉE titrait un magazine. L'ASSASSIN A SUIVI SA VICTIME PENDANT TROIS JOURS AVANT DE LA TUER, annonçait un autre.

— Sean fait des recherches sur les comportements aberrants, expliqua Paul qui avait suivi son regard. Pour le script qu'il écrit.

Cindy hocha la tête. Julia s'était vantée effectivement un jour qu'il écrivait un scénario à son intention. Mais, si elle avait bien compris, Sean devait encore trouver un producteur. Il vivait de son emploi de barman au Fluid, un club branché du centre ville.

— Avez-vous vu Julia récemment? demanda-t-elle d'un ton qui se voulait détendu.

— Non, pas depuis... (Il s'arrêta, gêné.) Vous devriez poser la question à Sean.

— Avez-vous une idée de l'heure à laquelle il rentrera?

— Non, je n'étais pas là quand il est sorti.

— Ça vous ennuie si nous l'attendons?

Cindy écarta un livre de poche fatigué et se laissa tomber sur le canapé. Le livre s'appelait *Mortal Prey*.

Paul hésita.

— Le problème... c'est que j'ai un rendez-vous à midi et j'allais sauter sous la douche...

— Oh! allez-y. Ne vous occupez pas de nous.

— Sean risque de rentrer tard.

— S'il n'est pas rentré quand vous serez prêt, nous partirons.

— Eh bien, si vous insistez, marmonna le jeune homme, sentant sans doute sa détermination et préférant éviter un esclandre. Je ne serai pas long.

— Prenez votre temps.

Dès qu'elle entendit la douche couler, Cindy se leva d'un bond.

— Où allez-vous? demanda Neil.

— Dans la chambre de Sean.

Elle hésita entre les deux pièces du fond, poussa la porte la plus proche et aperçut avec soulagement une rangée de coupes de football portant le nom de Sean, alignées devant la fenêtre ouverte. Des affiches de films à succès couvraient les murs. *Spider Man*, *L'Invasion des profanateurs*, *From Hell*, *Massacre à la tronçonneuse*. Elle tressaillit en voyant un personnage à la mine patibulaire et au visage parcheminé acculer une pauvre jeune fille sans défense contre un mur, une tronçonneuse brandie devant lui, comme un phallus géant. Elle se souvenait parfaitement du film et s'en voulait de l'avoir apprécié. Pourquoi aimait-elle ce genre-là?

— Je ne crois pas que ce soit une bonne idée, chuchota Neil en la suivant dans la minuscule pièce.

— Vous avez sans doute raison, admit Cindy.

Son regard glissa du lit défait au bureau maculé de taches, sur lequel trônait un iMac bleu vif, avec d'un côté un cadre vide et de l'autre une ramette de feuilles bien rangées.

— Que cherchez-vous?

— Je ne sais pas.

Cindy recula d'un pas et sa cheville effleura la corbeille à papier. Son attention fut aussitôt attirée par les restes déchirés et froissés d'une photo format 21 × 27. Elle se pencha et ramassa d'une main tremblante le portrait de sa fille en morceaux.

— C'est le dernier portrait qu'elle a fait faire, il y a quelques semaines à peine.

Cindy essaya en vain de lisser le papier et de recomposer le sourire de sa fille. Sean avait dû l'arracher du cadre dans un moment de colère. Aurait-il attaqué sa fille avec autant de rage?

— Vous devriez laisser ça.

Neil lui retira la photo des mains. Cindy ignora le conseil et retourna la corbeille.

— Qu'y a-t-il là-dedans?

Des papiers, des mouchoirs jetables usagés, des copeaux de crayon et un vieux trognon de pomme tombèrent par terre.

— Que des cochonneries! pesta-t-elle en s'attaquant aux tiroirs du bureau qu'elle fouilla en vitesse.

Il n'y avait rien d'intéressant dans le premier et elle allait refermer le second lorsque ses doigts sentirent quelque chose au fond. Une enveloppe. Elle la sortit, l'ouvrit et poussa un cri.

— Qu'est-ce que c'est?

Cindy ouvrit la bouche de stupéfaction, tandis qu'elle feuilletait rapidement le paquet de petites photos couleur, toutes de Julia, à différents stades d'un strip-tease. Julia dans un slip et un soutien-gorge transparents, en dentelle lavande; Julia vêtue seulement d'un string noir, dissimulant d'un geste espiègle ses seins nus; Julia de profil, la courbe d'un sein nu apparaissant sous son coude replié, le bas de la photo s'arrêtant au haut des fesses; Julia drapée lascivement dans un drap. Julia en hauts talons, vêtue seulement d'une chemise d'homme déboutonnée et d'une cravate desserrée.

— Pourquoi a-t-elle fait ça? s'interrogea Cindy à voix haute en montrant les photos à Neil avant de les glisser dans la poche de son pantalon. Qu'est-ce qui lui a pris? Elle est folle!

Cindy regarda à nouveau dans le tiroir et s'apprêtait à le refermer lorsque son regard tomba sur une feuille imprimée très serré.

« *La morte*, de Sean Banack », lut-elle.

Cindy sortit les feuillets, se laissa choir sur le lit et commença à lire en remuant les lèvres silencieusement.

La morte
de Sean Banack

CHAPITRE UN

Elle le défie du regard, bien qu'elle soit nue, pieds et poings liés, et qu'elle sache sans l'ombre d'un doute qu'il va la tuer. Il aurait dû lui mettre du sparadrap sur les yeux comme il lui en a mis sur la bouche. Cela lui aurait évité d'y lire ce mépris qu'il connaît trop bien. Mais il veut qu'elle le voie. Il veut qu'elle voie ce qui l'attend, qu'elle voie les couteaux et les autres instruments de torture moyenâgeux étalés sur le sol et qu'elle sache l'enfer qu'il lui réserve. Il soulève le plus petit et néanmoins le plus acéré des couteaux, le prend délicatement entre ses doigts, ses doigts qu'elle dit désespérément inaptes. Des doigts de tapette, lui a-t-elle jeté en pleine figure. Des mains de pédé.

Il lui trace une mince ligne sur l'intérieur du bras. Elle écarquille les yeux en voyant un filet rouge perler sur la blancheur de sa peau. Lentement, il décrit en l'air un arc gracieux avec un second couteau et le lui plonge dans le flanc, en prenant soin que la lame ne touche aucun organe vital, que le coup ne risque pas de la tuer, car ce ne serait pas drôle, n'est-ce pas ? Il faut faire durer le plaisir, qu'il ait le temps de vraiment s'amuser, qu'elle ait le temps de payer ses péchés. Oui, elle doit souffrir. Comme il a souffert pendant si longtemps.

— Que fais-tu ? Laisse-moi partir ! avait-elle hurlé lorsqu'il s'était arrêté à côté d'elle avant de la pousser dans le coffre de sa voiture.

Elle, cette enfant pourrie, qui se sent perdue au-delà de la nationale 401, va se vider de son sang dans ce hangar abandonné, au sud de King Sideroad, au beau milieu de nulle part.

> — Bien fait pour toi, salope! crache-t-il en lui
> tailladant les jambes avant de la renverser sur le dos et
> de plonger le plus gros des couteaux entre ses cuisses.
> Elle écarquille ses yeux verts en sentant la lame
> s'enfoncer.
> — Tu ne ris plus, maintenant, hein, salope? Tu ne
> fais plus la maligne?
> De sa main libre, il prend un autre couteau et lui
> lacère les seins. Il y a du sang partout : sur elle, sur
> lui, par terre. Il en a sur ses vêtements, dans ses yeux,
> sous ses ongles. Ses ongles de pédé, songe-t-il, en plon-
> geant avec délice la lame dans son ventre avant d'arra-
> cher sauvagement le sparadrap de sa bouche afin de
> profiter de ses cris d'agonie.

— Oh, mon Dieu! s'écria Cindy en se balançant d'avant
en arrière.

Neil lui extirpa le papier des mains.

— Qu'est-ce que c'est?

— Non, pitié, non!

Elle entendit un bruit derrière eux : Paul se tenait sur le pas
de la porte, simplement vêtu d'une serviette nouée autour des
reins.

— Madame Carter, qu'est-ce que vous faites là?

Cindy se releva en titubant et se jeta sur lui.

— Où est ma fille? Que lui avez-vous fait?

Paul recula d'un pas, en agrippant sa serviette.

— Je ne sais pas. Honnêtement, je n'ai aucune idée de
l'endroit où elle est.

— Vous mentez.

— Vous devriez vous en aller.

— Je ne partirai pas avant d'avoir parlé à Sean.

— Je vous ai déjà dit que j'ignorais quand il rentrerait.

— Il est avec Julia?

— Jamais de la vie! Elle l'a plaqué. Écoutez, je vais appeler
la police si vous ne sortez pas immédiatement.

Neil en avait lu assez. Il attrapa le téléphone sur la table de
chevet et le lança à Paul.

— Allez-y!

9.

Une Jaguar vert foncé était arrêtée dans l'allée devant chez elle.

— Oh, non! s'affola Cindy tandis que Neil se garait. C'est mon ex-mari. Qu'est-ce qu'il fait ici?

— Il a peut-être ramené Julia, répondit Neil, optimiste.

À peine Cindy eut-elle bondi de la voiture que la porte d'entrée s'ouvrit. Tom la toisa, les bras croisés, l'air excédé. Il était vêtu d'un pantalon et d'une chemise en lin beige qui mettaient en valeur son bronzage et son abondante chevelure striée de mèches blondes. Il était aussi beau à quarante-cinq ans qu'à vingt-cinq, constata Cindy, déçue que les années ne l'aient marqué d'aucune manière, qu'il ne soit devenu ni chauve ni gros, que les rides ne fassent qu'ajouter à son charme. Elvis était assis à ses pieds. Visiblement à sa place habituelle. Cindy sentit un mouvement derrière lui. Une jeune femme, devina-t-elle, et une vague de soulagement la submergea.

— Julia!

La silhouette émergea de l'ombre et glissa une main possessive sous le bras de Tom Carver.

— Bonjour, Cindy, dit la Bécasse en chassant le chien du pied.

Elle portait un pull moulant crème, sur un pantalon très serré de la même couleur. L'ensemble donnait, de loin, l'impression qu'elle était nue. Cette pensée perturba Cindy et lui rappela les photos de Julia dans sa poche.

La Bécasse pencha la tête contre l'épaule de Tom comme pour dire « Il est à moi maintenant ».

Ne te donne pas tant de peine, songea Cindy. J'avais compris.

— Julia est rentrée ? se contenta-t-elle de demander.

Tom secoua la tête.

— Nous ne savons pas où elle est, l'informa la Bécasse. (Elle aperçut alors Neil dans l'allée.) Qui est-ce ?

Cindy se retourna vivement pendant que Neil s'approchait.

— Je vous présente Neil Macfarlane. Mon comptable, mentit-elle tant bien que mal. Neil, voici mon ex-mari, Tom Carver et la Béc... Fiona, sa femme du moment.

Elle avait insisté sur les deux derniers mots. Une façon d'insinuer la précarité de la situation.

— Je ne savais pas que les comptables travaillaient à domicile, remarqua Tom d'un ton lourd de sous-entendus, en tendant la main à Neil.

— Dans certaines occasions, répondit cordialement Neil. (Il se tourna vers Cindy.) Voulez-vous que je m'en aille ?

— Non, restez, je vous en prie. La police voudra peut-être vous poser des questions.

— La police ? Que se passe-t-il ?

Tom s'effaça pour les laisser entrer. Il se croit toujours chez lui, pensa Cindy ulcérée, en contournant la jeune femme de son ex-mari et Elvis qui lui léchait les chevilles.

— Julia n'est pas rentrée hier soir.

Cindy chercha Heather des yeux.

— Heather ?

— Elle n'est pas là, annonça la Bécasse.

— Elle n'est pas là ? Comment êtes-vous entrés ?

Tom sourit d'un air coupable.

— J'ai une clé. Je t'en prie, tu ne vas pas faire un drame.

— Tu as une clé ?

— Je t'ai demandé de ne pas dramatiser...

— Et moi, je te demande comment tu peux avoir une clé ! J'ai changé les serrures il y a sept ans !

— Julia préférait que j'en garde une.

— Julia t'a donné la clé de la maison ?

— La clé et le code de l'alarme, précisa la Bécasse, sans doute pour se venger de la « femme du moment ». Elle pensait qu'il valait mieux que son père et moi aient une clé si jamais elle avait besoin de quelque chose.

— Que son père et moi *ayons* une clé, la corrigea sèchement Cindy. Et ne vous mêlez pas de notre conversation, ça ne vous regarde pas.

— Alors là, je proteste !

— Allons, allons.

Tom écarta les bras en signe d'apaisement. Il se tourna vers Neil, visiblement fier d'être l'enjeu de leur dispute. Ah, les femmes ! pouvait-on lire dans son regard.

— Je n'arrive pas à croire que tu sois rentré chez moi en mon absence.

Cindy tendit la main et Tom lui remit la clé.

— Ne vous mettez pas dans un état pareil, reprit la Bécasse, c'est nous qui devrions être fâchés. Nous étions à mi-chemin du chalet lorsque Irena nous a appelés pour qu'on fasse demi-tour.

— Je croyais que tu étais en réunion, répondit Cindy sans s'occuper de la jeune femme. Ta secrétaire continue à te couvrir, à ce que je vois.

Tom haussa les épaules.

(Scènes de la vie conjugale : Cindy nettoie la cuisine après avoir couché les deux enfants. Elle enveloppe le dîner de Tom dans un film plastique, le met au réfrigérateur et rebouche la bouteille de vin.

— Quand est-ce que papa rentre ? crie Julia du haut de l'escalier.

— Bientôt.

— Il a promis de me lire une histoire, pleurniche une heure plus tard Julia, qui refuse toujours de dormir.

— Je vais te la lire, propose Cindy mais Julia lui tourne le dos et s'enfouit la tête dans l'oreiller, comme si sa mère était responsable de l'absence de son père.

Cindy se retire dans sa chambre, feuillette le dernier numéro de *Vanity Fair* et regarde la télévision jusqu'à ce que ses yeux se ferment de fatigue. Il est dix heures du soir. Elle tend le bras vers le téléphone et suspend son geste. Irena lui a déjà dit que Tom était en réunion et ne pouvait être dérangé. À onze heures, Cindy éteint, vaincue par le sommeil. À minuit vingt, elle est réveillée par le bruit de la clé qui tourne dans la serrure de la porte d'entrée et entend son mari monter l'escalier à pas de loup.

— Papa !

Julia pousse un cri de joie ensommeillé lorsque son père passe l'embrasser.

Cindy fait semblant de dormir tandis qu'il entre dans leur chambre sur la pointe des pieds, se déshabille et se glisse sous les draps sans se doucher. Même s'il s'est certainement lavé avant de rentrer, elle sent l'odeur d'une autre femme sur sa peau. Elle se réfugie à l'autre bout du lit, remonte les genoux contre sa poitrine et ne bouge plus jusqu'au matin.)

— Allô, allô ! La terre appelle Cindy ! coassa la Bécasse. (Cindy sursauta.) Mon mari vous a posé une question.

— Tu as appelé la police ? répéta Tom.

— Oui. Elle devrait arriver d'une minute à l'autre.

— Julia sera furax, remarqua la Bécasse.

— Je ne vois pas pour quelle raison tu as éprouvé le besoin de prévenir la police.

— Qu'est-ce que tu ne vois pas, exactement ? (Cindy consulta sa montre.) Il est presque une heure. Nous sommes tous sans nouvelles de Julia depuis hier matin.

— Elle sera furax, répéta la Bécasse.

— Sais-tu où elle est ?

— Non, admit Tom. Mais...

— Mais quoi ?

— Tu ne penses pas que c'est un peu tôt pour lancer la cavalerie ?

— Tu savais qu'elle avait rompu avec son petit ami ?

— Oui. Et après ? C'était un raté.

— Un raté fou de rage. À tel point qu'il a écrit un scénario absolument effrayant sur un type qui enlève son ex-petite amie et la torture à mort.

Tom balaya l'information d'un geste désinvolte.

— Tu vois tout en noir.

— Eh bien, figure-toi que la police ne partage pas ton avis. Ils m'ont demandé une photo récente de Julia.

Elle tapota la poche de son pantalon en essayant de ne pas penser aux clichés qu'elle contenait.

— Je n'ai toujours pas compris quand tu les avais appelés ?

— Je vais vous expliquer. (Neil leur fit signe de passer au salon.) Cindy, vous devriez aller chercher le portrait de votre fille, ajouta-t-il.

— Enfin, quel rôle jouez-vous exactement dans cette histoire ? s'enquit Tom alors qu'elle se précipitait dans l'escalier, Elvis sur les talons.

Elle s'arrêta quelques secondes sur le seuil de la chambre de sa fille. Julia serait aussi contrariée de savoir que sa mère avait fouillé sa chambre qu'elle-même l'avait été en trouvant Tom chez elle. Il avait osé violer son intimité avec la Bécasse ! Imaginait-il que le fait d'avoir vécu dans la maison autrefois lui donnait des droits ad vitam aeternam ?

C'est moi qui gagne l'argent, c'est moi qui décide.

Cindy prit une profonde inspiration pour se calmer. Qu'est-ce qui la contrariait tant ? Que Tom ne semble guère se soucier de leur fille ou qu'il soit toujours aussi beau ? Que malgré les années et ce qui s'était passé entre eux, il ait encore le pouvoir de lui couper les jambes ?

— Ce n'est pas juste !

Elle tourna au milieu de la pièce, en quête de l'endroit où pouvaient se trouver les dernières photos de Julia. Sans doute dans la même cachette que le carnet d'adresses. Elle secoua la tête et soupira en fouillant une fois de plus les tiroirs du bureau.

— Elle sera furax, dit-elle au chien en singeant la voix de la Bécasse. Je l'imite de mieux en mieux, constata-t-elle.

Elle compta trois blocs de correspondance intacts, une bonne trentaine de stylos noirs, plusieurs bouts de papier avec des numéros de téléphone, quatre porte-clés neufs, deux cadres à photos vides, un foulard imprimé panthère, une douzaine de boîtes d'allumettes et trois paquets de boules de gomme aux fruits.

93

Mais pas de portrait.

Elle ouvrit la penderie, écarta les vêtements taille trente-six suspendus aux cintres, remua les pulls empilés sans soin sur les étagères et redressa les chaussures alignées par terre.

Rien.

Elle passa au peigne fin les tiroirs de la commode, et sursauta en découvrant une collection de soutiens-gorge et de strings tous aussi sexy les uns que les autres. Julia n'avait-elle pas de sous-vêtements normaux ? Elle-même n'avait jamais eu de soutien-gorge avant d'épouser Tom. Sa sœur qui faisait plusieurs tailles de plus la taquinait souvent sur son manque de poitrine. Mes seins sont peut-être petits mais ils sont parfaits, avait-elle rétorqué.

Maintenant, ils sont simplement petits, pensa-t-elle amèrement en refermant le dernier tiroir. Elle se retourna vers la fenêtre juste à temps pour apercevoir une voiture de police qui s'arrêtait.

La police était arrivée à l'appartement de Sean vingt minutes à peine après l'appel de son colocataire. Ils avaient écouté avec attention le récit de Paul. Il semblait outré d'avoir été contraint de sommer à plusieurs reprises Cindy et Neil de partir. Cindy, à son tour, leur avait patiemment expliqué que sa fille avait récemment rompu avec son petit ami, le colocataire de Paul, et avait disparu. Elle était venue avec Neil parler à Sean et avait découvert dans la corbeille à papier le portrait déchiré de Julia. Ensuite, l'horrible petite histoire si angoissante... Et sa voix s'était brisée, sa patience s'était envolée. Elle avait brandi les preuves outrageantes sous le nez des deux policiers, les enjoignant de ratisser sans attendre le sud de King Sideroad, à la recherche d'une cabane abandonnée.

— Hé, une minute ! lui avaient-ils dit, essayant de la calmer.

— Une minute, répéta-t-elle.

Elle s'agenouilla pour regarder sous le lit de Julia, le museau humide du chien collé contre sa joue.

Elle aperçut un vieux synthétiseur et une guitare électrique neuve, les deux couverts de poussière. Rien de surprenant, il y avait une éternité que Julia n'en jouait plus. Elle s'apprêtait à descendre dire aux policiers que sa fille avait dû emporter les portraits à l'audition. Mais soudain, elle vit une grosse enveloppe en kraft à moitié dissimulée sous la guitare.

— L'emplacement idéal, soupira-t-elle en s'étirant pour l'attraper.

Elle la décacheta alors que la sonnette retentissait en bas. Elvis poussa un jappement assourdissant contre son oreille et partit en courant.

— J'arrive, lança-t-elle par-dessus les aboiements du chien.

— Bonjour, messieurs. Entrez.

Tom les accueillait, en maître de maison. Quel culot, elle n'en revenait pas.

Cindy sortit une liasse de papier glacé de l'enveloppe et sourit tristement au visage de sa fille. Elle a une expression rayonnante et déterminée, songea-t-elle, admirative. On a l'impression que rien ne pourrait l'arrêter.

Julia a de l'allure, avait souvent remarqué Tom, et c'était vrai. Julia la contemplait, la tête penchée d'un air provocant, de longs cheveux blonds en cascade sur l'épaule droite, une peau parfaite, avec juste un soupçon de sourire sur des lèvres pulpeuses à l'envi.

Et pourtant, Cindy savait que sous cet air bravache se cachaient une foule de complexes. Contrairement à Heather, qui avait confiance en elle, mais pas d'assurance, Julia avait l'assurance sans la confiance. Curieux paradoxe, pensa Cindy en prenant quelques portraits à l'intention de la police. Elle se souvint alors des autres clichés au fond de sa poche. Il valait mieux ne pas les montrer. Elle les sortit et les examina.

— Cindy ?

Tom apparut sur le seuil comme s'il avait attendu cet instant pour surgir, tapi dans l'ombre. Un homme qui avait le sens de l'à-propos et ne ratait jamais son entrée.

— Que fais-tu ? La police t'attend.

Cindy se redressa d'un bond mais resta les pieds rivés au sol, incapable d'avancer d'un pas.

— Que se passe-t-il ? Qu'est-ce qui t'arrive ?

Il s'approcha et lui retira le mince paquet des mains.

— Je les ai découvertes dans l'appartement de Sean.

Tom les examina.

— Elle est superbe, remarqua-t-il.

— Tu es incroyable !

— Allons, Cindy. Relax. Tu ne peux pas tout surveiller.

— Tu ne vois pas qu'elle est nue ?

— Tu peux aussi constater qu'elle a l'air de tirer un certain plaisir de cette séance de pose.

— Ce qui suffit à justifier sa conduite ?

— Ce qui signifie que cela ne nous regarde pas.

— C'est ta fille !

— Elle est adulte et consentante.

— Penses-tu que nous devons les montrer à la police ? murmura Cindy.

— Uniquement si tu veux brouiller les pistes.

— C'est-à-dire ?

— La police se laisse facilement déconcentrer. Il suffira qu'ils voient des clichés un peu sexy pour ne plus prendre tes inquiétudes au sérieux. Je croyais que tu voulais retrouver notre fille.

— Alors, brusquement, tu ne considères plus que je dramatise ?

— Bien sûr que si. Ça fait partie de ton charme.

— Ne te fiche pas de moi !

— Ne me fais pas payer ce qui s'est passé il y a sept ans.

Cindy écarquilla les yeux de stupéfaction.

— Tu crois que le problème, c'est notre divorce ?

— Je me trompe ?

— Il ne s'agit vraiment pas de ça, mais de notre fille.

— Notre fille qui a disparu, rappela-t-il comme si elle ne le savait pas.

L'air se vida des poumons de Cindy.

— Toi, tu ne penses pas qu'il lui est arrivé quelque chose ?

— Non. Je crois qu'elle a simplement décidé de se mettre au vert, quelques jours.

— Sans prévenir personne.

— Ce ne serait pas la première fois.

— Elle l'a déjà fait ?

— Une fois. Elle était contrariée par mon mariage. Elle a disparu pendant deux ou trois jours et puis elle est revenue en s'excusant.

— Et tu ne m'as pas prévenue !

— Je ne voulais pas t'inquiéter inutilement. (Il se pencha et posa la main sur son bras.) Je connais notre fille. Elle adore faire des histoires. Elle ressemble à sa mère, ajouta-t-il avec un sourire.

Cindy tourna les yeux vers la fenêtre.

— Tu dis n'importe quoi.

— Peut-être. Mais je crois qu'on devrait attendre mardi avant de lancer les recherches. Si nous pouvions éviter d'avoir l'air stupide lorsque Julia rentrera tranquillement à la maison...

— Je m'en fous comme de l'an quarante.

— Vraiment, Cindy, ton langage !

— Je t'emmerde ! rétorqua-t-elle, et elle le vit tressaillir.

— Eh bien, c'est finalement réconfortant de voir que certaines choses ne changent pas. (Il secoua la tête.) Écoute, ton comptable m'a suggéré d'appeler Michael Kinsolving pour savoir si Julia s'est présentée à l'audition. Qui sait ? Peut-être a-t-elle évoqué devant lui des projets pour le week-end.

— Tu crois ?

— Tout est possible. Viens, la police nous attend.

Ils étaient dans l'escalier lorsque Cindy s'aperçut qu'il ne lui avait pas rendu les clichés. Elle s'apprêtait à les réclamer lorsque l'un des policiers apparut au pied des marches et les regarda descendre avec impatience.

Elle vit alors son ex-mari glisser les photos provocantes de Julia dans sa poche avec un sourire.

10.

— Peut-être a-t-elle fugué avec un garçon ? suggérait la Bécasse à l'autre policier pendant que Cindy et son ex-mari regagnaient le salon avec l'inspecteur Andy Bartolli.

Bartolli était le plus vieux des deux policiers, le plus trapu. Son coéquipier, l'inspecteur Tyrone Gill, avait une dizaine d'années de moins et le dominait de plusieurs centimètres. Les deux avaient des cous de taureau.

— Qu'est-ce que vous dites ?

Cindy sentit la main de Tom se crisper sur son bras, pour la retenir peut-être et éviter qu'elle ne se jette sur sa femme.

La Bécasse fit passer ses longs cheveux roux d'une épaule sur l'autre.

— Elle s'est peut-être enfuie avec un amoureux, répéta-t-elle, comme si elle croyait que Cindy n'avait pas entendu.

Cindy vit les deux inspecteurs échanger un regard. Il n'y a pas d'urgence ici, semblait-il dire.

— Qu'est-ce qui vous laisse penser ça ? demanda Bartolli.

— Jamais elle ne ferait une chose pareille, intervint Cindy.

— Oh, je vous en prie ! rétorqua la Bécasse. Combien de fois ai-je dû entendre votre stupide histoire de fuite aux chutes du Niagara avec Tom ? Julia trouvait cette escapade très romantique.

— Vraiment ?

Cindy sentit les larmes lui monter aux yeux. Jamais Julia ne le lui avait dit.

Tom appela ensuite Michael Kinsolving. Son assistant l'informa que le célèbre réalisateur serait absent jusqu'à mardi et ne pouvait être joint. Il put néanmoins leur confirmer que Julia s'était bien présentée au casting, à onze heures du matin.

Après quelques questions sur l'état d'esprit de Julia ces derniers temps — était-elle déprimée ? était-elle affectée par la rupture avec son petit ami ? — les enquêteurs repartirent avec plusieurs exemplaires du portrait, et la promesse de téléphoner dès que possible à Sean Banack. Ils avaient décidé d'attendre la fin du week-end prolongé avant de lancer officiellement les recherches, en accord avec Tom, et en dépit des objections de Cindy.

— Et maintenant ? soupira Cindy.

— Essaie de te détendre, lui conseilla son ex-mari. Appelle-moi à Muskoka si tu as des nouvelles.

— Tu pars au chalet ?

Cindy était abasourdie.

— Ça ne sert à rien que je reste ici.

— Julia va bien, soupira la Bécasse en bâillant. C'est une grande fille. Elle avait sans doute besoin de respirer.

— Est-ce qu'il serait possible de faire sortir cette demeurée de chez moi ?

Cindy jeta un regard suppliant à Tom puis à Neil. La Bécasse prit un teint beigeasse en totale harmonie avec sa tenue. Le chien se mit à aboyer.

— Je pense qu'il est temps de s'en aller, dit Tom.

— Surtout que tu fais ça si bien, acquiesça Cindy à mi-voix.

Le téléphone sonna. Tom et Cindy se jetèrent d'un même élan vers la cuisine et se bousculèrent sur le seuil de la porte.

Cindy décrocha.

— Allô !

— Qu'est-ce qui ne va pas ? demanda sa mère.

Les épaules de Cindy s'affaissèrent de déception.

— Pourquoi dis-tu ça, maman ?

Tom leva les yeux au ciel. Voilà donc de qui Julia tenait cette manie, songea Cindy.

— Une mère se trompe rarement.

Cindy sentit son cœur se serrer à la pensée de Julia.

— Nous partons, murmura Tom.

— Avec qui es-tu ? J'ai cru reconnaître Tom ?

— Tu m'étonneras toujours, maman ! avoua Cindy en regardant Tom conduire la Bécasse vers la sortie.

— Qu'est-ce qu'il fait là ? Maintenant je suis sûre qu'il y a un problème.

— Non, pas du tout.

— J'arrive tout de suite.

— Non, maman ! (Elle plaqua le combiné sur sa fourche.) Merde !

— Que se passe-t-il ? demanda Neil d'un ton détendu, en entrant dans la cuisine.

— Ma mère arrive. Je suis désolée de ma grossièreté, s'excusa-t-elle, encore sous le coup de la réflexion de Tom.

— Quelle grossièreté ?

Cindy eut soudain envie de l'embrasser sur la bouche.

— Vous devriez partir.

— Je serais ravi de rester.

Et moi aussi j'adorerais ça, songea Cindy.

— Vous avez peut-être rencontré suffisamment de membres de la famille pour aujourd'hui ! dit-elle.

En le raccompagnant à la porte, elle fut de nouveau surprise de sentir à quel point son comportement était différent de celui de Tom. Son ex-mari avait une façon épuisante de tout submerger sur son passage, un peu comme Julia. Neil, à l'instar d'Heather, avait une aisance, une fluidité naturelle très agréable.

— Merci, ajouta-t-elle, à la fois pressée et désolée de lui dire au revoir. Je ne m'en serais jamais sortie sans vous.

— Je parie que vous dites cela à tous vos comptables, plaisanta-t-il.

Cindy tendit la main et lui effleura la joue. Elvis se mit à grogner.

— Vous ne vous attendiez pas à tout cela, n'est-ce pas ?

— Je vous appellerai plus tard, répondit Neil en tapotant la tête du chien.

Elle regarda la voiture reculer dans l'allée puis disparaître au coin de la rue. C'est seulement à ce moment-là qu'elle s'aperçut qu'on l'observait. Elle pivota vers la maison voisine et remarqua Faith sur le perron.

— Faith! Je ne t'avais pas vue. Comment vas-tu?

— Bien.

Faith Sellick portait une grande chemise écossaise noir et rouge sur un caleçon noir. Un ruban rouge lui retenait les cheveux.

— Il y a beaucoup d'activité chez toi aujourd'hui.

— Oui.

— J'ai vu une voiture de police.

— Rien de grave.

Faith hocha la tête, les yeux rivés sur la rue.

— Où est le bébé?

— Ryan l'a emmené au bureau ce matin.

— C'est gentil. Tu vas pouvoir te reposer.

— Oui.

— Il fait tellement beau, remarqua Cindy à court d'imagination. Que dirais-tu d'une tasse de thé? s'entendit-elle proposer, soudain consciente qu'elle n'avait pas envie de rentrer chez elle, ni de se retrouver seule en tête à tête avec ses angoisses.

Elle devait essayer de cesser d'imaginer le pire.

— Que c'est gentil! répondit Faith en pesant soigneusement chaque mot. Un thé me fera très plaisir.

— Bien. Alors, viens.

Elle dort debout, remarqua Cindy en regardant la jeune femme descendre l'escalier et suivre l'allée. Elvis courut lui mordiller les chevilles.

— Salut, le chien, dit-elle distraitement.

— Entre.

Cindy s'effaça pour la laisser passer.

— C'est vraiment adorable de ta part.

— Je t'en prie.

Cindy la conduisit à la cuisine et la guida vers les chaises en pin devant la table. Faith s'affala sur la plus proche et considéra Cindy d'un air interrogateur.

— Tu veux du thé ou de la tisane? proposa Cindy tandis que le chien se couchait aux pieds de Faith.

La jeune femme ne broncha pas et, l'espace d'un instant, Cindy se demanda si elle avait compris la question.

— Une tisane, répondit-elle soudain avec un grand sourire en complet décalage avec la tristesse de ses yeux.

— Pêche au gingembre ou menthe verte ?

— Menthe verte, répondit Faith avec un petit rire cristallin qui tinta comme un carillon.

Cindy remplit la bouilloire, alluma le brûleur, et se retourna vers Faith. Elle paraissait plus vieille que son âge ; on lui donnait davantage quarante ans que trente, avec son teint cireux et ses grands cernes.

— As-tu réussi à dormir la nuit dernière ?

— Un peu.

— Ce n'est pas facile d'être une jeune mère. (Cindy revit Julia bébé.) Enfin ce n'est jamais facile d'être mère en général, ajouta-t-elle, songeant à Julia.

— La plupart des femmes s'en sortent parfaitement.

— Ne t'y trompe pas.

— Tes filles sont si belles. Elles ont si bien réussi.

— Merci.

Cindy croisa les doigts et pria silencieusement.

— Tu te faisais beaucoup de souci quand elles étaient bébés ?

— Évidemment.

— Je n'arrête pas de m'inquiéter pour Kyle.

— C'est normal.

— Tous les prétextes sont bons, continua Faith comme si Cindy n'avait rien dit. Sa sécurité, sa santé, sera-t-il heureux quand il sera grand ?

— Je crois, tu sais, qu'on n'a jamais fini de s'angoisser pour ses enfants.

— C'est vrai, regarde ce qui se passe dans le monde. Les terroristes, les attentats suicides, le sida, la pauvreté, les viols...

— Faith, tu vas te rendre folle si tu penses à ces horreurs.

— Mais peut-on faire autrement ? Il suffit de lire les journaux du matin.

— Ne les lis pas.

— Il faut se tenir au courant. On ne peut pas rester la tête enfoncée dans le sable.

— Pourquoi pas ?

— Parce que les choses doivent bouger, changer.

— Et tu crois que de te rendre malade d'inquiétude résoudra quoi que ce soit ?

102

— Non, mais il faut se tenir sur ses gardes.

— Tu seras sur tes gardes quand Kyle fera ses nuits.

— Ça paraît complètement fou de mettre un enfant au monde dans un univers où le malheur frappe sans arrêt, où sévissent tant de gens mauvais.

— Il y en a aussi des bons, protesta Cindy, qui avait autant besoin d'être rassurée que Faith.

— Je voudrais tellement être quelqu'un de bien.

— Tu es quelqu'un de bien.

Faith fit une grimace, comme prise d'un spasme.

— Je ne suis pas une bonne mère.

— Qu'est-ce qui te fait dire une bêtise pareille ?

— Kyle pleure tout le temps.

— Il a des coliques. Tu n'y es pour rien.

— J'essaie de le consoler. Mais j'ai beau le nourrir, le prendre dans mes bras et lui chanter des berceuses, il continue à hurler.

— Julia était pareille quand elle était bébé. Il n'y avait que Tom qui arrivait à la calmer.

— Tom, ton ex-mari ?

— Oui.

— C'était lui tout à l'heure ? Avec la rousse ?

— Oui.

— C'est sa nouvelle petite amie ?

— Sa femme.

— Je crois que Ryan a une maîtresse, déclara Faith de but en blanc, alors que la bouilloire se mettait à siffler.

— Non...

Cindy s'arrêta. Comment pouvait-elle savoir si Ryan avait une petite amie ou pas ?

— Qu'est-ce qui te faire dire ça ? demanda-t-elle en préparant le thé.

— Je le vois à son regard.

— Qu'est-ce que tu vois ?

— C'est plutôt ce que je ne vois pas.

Cindy comprenait ce qu'elle voulait dire. Elle avait surpris le même vide dans les yeux de Tom avant qu'il ne la quitte. Il était déjà ailleurs.

103

— Je suis sûre qu'il est juste fatigué.

— Non. Il ne m'aime plus.

— Voyons, je suis sûre que si, Faith.

Cindy revit le visage troublé de Ryan lorsqu'elle l'avait trouvé assis sur le perron, Elvis contre lui. Une subtile odeur de menthe remplit l'atmosphère. Cindy déposa la tasse de tisane sur la table devant Faith.

— Il s'inquiète pour toi, c'est tout.

— S'inquiéter n'est pas aimer. (Faith porta la tasse à ses lèvres et la reposa aussitôt.) C'est bouillant.

— Il faut la laisser un peu reposer.

— Ma grand-mère le disait souvent. Il faut laisser les choses se calmer, répéta Faith d'une voix étrange. Elle est morte l'an dernier. D'un cancer.

— Je suis désolée.

— Elle a eu une vie dure. Son fils aîné s'est suicidé, tu sais.

— Quelle terrible épreuve !

— Oui. Mon oncle Barry était schizophrène. Je ne me souviens plus très bien de lui. Il est mort quand j'étais petite. Il s'est pendu dans la salle de bains et c'est ma grand-mère qui l'a découvert. (Faith porta la tasse à ses lèvres et respira profondément le parfum des plantes.) Nous avons un tempérament suicidaire dans la famille.

— Quoi ?

Cindy se souvint des questions posées par l'inspecteur Bartolli sur l'état d'esprit de sa fille. *Était-elle déprimée les derniers temps ? La rupture avec son petit ami l'avait-elle affectée ?*

— J'ai une grand-tante qui s'est jetée du haut d'un immeuble, continua Faith et deux cousines qui se sont ouvert les veines. Ma mère a avalé des comprimés un jour, mais elle a prévenu les voisins qui l'ont emmenée à l'hôpital. Les médecins lui ont fait un lavage d'estomac.

— C'est terrible ! (Cindy aspira prudemment son thé sans savoir que dire.) Tu ne ferais jamais...

Julia ne ferait jamais...

— Quoi ? Oh, non ! Bien sûr que non. Je ne ferais jamais ça !

— La situation n'est jamais aussi sombre qu'elle le paraît, dit Cindy avec sincérité, et elle eut l'impression que cette platitude lui remplissait la bouche comme une boule de coton. Tout finit par s'arranger.

À moins que ça n'empire, pensa-t-elle silencieusement.

— Je n'aurais pas le courage de me tuer.

— Tu crois que c'est une question de courage?

— Je sais que certains considèrent le suicide comme une lâcheté, mais pas moi. Il faut avoir un sacré cran pour aller jusqu'à supprimer sa propre vie. Plus de cran que je n'en ai, c'est certain.

— Tant mieux...

Cindy réprima un frisson. Elle s'installa sur la chaise en face de Faith. Elle se souvenait vaguement d'un article sur les contrecoups d'un suicide dans une famille. Le papier expliquait que le suicide d'un membre servait souvent à valider celui d'un autre ; l'acte en venait à être conçu comme une alternative acceptable, une façon valable de résoudre ses problèmes. Elle secoua la tête. Les femmes de sa famille étaient peut-être émotives, impulsives et coléreuses, mais une chose était sûre, elles n'étaient pas suicidaires. Et elles tenaient trop à avoir le dernier mot pour abandonner prématurément la discussion.

— ... Tu as toutes les raisons de vivre, s'entendit-elle continuer. D'accord, c'est dur en ce moment. Tu traverses une passe difficile. Tu es épuisée. Mais ça va s'arranger. Fais-moi confiance. Dans un an, tu n'y penseras plus.

— Tu crois que Ryan va me quitter?

— Ryan ne partira jamais, Faith.

— Il dit qu'il veut encore trois enfants.

— Et toi?

— Je ne sais pas.

— Et ton travail?

— Je suis en congé maternité jusqu'au nouvel an. Mais je ne crois pas que je reprendrai.

— Pourquoi? Tu adores enseigner.

— Tu te figures que je pourrais tenir vingt-cinq enfants alors que je ne m'en sors pas avec un seul?

Cindy vit le regard de Faith s'assombrir.

— Rien ne te force à prendre une décision maintenant.

— Tu as raison.

— Tu as tout ton temps.

Les yeux de Faith se remplirent de larmes.

— Ryan est tellement occupé. Je ne le vois plus. (Elle haussa les épaules lentement.) Quand il a débuté chez Granger, McAllister, c'était un petit cabinet. Maintenant il y a sept architectes, des secrétaires, des assistants, plein de monde et ils sont toujours débordés. Ryan n'arrête pas de courir. Ta tisane est vraiment délicieuse, ajouta-t-elle en finissant la tasse.

— En veux-tu encore ?

— Oh, non, merci. Je dois rentrer. J'ai promis à Ryan de ranger la maison. Il a dit que c'était une porcherie.

— Et si tu commençais par faire une petite sieste ?

Cindy entendit alors une voiture rouler dans l'allée. Julia ! Elle se précipita pour ouvrir la porte. Un taxi reculait vers la rue tandis que sa mère montait les marches du perron, accueillie joyeusement par Elvis.

— Que se passe-t-il ? s'enquit-elle sans s'occuper du chien. Et ne me raconte pas d'histoires. Je vois bien que ça ne va pas. Oh, tu as du monde !

— Maman, je te présente Faith Sellick, ma voisine. Faith, voici ma mère.

— Je suis ravie de vous rencontrer.

Faith sortit sur le seuil et s'abrita les yeux du soleil.

— Merci encore pour la tisane.

— Ne partez pas à cause de moi, protesta Norma.

— Non, je dois y aller. J'ai beaucoup de choses à faire.

— Commence par une bonne sieste.

— D'accord.

Faith descendit les marches.

— Elle n'a pas l'air en forme, remarqua Norma dès que la jeune femme fut hors de portée de voix.

— C'est la voisine dont je te parlais hier. Celle qui fait une dépression postnatale.

— Et si tu me proposais d'entrer ? Je meurs d'impatience de savoir ce que Tom faisait là.

Cindy conduisit sa mère à la cuisine, et lui indiqua la chaise qui venait de se libérer.

— Assieds-toi.

11.

À 2 h 29 du matin précisément, Cindy se réveilla en sursaut.

— Oh, non ! J'ai oublié !

Elle bondit de son lit, courut à la salle de bains, tandis qu'Elvis sautait autour d'elle, excité par ce nouveau jeu. Elle faillit tomber sur le chien, plongea dans l'armoire à pharmacie et essaya de se concentrer sur les flacons de remèdes contre les migraines, les boîtes de pansements à moitié vides, les tubes de pommade plus ou moins écrasés, les rouleaux de fil dentaire et les différentes marques de gel pour les cheveux. Elle espérait que ce ne serait pas trop tard. Le médecin l'avait pourtant prévenue : si elle ne prenait pas les comprimés à la même heure, chaque jour, elle allait mourir. À quand cela remontait-il ? À des semaines, des mois, des années ? Depuis combien de temps avait-elle oublié de les prendre ? Oh, non ! Non !

Mais bon sang qu'est-ce que je fais ? se demanda-t-elle brusquement, soudain bien réveillée. Elle fixa la femme dans le miroir et eut l'impression d'être face à une étrangère. Qu'est-ce qui t'arrive ? Quels comprimés ?

Lentement, la panique battit en retraite et son cœur reprit un rythme normal. Elle était debout nue, dans la salle de bains, au beau milieu de la nuit, à chercher un médicament qui n'existait pas, prescrit par un médecin imaginaire. À l'évidence, il s'agissait encore d'un cauchemar. Mais elle ne se souvenait d'aucun détail.

— C'est la fichue tisane, dit-elle à la femme dans la glace. Cette cochonnerie finira par te tuer.

Son reflet l'approuva.

Cindy regarda la femme glisser une main lasse dans des cheveux mous. Ses yeux se remplissaient de larmes.

— Quelqu'un pourrait-il avoir l'obligeance de me tuer d'un coup de fusil pour mettre un terme à mes souffrances ?

Son reflet laissa tomber son menton sur sa poitrine, et le silence lui bourdonna aux oreilles comme une nuée de moustiques.

— Il faut dormir, marmonna-t-elle en repartant se coucher.

Elle se glissa sous les couvertures, mais sentit qu'elle ne retrouverait pas le sommeil. Elle passerait les heures qui la séparaient du matin à se retourner dans tous les sens. Si elle arrivait à s'assoupir, ce serait en pointillés et elle se réveillerait encore plus fatiguée qu'avant de se coucher. Elle ferma les yeux et fut aussitôt assaillie par l'image de sa fille ligotée et se vidant de son sang, sur le sol poussiéreux d'une cabane abandonnée, au milieu de nulle part.

— Mon Dieu, pas ça, chuchota-t-elle dans l'oreiller qu'elle sentit se mouiller sous sa joue. Faites que Julia aille bien. Faites que ce ne soit qu'un mauvais rêve.

Hélas, ce n'était pas un cauchemar mais un flash. Si sa fille ne rentrait pas bientôt à la maison, elle en mourrait, comme l'avait prévenue le médecin de son rêve.

— Oh, mon Dieu !

Cindy se redressa pour se laisser retomber sur le dos. Elle roula de l'autre côté, s'assit, alluma, prit un livre de poche sur la table de nuit. Le téléphone accrocha alors son regard. Tom et sa Bécasse ne devaient avoir aucun problème de sommeil, eux. Elle se représenta le cottage sur le lac Joseph, la grande chambre rustique qu'elle avait autrefois partagée avec Tom, et l'immense baie vitrée ouverte qui laissait entrer la brise fraîche de Muskoka. L'image de son ex-mari au lit avec sa jeune femme lui passa par la tête. Elle la chassa d'un geste dédaigneux de la main, déchirant sans le vouloir le haut de la page. Elle lut, puis relut les premiers paragraphes du chapitre avant de jeter le roman au pied du lit. Elle n'arrivait pas à se concentrer.

— Où es-tu, Julia ?

Julia trouvait-elle vraiment la fuite de ses parents romantique ? Est-ce qu'elle avait eu envie d'en faire autant ? Avec qui ?

— Reviens à la maison, supplia Cindy. Je t'en prie, reviens.

Et quand elle reviendra, se promit-elle, je lui offrirai les bottes en daim marron qu'elle admirait chez David et qui me paraissaient trop chères.

Quand elle reviendra, je l'emmènerai dîner dans son restaurant japonais préféré, et nous irons même y prendre le déjeuner et le petit déjeuner si elle veut.

Quand elle reviendra, je ne crierai pas, je ne me plaindrai pas. Je ne ferai aucune réflexion sur son insouciance. Je me montrerai compréhensive, moins intransigeante. Je serai une mère et une amie. Notre vie sera parfaite quand elle reviendra à la maison.

Quand elle reviendra, reprit Cindy pleine d'espoir, comme elle l'avait déjà répété si souvent depuis que Julia était née.

Elle avait déjà perdu sa fille une fois. Elle ne voulait pas recommencer.

Cindy se leva, passa une chemise de nuit en coton rose et alla sur la pointe des pieds jusqu'à la chambre de sa fille aînée, Elvis sur les talons. Elle s'arrêta sur le seuil et scruta le lit dans l'obscurité.

— Tu es là ?

La question perça la nuit. Un vrai rayon laser.

Cindy vit alors une silhouette s'asseoir dans le lit et tendre la main vers la lampe de chevet au moment où elle appuyait sur l'interrupteur.

— Julia ! hurla-t-elle en se précipitant les bras tendus vers le lit pour aussitôt les laisser retomber.

Ses pieds s'arrêtèrent net, comme pris dans du ciment.

— Ma chérie, dit doucement sa mère en sortant du lit de Julia pour venir vers elle. Ça ne va pas ?

Cindy secoua la tête et fondit en larmes.

— Je suis désolée. J'ai oublié que tu dormais là.

Sa mère avait tenu à rester à la maison quand elle avait appris la disparition de Julia.

— Je t'ai réveillée ?

Sa mère la ramena vers le lit et s'assit près d'elle.

— Pas vraiment. J'ai entendu du bruit il y a quelques minutes. J'ai cru que c'était Julia qui rentrait.

— C'était moi. Je me suis réveillée en transe parce que j'avais oublié de prendre des comprimés.

— Quels comprimés ?

— Justement, je n'en prends aucun. (Cindy eut un geste d'impuissance.) Je perds la tête.

Sa mère éclata de rire.

— Qu'y a-t-il de si drôle ?

Norma prit la main de sa fille.

— Je me souviens d'avoir vécu les mêmes angoisses il y a plusieurs années. Je me réveillais, constamment persuadée d'avoir oublié une chose terriblement importante. Un effet de la ménopause, sans doute.

— La ménopause. Mais je n'en suis pas là !

— Presque.

— Arrête ! Je n'ai que quarante-deux ans.

— Tu as raison, ma chérie.

— J'ai bien d'autres soucis en ce moment !

— Ce n'est pas ce que je voulais dire, ma chérie.

— Et que voulais-tu dire ?

— Simplement qu'il est fréquent chez les femmes d'un certain âge...

— Maman...

— J'appelais ça les merdes de mémoire.

— Quoi ?

— Les merdes de mémoire.

— Pardon ?

— Qu'est-ce que tu crois ? Que tu es la seule à connaître des gros mots ? Ferme la bouche. Tu vas finir par gober une mouche.

Cindy dévisagea sa mère, stupéfaite. Voilà d'où venait sa grossièreté !

Et c'est reparti pour les insultes ! disait Tom au début de chacune de leurs disputes. *C'est plus fort que toi !*

Je suis désolée de ma grossièreté, s'était-elle excusée auprès de Neil.

Quelle grossièreté ? avait-il demandé.

— À quoi penses-tu ? s'enquit sa mère.

— Quoi ?

— Tu souris.

— C'est vrai ? (Mon Dieu, sa mère voyait tout !) C'est nerveux.

— Elle reviendra, continua Norma d'une voix lourde d'expérience. Tu verras. Demain matin, elle réapparaîtra comme par enchantement. Et elle sera stupéfaite que tu te sois inquiétée. Elle t'en voudra d'avoir appelé la police.

Cindy baissa la tête, soudain honteuse.

— Je t'ai fait vivre l'enfer quand je me suis enfuie avec Tom.

— Tu étais jeune et amoureuse, répondit sa mère, magnanime.

— J'étais capricieuse et égoïste.

— Oui, aussi.

— Mais à quoi pensais-je ?

— Tu n'as pas réfléchi.

— Et je t'en ai voulu de t'être inquiétée ?

— Tu étais livide. Comment avais-je osé appeler tes amis ! Te faire un affront pareil ! Prévenir la police ! Tu n'étais même pas partie quarante-huit heures ! Tu étais une femme ! Et une femme mariée, en plus ! Qu'est-ce qui m'avait pris ? Et ainsi de suite...

— Il est trop tard pour te présenter des excuses ?

Sa mère lui passa un bras protecteur autour des épaules et la serra contre elle.

— Il n'est jamais trop tard, chuchota-t-elle en embrassant la joue humide.

— Tu crois que je le paie maintenant ? Que c'est ainsi que Dieu nous fait expier nos fautes ?

— J'aime à penser que Dieu a mieux à faire de Son temps.

— Tu crois que Julia aurait pu s'enfuir avec un garçon ?

— Et toi ?

Cindy secoua la tête. Quand Julia parlait de mariage, elle s'imaginait dans une robe de Vera Wang avec sa photo dans *People*.

— Ce n'est pas son style. En plus, elle vient de rompre avec son petit ami. Tu ne penses pas qu'elle est perturbée, enfin, pas au point de faire une bêtise ?

— Quoi, Julia, souffrir pour un homme ?

La réaction de sa mère était une réponse en soi.

— Alors que lui est-il arrivé ? Où est-elle ?

— Je l'ignore, ma chérie. Mais une chose est sûre, il faut que tu dormes sinon tu n'auras plus la force de hurler quand elle rentrera. Viens.

Sa mère écarta les draps de l'autre côté du grand lit double de Julia.

— Si tu dormais avec moi, cette nuit ? Un peu de compagnie ne me déplairait pas.

Sans un mot, Cindy monta dans le lit et se blottit contre sa mère. Norma passa un bras autour de la taille de sa fille tandis qu'Elvis se lovait entre leurs pieds. Des effluves d'*Angel*, le parfum de Julia, montaient de l'oreiller. Cindy aspira profondément, les yeux fermés... Quand Julia reviendrait, elle lui achèterait le plus gros flacon d'*Angel* possible. Quand Julia reviendrait, elle lui offrirait la carte Gold du Festival du film, pour qu'elle assiste à tous les galas. Quand Julia reviendrait, elle tiendrait sa langue, elle se contrôlerait, et elle serrerait son bébé dans ses bras.

Quand elle reviendrait. Quand elle reviendrait.

— Maman ? Mamie ? Que se passe-t-il ?

Cindy ouvrit les yeux, vit Heather penchée sur elle, ses traits délicats déformés par la pesanteur. Elle se releva tandis qu'Elvis lui sautait dessus pour lui lécher le visage.

— Qu'est-ce que c'est ? s'exclama sa mère.

Le chien enfouissait sa truffe sous les couvertures.

— Sors de là ! Oh, il m'a léché la bouche ! Fiche le camp, dégoûtant !

Heather chassa Elvis du lit.

— Je ne savais pas que tu étais là, mamie. J'ai cru que Julia était rentrée.

Cindy sentit son cœur se serrer.

— Non. Il n'y a rien de neuf...

Heather secoua la tête.

— Pourquoi dormez-vous dans ce lit?

Cindy et sa mère haussèrent les épaules.

— Quelle heure est-il? demanda Cindy.

— Presque neuf heures.

— Neuf heures!

Il y avait des années qu'elle n'avait pas dormi aussi tard, même un week-end.

— Quelle importance? Vous devez aller quelque part?

— Non, répondirent les deux femmes.

— J'ai beaucoup de choses à faire, s'empressa d'ajouter Cindy.

— Lesquelles?

Elle chassa la question d'un geste impatient.

— Duncan dort encore? Il faut que je lui parle.

— Il n'est pas là.

— Où est-il?

— Pas ici.

— Heather...

— Écoute, maman, je suis trop désolée, mais je ne le suis pas à la trace.

— Je suis vraiment désolée, la corrigèrent d'une seule voix la mère et la grand-mère.

Heather hocha la tête et recula lentement.

— Je vais sortir Elvis, si c'est grammaticalement correct.

Cindy sourit.

— Merci, ma chérie.

— J'ai fait le café.

— Merci, répéta Cindy, s'émerveillant de la grâce naturelle de sa fille.

Même vêtue d'un jean moulant taille basse et d'un petit débardeur rouge qui lui découvrait le nombril, elle arrivait à paraître élégante.

— Quel amour! dit sa mère quand Heather eut quitté la pièce.

— Oui, c'est vrai.

— Tout le portrait de sa mère.

La vieille dame embrassa Cindy sur le front. Cindy sentit les larmes lui monter aux yeux.

— Merci d'être venue, maman.

À dix heures, Cindy, douchée et habillée, buvait une quatrième tasse de café.

— Tu devrais manger quelque chose, insista Norma.

— Je n'ai pas faim.

— Fais un effort. Tu dois prendre des forces.

Cindy hocha la tête, mais une certaine irritation venait se mêler à la gratitude. Elle était contente d'avoir sa mère près d'elle. Cependant, son amour et son soutien la privaient bizarrement d'oxygène. Être à son contact trop longtemps provoquait toujours une forme de suffocation. Julia ressentait-elle la même chose ? Elle avait l'impression qu'il n'y avait pas suffisamment d'air dans la pièce pour deux.

— Ne te crois pas obligée de rester, maman, dit-elle avec tact. Tu dois avoir des tonnes de choses à faire.

— Ah bon ?

— Je ne sais pas.

— Qu'est-ce qui pourrait passer avant Julia ?

Cindy secoua la tête, vaincue, finit sa tasse et s'en servit une autre.

— Tu devrais manger quelque chose, répéta Norma.

Cindy sortit des papiers froissés de la poche de son jogging et regarda le téléphone.

— Qu'est-ce que c'est ?

— Des numéros que j'ai trouvés dans la chambre de Julia.

— Tu sais à quoi ils correspondent ?

— Je l'ignore.

Sa mère lui prit les feuilles des mains et les lut à voix haute.

— Tu vas les appeler ?

— Qu'en penses-tu ?

— Tu peux toujours essayer.

Cindy traversa la pièce en trois enjambées, décrocha et composa le premier numéro.

— Qu'est-ce que je dis ?

— Commence par dire bonjour.

— Merci, maman.

— Salon Noelise, annonça une voix, dès la première sonnerie.

— Pardon, je n'ai pas compris.

— Salon Noelise? répéta son interlocutrice d'un ton dubitatif.

— Oh, je suis désolée. C'est une erreur.

— Je vous en prie.

— C'était le salon Noelise, dit Cindy à sa mère en raccrochant.

— Tu connais?

— C'est là que Julia se fait épiler les jambes.

— Essaie le suivant.

Elle tomba sur le Sushi Suprême, puis sur une agence de mannequins locale où Julia espérait être engagée.

— Le dernier, annonça-t-elle.

Elle attendit quatre sonneries avant que le répondeur ne prenne l'appel.

« Vous êtes au cabinet Granger, McAllister, annonçait la bande. Nous sommes ouverts de neuf heures à dix-sept heures, du lundi au vendredi. Si vous connaissez le numéro de poste de la personne que vous désirez joindre, vous pouvez le composer directement. Si vous voulez accéder à la liste de nos collaborateurs... »

Cindy reposa l'appareil. Sa mère l'interrogea du regard.

— Granger, McAllister. Pourquoi ce nom me dit-il quelque chose?

— C'est un cabinet d'avocats?

— Non, je ne crois pas.

Quand il a débuté chez Granger, McAllister, c'était un petit cabinet, avait dit Faith.

— Ce sont des architectes.

— Quel rapport entre Julia et des architectes?

— Je n'en ai pas la moindre idée.

Je crois que Ryan a une petite amie. Julia aurait-elle une liaison avec lui?

— Mais je ne vais pas tarder à le savoir, bon sang!

Le téléphone se manifesta à l'instant où elle s'apprêtait à le saisir.

— C'est la ligne de Julia, murmura-t-elle, hésitant à enfoncer la touche 2.

— Réponds.

115

Cindy prit une profonde inspiration.

— Allô ?

— Julia, c'est Lindsey. Je suis au studio de yoga. Qu'est-ce que tu attends pour venir ?

— J'arrive, répondit Cindy de la voix rauque de Julia puis elle raccrocha aussitôt, le cœur battant.

— Comment ça, tu arrives ? Où vas-tu ? Qu'est-ce que tu fais ?

Cindy ne répondit pas. En réalité, elle ne savait pas ce qu'elle ferait une fois là-bas. Elle attrapa son sac sur le comptoir et atteignait déjà la porte lorsque la sonnerie tinta à nouveau. Sa ligne. Elle se retourna vers sa mère, le nom de Julia mourut sur ses lèvres tandis que sa mère décrochait.

— C'est Leigh, annonça Norma. Elle me cherchait.

Cindy ouvrit la porte et aspira une grande bouffée d'air.

— Ne lui dis rien.

Sa mère hocha la tête d'un air entendu.

— Je suis désolée de t'avoir inquiétée, entendit Cindy alors qu'elle refermait la porte. Mais il est arrivé un malheur. Julia a disparu.

12.

Le studio de yoga était situé dans un vieil immeuble de six étages, au nord de Bloor Street, juste à l'ouest de Spadina, en face d'une grande épicerie et du siège social de la JCC [1]. Allez savoir pourquoi ce studio quelconque, situé dans un quartier banal, était devenu l'un des points de ralliement des célébrités de passage! Julia fréquentait le club surtout pour cette raison. Elle se vantait parfois d'avoir fait du stretching avec des actrices comme Gwyneth Paltrow et Elisabeth Sue. Et elle s'était juré qu'un jour d'autres filles raconteraient à leur mère qu'elles avaient eu la chance de faire de la musculation avec Julia Carver.

Il n'y avait pas une place de libre et Cindy perdit un quart d'heure dans un labyrinthe de rues en sens interdit avant de retrouver l'artère principale. Quelqu'un libérait un stationnement de l'autre côté de la chaussée. Elle s'empressa d'exécuter un demi-tour parfaitement illégal, ponctué par les crissements de freins du conducteur qui la suivait et par un doigt d'honneur du chauffeur qui arrivait en face. L'homme d'une quarantaine d'années klaxonna sans interruption pendant qu'elle faisait son créneau puis s'arrêta à sa hauteur. Cindy, les yeux braqués droit devant elle, fit mine de ne pas le voir. Mais il bloquait la portière. Il faudrait qu'elle descende côté passager. Elle contempla sa montre, ignorant l'œil furieux qui la fusillait à travers la vitre.

---

1. Jewish Community Centre.

— Alors, on est pressée ? entendit-elle crier. Madame a le feu au cul ?

Mon Dieu ! pensa-t-elle sans savoir comment réagir. Qu'est-ce qu'il y avait comme gens agressifs ! Et cinglés ! Si Julia était tombée sur l'un d'eux ? Si, d'une parole ou d'un geste malheureux, elle avait déclenché innocemment sa fureur ?

— Vous avez failli nous tuer tous les deux ! fulminait le chauffeur.

Il agitait les bras et donnait l'impression d'un homme poursuivi par un essaim d'abeilles. Elle l'imagina brandissant un couteau et entendit Julia hurler dans le lointain. Ses yeux se remplirent de larmes. Derrière, d'autres conducteurs commençaient à klaxonner, lui intimant d'avancer. Mais il ne bougeait pas. Est-ce qu'il avait l'intention de passer la journée ici ?

Cindy s'essuya furtivement les yeux et regarda à nouveau l'heure. Elle était en retard et avait déjà raté la moitié du cours de yoga. Si Lindsey ne voyait pas venir son amie, elle allait sûrement partir. Elle ne pouvait quand même pas rester là à attendre que ce fou s'en aille ! Elle prit son courage à deux mains et se résigna à l'affronter. Il avait le visage écarlate et défiguré par la colère.

— Je suis sincèrement désolée, s'excusa-t-elle. Je ne voulais pas vous couper la route.

— On devrait vous abattre, rétorqua-t-il aussitôt.

Il démarra, non sans brandir lui aussi un doigt d'honneur par la fenêtre en guise d'adieu.

Cindy ouvrit sa portière et un nouveau coup de klaxon la fit tressaillir. Elle sentit la chaleur d'un pot d'échappement sur ses jambes tandis qu'une Porsche rouge lui passait au ras des orteils. Un nouveau doigt d'honneur fut levé dans sa direction. Elle attendit un ralentissement de la circulation la gorge serrée, puis traversa entre les voitures. Un mendiant la regarda en secouant la tête d'un air désabusé, et lui tourna le dos quand elle arriva à sa hauteur, visiblement dégoûté par son inconscience.

Tant pis pour toi. Elle remit dans sa poche la monnaie qu'elle avait l'intention de lui donner.

Elle poussa la porte d'entrée de l'immeuble et s'approcha des vieux ascenseurs. Elle dut presser le bouton trois ou quatre fois avant d'entendre les câbles gémir quelque part au-dessus de sa tête, annonçant la lente descente de la cabine bringuebalante. Elle s'engouffrait entre les lourdes portes métalliques à peine ouvertes lorsqu'elle réalisa qu'elle ne savait pas à quel étage elle allait.

— Qu'est-ce qui te prend ? T'es idiote ou quoi ? s'exclama-t-elle à voix haute en ressortant de l'ascenseur.

Une jeune femme débraillée qui mastiquait un énorme chewing-gum arrivait en traînant les pieds.

— Excusez-moi, savez-vous à quel étage se trouve le studio de yoga ?

La fille la dévisagea sans comprendre ni cesser de mâcher.

— Vous pouvez m'attendre une seconde, s'il vous plaît ?

Cindy courut vers le panneau dans le hall, regarda rapidement la liste, et nota le numéro.

— Attendez ! cria-t-elle.

Les portes se refermaient et le regard de la fille au chewing-gum la traversa comme si elle n'existait pas.

— Je n'y crois pas ! Ça vous aurait tuée d'attendre ? hurla-t-elle, tapant sur le bouton d'appel. Oh, mon Dieu, je perds la tête.

Elle se retourna, aperçut l'escalier et monta quatre à quatre. Que les gens sont agressifs ! Ils sont cinglés ! Mais je ne vaux pas mieux ! reconnut-elle. Elle arriva au quatrième étage, les jambes tremblantes, les genoux en compote, pliée en deux, le souffle coupé.

Qu'est-ce qui lui prenait de se précipiter ainsi ? Que ferait-elle une fois arrivée ?

Elle repoussa la mèche moite qui lui tombait dans les yeux, redressa les épaules et attendit d'avoir repris une respiration normale pour entrer dans le hall. Elle passa devant les portes de différentes sociétés avant de repérer celle du studio de yoga. Elle appuya son front contre le battant et tendit l'oreille.

La porte s'ouvrit brusquement et Cindy bascula dans les bras d'une femme grisonnante, aux cheveux hérissés.

— Oh, je suis désolée ! Vous ne vous êtes pas fait mal ? Je ne pensais pas qu'il y avait quelqu'un de l'autre côté.

— Pardonnez-moi, c'est de ma faute, protesta Cindy, se demandant si c'était la surprise qui lui avait ainsi dressé les cheveux sur la tête !

— Puis-je vous être utile ? demanda alors une voix, à l'intérieur.

Le regard de Cindy parcourut la longue pièce rectangulaire. Un grand canapé marron et deux vieux fauteuils beiges étaient serrés dans un coin autour d'une table basse, une vitrine remplie de livres sur le yoga et de différents articles en vente couvrait le mur d'en face et, entre les deux, se dressait un bureau d'accueil très encombré. Des T-shirts en blanc, noir et gris, avec le logo du studio, étaient pendus au mur en guise d'œuvres d'art. Plusieurs assiettes d'oranges coupées en quartiers imprégnaient l'atmosphère d'un agréable parfum d'agrume.

Deux femmes sirotaient des bouteilles d'eau minérale et mangeaient des oranges sur le canapé ; une autre entassait une pile de matelas de yoga.

— Puis-je vous aider ? répéta la réceptionniste, une jeune femme de l'âge de Julia, avec de jolis cheveux blond vénitien, et un visage constellé d'énormes taches de rousseur.

— Je cherche Lindsey.

— Lindsey... ?

— Lindsey, répéta Cindy. Je devais la retrouver ici à dix heures. Elle est peut-être déjà en cours. Je suis très en retard.

— Nous avons plusieurs cours. Savez-vous duquel il s'agit ?

— Non, mais vous ne devez pas avoir beaucoup de Lindsey.

— Si, justement. Et je crois que deux d'entre elles sont là ce matin. (La jeune fille vérifia son registre.) Oui, Lindsey Josephson et Lindsey Krauss.

Lindsey Josephson et Lindsey Krauss, répéta Cindy. Aucun des noms ne lui était familier.

— Elle attendait ma fille, Julia. Julia Carver.

Un sourire dansa sur le visage de la jeune fille.

— Vous êtes la mère de Julia ?

Cindy hocha la tête, envahie par l'émotion et une bouffée de fierté maternelle.

— Elle est si belle.

— Oui, c'est vrai.

— Julia deviendra célèbre, c'est forcé. Et je pourrai dire : « Je la connaissais. »

Oh, mon Dieu, faites qu'il ne lui soit pas arrivé malheur!

— C'est Lindsey Krauss.

— Quoi?

— Son amie. C'est Lindsey Krauss. Elle est dans la classe de Peter, ajouta la réceptionniste, indiquant l'une des portes closes au fond de la pièce.

— Puis-je entrer?

— Eh bien, c'est dix-huit dollars le cours et il est presque terminé. Attendez plutôt la fin, non?

Elle lui indiqua le canapé d'un mouvement du menton.

Cindy posa un billet de vingt dollars sur le comptoir et se dirigea vers la salle.

— Un instant! Votre monnaie... Et il vous faut un matelas!

Cindy attrapa un matelas au passage et ouvrit la porte. Huit femmes et deux hommes se tenaient debout, les yeux fermés, en équilibre sur un pied, l'autre jambe repliée, dans la position du flamant. Ils serraient leurs mains devant eux, comme s'ils priaient, les coudes écartés. Plusieurs femmes titubaient dangereusement et l'un des deux hommes était à ce point concentré que son visage semblait au bord de l'explosion. Cindy ne reconnut aucune star, en revanche elle repéra immédiatement Lindsey Krauss, une grande brune élancée, dotée d'une impressionnante poitrine qui n'avait rien de naturel. Elle s'approcha doucement et posa son matelas juste derrière, en se demandant comment l'aborder. Elle ne chancelait pas du tout, remarqua-t-elle, émerveillée par la facilité avec laquelle la jeune fille exécutait l'exercice. Elle était parfaite.

Comme Julia.

Peter, le professeur, un jeune homme aux cheveux châtains et aux yeux bleus, hocha la tête imperceptiblement lorsque Cindy essaya de prendre la position. Bon sang, mais qu'est-ce que je fiche là? se demanda-t-elle, en équilibre précaire sur un pied. Pourquoi ne s'était-elle pas installée confortablement dans le hall à boire de l'eau minérale et à manger des oranges en attendant la fin du cours? Qu'espérait-elle obtenir ici?

— Concentrez-vous sur votre respiration, dit Peter. Si votre esprit commence à galoper, ramenez-le sur votre souffle. Vous garderez mieux l'équilibre.

Pas quand on est aussi déséquilibré que moi, songea Cindy en remontant le pied gauche sur la cuisse droite. Elle fut prise aussitôt d'une crampe au pied droit.

— Baissez lentement le pied, continua Peter tandis que le pied de Cindy heurtait bruyamment le sol. (Une petite grimace rida le front lisse du professeur.) Très bien, maintenant un dernier vinyasa avant de passer à la relaxation.

Un dernier quoi ? Cindy regarda Peter lever les mains au-dessus de la tête. Le reste de la classe l'imita aussitôt, puis ils se courbèrent et étendirent un pied en avant, l'autre en arrière.

Le pied droit de Lindsey heurta le tibia de Cindy. La jeune fille se retourna, confuse.

— Je suis désolée.

— Bonjour, Lindsey.

— Oh, c'est vous, madame Carver ?

— Et à présent, prenez doucement la position du cobra, poursuivit le professeur.

— Il faut que je vous parle, chuchota Cindy.

Lindsey et les autres élèves se mirent sur le ventre en se soulevant sur les bras avant de s'accroupir et de prendre ce que le professeur appela la position du chien. Lindsey regarda Cindy la tête en bas, entre ses jambes écartées.

— Je ne comprends pas. Qu'est-ce que vous faites là ? Où est Julia ?

— Je voudrais justement vous en parler.

— Laissez les épaules se détendre, continua le professeur, une pointe d'agacement dans la voix.

— Je ne comprends pas, répéta Lindsey, se relevant.

— Mesdames, je vous en prie. Pourriez-vous attendre la fin du cours pour poursuivre votre conversation ?

— Excusez-moi, dit Lindsey.

— Je peux vous voir après le cours ? Ce ne sera pas long, chuchota Cindy.

— D'accord.

— Merci.

— Mesdames, s'il vous plaît !

— Excusez-moi, dit Cindy.

— Très bien. Allongez-vous lentement sur le dos et concentrez votre énergie sur la respiration.

Cindy s'étendit et sentit les muscles de son dos se fondre dans le caoutchouc du matelas. Elle prit une profonde inspiration, l'air gonfla ses narines puis ses poumons, l'abdomen se dilata. Comme lorsqu'elle était enceinte de Julia. Elle se souvint de la fierté de porter cette vie dans son ventre.

— Très bien, dit Peter. Maintenant, expirez et chassez toutes les toxines et la tension de vos pores. Expulsez les soucis. Sentez-les qui quittent votre corps.

Cindy avait adoré être enceinte malgré les nausées du réveil et la fatigue écrasante des premiers mois. Elle avait aimé sa poitrine généreuse et sa peau éclatante. Et même les horribles vêtements de grossesse ! Elle avait surtout apprécié les attentions de Tom, si gentil, si content d'être père. Finalement, c'était sans doute pendant sa première grossesse qu'ils avaient été le plus heureux.

— Prenez une autre inspiration et ouvrez votre cœur, sentez-le qui se gonfle d'énergie positive.

La seconde grossesse s'était passée bien différemment. Les nausées du réveil duraient toute la journée et elle avait eu le corps littéralement distendu par un problème de rétention d'eau. Terrassée par les nausées, elle n'avait plus eu le temps ni la force de s'occuper de Julia, habituée à recevoir son entière attention. Et c'était pendant ces neuf mois que l'allégeance de Julia s'était subrepticement déplacée de sa mère à son père. À la même époque Cindy avait découvert que Tom la trompait.

— Si votre esprit vagabonde, disait Peter, ramenez-le sur votre respiration.

Cindy avait pensé qu'elle en était responsable. Elle était constamment malade et fatiguée. Malade et fatiguée de se sentir malade et fatiguée. Tom avait repris son rôle avec délice. Il jouait à la Barbie avec Julia pendant des heures d'affilée, lui lisait histoire sur histoire, l'emmenait au parc des après-midi entiers, le week-end. Et une fois qu'il l'avait bordée dans son lit, il allait s'enfermer dans son bureau ou retournait au cabinet rattraper le retard accumulé. Il lui arrivait souvent aussi d'aller faire un tour. Pour se détendre, disait-il.

— Détendez-vous, continuait justement la voix désincarnée, en se rapprochant d'elle. Lâchez prise.

L'inversion des rôles s'était poursuivie après la naissance d'Heather. Le fait qu'Heather fût aussi facile que Julia avait été difficile n'arrangea rien, bizarrement. Julia en voulait à Cindy d'avoir fait entrer cette intruse dans leur existence, et se tournait de plus en plus vers son père. Elle repoussait, excluait presque Cindy. « Elle ne m'a jamais pardonné d'avoir eu Heather », avait-elle dit à Norma. Sa mère prétendait que Cindy s'était comportée exactement de la même façon au moment de la naissance de Leigh.

— Lâchez prise, dit Peter. (Il lui prit les doigts pour les masser doucement.) Allez, relaxez-vous.

— Je suis désolée, murmura-t-elle, en s'apercevant qu'elle crispait les poings.

— Sentez votre souffle se glisser jusqu'au bout des phalanges. Laissez vos mains se dénouer.

Cindy sentit ses doigts se desserrer peu à peu sous le massage expert de Peter. Tom la touchait avec une force identique, tendre. C'était le meilleur amant du monde. Ses caresses l'avaient rendue totalement dépendante. Ils avaient fait l'amour pendant toute la période où il l'avait trompée, et même la nuit où il lui avait annoncé qu'il la quittait. Ils avaient continué pendant plusieurs mois après son départ, quand elle croyait avoir encore une chance qu'il revienne à la maison. Et puis plus tard, quand ils se battaient pour la pension, et une fois leur divorce prononcé... quand elle savait qu'il n'y avait plus aucun espoir. Ils n'avaient cessé que le jour où Julia était partie vivre chez son père.

— C'est ça, dit Peter, en lui tapotant les doigts. Vous souriez.

— Que se passe-t-il ? Julia est malade ?

Lindsey traversa la réception et prit un quartier d'orange sur le comptoir.

— Voilà votre monnaie, dit la réceptionniste en tendant à Cindy un billet de deux dollars.

Cindy ne répondit pas, le regard rivé sur Lindsey qui aspirait le jus du fruit.

— Quand lui avez-vous parlé pour la dernière fois ?

124

— Ce matin.

— Ce matin?

Cindy sentit son cœur s'emballer.

— Ouais, je l'ai appelée pour lui demander ce qu'elle fichait. On devait prendre le café ensemble à neuf heures et demie.

Le cœur de Cindy se serra.

— C'était moi.

— Quoi?

— C'est à moi que vous avez parlé.

— Je ne comprends pas. Pourquoi auriez-vous...

— Julia a disparu.

— Quoi?

— Depuis jeudi. (Cindy vit dans le regard de la jeune fille qu'elle essayait de se souvenir des deux derniers jours.) Vous n'avez pas eu de ses nouvelles depuis?

— Non. Je lui ai laissé un message hier, mais elle ne m'a pas rappelée.

— Elle vous rappelle, d'habitude?

— Non. Ce n'est pas son style.

— Avez-vous une idée de l'endroit où elle pourrait être?

Lindsey secoua la tête et jeta la pelure d'orange.

— Je vous en prie, Lindsey, insista Cindy, persuadée qu'elle lui cachait quelque chose. Si vous savez quoi que ce soit...

— Excusez-moi.

Une femme se faufila pour prendre un morceau d'orange.

— Je sais qu'elle avait une audition avec un réalisateur, Michael Machin Chose...

— Kinsolving. Oui, nous sommes au courant.

— Nous?

— J'ai prévenu la police, dit-elle, espérant ainsi pousser Lindsey à révéler tout ce qu'elle savait.

Autour d'elles, plusieurs femmes s'attardaient, comme si de rien n'était.

— La police? Vous pensez réellement qu'il a pu lui arriver quelque chose?

— Je ne sais pas.

— Je suis sûre qu'elle va bien, madame Carver.

— Et pourquoi?

Lindsey prit un nouveau quartier et le mit dans sa bouche.

— Je ne peux pas imaginer... Écoutez, je dois m'en aller. Mon petit ami m'attend en bas.

— Qu'il attende, merde!

— Pardon? intervint timidement la réceptionniste. Il y a un problème?

— Ma fille a disparu, annonça Cindy au milieu d'un concert de « Oh, mon Dieu!» Et cette jeune fille sait quelque chose, j'en suis sûre.

— Pas du tout, se défendit Lindsey, prenant l'attroupement à témoin. Franchement, je ne sais rien.

— Mais...? Je suis sûre que vous alliez dire « mais ». Que me cachez-vous?

Lindsey baissa la tête.

— Je crois qu'elle a rencontré quelqu'un. Elle est peut-être avec lui.

— Qui est-ce?

— Je ne sais pas son nom. C'est vrai, je vous assure. Elle a été très discrète. Tout ce qu'elle m'a dit, c'est que...

— C'est que...?

— C'est qu'elle était folle de lui.

— Elle vous a dit qu'elle était folle de lui mais elle a refusé de vous dévoiler son nom?

— Elle m'a dit qu'elle ne pouvait pas.

— Comment ça, elle ne pouvait pas?

— Il paraît que c'était une histoire assez compliquée.

— Compliquée? C'est un homme marié? (Ryan Sellick lui fit un clin d'œil du fond de son imagination.) Que vous a-t-elle dit exactement à son sujet?

— Rien, honnêtement. Je vous ai dit ce que je savais. Il faut vraiment que j'y aille, maintenant. Je suis sûre qu'il ne faut pas vous inquiéter.

Lindsey s'enfuit tandis qu'une femme s'approchait de Cindy.

— Voulez-vous un verre d'eau? lui proposa-t-elle.

Les larmes lui montèrent aux yeux, le visage de la femme s'estompa, ses traits se chevauchèrent comme dans une peinture cubiste.

— Voulez-vous qu'on vous ramène chez vous ? offrit une autre.

— Merci. J'ai ma voiture, répondit Cindy d'une voix blanche.

— Peut-on faire quelque chose ?

— Oui. Retrouver ma fille.

13.

Après avoir quitté le studio de yoga, Cindy reprit Spadina vers Dupont, avec l'intention de rentrer à la maison. Mais, au lieu de tourner à droite dans Poplar Plains, elle prit à gauche, continua vers Christie et s'arrêta devant la vieille épicerie, en face de chez Sean Banack.

Qu'est-ce que je fais là ? se demanda-t-elle en pressant son front contre le cuir souple du volant. La police lui avait recommandé de les laisser régler cette affaire.

Mais ils n'interviendraient que mardi...

Et mardi ce serait peut-être trop tard.

Cindy leva la tête. Sean Banack se tenait devant l'épicerie et la regardait.

Elle bondit de sa voiture et traversa en courant.

— Sean, Sean, attendez ! (Elle cria pour couvrir le bruit de la circulation.) Il faut que je vous parle.

Sean Banack recula de quelques pas, les bras levés ; une façon, pensa-t-elle, de lui intimer de garder ses distances. Il était de taille et de stature moyennes, beau, un peu négligé dans son jean moulant délavé, des cheveux blonds coupés très court alors qu'il les portait longs jusqu'à présent.

Ses yeux noisette la toisèrent.

— Nous n'avons plus rien à nous dire, madame Carver.

— Peut-être vous, mais moi si.

— Et donc, mon avis ne compte pas ? (Ses mains retombèrent dans un geste de résignation.) Je vois de qui Julia tient ça.

— Ça quoi ?

128

— Son... comment le formuler poliment ? Sa détermination farouche.

Cindy sourit à l'idée que sa fille pût avoir un point commun avec elle.

— Où est-elle ?

— Pas ici.

— Où alors ?

— Je n'en ai aucune idée.

— Je ne vous crois pas.

Sean Banack recula encore d'un pas et se retrouva contre le mur de l'épicerie.

— Madame Carver, que se passe-t-il ?

— Ma fille a disparu, Sean. Ça fait deux jours qu'elle n'est pas rentrée à la maison.

— Et vous pensez que c'est une raison pour venir chez moi harceler mon colocataire ? Fouiller dans mes affaires ? Dire à la police que je suis lié à la disparition de votre fille ?

— Vous prétendez que vous n'y êtes pour rien ?

— Évidemment !

— Mais j'ai lu votre histoire.

Sean contempla le trottoir, se balança d'un pied sur l'autre et se gratta la tempe.

— Ce n'est qu'une histoire. Je suis écrivain. J'écris.

— Mais c'est horrible !

— Je n'ai jamais prétendu être un bon écrivain. (Il étudia ses pieds d'un air piteux.) Écoutez, madame Carver, je vois maintenant que vous êtes réellement inquiète, et je comprends que la lecture de mon texte ait pu vous angoisser, vu ce qui s'est passé...

— Que s'est-il passé ? Que lui avez-vous fait ?

— Rien du tout.

— Je vous en prie, dites-moi seulement où elle se trouve.

— Mais je l'ignore !

— Vous avez écrit que vous l'aviez ficelée et enfermée dans une cabane abandonnée...

— Merde, ce n'est qu'une histoire ! Une histoire qui n'a aucun rapport avec Julia. Pour l'amour du ciel, madame Carver, j'ai aimé votre fille. Je ne pourrais jamais lui faire du mal.

— Que s'est-il passé entre vous? Pourquoi avez-vous rompu?

— Franchement, je ne suis pas sûr que ça vous regarde.

— Je vous en prie, Sean, dites-le-moi.

Sean éclata d'un rire creux, sans joie.

— Vous voulez savoir pourquoi, madame Carver? Vous l'aurez voulu. Nous nous sommes séparés parce que j'ai découvert que Julia me trompait depuis des mois.

— Avec qui?

— Je ne sais pas.

Cindy sentit ses genoux trembler et flancher. Elle s'écroula sur le trottoir comme une masse.

Sean Banack s'agenouilla à côté d'elle.

— Madame Carver? Madame Carver, ça va?

— Ma petite fille a disparu! murmura-t-elle, désemparée.

— Je vais vous chercher de l'eau. Ne bougez pas. Je reviens tout de suite.

Il disparut dans l'épicerie.

Quand il ressortit, Cindy n'était plus là.

— Où étais-tu? s'enquit sa sœur, à peine Cindy eut-elle franchi le seuil de la porte, accueillie joyeusement par Elvis.

— Ton téléphone n'a pas cessé de sonner de la matinée.

— Julia...?

Cindy fixa sa sœur, sans oser en dire plus.

— Toujours rien, répondit Leigh en la suivant dans la cuisine. Personne n'a eu de ses nouvelles. Quand je pense qu'elle a disparu depuis deux jours... et tu ne m'as rien dit! Il a fallu que maman me l'apprenne!

Norma haussa les épaules tandis que Leigh traversait la cuisine.

— J'ai fait du café. Tu en veux?

— Oui, merci.

Cindy se laissa tomber sur une chaise à côté de sa mère. Étrange impression que celle de se sentir invitée dans sa propre maison... Elle était stupéfaite de la rapidité avec laquelle sa sœur avait pris le contrôle de la situation. Elvis se coucha à ses pieds.

— Quand es-tu arrivée?

— Il y a une heure ou deux. (Leigh posa une tasse de café fumant devant elle.) Où étais-tu ? Il est presque une heure.

— Je suis allée voir une amie de Julia.

— Et... ?

— C'est tout.

— Je prendrais bien une autre tasse de café, dit leur mère.

— Tu en as pris assez pour aujourd'hui.

— Leigh...

— Maman, inutile de discuter avec moi, d'accord ? C'est l'heure de déjeuner. Je vais te préparer une soupe.

— Je n'en ai pas très envie. Bon, quelle soupe ?

Leigh s'approcha du placard et passa les étagères en revue.

— Crème de champignons, crème d'asperges, pois cassés.

— Pois cassés.

— Où est l'ouvre-boîte ?

Cindy tendit le doigt vers un meuble encombré par une étagère à épices qui s'était décrochée du mur, une pile de courrier non décacheté et de vieux magazines que Julia gardait.

— Tu es partie toute la matinée. Où es-tu encore allée ?

Leigh ouvrit la boîte et la vida dans une casserole.

Cindy repassa en revue dans sa tête l'itinéraire qu'elle avait suivi après avoir quitté Sean. Poplar Plains, puis St. Clair, ensuite Yonge, Eglinton, Mount Pleasant, Elm. Elle avait tourné aveuglément en rond dans le vieux quartier chic de Rosedale, avant de patrouiller de long en large dans les rues minables de Sherbourne. Ses yeux scrutaient les piétons, les voitures garées le long des trottoirs. Elle espérait toujours apercevoir la silhouette de Julia.

— Qui a appelé ? demanda-t-elle, constatant distraitement que sa sœur avait le visage plus doux sans ses couches de maquillage, et qu'elle était beaucoup plus jolie les cheveux coiffés en arrière.

— Meg. Elle voulait prendre de tes nouvelles. Elle te rappellera plus tard. Elle m'a chargée de te dire qu'elle avait acheté les tickets pour le Festival du film. J'en déduis qu'elles ne sont pas au courant de la disparition de Julia.

Cindy hocha la tête. Elle se sentait à la fois coupable et soulagée. Coupable de ne pas s'être confiée à ses meilleures amies. Et soulagée que sa sœur le sache.

— Et ta voisine. Faith, je crois ? J'ai eu du mal à comprendre ce qu'elle disait, avec le bébé qui hurlait.

Cindy revit Ryan, et le numéro de téléphone gribouillé sur le morceau de papier trouvé dans la chambre de Julia. Que faisait Julia avec le numéro de son bureau ? Est-ce que c'était lui, le mystérieux amant de sa fille ? Ou un autre employé du cabinet Granger, McAllister.

— Que voulait-elle ?

— Juste te dire qu'elle se sentait mille fois mieux et qu'elle partait passer la journée au lac Simcoe avec son mari. Elle t'appellera demain et a ajouté qu'il ne fallait pas t'inquiéter.

Elle devrait donc attendre le lendemain pour voir Ryan.

— Oh! Et Heather a appelé pour savoir si Julia était rentrée.

— Et Duncan ? Il est là ?

— Je ne l'ai pas vu. Tu veux de la soupe ?

— Non, merci.

— Tu devrais manger. Il faut que tu prennes des forces. Maman m'a dit que tu n'avais pas beaucoup dormi cette nuit.

— Elle a fait un cauchemar. Elle a rêvé qu'elle avait oublié de prendre ses cachets.

— Quels cachets ?

— Ce n'était qu'un rêve.

— Si seulement je pouvais en dire autant ! (Leigh mesura soigneusement deux bols de soupe.) Mais avec mes fichus vertiges positionnels bénins...

— Qu'est-ce que c'est ? s'inquiéta sa mère.

— C'est lorsque les petits cristaux de calcium que nous avons dans l'oreille interne se dispersent et font croire, à tort, à mon cerveau que je bouge. Il suffit que je m'allonge sur le côté droit – et uniquement sur le droit, heureusement que je dors sur le gauche – pour que la pièce se mette à tourner comme si j'étais sur des montagnes russes. Tiens, mange pendant que c'est chaud.

— Tu n'en prends pas ? s'étonna Cindy.

— Non, je déteste les soupes en boîte. Si j'ai le temps demain, je t'en ferai de la vraie.

Demain! Cindy espérait que le lendemain à cette heure, Julia se tiendrait à la place de sa sœur. Demain! se répéta-t-elle, comme une prière.

Demain.

Lorsque Cindy se réveilla, Leigh avait déjà préparé le petit déjeuner.

— Des œufs au bacon, lui annonça Heather avec un sourire émerveillé.

Elle portait un vieux pyjama rose que Cindy ne lui avait pas vu depuis des années. Elvis était assis à ses pieds, guettant quelques miettes.

— Tu te lèves bien tôt, remarqua Cindy en l'embrassant avant de caresser la tête du chien.

— J'ai senti le bacon.

— Il ne fallait pas te donner tout ce mal, dit Cindy à sa sœur qui lui tendait une assiette avec deux tranches de bacon croustillantes et deux œufs au plat d'une perfection déprimante.

— As-tu réussi à dormir?

Leigh glissa deux tranches de pain aux raisins dans le grille-pain.

— Oui, mentit Cindy en s'attablant. Et toi?

— Très mal. Ton matelas est une véritable catastrophe. Mais tous les canapés-lits sont pareils. Maman dort encore?

Cindy hocha la tête et se tourna vers Heather.

— Et Duncan?

— J'sais pas.

— Comment ça, tu ne sais pas?

— Il a dormi chez Mac, cette nuit.

— Chez Mac? répéta Leigh d'un air songeur. Ce nom me... Oh, mon Dieu! (Elle se retourna vers Cindy.) Tu as reçu hier un appel d'un Neil Mac quelque chose. Je suis vraiment désolée. Je n'avais jamais entendu son nom et comme je n'ai pas réussi à trouver un papier pour le noter, j'ai complètement oublié. Tu devrais mettre un carnet avec un stylo près du téléphone, tu sais. Ça éviterait ce genre de problème.

— Ce n'est pas grave.

Le visage de Neil passa devant les yeux de Cindy puis s'estompa. Il tombait mal. Elle avait d'autres soucis en ce moment. Quand Julia serait revenue, peut-être...

— Pourquoi Duncan a-t-il dormi chez Mac? reprit-elle.

— Et pourquoi n'y dormirait-il pas? rétorqua Heather, un peu trop vite.

— Eh bien, avec le pont, je pensais que vous aviez prévu quelque chose...

— Y a de l'eau dans le gaz? demanda Leigh en attrapant les tranches qui venaient de sauter du grille-pain.

— Non, tout va bien. Je ne veux pas de toast, merci. (Heather finit son bacon et porta l'assiette dans l'évier.) Je dois me préparer.

— Il n'est pas encore huit heures. Où vas-tu?

— Merci pour le petit déjeuner. C'était un régal.

— Elle est toujours aussi bavarde? demanda Leigh quand Heather eut quitté la pièce.

— Elle n'a pas l'habitude des interrogatoires.

— Tu n'es pas curieuse de savoir où elle va? Du café? ajouta-t-elle dans le même souffle.

— Non. Et je veux bien du café.

— Tu as toujours été trop faible avec tes filles.

— Je te demande pardon?

— Oui, ça ne fait pas de mal de poser des questions.

Leigh lui servit une tasse de café et la posa sur la table avec les toasts.

— Franchement, Cindy, je ne te comprends pas. C'est vrai, quoi! On peut respecter la vie privée de ses enfants, mais toi, tu exagères toujours.

— J'exagère?

— Tu es d'une candeur presque pathologique.

— Pathologique? Qu'est-ce que ça veut dire?

— En d'autres termes, tu ne peux pas être à la fois leur mère et leur amie.

— Voyons, de quoi parles-tu?

— Je t'en prie, ne prends pas ce ton-là.

— Alors cesse de me parler comme si j'étais ta fille.

— Je veux juste t'aider.

— Eh bien, si tu veux savoir, tu ne m'aides pas du tout.

— Écoute, je sais que tu es inquiète, mais de là à vouloir me culpabiliser parce que j'ai essayé poliment de m'informer de...

Cindy baissa la tête. Il n'était pas encore huit heures du matin et elle se sentait déjà épuisée. Elle devrait peut-être se recoucher. Aller à l'église prier. Ou relancer la police, même s'ils avaient dit d'attendre la fin du week-end prolongé, certains que Julia allait réapparaître comme une fleur.

Il devait bien y avoir quelque chose à faire ; ça l'empêcherait de perdre la tête. Elle ne pouvait pas rester assise à attendre mardi, surtout avec Super Maman dans la maison qui marquait sa désapprobation dans chacun de ses gestes et chacune de ses paroles.

— Écoute, je peux m'en sortir toute seule. Tu n'es pas obligée de rester.

— Ne dis pas de bêtises.

— Tu dois t'occuper de ta famille.

— C'est toi, ma famille.

Ses yeux se voilèrent. Elle enfouit son visage entre ses mains.

— Où est-elle, Leigh ?

— As-tu écouté les messages sur son répondeur ?

Cindy se leva d'un bond et courut au téléphone. Elle n'y avait pas pensé.

— Je ne connais pas son code, murmura-t-elle, soupçonnant sa sœur de connaître par cœur les codes des boîtes vocales de ses enfants.

Cindy entendit Heather dans l'escalier.

— Heather, tu connais le code de la boîte vocale de ta sœur ? l'interrogea Leigh.

Heather débita d'une traite les quatre chiffres.

— Je dois y aller. (Elle embrassa sa mère sur la joue.) Je t'appellerai. Essaie de ne pas t'inquiéter.

Elle n'avait pas refermé la porte que Cindy avait déjà tapé les quatre chiffres sur le cadran. Elle s'en voulait de s'immiscer dans la vie privée de sa fille mais s'excuserait quand Julia reviendrait à la maison, décida-t-elle. Les paroles de sa sœur lui résonnèrent aux oreilles : elle était d'une candeur pathologique, avait-elle dit.

Vous avez sept nouveaux messages, gazouilla la voix enregistrée.

— Sept nouveaux messages !

Elle chercha fébrilement un stylo et un papier.

Sa sœur leva les mains au ciel d'un air accablé.

Finalement, elle n'en eut pas besoin. Cinq appels venaient d'elle, renvoyés par le portable de Julia, un autre de Lindsey, et le dernier, on avait raccroché. Cindy reposa le combiné, submergée de désespoir.

— Ça va ? entendit-elle Leigh lui demander dans un brouillard. Tu n'as pas l'air dans ton assiette.

Cindy regarda la pièce vaciller. Elle était sur une balançoire et la terre s'éloignait de ses pieds. Sans doute un vertige positionnel bénin, songea-t-elle en voyant le plafond plonger vers elle ; un oiseau géant l'emportait dans les airs en la bringuebalant sans ménagement, puis la lâcha brutalement. Elle se sentit retomber. Juste au moment où elle allait s'écraser, elle entendit Elvis aboyer et vit les yeux de sa sœur s'écarquiller d'effroi.

— Qu'est-ce qui t'arrive ? s'inquiéta Leigh, les mains sur les hanches.

Le dernier souhait de Cindy, avant que les ténèbres ne l'engloutissent, fut que sa sœur la rattrape avant que sa tête n'aille heurter le sol.

14.

Lorsque Cindy ouvrit les yeux, elle vit le beau visage de Neil Macfarlane. Elle était au paradis. Non, en enfer, corrigea-t-elle lorsque sa mère et sa sœur s'insérèrent dans l'image. Le cuir fauve du canapé crissa quand elle se redressa.

— Qu'est-ce qui m'est arrivé?

— Vous avez eu un malaise, dit Neil.

Il était vêtu d'un jean et d'une chemise de golf jaune. Ses superbes yeux bleus étaient pleins d'inquiétude.

— J'ai eu la peur de ma vie, dit Leigh, se frottant la main droite. J'ai dû me faire mal au poignet en te retenant.

Cindy essaya de chasser le brouillard qui lui embrumait l'esprit, mais il s'accrochait comme un poids mort.

— Je ne comprends pas. Combien de temps suis-je restée inconsciente?

— Juste quelques minutes, répondit sa mère. J'étais dans la salle de bains quand j'ai entendu ta sœur hurler.

— Oui, j'ai complètement paniqué, reprit Leigh.

— Et ensuite j'ai entendu sonner à la porte.

— C'était moi, dit Neil avec un sourire.

— Il a apporté des petits pains, continua sa mère.

— Il m'a aidée à t'allonger sur le canapé, poursuivit Leigh.

— Et notre rapport s'arrête ici, conclut Neil.

— Tu ne manges sûrement pas assez, déclara sa sœur.

— Je vous ai donc apporté des petits pains.

— Plus tard, peut-être.

Cindy sourit. Elle lui était tellement reconnaissante d'être là qu'elle en aurait pleuré.

— Je vois que vous avez fait la connaissance de ma mère et de ma sœur.

— Les présentations ont eu lieu dans les règles.

— Puis-je vous offrir une tasse de café, monsieur Macfarlane ? demanda Leigh qui tournait autour d'eux.

On aurait dit un hélicoptère en attente.

— Non, merci.

Cindy se leva.

— J'ai besoin de prendre l'air.

— Si vous en avez envie, sortons, nous pouvons faire une promenade ? proposa Neil.

Elvis aboya d'enthousiasme et courut vers la porte.

Cindy éclata de rire.

— Vous avez prononcé le mot magique. Je pense que c'est une bonne idée.

Elvis tournoya sur lui-même en jappant de plus belle.

— D'accord, d'accord, tu peux venir.

Elle repartit à pas lents vers la cuisine, prit la laisse et l'attacha à son collier.

— Tu es sûre qu'il est prudent de sortir ? s'inquiéta sa mère.

— Je me sens très bien, maman.

— N'allez pas trop loin, leur recommanda Norma tandis qu'ils descendaient le perron. (Neil tenait Cindy par le coude.) Il ne faut pas qu'elle se fatigue !

— Pour l'amour du ciel, maman, soupira Leigh. Ce n'est plus une enfant. Laisse-la respirer. Aïe, mon bras...

— Vous vous sentez bien ? s'inquiéta Neil une fois dans l'allée.

— J'irai très bien dès que nous aurons tourné le coin de la rue.

Neil lui prit des mains la laisse du chien qui tirait comme un fou. Cindy fut étonnée de voir aussitôt Elvis ralentir et marcher au pied.

— Comment avez-vous fait ?

— Simple question d'autorité.

— Je n'en ai jamais eu.

— Nous avons chacun nos manques. (Ils prirent Poplar Plains.) Je suppose que vous n'avez toujours aucune nouvelle de Julia.

Cindy secoua la tête.

— Allons dans le parc, dit-elle en l'entraînant vers Clarendon.

Ils marchèrent quelques secondes en silence le long de l'avenue.

— Pourquoi êtes-vous passé me voir?

— Je voulais avoir de vos nouvelles. J'ai appelé hier...

— Je ne l'ai su que ce matin.

— Oui, j'ai cru comprendre que votre sœur ne trouvait pas de stylo ni de papier près du téléphone.

— Elle n'a pas la langue dans sa poche.

— C'est l'impression que j'ai eue.

— C'est quelqu'un de très gentil, ajouta Cindy avec un sourire.

— Certainement.

— Je ne devrais pas la critiquer.

— Vous n'avez rien dit de mal.

Ils s'arrêtèrent pour laisser Elvis arroser un massif de rosiers jaunes et rouges.

— Quoi qu'il en soit, comme vous ne me rappeliez pas, j'ai décidé de passer prendre de vos nouvelles.

— Et vous m'avez trouvée étalée au milieu de la cuisine.

— Que vous est-il arrivé?

— Je n'en ai pas la moindre idée. Je regardais ma sœur et, subitement, c'est vous que j'ai vu apparaître à la place.

— Vous devriez peut-être appeler votre médecin.

— Je suis sûre que ma mère l'a déjà fait.

Ils traversèrent Russell Hill Road et se dirigèrent vers l'entrée latérale du Winston Churchill Park, où Cindy détacha Elvis. Il courut aussitôt vers une colline escarpée. DANGER, proclamait un écriteau. PENTE DANGEREUSE. GLISSADES INTERDITES. Une clôture orange à moitié affaissée entourait l'espace symboliquement; à droite, quelques marches en bois montaient vers le sommet. Elvis était déjà en haut lorsque Cindy et Neil commencèrent à grimper.

— Vous y arriverez? demanda Neil.

— Vous plaisantez!

Ils parvinrent sur un plateau d'herbe sèche et jaunie. Elvis était en train de gambader autour d'un père et de son fils qui se battaient avec un immense cerf-volant bleu et or. Puis il piétina un jeune couple qui bronzait au soleil, près d'une rangée de courts de tennis, à l'extrémité du parc.

— Elvis, arrête! Reviens ici! cria Cindy.

Le chien avait pris en chasse un joggeur. Une vieille Chinoise, qui faisait sa gymnastique avec beaucoup de concentration, s'arrêta pour lui caresser la tête.

— Je suis désolée s'il vous a dérangée.

Cindy n'avait pas fini de s'excuser qu'elle recevait dans les pieds une petite balle toute mâchouillée. Un gros caniche la récupéra précipitamment et repartit, Elvis à ses trousses, vers le centre du parc, où un groupe de propriétaires de chiens était rassemblé.

— Quel tableau! remarqua Neil tandis qu'Elvis courait en rond autour des autres chiens.

— Elvis! s'écria une femme. Comment vas-tu, mon toutou?

— Désolé pour la balle, s'excusa un homme d'une quarantaine d'années alors que Cindy s'approchait. Je ne pensais pas l'envoyer si loin. Comment ça va, Elvis?

— Vous connaissez mon chien?

— Bien sûr, répondit sa voisine. Nous le connaissons tous. Tu veux un biscuit? (La femme plongea la main dans la poche de son baggy kaki et sortit un biscuit.) Assis!

Elvis obtempéra immédiatement.

— C'est stupéfiant! dit Cindy.

Les autres chiens s'empressèrent de venir mendier à leur tour.

— Où est Julia? s'enquit une fillette d'une douzaine d'années, aux dents couvertes de bagues.

À côté d'elle se tenait une enfant plus jeune avec le même visage, la quincaillerie en moins.

Cindy, surprise d'entendre prononcer le nom de sa fille, eut l'impression qu'on lui transperçait le cœur. Instinctivement, elle prit la main de Neil. Il lui serra les doigts.

— Tu connais Julia?

— Elle est tellement jolie, répondit la petite en riant.

— Il y a un bout de temps qu'on ne l'a pas croisée, dit la femme au baggy en repoussant ses cheveux poivre et sel de son étroit visage. Elle est partie à Hollywood?

— Vous l'avez vue quand la dernière fois?

Cindy avait essayé d'adopter un ton dégagé.

— Je ne sais pas. Il y a une quinzaine de jours environ.

— Et elle était seule?

La femme parut déconcertée.

— Elle était avec son nouveau petit ami, gloussa la gamine.

— Son nouvel ami?

Cindy sentit sa gorge se serrer, comme si un inconnu tentait de l'étrangler pour l'empêcher de poursuivre la conversation.

— Tu sais comment il s'appelle? murmura-t-elle en s'agenouillant devant la fillette.

Celle-ci secoua la tête et jeta un regard inquiet à sa sœur.

— Tu pourrais me dire à quoi il ressemble? C'est très important.

La petite recula contre sa sœur en haussant les épaules.

— Vous avez un problème? demanda quelqu'un au-dessus d'elle.

— Julia a disparu depuis jeudi, répondit Cindy, les yeux fixés sur les enfants.

— Oh, mon Dieu!

— Je l'ai vue hier, dit un homme.

Cindy se redressa d'un bond et se précipita vers lui.

— Vous l'avez vue hier?

L'homme, chauve, la quarantaine, lourdement bâti, recula d'un pas.

— Elle était assise là-bas, dit-il en indiquant un banc au bout du parc. Elle pleurait.

— Elle pleurait?

— Ce n'était pas Julia, c'était l'autre, le corrigea sa femme. Heather, je crois qu'elle s'appelle. Une fille adorable!

— Heather était là hier?

— Oui, vers quatre heures. Elle était assise et pleurait à chaudes larmes, répéta le mari. Tu es sûre que ce n'était pas Julia?

— Non, non, c'était sa sœur.

Que pouvait bien faire Heather ici à pleurer?

— Je voulais lui demander si nous pouvions l'aider mais...

La femme montra son mari d'un geste de la tête.

— Nous avons décidé que cela ne nous regardait pas, protesta-t-il, sur la défensive.

— Avez-vous prévenu la police? demanda une voix, au milieu d'un concert d'autres questions.

— Oui, c'est fait, répondit Neil à sa place. Mais si l'un d'entre vous sait quoi que ce soit qui pourrait nous aider...

— Non, je ne vois pas.

— Je suis sûr qu'elle reviendra.

— Je suis désolée...

— Bonne chance.

Le bruit des voix s'atténuait au fur et à mesure qu'ils s'éloignaient. Cindy fixa le sol jusqu'à ce qu'elle n'entende plus rien. Quand elle releva la tête, elle était seule au milieu du parc avec Neil.

— Ça va? s'inquiéta-t-il.

Cindy haussa les épaules et s'aperçut qu'elle se cramponnait toujours à sa main.

— Excusez-moi, dit-elle en desserrant les doigts.

— Mais de quoi, voyons?

Cindy balaya du regard le champ desséché. Le père et son fils se battaient toujours avec leur cerf-volant récalcitrant; le couple se dorait au soleil près des courts de tennis; le joggeur tournait encore sur la piste, la Chinoise continuait ses exercices. Cindy pivota brusquement.

— Où est Elvis? Elvis!

Elle courut au bord de la pente et aperçut, en bas, la meute de chiens qui s'ébattait. Mais pas d'Elvis. Oh, non! Elle se précipita de l'autre côté.

— Elvis! Où est-il? Elvis! Où es-tu?

Neil la rattrapa.

— Ne vous inquiétez pas, Cindy. Nous allons le retrouver.

— Ce n'est pas vrai! Je n'arrive pas à croire que j'ai pu perdre le chien de Julia!

— Il ne doit pas être loin.

— Julia ne me le pardonnera pas, gémit-elle en fondant en larmes. Elle ne me le pardonnera jamais.

Neil la prit par le bras et la força doucement à ralentir puis la conduisit vers les courts.

— Elvis! cria-t-il d'une voix forte qui portait loin. Elvis!

Ils passèrent devant un groupe de jeunes qui jouaient au foot, puis entre deux enfants qui s'envoyaient un frisbee orange.

— Il n'est pas là, dit Cindy en jetant un regard vers le terrain de jeux, près des courts de tennis.

Elle s'approcha d'un groupe de jeunes mamans qui poussaient leurs rejetons sur les balançoires.

— Excusez-moi, vous n'auriez pas vu un terrier irlandais de cette taille-là? (Elle mit la main à une trentaine de centimètres du sol.) Il est abricot, continua-t-elle.

Les mères firent signe que non.

Cindy se dirigea vers la petite construction en brique qui abritait l'association de tennis Winston Churchill.

— Ce n'est pas vrai. D'abord je perds Julia, et maintenant je perds son chien.

— Vous n'avez perdu personne. (Neil passa la tête par la porte des toilettes des hommes, à l'arrière de la maisonnette.) Nous allons le retrouver. Elvis! Elvis!

— Elvis! cria Cindy en écho.

— C'est votre chien? demanda alors une voix à l'intérieur du club.

Cindy poussa la porte entrebâillée. La pièce unique, tout en longueur, était chichement meublée d'un grand bureau, d'un distributeur de boissons au fond et de quelques rangées de chaises disposées devant un téléviseur qui retransmettait l'US Open de tennis. Deux jeunes gens en short étaient vautrés sur un canapé bleu marine autour d'un carton de pizza. Elvis était assis à leurs pieds, les yeux rivés sur le dernier morceau.

— Elvis!

Cindy se jeta à genoux et prit le chien dans ses bras. Il lui lécha le cou.

— Tu m'as fait la peur de ma vie.

— On peut dire qu'il aime la pizza, dit l'un des garçons alors qu'Elvis aboyait pour en avoir encore.

— Je suis désolée qu'il vous ait ennuyés.

Cindy le remit en laisse et le tira.

— Allez, viens, on s'en va!

— Exit Elvis, dit en riant l'adolescent quand elle ressortit.

Elle avait le soleil dans les yeux et ne vit les petites filles qu'au moment où elle allait leur rentrer dedans.

— Oh, je suis désolée, s'excusa-t-elle, une fois de plus.

— Est-ce que Julia a un bébé? demanda la plus jeune.

— Quoi?

— Allez, viens, dit l'aînée, la tirant par le bras.

— Attends! Je t'en prie. Pourquoi me demandes-tu ça?

— Parce que je l'ai vue avec un bébé.

— Viens, Anne-Marie. On doit rentrer à la maison.

— Tu as vu Julia avec un bébé?

— Elle le poussait dans son landau. Je lui ai demandé si c'était son bébé et elle a ri.

Cindy prit une longue et profonde inspiration. Elle essayait de comprendre. Qu'est-ce que cela voulait dire?

— Bon sang! marmonna-t-elle tandis que le visage de Ryan s'imposait à son esprit. Quel petit salaud!

— Oh, vous avez dit un gros mot! s'exclama Anne-Marie.

— Je suis désolée. Je ne voulais pas...

Trop tard. Les deux sœurs s'enfuyaient déjà.

— Bonjour, Cindy, la salua Faith Sellick en ouvrant la porte.

Un filet de bile verte tachait le devant de son T-shirt blanc, mais elle ne s'en était visiblement pas rendu compte.

— Pourrais-je parler à Ryan une minute?

— Il n'est pas là.

— Où est-il?

— Il est allé faire un golf. Dans le nord.

— Peux-tu lui demander de m'appeler quand il rentrera?

— Bien sûr. Quelque chose ne va pas?

— Je voudrais juste lui parler.

— Il rentrera peut-être très tard.

— Ça n'a pas d'importance.

Du haut, se firent soudain entendre des pleurs stridents de bébé. Faith ferma les yeux et rentra la tête dans les épaules.

— Nous avons passé une si bonne journée, hier, dit-elle d'un ton rempli de nostalgie.

— Je peux t'aider ?

Cindy glissa un regard vers Neil qui l'attendait en bas des marches.

— Non. Je m'en sortirai.

Mais lorsque Cindy referma la porte, elle vit Faith toujours debout sur le seuil de sa maison, immobile, les yeux hermétiquement clos.

— Il vaut peut-être mieux attendre mardi et laisser la police interroger Ryan, dit Neil.

Ils étaient assis devant la table de la cuisine et finissaient une bouteille de Zinfandel rouge. Il était presque minuit. Heather et Duncan étaient sortis, Norma dormait à l'étage, Leigh était rentrée chez elle.

Et Ryan n'avait toujours pas téléphoné.

— Le salaud ! Où peut-il être ? (Cindy consulta sa montre.) Vous croyez que je dramatise ?

C'est ce que Tom aurait dit.

— Non.

— La fillette s'est peut-être trompée. Ça ne devait pas être Julia qu'elle a vue avec le bébé. Ou le bébé n'était pas celui de Ryan. D'ailleurs même si c'était lui, cela ne signifie pas forcément que Ryan soit le mystérieux petit ami de Julia. Vous trouvez que je tire des conclusions trop hâtives ?

C'est ce que Tom aurait dit.

— Je pense que vous avez une excellente intuition et qu'il faut vous y fier.

Cindy lui sourit. Il avait l'air fatigué. Je pourrais aimer cet homme, songea-t-elle.

— Il est tard. Vous devriez rentrer, lui dit-elle à la place.

À huit heures, le lendemain matin, Cindy alla frapper à la porte de Ryan Sellick.

— J'arrive ! lui répondit une voix ensommeillée.

Cindy l'entendit s'avancer vers la porte en traînant les pieds et s'apprêta à l'affrontement. « Vas-y doucement. Ce n'est pas avec du vinaigre qu'on attrape les mouches », entendit-elle murmurer sa mère.

Elle avait passé une grande partie de la nuit à préparer son texte, et à répéter la façon dont elle le dirait. Elle avait même consacré une vingtaine de minutes à des exercices de respiration pour se décontracter, bien déterminée à garder son calme. Mais à la seconde où elle vit Ryan devant elle, à moitié endormi, sa chemise noire déboutonnée, son pantalon kaki tombant sur les hanches, découvrant des poils bruns autour du nombril, les pieds nus, les cheveux dans les yeux, l'égratignure sous l'œil droit encore bien visible, elle dut faire un énorme effort pour ne pas lui sauter à la gorge. Espèce de putain de menteur, avait-elle envie de hurler.

— Je voudrais te parler, réussit-elle à dire néanmoins.

Ryan se frotta le coin de l'œil.

— Quelque chose ne va pas ?

— Je ne sais pas.

— C'est au sujet de Faith ?

Il jeta un regard las vers l'escalier derrière lui.

— Non.

Il parut perplexe.

— C'est au sujet de Julia.

— Julia ?

— Elle a disparu depuis jeudi.

— Elle a disparu ?

— Tu l'as vue ?

— Pas depuis qu'elle s'est disputée avec Duncan dans l'allée. C'était jeudi, non ?

— Tu ne l'as pas revue depuis ?

Ryan secoua la tête, complètement réveillé, maintenant.

— Elle ne t'a pas dit qu'elle partait en week-end prolongé ?

Même dénégation bornée.

— Non.

— T'a-t-elle confié récemment qu'elle était déprimée ou préoccupée ?

— Pourquoi se serait-elle confiée à moi?

— Je ne sais pas. Peut-être parce que vous couchez ensemble tous les deux.

Les mots étaient tombés de sa bouche. Fiez-vous à votre intuition, entendit-elle Neil dire. Elle se souvenait aussi de son conseil : attendre mardi que la police interroge Ryan. Pourquoi ne l'avait-elle pas écouté? se demanda-t-elle en voyant son voisin pâlir sous son bronzage. Pourquoi se montrait-elle toujours aussi impulsive?

Ryan porta la main gauche à ses lèvres et leva un regard angoissé vers la chambre.

— Écoute, il vaudrait peut-être mieux sortir. Je ne voudrais pas réveiller Faith. Le bébé l'a encore empêchée de dormir. (Il l'entraîna sur le perron.) De quoi diable veux-tu parler?

— Où étais-tu hier?

— Où étais-je? répéta-t-il comme s'il cherchait à comprendre la question.

— Où étais-tu?

— J'ai fait un golf à Rocky Crest. Pourquoi? Quel...?

— Julia était avec toi?

— Bien sûr que non!

— D'où sort cette égratignure que tu as sous l'œil?

— Quoi?

— C'est Julia qui te l'a faite?

— Non, voyons! Je me suis accroché dans une branche, dans le jardin. (Ryan frotta l'éraflure du doigt comme pour l'effacer.) Écoute, tu ferais mieux de me dire carrément ce qui se passe. Pourquoi vas-tu imaginer que j'ai une liaison avec Julia? ajouta-t-il à voix basse.

— Julia vient de rompre avec son petit ami. Il m'a dit qu'elle avait quelqu'un d'autre.

— Et qu'est-ce qui te fait croire que c'est moi?

— On vous a vus ensemble. Au parc. Avec le bébé.

Le visage de Ryan se plissa de perplexité.

— Je ne vois pas... attends... Ah oui! J'ai effectivement rencontré Julia par hasard. Il y a quelques semaines, je crois. J'étais avec Kyle. Julia promenait le chien. Nous avons bavardé quelques minutes. C'est de ça que tu veux parler?

Cindy réfléchit rapidement. Se serait-elle trompée ? Ryan et Julia se seraient-ils simplement rencontrés par hasard ? N'y avait-il rien de plus entre eux ?

— J'ai trouvé le téléphone de Granger, McAllister dans ses affaires, reprit-elle avec une détermination renouvelée.

— Et alors ?

— Et alors... qu'est-ce que Julia pouvait bien faire avec ton numéro ?

— Je n'en ai aucune idée.

Tom ne lui avait-il pas dit que les gens innocents avaient rarement réponse à tout, que seuls les coupables se sentaient tenus de fournir des explications et des excuses ? Elle avait peut-être tort de croire que Ryan était le nouveau petit ami de sa fille. Mais était-il aussi innocent qu'il le paraissait ?

La porte s'ouvrit d'un coup, comme par magie, et une silhouette fantomatique se matérialisa au milieu de l'entrée.

— C'est ma faute, déclara Faith, d'une voix désincarnée. Et je suis vraiment désolée, Cindy, j'ai oublié de dire à Ryan de te rappeler.

Ryan se précipita vers sa femme. Faith avait le regard vitreux, elle était livide dans sa longue chemise de nuit en coton blanc. Il lui passa un bras protecteur autour de la taille.

— Que veux-tu dire ? Qu'est-ce qui est de ta faute ?

— Il y a un mois, je me suis retrouvée enfermée dehors. Je ne savais pas quoi faire, le bébé était à l'intérieur. J'ai vu Julia arriver dans la rue et je lui ai donné les coordonnées de Ryan pour qu'elle le joigne au bureau. Je me suis souvenue juste après qu'il y avait un trousseau de secours sous le paillasson et elle n'a pas eu besoin de téléphoner. Je suis sincèrement désolée.

Cindy secoua la tête, à la fois honteuse et dépitée.

— Tu n'as aucune raison de t'excuser. S'il y a quelqu'un qui doit vous présenter des excuses, c'est moi.

— Il est arrivé quelque chose ? demanda Faith.

— Julia a disparu, répondit son mari.

— Elle a disparu ?

— Oui, depuis jeudi matin. J'espérais que Ryan saurait quelque chose, je ne sais quoi...

— J'aurais voulu t'aider, dit Ryan.

148

— Nous ne l'avons pas vue, ajouta Faith.

— Eh bien, s'il vous revient quoi que ce soit, n'importe quoi...

— Nous t'appellerons, dirent ensemble les Sellick.

Cindy entendit la porte se refermer derrière elle au moment où elle redescendait les marches.

15.

La police arriva le mardi matin, vers dix heures.

Cindy s'était réveillée en sursaut à trois heures, persuadée d'avoir encore oublié de prendre ses comprimés. Elle avait poussé une véritable bordée de jurons avant de se remettre sous les draps mais n'avait pu retrouver le sommeil, évidemment. Trop de pensées, d'angoisses, d'interrogations, de colère se bousculaient dans sa tête.

Pourquoi avait-elle ainsi agressé Ryan ? Que lui arrivait-il ?

À cinq heures du matin, elle renonça à dormir et alluma la télé avec l'espoir de tomber sur une émission soporifique. Du genre de *Blind Date*, avait-elle songé, ses pensées soudain ramenées vers Neil.

Elle n'aurait sans doute plus jamais de nouvelles. Il avait bien sûr promis de la rappeler mais il fallait avouer qu'il y avait des limites aux catastrophes qu'un homme pouvait encaisser. Et elle considérait qu'elle les avait largement franchies.

À sept heures, elle fit faire à Elvis le tour du pâté de maisons. À sept heures trente, Tom l'appela pour lui dire qu'il venait juste de rentrer de Muskoka et lui demander si elle avait des nouvelles de leur fille.

Elle lui répondit que Julia n'avait toujours pas réapparu et qu'il avait intérêt à ramener ses fesses dare-dare. Il se montra interloqué par sa grossièreté. Elle lui répondit d'aller se faire foutre.

Une heure et demie plus tard, resplendissant dans un costume bleu marine, une chemise un ton plus clair et une cravate à rayures bleu ciel et or, Tom arriva avec la Bécasse, vêtue d'un pantalon noir et d'une chemise en soie rose. Après avoir jeté un coup d'œil désapprobateur au baggy et au vieux T-shirt mauve de Cindy, elle avait secoué la tête. Elle n'arrivait pas à concevoir que son mari ait pu partager le lit d'une souillon pareille et encore moins lui faire une enfant aussi belle et élégante que Julia.

À neuf heures et demie, Cindy appela la police. À un peu plus de dix heures, les inspecteurs Bartolli et Gill sonnaient à la porte.

Cindy les fit entrer au salon et leur présenta sa mère et sa fille cadette, tandis qu'Elvis courait autour d'eux, excité, convaincu que tous ces gens venaient le voir. Cindy resta en retrait dans le couloir pendant que chacun prenait place et que les policiers sortaient leurs blocs-notes.

— Que portait votre fille la dernière fois que vous l'avez vue ? commença Gill, d'une voix teintée d'un léger accent jamaïcain.

Une serviette, pensa-t-elle, tournant un regard interrogateur vers Heather.

Sa fille cadette était assise sur le canapé, entre son père et sa grand-mère. Norma avait refusé de repartir tant que Julia ne serait pas retrouvée. (Quoi ? Tu veux que je te laisse alors que tu n'arrêtes pas de t'évanouir !) Dieu merci, Leigh avait regagné ses pénates. Mais avait menacé de revenir.

— Elle portait un pantalon en cuir rouge avec un petit haut blanc à encolure en V et à manches courtes, répondit Heather.

Bartolli nota les informations puis montra la photo que Cindy lui avait donnée.

— C'est la plus récente que vous ayez ?

Cindy regarda son mari puis la Bécasse, restée debout devant la cheminée. Fiona avait sans doute peur de froisser son pantalon si elle s'asseyait...

— Oui, répondit Cindy en chassant de son esprit les clichés de Julia à différentes étapes de son strip-tease.

— Pourriez-vous me décrire son humeur jeudi matin ? demanda l'inspecteur, comme il l'avait déjà fait le vendredi.

Elle enguirlandait tout le monde et cognait sur les portes, absolument hors d'elle.

— Elle était anxieuse, un peu énervée, traduisit Cindy. Julia allait passer une audition importante.

Au fond, elle était comme d'habitude, constata-t-elle pendant que Tom expliquait en quoi consistait l'audition.

— J'aurais besoin de l'adresse de Michael Kinsolver, poursuivit le policier.

— Kinsolving, le corrigea Tom, avant d'épeler lentement le nom. 320 Yorkville, suite 204. Je peux vous trouver le numéro de téléphone...

— Ce ne sera pas nécessaire, merci.

— Et quelle heure était-il la dernière fois que vous l'avez vue, madame Carver ?

— Je ne l'ai pas vue depuis mardi dernier, répondit la Bécasse.

— C'est à moi que monsieur s'adressait, déclara Cindy d'une voix glaciale.

La Bécasse haussa les sourcils et se mit à bouder.

— Il était un peu plus de dix heures. Je devais partir. Je suis donc montée dans sa chambre lui dire au revoir et lui souhaiter bonne chance.

Et elle m'a hurlé de ne pas entrer parce qu'elle était nue, et que je la retardais.

— J'ai juste passé la tête par la porte. Et je lui ai souhaité bonne chance, répéta-t-elle.

— Ensuite vous êtes sortie ? demanda la Bécasse d'un ton accusateur.

— Oui, je suis autorisée à aller et venir de temps en temps.

— J'étais là, précisa spontanément Heather.

— Et vous étiez là quand Julia est partie.

— Oui, il était environ onze heures.

— Il paraît que Julia s'est disputée avec le petit ami d'Heather juste avant, lança Cindy.

— Ce n'était rien, protesta Heather, furieuse contre sa mère. Elle s'est aussi disputée avec moi.

Gill leva le nez de son calepin et échangea un coup d'œil entendu avec son collègue.

— Votre petit ami s'appelle...

— Duncan. Duncan Rossi.

— Et son adresse ?

— Il habite ici.

Tom fit une grimace très expressive. Il désapprouvait clairement. Les deux policiers se regardèrent à nouveau pendant que la mère de Cindy se tortillait sur son siège et que la Bécasse se plongeait dans la contemplation du plafond.

— Et où se trouve Duncan actuellement ?

— Il est absent. Je ne sais pas où il est, ajouta Heather, qui sentit qu'on attendait de sa part des précisions.

— Nous aurons besoin de lui parler.

Heather hocha la tête et détourna les yeux.

— Il nous faudrait aussi la liste des amis de Julia, ajouta Gill.

Cindy éprouva une bouffée de culpabilité et faillit s'écrouler. Elle ne connaissait pas les amis de sa fille...

— Je pourrais peut-être vous renseigner, intervint Tom qui avait le chic pour lire dans ses pensées. Julia vivait avec moi, encore très récemment.

Les policiers acquiescèrent, comme si c'était une situation naturelle. Mais ils devaient se demander quelle mère elle était pour que sa fille eût préféré vivre avec son père. Elle ne pouvait les blâmer. Combien de fois s'était-elle posé la même question ?

— Cependant elle vivait avec vous, actuellement ?

— Oui. Depuis bientôt un an.

— Cela vous ennuierait-il de nous dire pourquoi votre fille ne vit plus avec vous, monsieur Carver ? demanda Bartolli.

Tom sourit, mais Cindy devina à sa mâchoire crispée que la question le dérangeait. Il avait horreur d'être sur la sellette. En temps normal, c'était lui qui interrogeait.

— Nous avons emménagé dans un nouvel appartement lorsque nous sous sommes mariés, répondit la Bécasse. Et nous n'avons pas beaucoup de place.

— À peine quatre cent cinquante mètres carrés, marmonna Cindy d'une voix suffisamment forte pour être entendue.

153

Gill se tourna vers Tom.

— Que pensait Julia de votre remariage ? L'a-t-elle mal pris ?

— Notre mariage remonte à deux ans, et Julia n'en souffrait pas le moins du monde. Elle adore Fiona.

La Bécasse sourit et fit fièrement passer ses cheveux d'une épaule sur l'autre.

— Et où étiez-vous, jeudi, monsieur Carver ?

— Je vous demande pardon ?

— Nous sommes obligés de vous poser la question, s'excusa Gill.

— Insinueriez-vous que j'aurais quelque chose à voir dans la disparition de ma fille ?

— Mon mari est un avocat très connu, minauda la Bécasse.

Cindy écarquilla les yeux, stupéfaite d'entendre ce genre d'ineptie ailleurs qu'à la télévision.

— J'étais à mon bureau, rétorqua sèchement Tom. Vous pouvez vérifier auprès de mes confrères, si vous pensez que c'est nécessaire.

Bartolli griffonna quelques mots, puis regarda Cindy, secrètement ravie de la gêne de son ex-mari. C'était si rare de le voir mal à l'aise.

— Votre fille suivait-elle un traitement ?

— Un traitement ?

— Prenait-elle des somnifères, des antidépresseurs...

— Julia n'était pas dépressive. Pourquoi tenez-vous tant à ce qu'elle soit déprimée ?

— Madame Carver, vous devez comprendre que nous enregistrons des avis de disparition chaque jour. Dans la moitié des cas, la personne recherchée ne se sentait pas bien et avait juste décidé de se mettre au vert quelque temps.

— Et l'autre moitié ?

Bartolli se tourna vers son collègue. Gill referma son carnet et se pencha vers Cindy avec compassion.

— En toute franchise, avec les personnes de l'âge de votre fille, ce que nous craignons le plus, c'est le suicide.

— Le suicide, répéta Cindy, sonnée.

— Jamais Julia ne se suiciderait, protesta Heather.

— Non, on peut immédiatement éliminer cette éventualité, affirma Cindy, se remémorant sa conversation avec Faith Sellick. Que redoutez-vous d'autre ?

— Eh bien, évidemment, il peut s'agir d'un acte criminel...

Cindy se plaqua une main sur la bouche pour étouffer le cri qui lui montait aux lèvres.

— Mais nous nous égarons, madame Carver. Nous n'avons absolument rien qui nous permette de le penser.

— Sauf que nous sommes sans nouvelles d'elle depuis cinq jours, rappela Cindy.

— Et ce n'est pas dans ses habitudes ?

— Non, pas du tout.

— Cindy, la tempéra Tom, du ton qu'il employait quand elle allait s'emporter. Elle l'avait si souvent entendu du temps de leur mariage ! Bizarrement, cette façon de lui parler la réconfortait maintenant.

— A-t-elle des amis en dehors de Toronto ?

— Oui, elle a quelques connaissances à New York, dit Tom.

Cindy fixa la fenêtre sans la voir. Cette conversation était ridicule.

— Vous ne pensez pas qu'elle m'aurait prévenue si elle avait décidé d'aller les voir ?

— Elle l'a peut-être fait et vous avez oublié, suggéra la Bécasse.

— Tu as peut-être oublié, répéta Tom comme si la Bécasse n'avait rien dit.

(Flash-back : Julia, treize ans, sort de table et quitte la pièce. Cindy la rappelle et la prie de mettre son assiette au lave-vaisselle. Son père aussitôt reprend sa requête :

— Julia, mets ton assiette au lave-vaisselle.

Et Julia obtempère de mauvaise grâce.

— C'est quoi cette manie ? s'enquiert Cindy dès que Julia est remontée dans sa chambre.

— De quoi parles-tu ?

— Chaque fois que je lui dis quelque chose, tu le répètes. Mes paroles manquent de poids ?

— Je te soutiens, bon sang !

— Non, tu me sapes !)

C'est rassurant de voir que certaines choses ne changeront jamais, même s'il change de femme, songea-t-elle en souriant.

— Elle ne m'a rien dit. Je n'ai pas oublié.

— Tu es sûre ?

— Elle ne m'a rien dit. J'en suis certaine.

— C'est bon. Inutile de t'énerver.

— Ah, tu trouves ? Alors que personne n'a de nouvelles d'elle depuis jeudi matin ! Je ne suis pas de cet avis !

Tom jeta un regard plein de sous-entendus aux inspecteurs. « Vous voyez ce que j'ai dû supporter ! Vous comprenez maintenant pourquoi je suis parti ? »

— Vous pensiez que Julia rentrerait à la maison directement après l'audition ? demanda Bartolli.

— Je n'étais pas au courant de ses projets, mais elle devait aller à un essayage à seize heures.

— Ma petite-fille Bianca se marie, intervint Norma, et Julia et Heather seront ses demoiselles d'honneur.

— Elle n'est donc pas venue à l'essayage. (Gill enregistra le renseignement.) Elle saute souvent ses rendez-vous ?

— Non, affirma Cindy.

— Oui, la contredit Tom. Julia peut se montrer très insouciante.

— Comment ça ?

— Comme la plupart des filles de vingt et un ans.

Tom sourit aux policiers.

— Mais vous ne voyez aucune raison pour que votre fille se soit absentée quelques jours sans en parler à personne.

— Non, dit Cindy.

— Si, dit la Bécasse.

— Pardon ?

— Pourquoi à votre avis, madame Carver ?

— Parce que c'est une andouille, répondit Cindy.

— C'est à moi que s'adresse l'inspecteur, dit la Bécasse avec un sourire pincé et satisfait.

156

— Vous croyez que Julia aurait pu partir sans prévenir ?

— Oui, c'est possible.

— Et pourquoi ?

— Elle se plaint toujours de n'avoir aucune vie privée, que sa mère est toujours sur son d...

— Quelle conne ! s'exclama Cindy.

— Cindy, je t'en prie, la mit en garde Tom.

— Tu peux m'expliquer à quoi elle joue, cette simple d'esprit ?

— De quoi m'avez-vous traitée ?

— Qu'est-ce qu'elle cherche ? À saboter l'enquête ? Minimiser la gravité de la situation ?

— Excusez-moi mais je suis là, protesta la Bécasse en agitant la main, ce qui fit étinceler son énorme diamant.

— Peut-être n'est-ce pas aussi grave que tu l'imagines, tenta Tom.

— C'est trop fort ! Notre fille a disparu depuis cinq jours.

— Je le sais.

— Et alors ? Ça ne t'inquiète pas ? Pourquoi ne t'arraches-tu pas les cheveux ?

Tom se leva d'un bond. Elvis se précipita vers lui en aboyant.

— Parce que tu ne m'en laisses pas le temps ! Tu t'affoles complètement. Il faut bien que quelqu'un garde son sang-froid et se comporte de façon rationnelle. Tais-toi, Elvis !

— Oh, mon Dieu !

— Tu ne vas pas encore t'évanouir ! s'inquiéta Norma en se précipitant vers Cindy.

— Tu t'es évanouie ? s'enquit Heather. Quand ça ?

— L'autre jour. Heureusement, ta tante était là pour la rattraper.

— Je me sens très bien, s'empressa de la rassurer Cindy.

Norma se dirigea vers la cuisine.

— Je vais préparer du café. Reste assise.

— Mais j'ai envie de bouger.

— Tu devrais l'écouter, dit Tom.

— Je sais ce que je dois faire ! Je n'ai pas besoin de tes conseils.

Une fois de plus, Tom regarda les inspecteurs : « Vous voyez ce que j'ai dû supporter. »

— Madame Carver..., commença Bartolli.

— Oui ? dit Cindy.

— Oui ? répondit la Bécasse.

Cindy serra les dents, prit une profonde inspiration et s'étreignit les mains pour ne pas l'étrangler.

— Pouvons-nous une fois de plus revenir sur les événements de jeudi matin ?

— Il ne s'est rien passé, insista Cindy. Julia se préparait pour son casting. Elle était impatiente, nerveuse. Je suis partie faire une course, vers dix heures et quart. Comme elle était en retard, elle a demandé à Duncan de l'emmener. Ils se sont disputés.

Au point d'attirer l'attention des voisins, poursuivit-elle mentalement.

— Pourquoi se sont-ils disputés ?

— Julia a piqué une colère parce que Duncan n'avait pas le temps de la conduire, expliqua Heather patiemment. Elle s'est accrochée avec tout le monde, ce matin-là, ajouta-t-elle en jetant un regard coupable vers sa mère.

— Vous vous êtes disputée avec votre fille, madame Carver ? demanda Gill.

— On ne peut pas appeler ça une dispute.

— Et à quel sujet ? s'enquit Tom.

— Des broutilles. Je voulais qu'elle sorte Elvis. Elle voulait prendre sa douche et tapait sur la porte de la salle de bains en criant à Duncan de se dépêcher. Je lui ai dit d'arrêter. C'est tout. Rien de plus.

— Rien d'autre ?

— Elle ne voulait pas aller à l'essayage, ajouta Heather.

— Elle y serait allée, insista Cindy. Elle ne pouvait pas faire autrement. De toute façon, elle ne serait jamais partie de la maison pendant cinq jours sans prévenir. Elle aurait appelé.

— Calme-toi , lui murmura Tom doucement.

— Je ne peux pas. Je veux que la police arrête de me poser des questions et se lance à la recherche de ma fille. Avez-vous vu Sean Banack ?

— Qu'a-t-il à voir dans l'histoire? demanda Norma, qui revenait au salon. Le café sera prêt dans une minute.

— Nous l'avons interrogé brièvement vendredi. Et nous devons le revoir ce matin.

— À quel sujet? insista Norma.

— Maman, je t'en prie. Je t'expliquerai plus tard.

— Je comprends. La situation doit être pénible pour vous, madame Carver, expliqua Gill, les yeux plantés dans ceux de Cindy, afin de ne laisser aucun doute sur la personne à laquelle il s'adressait, mais plus nous en saurons sur Julia, plus nous aurons de chances de la retrouver. Pourriez-vous me donner d'autres détails à son sujet? Ses passions, ce qu'elle aime faire, les endroits qu'elle fréquente...

— Elle va souvent au Rivoli, répondit la Bécasse avant que Cindy ne pût formuler la moindre réponse.

— Le Rivoli?

— Le cabaret sur Queen Street, expliqua Heather.

Je n'en savais rien, rumina Cindy. Comment est-ce possible?

— Et les boîtes de nuit?

Tom sourit.

— Il y a des années qu'elle n'y met plus les pieds.

— Votre fille boit-elle?

— Non, répondit Cindy.

— De temps en temps, répondit Tom.

— Et côté drogues?

— Oui? demanda Cindy.

— Elle a essayé. Tous les adolescents..., commença Tom.

Ah bon? songea Cindy. Pourquoi ne m'as-tu pas prévenue? Je n'ai pas été mise au courant.

— ... Mais je l'ai raisonnée, continua-t-il. Nous avons eu une longue discussion et je lui ai fait comprendre que si elle voulait devenir actrice, elle devait être sérieuse. Je lui ai promis de l'aider autant que je pourrais. À une condition, d'arrêter ses bêtises et de se mettre à bosser. J'ai eu la chance d'être entendu.

Tu l'as raisonnée! explosa intérieurement Cindy. *Tu* lui as dit que *tu* l'aiderais. Pauvre petit con prétentieux!

Elle se frotta le front.

— Que va-t-il se passer ?

— Nous allons retourner au commissariat enregistrer sa disparition.

— Les journalistes vont se jeter sur cette affaire, remarqua Gill en montrant la photo. Une jolie fille. Actrice. Fille d'un avocat renommé... Vous allez avoir droit aux gros titres.

— C'est bien ou pas ? s'inquiéta Cindy.

— Les deux. La publicité peut être très utile mais ne vous étonnez pas de recevoir des appels de cinglés. S'il le faut, nous mettrons votre téléphone sur écoute, pour filtrer.

— Rassurez-vous, madame Carver, je suis sûr que Julia réapparaîtra d'elle-même.

— Merci, répondit Cindy, les yeux soudain embués de larmes.

— En attendant, si jamais quelque chose vous revient...

Le visage de Ryan surgit alors à son esprit. Était-il aussi innocent qu'il le prétendait ?

— Justement, à ce propos, vous devriez peut-être vous entretenir avec mon voisin, Ryan Sellick.

16.

— Cindy, que se passe-t-il ? Pourquoi ne nous as-tu pas rappelées ?

C'était Meg.

— Cindy ? Cindy, tu es là ?

Cindy appuya ses lèvres contre le combiné, imaginant Meg serrée contre Trish, à l'autre bout du fil.

— Julia a disparu, murmura-t-elle dans un souffle.

— Quoi ? Je ne t'entends pas.

— Julia a disparu, répéta-t-elle, plus fort.

— Comment ça, elle a disparu ?

Cindy se taisait. Qu'y avait-il à ajouter ?

— On arrive tout de suite.

Cindy garda les yeux baissés. Elle savait ce qui l'attendait si elle les levait : les regards inquiets de sa mère et de sa sœur. Elle ne voulait pas affronter leur angoisse. Elle voulait seulement que Julia revienne à la maison.

N'était-ce pas ce qu'elle avait toujours voulu ?

— Qui était-ce ? interrogea sa mère.

— Meg. Elle arrive avec Trish.

Sa voix chuinta comme une baudruche qui se dégonfle.

— Il vaut mieux que j'aille faire du café.

Cindy fixait toujours le sol.

— Maman ? s'inquiéta Heather. Ça va ?

Elle ne pouvait plus bouger, ni penser. Encore moins respirer.

— Oui, très bien, ma chérie.

Sa mère fronça les sourcils.

— Tu ne vas pas avoir un malaise ?

— Non, non.

— Est-ce que je peux faire quelque chose ? proposa Heather.

— Tu pourrais sortir le chien.

— Bien sûr. Allez, viens, Elvis. Je t'emmène au parc.

Elvis se précipita vers la porte en remuant frénétiquement la queue.

Je l'ai vue hier. Elle était assise juste en face. Et elle pleurait à chaudes larmes.

— Heather, attends !

— Quoi ?

Cindy regarda les pieds de sa fille entrer dans son champ de vision. Elle a besoin de nouvelles tennis, constata-t-elle distraitement. Et de nouveaux vêtements pour la fac. Les cours devraient reprendre cette semaine, non ? Elle était incapable de s'en souvenir.

— Pourquoi pleurais-tu dans le parc ?

— Pardon ?

— Quelqu'un t'a vue l'autre jour. Il paraît que tu pleurais comme une madeleine.

Heather haussa les épaules et secoua la tête.

— C'était pas moi.

— Heather...

— Je reviens !

— Et si tu t'asseyais ? suggéra la mère de Cindy quand Heather fut partie.

— Je n'ai pas envie.

— Tu vas te rendre malade.

— À rester debout ?

Sa mère s'approcha, lui passa tendrement un bras autour des épaules et la dirigea vers la chaise la plus proche.

— Tu as fait tout ce que tu pouvais, ma chérie. Maintenant, laisse la police s'en occuper.

— Et s'ils échouent ? S'ils ne la retrouvent pas ?

— Ils la retrouveront.

— Il y a constamment des jeunes femmes qui disparaissent. Et certaines ne reviennent jamais.

— Elle reviendra.

Cindy se releva d'un bond.

— Je ne peux pas rester assise à ne rien faire.

— Il faut rester calme. Et garder espoir. La police t'appellera dès qu'elle aura du nouveau.

— Je ne peux pas attendre. J'ai besoin d'agir.

Elle courut vers la porte d'entrée et l'ouvrit.

— Attends, Cindy! Qu'est-ce que tu fais? Où vas-tu?

— Je dois sortir.

Elle descendit les marches et se précipita dans sa voiture.

— Ma chérie, je t'en prie. Tes amies vont arriver d'une minute à l'autre. Où veux-tu aller...

Cindy recula jusqu'à la rue et partit en trombe vers Avenue Road.

Moins de cinq minutes plus tard, elle courait sur Yorkville. Elle faillit percuter un groupe de touristes qui filmaient la célèbre rue bordée de boutiques.

— Excusez-moi! cria-t-elle sans s'arrêter, cherchant les numéros des immeubles.

Elle arriva devant le 320. Elle tira la porte, inspira profondément, attendit de reprendre ses esprits, puis se dirigea vers l'escalier qui menait à la suite 204. Quelques secondes plus tard, elle arrivait dans un hall d'attente, devant un jeune homme brun, mince comme un fil, les cheveux dressés en pointe sur la tête.

— Je viens voir Michael Kinsolving, déclara-t-elle avec une assurance dont elle fut la première surprise.

Le jeune homme se prit le visage entre les mains et se pencha vers son agenda.

— Et vous êtes...

— Cindy Appleton. (Elle faillit trébucher sur son nom de jeune fille.) Je travaille à l'organisation du festival.

— Avez-vous rendez-vous?

— Bien sûr. (Elle consulta sa montre.) À onze heures et demie. J'arrive pile à l'heure.

Le jeune homme feuilleta le carnet de rendez-vous.

— Je suis désolé. Il doit y avoir une erreur. Je nc vous vois nulle part...

163

— C'est très important. Nous avons un problème pour la programmation du film de M. Kinsolving...

— Un problème de programmation ? Oh, mon Dieu ! Attendez une seconde. Je vais voir si M. Kinsolving peut vous consacrer quelques minutes. Pouvez-vous me rappeler votre nom ?

— Cindy Appleton, répéta-t-elle avec plus d'aisance que la première fois.

Elle aurait dû reprendre son nom de jeune fille après le divorce. Pourquoi avait-elle conservé celui de Tom ?

Le jeune homme disparut dans le bureau et revint un instant plus tard.

— M. Kinsolving vous reçoit immédiatement.

— Merci.

Cindy traversa lentement la salle d'attente sommairement meublée, et reconnut distraitement d'anciennes affiches du Festival du film de Toronto.

Elle ne vit personne au début. Juste le dos d'un énorme fauteuil en cuir noir, un grand bureau, et le visage d'une belle jeune femme qui remplissait un grand écran de télévision sur le mur d'en face.

« Tiens, tiens, qui voilà ? » disait-elle comme si elle s'adressait à Cindy. Celle-ci s'arrêta net, les yeux rivés sur le visage de l'inconnue, qui ressemblait à sa fille aînée en plus pulpeuse et moins distinguée. « Que se passe-t-il ? Tu as oublié tes cigarettes ? »

Un déclic. L'image s'arrêta brusquement, puis revint en arrière, stoppa et repartit en avant.

« Tiens, tiens, qui voilà ? Que se passe-t-il ? Tu as oublié tes cigarettes ? »

Nouveau déclic. L'image se figea et vibra légèrement sous l'immobilité forcée.

— Alors, comment la trouvez-vous ? demanda une voix grave derrière le grand fauteuil. Elle est bandante, non ?

— Quoi ?

Cindy recula d'un pas et écrasa les pieds de l'assistant qui fit marche arrière précipitamment.

Le fauteuil pivota brusquement. Apparut un être au corps de gnome et au beau visage taillé à la serpe. Cindy reconnut immédiatement le célèbre metteur en scène à sa coiffure ébouriffée et à son éternel T-shirt noir. Un sourire illumina son visage. Les magazines ne manquaient jamais de mentionner ses yeux verts espiègles et sa peau grêlée par l'acné. Les deux se remarquaient plus dans la réalité que sur les photos.

— Je suis désolé, s'excusa-t-il sans prendre la peine de se lever. Je croyais que vous étiez un homme. Je n'ai pas pensé que Sydney pouvait être un prénom féminin.

— Cindy, corrigea-t-elle.

— Cindy, répéta-t-il d'un ton malicieux et elle comprit subitement qu'il ne s'était pas trompé.

Il savait ce qu'il faisait, et avait juste cherché à la déstabiliser, une façon subtilement sadique de prendre le contrôle de la situation. Bref, les manières d'une personne habituée à diriger le scénario de sa propre vie.

— Question baise mise à part, comment la trouvez-vous? continua-t-il avec un geste vers l'écran.

Cindy dut se retenir pour ne pas perdre contenance.

— Je ne suis pas sûre de comprendre votre question.

— La trouvez-vous belle?

— Oui.

— Sexy?

— Sans doute.

— Vous ne trouvez pas qu'elle a des yeux trop petits?

— Non, je...

— Et des lèvres trop minces?

Cindy redressa les épaules et prit une profonde inspiration.

— Monsieur Kinsolving...

— Je cherche un style de fille bien précis. Je voudrais que les femmes la regardent en pensant : « C'est une âme perdue », et que les hommes songent aussitôt à une bonne pipe. Voilà pourquoi je lui trouve les lèvres trop minces, conclut-il comme s'il parlait de la pluie et du beau temps.

Cindy ne voulut pas lui donner le plaisir de paraître choquée. Les metteurs en scène parlaient-ils toujours aussi crûment des jeunes filles qu'ils auditionnaient? Des jeunes filles prêtes à dénuder leur âme, et souvent beaucoup plus, contre une chance de réaliser leur rêve? Des femmes examinées, disséquées et finalement réduites à une suite de pièces détachées inadéquates. Des yeux trop petits, des lèvres minces. Des âmes perdues.

— Et le talent?

— Le talent?

Michael Kinsolving la considéra avec amusement.

— Est-ce que c'est une bonne actrice?

Il éclata de rire.

— Quelle importance? Elles sont toutes excellentes. Le talent vient en dernier.

— En dernier?

— Il faut qu'elles donnent envie de les baiser, déclara le gnome en se renfonçant dans son fauteuil. C'est ça qui fait les stars. Ce sont des valeurs sûres si elles sont bandantes.

— Monsieur Kinsolving...

— Qui êtes-vous? demanda-t-il. (Il étudia ses ongles manucurés.) Je sais que vous n'êtes pas du festival.

Cindy se vida les poumons. Son regard glissait sur les murs nus.

— Je m'appelle Cindy Carver.

— Carver. Le nom me dit-il quelque chose?

— Mon mari, mon ex-mari, est Tom Carver, précisa-t-elle avec un sourire forcé.

Le metteur en scène ne semblait pas mieux fixé.

— Je suis la mère de Julia Carver. Elle a passé une audition avec vous jeudi dernier, à onze heures du matin.

Michael Kinsolving se tourna vers le jeune homme squelettique, resté sur le seuil de la porte.

— O-ou-i. (Il étira le mot en plusieurs syllabes.) Quelqu'un, je crois, a appelé du cabinet de M. Carver pour savoir si elle avait maintenu son rendez-vous.

— Et elle est venue? interrogea le metteur en scène d'une voix forte et nette, une voix habituée à donner des ordres.

— Oui.

— Alors, quel est le problème?

— Elle a disparu.

Cindy le vit froncer les sourcils et plisser les yeux. Des yeux du même vert que ceux de Julia.

— Disparu!

— Elle n'a plus donné de nouvelles et personne ne l'a vue depuis qu'elle a quitté ce bureau.

— Que voulez-vous dire? Elle s'est évanouie dans les airs en sortant d'ici?

— Nous n'en avons aucune idée, reconnut Cindy, les yeux remplis de larmes. J'espérais que vous pourriez m'éclairer. Si vous êtes au courant de quoi que ce soit... ça pourrait peut-être nous mettre sur une piste...

Michel Kinsolving se leva et s'approcha d'elle, le haut de son crâne au niveau du nez de Cindy.

— Et que pourrais-je savoir exactement?

— J'espérais qu'elle vous aurait peut-être parlé de ses projets.

— Pourquoi?

— Je ne sais pas.

Cindy regrettait sa démarche. Pensait-elle vraiment qu'il aurait pu l'aider?

— Elle est sans doute partie avec un petit copain que vous n'auriez pas apprécié. Vous pouvez me faire confiance, je sais de quoi je parle. J'ai moi-même trois filles.

Cindy se souvint vaguement avoir lu qu'il avait cinq enfants de quatre mariages différents.

— Bien sûr, elles vivent avec leurs mères...

Bien sûr, opina-t-elle. Toutes les filles choisissaient de rester avec leur mère quand leurs parents divorçaient.

Toutes sauf Julia.

— Je suis désolé, mais je ne vois pas comment je pourrais vous être utile.

Il sortit un mouchoir en papier de la poche de son jean et le lui tendit.

Cindy remarqua que ses bras étaient musclés malgré sa petite taille.

— Est-ce que son audition était bonne? (*Le talent vient en dernier.*) Lui avez-vous dit quelque chose qui aurait pu la contrarier? (*Vous avez des yeux trop petits, des lèvres trop fines.*) Avait-elle l'air déprimé quand elle vous a quitté? (*Les femmes l'ont-elles regardée en pensant que c'était une fille perdue? Et les hommes en pensant...* Seigneur!)

— J'aimerais pouvoir vous rassurer, mais en toute sincérité, je ne me souviens pas d'elle.

— Oh, on ne peut pas l'oublier ! Elle a vingt et un ans, elle est très belle, mince, blonde...

Cindy s'arrêta, l'œil fixé sur l'écran de télévision. Elle réalisa que, depuis une semaine, il avait dû être envahi par des jeunes femmes belles, minces et blondes.

Le réalisateur se tourna vers son assistant.

— Avons-nous une bande ?

— Je vais la chercher.

Il partit en courant. Michael Kinsolving conduisit Cindy vers son fauteuil.

— Voulez-vous un verre d'eau minérale ou un expresso ?

— Je prendrais volontiers de l'eau.

— Gazeuse ou pas ?

Cindy haussa les épaules, incapable de choisir.

— Philip ! cria-t-il, la tête tournée vers la pièce voisine, un Perrier pour Mme Carver. Je peux vous appeler Cindy ?

— Bien sûr.

— Cindy. (Il sourit et tendit la main.) Michael.

Elle lui serra la main et, étonnée par la force de ses doigts, comprit pourquoi les femmes le trouvaient séduisant.

— J'ai les mains froides, s'excusa-t-elle.

— Mains froides, cœur chaud, dit-il avec un sourire.

Il la draguait ? Elle remit vite sa main sur ses genoux, déconcertée. Avait-il aussi fait du gringue à Julia ?

Philip revint avec un verre d'eau gazeuse et une cassette vidéo. Il tendit le verre à Cindy puis se dirigea vers la télévision.

— Je crois qu'elle est sur cette cassette. Je la mets ?

— S'il vous plaît.

L'assistant retira la cassette précédente.

Cindy prit une gorgée, sentit les bulles lui monter au nez, comme des sels. Elle regarda l'écran clignoter, puis le visage d'une jeune femme apparut. Elle était belle et blonde, elle aussi. Cindy se surprit à fixer ses lèvres. N'étaient-elles pas trop minces ?

— Je crois que c'est le numéro huit, dit Philip, faisant défiler rapidement la bande.

168

Une série de jolies filles traversa l'écran, avec des gestes saccadés de marionnettes contrôlées par des fils invisibles, leurs cheveux blonds glissant d'une épaule sur l'autre. L'assistant cherchait le passage où apparaissait sa fille.

— Tant de femmes et si peu de temps, songea tout haut Michael. Oh, pardon! Je ne voulais pas vous choquer.

Elle secoua la tête et réalisa à retardement ce qu'il venait de dire. Elle sursauta lorsque la bande arriva sur le visage de Julia. Philip appuya sur un autre bouton et l'image s'immobilisa. Julia était assise en face d'elle et la regardait de l'intérieur de la boîte rectangulaire, un sourire éclatant figé sur les lèvres.

— Ah, oui! s'écria Michael. Je m'en souviens maintenant. Son père est avocat. Il travaille pour nous.

— Oui, c'est elle, confirma Philip avant de reprendre place derrière eux.

— Oui, elle m'a fait une excellente lecture, continua distraitement Michael, appuyé contre son bureau. Vous êtes sûre que vous voulez voir ça?

— S'il vous plaît.

Il fit signe à son assistant qui appuya sur le bouton et ramena Julia à la vie.

L'audition de Julia : Une belle jeune femme s'assied sur une petite chaise en bois, et croise des jambes interminables. Elle porte un pantalon en cuir rouge et un chemisier blanc qui brille légèrement sous la lumière crue. La caméra remonte lentement vers le visage tandis qu'elle se présente d'une voix claire. Julia Carver. Puis elle énonce le nom de son agent. Elle baisse la tête, ses cheveux cachent son visage. Plusieurs secondes s'écoulent avant qu'elle ne relève la tête et, à ce moment-là, on a l'impression que Julia a disparu et qu'une autre fille a pris sa place. Une fille plus dure, plus sexy. Et on sent qu'elle cache autre chose derrière son air de défi. Sous son agressivité, son indéniable sex-appeal, on devine une tristesse. Un manque terrible. Elle s'enfonce dans le fauteuil, passe le bras sur le dossier. Ses yeux observent un interlocuteur invisible. Les yeux d'une âme perdue.

— Tiens, tiens, regardez qui est là, dit-elle. Que se passe-t-il? Tu as oublié tes cigarettes?

— Je voulais te voir, répond une voix off.

Elle hausse les sourcils et Cindy tressaille devant l'expression douloureusement familière.

— Et je devrais en avoir les jambes qui flageolent? Eh bien, tu vois, c'est raté!

Elle recroise les jambes avec une lenteur provocante, puis se penche et s'adresse directement à la caméra.

— Que t'arrive-t-il, mon poussin? Tu es déçu? Surpris? Tu croyais qu'il te suffisait de réapparaître dans ma vie pour que tout reprenne comme avant que tu t'enfuies avec ma meilleure amie? Comment va Amy, à propos? Non, ne dis rien. Ton retour répond à ma question...

— Caroline..., la coupe la voix off.

— J'aurais dû te prévenir que c'était un mauvais coup. Tu aurais évité de perdre ton temps. J'ai partagé son appartement pendant je ne sais combien d'années. J'en ai vu défiler des hommes. J'en ai entendu de faux gémissements, des orgasmes feints, mais elle ne trompait personne. Enfin... jusqu'à ce qu'elle te rencontre! (Julia renverse la tête et éclate d'un rire désagréable.) Qu'est-ce qui t'arrive, mon poussin? Tu es venu chercher une vraie femme? Qui ne fasse pas semblant quand tu la caresses? Et qui aime te sentir la pilonner? La nuit et le jour. Le jour et la nuit. (Julia se trémousse sur son siège en remuant les hanches d'une façon obscène.) N'importe quand. C'est ça qui te manque, mon poussin? C'est pour ça que tu reviens à la maison?

— Caroline, nous nous sommes mariés hier soir, Amy et moi, annonce laconiquement la voix off.

Le masque dur qui recouvrait le visage de Julia se dissout. Ses yeux sont brillants.

— Tu t'es marié?

— Hier soir.

Julia ne dit rien. Elle fixe simplement la caméra, les larmes roulent sur ses joues, balayant toute trace de fierté; son visage est une blessure ouverte.

Déclic. La scène est terminée. Le regard anxieux de Julia dévisage sa mère de l'intérieur de sa prison.

— Je ne savais pas..., commença Cindy.

170

— Qu'elle jouait aussi bien ? demande doucement Michael.

— Oui.

— Oui, elle est très douée. Voulez-vous la revoir ?

Cindy secoua la tête. Il faudrait la ramasser à la petite cuillère.

— Je peux vous en faire une copie, si vous voulez.

— Oui, merci.

On entendit des pas dans l'escalier. Philip retourna dans le hall d'accueil et revint quelque secondes plus tard, le visage livide.

— C'est la police.

— Vous avez appelé la police ?

Michael Kinsolving semblait plus amusé qu'ennuyé.

Cindy secoua la tête tandis que les inspecteurs Gill et Bartolli entraient dans le bureau d'un pas décidé.

— Vous êtes Michael Kinsolving ? demanda Bartolli.

Les deux policiers s'arrêtèrent net en voyant le visage de Julia sur l'écran. Lentement, ils pivotèrent vers Cindy.

— Madame Carver ?

— Qu'est-ce que vous faites là ? s'exclama Gill d'un ton agacé.

— Mme Carver espérait que je pourrais l'aider à retrouver sa fille, expliqua Michael Kinsolving en leur serrant la main.

— Et alors ?

— Malheureusement, j'ignore où elle est.

— Nous venons de montrer à Mme Carver la cassette de l'audition de Julia, dit Philip. Quelqu'un veut-il un expresso ou de l'eau minérale ?

Bartolli secoua la tête.

— L'inspecteur Gill va vous reconduire, madame Carver, annonça-t-il d'un ton sec, visiblement contrarié de la voir là.

— Ce n'est pas la peine. J'ai ma voiture.

— Je vais vous y raccompagner, déclara Gill d'un ton sans réplique.

— Je vous ferai porter une copie de la cassette dès que possible, promit Michael Kinsolving.

171

— Merci.

Cindy se leva de sa chaise, posa le verre de Perrier, à peine touché, sur le bureau du réalisateur, puis se dirigea vers la porte lentement, ses pieds engourdis ne sentaient plus le sol.

— Bonne chance pour le festival, lança-t-elle avant de franchir le seuil.

— Merci. Et bonne chance pour votre fille !

Cindy hocha la tête tandis que Gill l'entraînait fermement vers la sortie.

— J'aimerais jeter un coup d'œil à cette cassette, entendit-elle dire Bartolli avant que la porte du bureau ne se referme.

17.

Le temps commençait à se couvrir lorsqu'elle se gara devant chez elle. Elle aperçut la Mercedes rouge de Meg dans la rue en montant l'escalier quatre à quatre. La porte d'entrée s'ouvrit.

— Où étais-tu passée ? (Trish la tira à l'intérieur.) Ta mère est folle d'inquiétude.

— Comme au bon vieux temps, ajouta Meg qui serra Cindy dans ses bras. Tu vas bien ?

— Oui, oui, ça va.

— Où étais-tu passée ? insista Trish.

— D'où viens-tu ?

Norma venait de les rejoindre dans le hall.

— Je suis allée voir Michael Kinsolving.

— Michael Kinsolving, le réalisateur ? s'étonna Trish.

— Pourquoi ? demanda Meg.

— Sait-il où est Julia ? s'enquit Norma.

— Il prétend l'ignorer.

— Et tu ne le crois pas ?

— Je ne sais pas.

Elle entendait encore le réalisateur : *Vous ne la trouvez pas bandante ?*

— Il a prétendu qu'il ne se souvenait pas d'elle, qu'il voyait tellement de filles... Et ensuite il a reconnu qu'elle jouait très bien. Comment pourrait-on oublier Julia ?

— Viens manger.

Norma entraîna les trois amies vers la cuisine.

— Je n'ai pas faim.

— Ta mère nous a tout raconté, dit Meg. J'imagine ce que tu dois traverser !

— Et la police dit quoi ? s'informa Trish.

Cindy haussa les épaules.

— Qu'il est trop tôt pour s'affoler.

— Ils ont raison.

— Je sais.

— Ce qui ne te rassurera pas pour autant.

— Non.

Trish la serra très fort et s'assit à côté d'elle. Meg approcha une autre chaise et la prit à son tour dans ses bras.

— Où est Heather ? demanda Cindy, étonnée de ne pas la voir.

— Elle est sortie. Elle a dit qu'elle rentrerait plus tard.

Norma dansait d'un pied sur l'autre, hésitante.

— Je vais monter regarder la télé, annonça-t-elle finalement. Viens, Elvis, tu me tiendras compagnie. Meg ! appela-t-elle du haut de l'escalier. Je compte sur vous pour la faire manger.

— Promis. (Meg se retourna vers son amie.) Elle ne te rend pas folle ?

— Juste un peu.

— Je me souviens quand ma mère est venue m'aider après la naissance de Jeremy, commença Trish. Quel enfer !

— Trish, la gronda Meg. Ça remonte à vingt ans.

— Crois-moi, rien que d'y penser, je suis encore en rogne.

Cindy étouffa un petit rire.

— Son avion est arrivé de Floride avec trois heures de retard, à cause d'une terrible tempête de neige. Et elle était furieuse parce que personne ne pouvait aller la chercher à l'aéroport. Elle a débarqué à la maison en se plaignant de tout ce qui était canadien, à commencer par sa fille aînée. J'avais le culot d'accoucher en plein mois de février ! Je l'entends encore répéter : *Et en février, par-dessus le marché !* Bref, elle n'a pas cessé de râler. Je ne faisais jamais rien de bien. Comment avais-je pu prendre autant de kilos pendant ma grossesse ? Pourquoi je nourrissais mon bébé alors que je n'avais sans doute pas assez de lait? J'allais me retrouver avec un enfant pourri gâté si je continuais à lui donner le sein dès qu'il pleurait. Elle poussait un cri d'horreur chaque fois que je le prenais dans le berceau : *Sa tête! Fais attention à sa tête!* J'étais une demeurée, en somme. Et comme je ne pouvais pas me mettre en colère contre elle, je me vengeais sur Bill. Notre mariage a bien failli couler. Pas étonnant après ça que Jeremy soit resté fils unique.

Meg secoua la tête.

— Ah, la famille! Faut-il qu'on l'aime!

— Tu crois?

— Ben oui... En fin de compte, qui avons-nous d'autre?

— Les amies, répondit Cindy en les prenant par la main, entrelaçant ses doigts dans les leurs.

Elle essayait d'oublier les paroles de Tom. *Les amis!* disait-il d'un ton désabusé. *Ça va, ça vient.* D'où peut-être les amitiés éphémères de Julia?

— Et si tu nous racontais exactement ce qui se passe, dit Trish.

Cindy leur résuma la matinée du jeudi, et l'ambiance des derniers moments partagés avec Julia.

— Vous vous êtes donc disputées, résuma Trish.

— Non, pas du tout.

— D'accord, vous ne vous êtes pas disputées. Tu étais contrariée...

— Non, pas du tout...

— D'accord, tu n'étais pas contrariée.

— Peut-être que l'audition s'est mal passée, suggéra Meg comme d'autres l'avaient fait avant elle. Et qu'elle a éprouvé le besoin d'être seule.

— À moins qu'elle n'ait rencontré un autre garçon? dit Trish.

— Ça fait cinq jours, les coupa Cindy, en articulant chaque syllabe.

— Oui, mais...

— Mais quoi?

— Avec Julia, on peut s'attendre à tout, lui rappela Trish.

— Tu la connais, ajouta Meg.

— Croyez-vous honnêtement qu'elle soit désinvolte au point de disparaître sans prévenir personne?

Elle n'aurait jamais cru Trish aussi bornée, se surprit-elle à penser.

— Tom n'a pas eu de ses nouvelles, non plus ?

— Non, Tom n'a pas eu de ses nouvelles non plus, répéta Cindy, en mettant les mains entre ses genoux, un petit sourire pincé plaqué sur les lèvres.

Elle avait la sensation que son corps se liquéfiait et qu'il ne restait plus qu'une gênante petite flaque par terre. Un peu comme la Méchante Sorcière de l'Ouest, qui s'était dissoute quand Dorothy lui avait jeté de l'eau à la figure.

La question de Meg lui faisait le même effet que cette eau. Innocente en surface et dévastatrice en profondeur, comme de l'acide.

Tom n'a pas eu de ses nouvelles, non plus ?

Cindy se sentait étrangement insignifiante, une impression qu'elle avait souvent éprouvée pendant son mariage, puis après son divorce. Comme si elle avait moins de consistance sans Tom. La présence de son mari était nécessaire pour qu'on lui trouve de l'intérêt ! Ses opinions ou ses inquiétudes n'avaient aucune valeur sans l'aval de Tom...

Tom n'a pas eu de ses nouvelles, non plus ?

Elle savait que Meg serait à la fois inquiète et horrifiée de la façon dont elle interprétait ses paroles. Cindy tenta de les remettre dans le contexte, de prendre du recul, mais les mots restaient plantés dans sa chair déjà meurtrie. Elle sourit pourtant à sa meilleure et plus ancienne amie. Malgré toute sa compassion, il était clair que Meg n'avait pas idée du tumulte qui l'agitait. Il est difficile d'imaginer ce que les autres ressentent. Cindy contempla ses deux amies, et son sourire s'effaça doucement.

— Ça va ? demanda Meg en écartant doucement des petits cheveux du front de Cindy.

Elle haussa les épaules, les yeux perdus sur le jardin.

— Parle-nous un peu de Michael Kinsolving, poursuivit Trish. Est-il réellement aussi séduisant qu'on le prétend ?

Trish essayait de changer de conversation. Pourtant parler du sex-appeal du réalisateur, dans un moment où elle se sentait

176

si mal, lui parut incongru. *Ce sont des valeurs sûres si elles sont bandantes*, l'entendit-elle dire.

— Il a le visage complètement vérolé, répondit-elle, résignée à suivre le mouvement. Et il est petit.

— Petit comment?

— Genre Tom Cruise.

— C'est bizarre que les acteurs d'Hollywood soient si petits!

— Et il ne se souvenait pas de Julia? s'écria Meg d'une voix incrédule.

Le cœur de Cindy se mit à battre plus vite à la mention du nom de sa fille.

— Non, pas au début. Mais quand nous avons regardé la cassette...

— Quelle cassette?

— Celle du casting. Tu devrais la voir. Elle est stupéfiante.

— Ça ne m'étonne pas, dit Meg.

— Elle a tellement de talent, renchérit Trish.

En fait aucune des deux n'avait jamais vu Julia jouer. Cindy se souvint de l'expression du réalisateur à la fin de la projection.

— Il avait l'air impressionné. Il avait dû oublier qu'elle jouait si bien.

Du talent? Le talent vient en dernier. Est-ce que vous la trouvez bandante?

— Mais c'est génial! s'emballa Meg. Il se souviendra d'elle. Quand elle reviendra, ajouta-t-elle d'une voix ténue qui se dissipa aussi vite que la fumée d'une cigarette.

Quand elle reviendra, répéta pour elle-même Cindy. Les mots se transformaient en bouée de sauvetage. Quand elle reviendra, je lui achèterai le jean Miss Sixty dont elle rêvait. Et je l'emmènerai en week-end à New York. Juste elle et moi.

— Elle va bien, Cindy, la rassura Trish. Elle va revenir. Saine et sauve. Tu verras.

— Mais tu ne peux pas dire ça! explosa-t-elle. Comment peut-on disparaître pratiquement une semaine et revenir saine et sauve? Julia n'est plus une enfant. Elle ne s'est pas égarée. Elle ne s'est tout de même pas envolée de la maison parce qu'elle s'est disputée avec moi!

En était-elle certaine ?

— Et elle n'est pas bêtement romantique comme moi à son âge. Elle ne s'est pas non plus enfuie aux chutes du Niagara avec un jules.

Et si elle se trompait ?

— Elle a la tête sur les épaules. Elle a déjà connu des auditions décevantes. Elle sait qu'elle a peu de chances d'être prise dans un grand film.

Le savait-elle ?

— Je sais, vous la trouvez égoïste et égocentrique...

— Non. Ce n'est pas ça...

— Tout va bien, ma chérie, dit Meg d'une voix tendre. Tout va bien.

— Non, rien ne va ! rétorqua Cindy, exaspérée. Julia ne serait jamais partie sans me prévenir. En tout cas, elle aurait au moins averti son père.

— Ce n'est pas ce que je voulais dire..., commença Trish.

— J'essayais juste..., continua Meg.

— Elle connaît la portée de ses actes. Elle sait que je m'inquiète. Elle ne me ferait pas un coup pareil.

— Bien sûr que non, acquiescèrent ses deux amies.

— Alors où est-elle ? gémit Cindy et au son de sa voix Elvis dévala l'escalier et mêla ses aboiements à ses pleurs, faisant écho à son angoisse. Où est-elle ?

Cindy, allongée sur son lit, regardait une jeune femme dynamique du nom de Ricci Lake interviewer un groupe d'adolescentes tantôt tristes, tantôt enjouées.

— Pourquoi pensez-vous que votre amie s'habille comme une traînée ? demanda gaillardement l'animatrice en collant son micro en forme de phallus sous le nez d'une fille.

Ses lèvres ne sont-elles pas trop fines ?

Cindy changea de chaîne sans attendre la réponse et vit un bel homme, du nom de Montel William, interroger gravement une jeune femme tremblante assise auprès de lui.

— Quel âge aviez-vous quand votre père a abusé de vous la première fois ?

Je voudrais que les femmes la regardent en pensant « C'est une âme perdue » et que les hommes eux, songent aussitôt à une bonne pipe.

Cindy appuya à nouveau sur la touche et Montel fut successivement remplacé par Oprah, Jenny, Maury, puis par le juge Judy, une femme fort antipathique qui insultait tous les gens qu'elle croisait. Comme si ça pouvait faire avancer la justice...

— Ce n'est pas parce que c'est votre fille que vous devez diriger sa vie.

Je suis la mère de Julia Carver.

Cindy passa à Comedy Central, dans l'espoir de voir un truc drôle.

— Ma mère vient d'une autre planète, expliquait une jeune comique. Je dirais même plus, elle vient de l'Enfer !

Cindy éteignit la télévision et jeta la télécommande au bout du lit, manquant de peu Elvis. Le chien lui lança un coup d'œil lourd de reproches avant de sauter par terre et de quitter la pièce d'un pas traînant. Elle entendit en bas sa mère préparer le dîner. Elle aurait dû se lever, descendre l'aider. Mais elle était trop fatiguée pour bouger, trop vidée pour lui donner un coup de main, même symbolique.

Le téléphone sonna.

— Allô ?

Cindy pria le ciel d'entendre la voix de sa fille, et se prépara à l'inévitable déception.

— Comment vas-tu ? demanda Meg.

— Bien.

— J'ai eu vraiment mauvaise conscience après notre départ. Nous n'avons pas été à la hauteur.

— Mais pas du tout.

— J'aurais tellement voulu pouvoir dire ou faire quelque chose...

— Il n'y a rien à faire.

— Je peux revenir si tu veux...

— Non, ça ira. Je suis très fatiguée.

— Il te faut du repos.

— C'est Julia qu'il me faut.

Silence gêné.

— Essaie de penser positif.

Ben voyons ! Que n'y avait-elle songé ?

— J'essaie.

— Je t'aime.

— Je sais. Moi aussi, je t'aime.

Cindy raccrocha et enfouit son visage entre ses mains.

— Essaie de penser *positivement,* corrigea-t-elle à voix haute, et elle sentit son haleine chaude sur ses paumes.

Elle leva la tête et fusilla le téléphone du regard.

— Je ne t'ai rien demandé! cria-t-elle en prenant la voix stridente de la juge Judy.

Elle était injuste. Elle aurait sans doute dit la même chose à Meg si les situations avaient été inversées. L'inquiétude de son amie était sincère. Son amour et son soutien sans faille. Meg et Trish voulaient la réconforter. Hélas, en dépit de bonnes intentions, elles ne pouvaient pas imaginer le calvaire qu'elle vivait. Tout comme elles n'avaient pas compris son chagrin pendant les longues années que Julia avait passées chez son père. Trish entre un mari et un fils idéal, Meg avec ses deux fils merveilleux. « Les mères de garçons sont différentes, lui avait dit un jour sa mère. Elles ne savent pas. »

Meg et Trish n'étaient pas insensibles. Elles avaient au contraire la gentillesse, la considération et la prévenance que l'on pouvait attendre de véritables amies. Cependant quelque chose leur échappait. Ce n'était pas de leur faute. Elles ne savaient pas.

Avec Julia, on peut s'attendre à tout.

Tu la connais.

(Moment décisif : Tom est assis en face d'elle à la table du petit déjeuner, les doigts crispés sur le journal du matin qu'il tient devant son visage.

— Tu n'es jamais contente, dit-il entre ses dents serrées.

Ils se disputent depuis la veille. Cindy ne se souvient plus pourquoi.

— Ce n'est pas vrai, proteste-t-elle d'une voix faible.

Elle porte le verre de jus d'orange à ses lèvres en regrettant de ne pouvoir baisser ce journal qui lui cache le visage de son mari.

— Bien sûr que si. Regarde la vérité en face, Cindy. Je déroge à tes nobles principes.

— Mais de quoi parles-tu? Je n'ai jamais dit ça.

— Tu as dit que j'avais frappé Leo Marshall en traître.

— J'ai seulement exprimé ma surprise. Que tu l'aies critiqué devant son client...

— Un client qui vaut quatre cents millions de dollars! Il n'en avait pas pour son argent avec Leo. Il l'aura avec moi.

— Je croyais que Leo Marshall était ton ami.

— Bof, les amis! Ça va, ça vient.

Cindy sent le verre de jus d'orange trembler dans ses mains.

— Donc la fin justifie les moyens?

— Dans la plupart des cas, oui. Alors tu veux bien descendre de tes grands chevaux, maintenant?

— Tu peux baisser ton journal?

— Que veux-tu encore?

— Je veux juste que tu baisses ton journal. S'il te plaît.

Il obtempère rageusement.

— Tu es contente? Je l'ai baissé. Tu as ce que tu veux?

— Le problème n'est pas là.

Tom jette un coup d'œil impatient à sa montre.

— Écoute, il est huit heures et demie. J'aimerais beaucoup poursuivre cette passionnante conversation, mais il faut bien que quelqu'un travaille. (Il recule sa chaise.) J'ai une réunion ce soir, ne m'attends pas pour dîner.

— Qui est-ce, cette fois?

Il se lève sans répondre.

— Tom?

Ses doigts se crispent sur le verre.

Il la regarde et secoue la tête.

— Quoi encore?

C'est sans doute cet « encore » plus que l'autre femme qui la fait craquer.

— Ça! répond-elle en lui jetant le contenu de son verre à la figure.)

C'est à cet instant précis que leur mariage avait pris fin.

Ils étaient restés ensemble encore quelques années, mais à la seconde où le jus d'orange avait giclé du verre, le divorce avait été inévitable. Il avait fallu ensuite accumuler l'énergie nécessaire pour passer à l'acte.

C'était pareil avec Meg et Trish, s'aperçut-elle soudain et une tristesse ineffable s'abattit sur elle.

Avec Julia, on peut s'attendre à tout.

Oui, tu la connais.

Elle venait de vivre en catimini un autre moment décisif, évidemment pas aussi spectaculaire qu'un verre de jus d'orange jeté au visage. Meg et Trish étaient ses amies les plus chères. Oui, elle les aimait et elles l'aimaient. N'empêche que des circonstances fortuites avaient subtilement mais irrémédiablement affecté leur amitié. Les trois amies auraient beau prétendre le contraire, Cindy savait que leurs rapports ne seraient jamais plus les mêmes.

Une autre femme s'était glissée entre elles.

Elle s'appelait Julia.

18.

Cindy ouvrit les yeux et vit Julia qui la dévisageait du fond de la chambre.

Elle souleva la tête de l'oreiller et retint son souffle. Le portrait de sa fille remplissait l'écran. Elle se pencha pour entendre les paroles du présentateur, mais elles lui échappèrent. Elle chercha la télécommande à tâtons. Rien.

— Merde ! Où est-elle passée ? s'écria-t-elle en fouillant les plis de la couette à fleurs bleues et blanches.

Elle se souvenait vaguement l'avoir rejetée un peu plus tôt. Mais quand ? Elle regarda le réveil, il était dix-huit heures dix. Le ciel était très gris mais il ne ferait nuit que dans quelques heures.

Elle avait dû s'endormir. Sa main heurta la télécommande. Le mouvement la projeta vers le sol et elle retomba avec un bruit sourd sur le tapis.

Cindy se leva d'un bond puis se jeta à quatre pattes sous le lit. L'odeur de renfermé de la moquette lui monta au nez pendant qu'elle cherchait à tâtons l'objet récalcitrant qu'elle finit par toucher.

— Merde ! répéta-t-elle alors qu'elle se cognait la tête en se relevant.

Elle braqua la télécommande vers l'écran comme un revolver.

La voix du présentateur se mit à hurler dans la pièce mais il ne parlait plus de Julia. Le portrait de sa fille avait été remplacé par une vue aérienne du parc d'attractions Wonderland où un petit garçon de huit ans avait subi des sévices sexuels, à peine quelques heures plus tôt.

Cindy changea de chaîne. Un champ apparut. Il lui fallut un instant avant de distinguer une vieille grange en ruine au milieu d'un océan d'épis de maïs.

— Oh, non!

Elle plaqua les mains sur sa bouche pour étouffer un cri. Le corps de Julia avait été retrouvé dans une grange abandonnée en bordure de King Sideroad. La déposition de Sean avait mené la police jusqu'à son pauvre cadavre mutilé.

— Non, non, non!

— Cindy! hurla sa mère tandis qu'Elvis se mettait à aboyer quelque part derrière elle. Cindy, que se passe-t-il?

Norma apparut brusquement, lui prit l'engin des mains et baissa le son. Et Cindy comprit seulement à ce moment-là que le champ en question ne se situait pas du tout le long de King Sideroad, mais dans la région de Midland. Il s'agissait d'un reportage sur les récoltes de maïs sans rapport avec Julia.

— J'ai cru...

— Quoi, ma chérie?

— Julia...

— Ils ont cité Julia?

Norma se mit à zapper d'une chaîne à l'autre.

— J'ai vu son portrait. On parlait d'elle.

En était-elle certaine? Ou avait-elle rêvé?

Soudain Julia réapparut : la tête penchée, les yeux éblouissants, ses cheveux blonds et raides qui tombaient sur les épaules, un sourire entendu.

— Mets plus fort, mets plus fort!

La police enquête sur la disparition de Julia Carver, vingt et un ans, fille de Tom Carver, l'éminent avocat, spécialiste du show-business. La jeune fille, qui voudrait devenir actrice, a disparu jeudi matin, juste après une audition avec le célèbre réalisateur Michael Kinsolving.

La photo de Julia fut instantanément remplacée par celle du réalisateur serré entre deux starlettes blondes et voluptueuses.

La police a interrogé le réalisateur, de passage dans notre ville afin d'assister à la première de son film au Festival de Toronto et de repérer les extérieurs de son prochain long métrage. Aucun lien n'a pu être établi entre Michael Kinsolving et la mystérieuse disparition de la jeune fille.

Le visage lisse du présentateur remplaça celui du réalisateur pendant que le portrait de Julia réapparaissait dans un petit carré, en haut, à droite de l'écran.

Toute personne ayant des informations sur Julia Carver est priée de contacter la police de toute urgence.

— Eh bien, c'est officiel maintenant, constata Norma en s'écroulant sur le bout du lit, le teint gris, les pupilles dilatées par l'anxiété.

Cindy se précipita près d'elle.

— Oh, maman! Je suis désolée! Je suis tellement rongée par ma propre angoisse que je n'ai pas pensé au souci que tu devais te faire, toi aussi.

— Il ne faut pas t'inquiéter pour moi.

— Tu es sa grand-mère.

Norma baissa la tête.

— Mon premier petit-enfant, murmura-t-elle.

— Oh, maman! Si jamais elle ne revient pas? Si on ne la retrouve pas?

— Elle reviendra, déclara Norma d'une voix forte, comme si la seule force de sa volonté pouvait ramener sa petite-fille saine et sauve à la maison.

Cindy hocha la tête, sans oser poser d'autres questions. Elles restèrent toutes les deux assises au pied du lit, étroitement enlacées, dans l'attente de nouvelles de Julia.

Il était presque dix heures du soir lorsque Cindy entendit la porte d'entrée s'ouvrir et se refermer. Elle coupa le son de la télévision et guetta les pas dans le couloir de l'étage.

— Heather?

Sa fille cadette avait téléphoné pour prévenir qu'elle ne dînerait pas à la maison. Elle devait retrouver des amis mais ne rentrerait pas trop tard.

Elvis sauta du lit et sortit de la chambre.

— Heather?

— C'est moi.

Le visage de Duncan apparut sur le seuil, Elvis lui fit la fête avec tant d'enthousiasme qu'il faillit le renverser.

— Duncan. Heather est avec toi?

— Elle ne devrait pas tarder, dit-il en titubant.

Une mèche de cheveux bruns lui tombait sur le front. Il avait l'air fatigué, comme s'il n'avait pas dormi depuis plusieurs jours. Son teint habituellement frais était pâle et brouillé. Une forte odeur de tabac froid montait de ses vêtements.

— Ça va? Tu n'aurais pas bu, dis-moi?

Il fronça les sourcils. La question demandait mûre réflexion...

— Non. Enfin, peut-être. Juste un peu.

— Pourquoi?

— Pourquoi? répéta-t-il.

— Pourquoi as-tu bu?

Il éclata d'un rire cristallin de fille qui surprit Cindy.

— Faut-il avoir une raison pour boire?

— C'est la première fois que je te vois comme ça.

— Ben...

— Et depuis quand fumes-tu?

— Pardon?

— Tu n'as pas l'habitude de fumer ni de boire.

— Oh! ça m'arrive de temps en temps, vous savez.

— Non, j'ignorais.

— Madame Carver, vous me rendez un peu nerveux.

— Pourquoi?

— Est-ce que je vous ai contrarié d'une manière ou d'une autre?

— Pourquoi m'aurais-tu contrariée?

— Je ne sais pas. Vous avez l'air... heu...

— Contrariée.

— Ouais.

— Et tu ne crois pas que j'ai des raisons de l'être?

Duncan tourna les yeux vers la chambre qu'il partageait avec Heather.

— Je n'ai pas dit le contraire.

Il s'écarta du mur, chancela, fit deux pas vers Cindy, et la regarda fixement.

— Avez-vous des nouvelles de Julia ? demanda-t-il d'un ton prudent.

— Non.

Il s'apprêta à repartir.

— Duncan ?

— Oui ?

— Que s'est-il passé entre Heather et toi ?

Il déglutit et se frotta l'aile du nez.

— Rien du tout.

— Je vois bien que ça ne va pas entre vous.

— Nous traversons juste une petite crise, madame Carver. Et je n'ai pas envie d'en parler.

— Tu me le dirais, n'est-ce pas, si tu savais quelque chose ?

— Je ne comprends pas.

— Tu es au courant de ce qui se passe, n'est-ce pas ?

— Je sais que je suis plus ivre que je ne le croyais.

Il voulut rire mais s'étrangla.

— Je veux dire, tu sais quelque chose pour Julia, insista Cindy.

Le sang se vida du visage déjà pâle du jeune homme qui parut se dégriser d'un coup.

— Julia ? Non. Bien sûr que non.

— Tu t'es disputé avec elle...

— Ouais, mais...

— Et ensuite elle a disparu.

— Madame Carver, vous n'imaginez quand même pas que je suis coupable de...

— Tu es sûr ?

— Oui !

Cindy se laissa retomber contre l'oreiller. Croyait-elle vraiment que le garçon qu'elle avait accueilli dans sa maison, l'amoureux de sa fille cadette, pût être responsable de la disparition de sa fille aînée ? Elle secoua la tête. Elle ne savait plus à quel saint se vouer.

Duncan attendait silencieusement sur le seuil, les bras ballants.

— Je vais aller dormir chez Mac. Ça vaut mieux.

Elle ne dit rien.

— Je prends juste quelques affaires.

Cindy l'écouta traverser le couloir en traînant les pieds. Elle faillit lui courir après et lui sauter dessus pour lui arracher des aveux. Puis elle songea à sa mère qui dormait dans le lit de Julia. À quoi bon risquer de la réveiller? Duncan n'était pas près d'avouer quoi que ce soit. Et croyait-elle réellement qu'il cachait quelque chose?

Elle l'entendit fourrager dans le placard. Une poignée de secondes plus tard, elle vit son ombre passer devant sa porte. Il partit sans dire au revoir.

— Comment vous sentez-vous, madame Carver? demanda le médecin, un gros homme barbu au crâne dégarni.

— Je vais mieux, répondit Cindy en remontant le drap blanc sur sa poitrine.

— Vous avez pensé à prendre vos cachets?

Cindy vit les traits du médecin s'estomper et se frotta les yeux.

— Quels cachets?

— Vous devez absolument les prendre, madame Carver. Sinon, vous allez mourir.

— Oh non! hurla-t-elle en se réveillant en sursaut. J'ai oublié! J'ai oublié!

Elle était à mi-chemin de la salle de bains, le cœur battant la chamade, lorsqu'elle s'arrêta.

— Quels cachets? demanda-t-elle à voix haute.

Elle s'aperçut que la télévision était toujours allumée, qu'elle avait dû s'endormir pendant la rediffusion de *Law and Order*. Elle était debout, nue au milieu de sa chambre, en pleine nuit. Sa vie se résumait maintenant à un cauchemar récurrent.

— Quels cachets? répéta-t-elle, effondrée tandis qu'un homme à la mine patibulaire vêtu d'une combinaison orange apparaissait à l'écran.

La caméra montra en gros plan ses mains menottées pendant qu'on le poussait à l'intérieur d'une voiture de police.

Cindy mit une minute à comprendre qu'il s'agissait de Ted Bundy, meurtrier de douzaines ou peut-être même de centaines de jeunes femmes. Elle frissonna, incapable de détourner les yeux, envoûtée par la voix grave du présentateur et le regard de l'assassin.

— *Si vous voulez tout savoir sur l'incroyable évasion de Ted Bundy*, annonça le présentateur d'un ton solennel, *restez avec nous*. American Justice *reprend après nos publicités*.

Elle ne put s'empêcher d'imaginer le pire : Julia avait peut-être rencontré un homme séduisant comme Ted Bundy dont les faux airs d'adolescent cachaient l'âme dérangée d'un tueur. L'avait-il convaincue de le suivre, l'avait-il enjôlée afin qu'elle vienne chez lui ? Avait-elle essayé de le repousser ? L'avait-il droguée, enchaînée pour arriver à ses fins ? La gardait-il prisonnière au fond d'une cave humide ?

Il y avait tant de fous en liberté. Est-ce qu'un dément furieux avait assouvi sa rage sur sa petite fille ?

Elle posa les pieds par terre au moment où le visage souriant de Ted Bundy réapparaissait à l'écran. Elle sentit ses yeux se planter dans les siens et la défier.

— ... Monsieur Tout-le-monde, clamait le présentateur.

Cindy attrapa la télécommande. Pour une chaîne censée être vouée à l'art et aux divertissements, elle consacrait beaucoup d'antenne aux crimes macabres !

Elle éteignit le poste, et la pièce se retrouva plongée dans l'obscurité. L'écran semblait avoir absorbé toute la lumière. Elle s'approcha de la fenêtre, écarta les rideaux et contempla le jardin. Il n'y avait qu'un maigre quartier de lune et il était presque caché par le grand érable planté au milieu de la pelouse mal entretenue des Sellick. Elle devrait vraiment s'occuper de la clôture en cèdre, entre leurs maisons. La séparation commençait à s'affaisser à une extrémité, sous le poids d'un sumac. Il suffirait d'une bonne chute de neige pour qu'elle s'effondre complètement.

« Aimez les voisins mais n'abattez pas la haie. » La citation de Robert Frost lui revint en mémoire alors qu'elle se projetait dans le temps en pensant à l'hiver. Se tiendrait-elle encore derrière cette fenêtre, les yeux perdus dans l'obscurité, à attendre que sa fille revienne à la maison ?

C'est alors qu'elle la vit.

Elle était assise sur la première marche qui menait au patio, devant la cuisine. Cindy ne put distinguer son visage, mais reconnut aussitôt Julia.

— Julia. Mon Dieu ! Julia !

Elle enfila son peignoir en éponge et dévala l'escalier, Elvis sur les talons. Elle traversa la cuisine en courant, retira le verrou, fit glisser la porte coulissante d'un geste rapide et se rua dehors. L'air frais de la nuit lui fit sur le visage l'effet d'une serviette humide.

— Julia ! cria-t-elle et la fille assise sur la marche se leva et recula dans l'obscurité.

— Non, maman, c'est moi.

— Heather ? !

— Tu m'as fait peur. Qu'est-ce que tu fais là ?

— Quoi, qu'est-ce que je fais là ! C'est à moi de te poser la question. Il est plus de trois heures du matin !

— Je n'arrive pas à dormir.

— Je t'ai vue de la fenêtre de ma chambre et je t'ai prise pour Julia.

— Désolée. Ce n'est que moi, murmura Heather d'une petite voix étranglée.

— Tu pleures ?

Cindy descendit les marches lentement. Sa fille avait l'air d'un petit chat abandonné qui risquait de s'enfuir au moindre geste brusque.

Heather secoua la tête et un rayon de lune fit briller des traces de larmes sur ses joues.

— Qu'est-ce qui ne va pas, ma chérie ? Je t'en prie, ne me dis pas que tout va bien, ajouta-t-elle au moment où Heather allait le faire. C'est à cause de Duncan ?

Heather se détourna.

— Nous avons rompu, avoua-t-elle après un long silence.

— Vous avez rompu ? Quand ça ?

— Ce soir.

— Pourquoi ?

— Je ne sais pas. (Heather écarta les bras d'un geste d'impuissance.) Nous n'arrêtions pas de nous disputer ces derniers temps.

— À cause de Julia ?

Heather la dévisagea, perplexe.

— De Julia ? Non. Qu'est-ce qu'elle vient faire là-dedans ?

— Pourquoi vous disputiez-vous, ma chérie ? insista Cindy, ignorant sa question.

— Je ne sais pas. Sans raison précise. C'est arrivé bêtement !

— C'est-à-dire ?

— Nous sommes allés à une soirée, il y a quelques semaines, et j'ai bavardé avec un garçon. Je lui ai juste parlé. Sans plus. Mais Duncan a dit que je le draguais et nous nous sommes disputés. Nous avons fini par nous réconcilier et je croyais le problème réglé lorsque, la semaine dernière, c'est reparti. Je suis sortie en boîte avec Sheri et Jessica. Duncan était furieux. Il trouvait que je n'avais pas à aller dans ce genre d'endroit sans lui. Et moi, je lui ai répondu qu'il n'y avait pas de raison. Que j'avais le droit de m'amuser avec mes amies. Il m'a dit que si c'était ça qui m'intéressait, je pouvais sortir avec elles autant que je voulais. Et ce soir, nous nous sommes encore accrochés. Il avait pas mal bu, je me suis énervée et je suis partie avec Jessica. Quand je suis rentrée, j'ai vu que ses affaires avaient disparu. Alors je l'ai appelé chez Mac et il m'a dit qu'il ne reviendrait pas, que tout était fini entre nous.

— Oh ! ma chérie, il n'en pensait pas un mot.

— Si. Il a même ajouté qu'il ne voulait plus rien avoir à faire avec ma famille de cinglés. Pourquoi a-t-il dit ça ?

— Je ne sais pas, mentit Cindy.

— Tu l'as vu quand il est rentré ?

— Oui, reconnut-elle.

— Et alors ?

— Il était bien éméché.

— Que lui as-tu dit ?

— Rien. Je lui ai seulement posé quelques questions.

— Quoi comme questions ?

— Je lui ai demandé... s'il ne me cachait rien.

— À quel sujet ?

— Au sujet de Julia.

— De Julia ? Pourquoi donc ?

— Je ne sais pas.

— Il n'y a vraiment qu'elle qui compte ! J'en ai marre que tu ramènes tout à elle. Il ne s'agit pas de Julia, mais de moi, Heather, ton autre fille ! Tu te souviens de moi ?

191

— Heather, je t'en prie. Ta sœur a disparu...

— Julia n'a pas disparu.

— Quoi?

Heather baissa les yeux.

— Qu'est-ce que tu racontes? Tu sais où elle est?

— Non.

— Alors que veux-tu dire?

Heather leva les yeux vers sa mère à contrecœur.

— Je ne l'ai pas prise au sérieux. Je ne pensais pas qu'elle le ferait.

— Voyons, de quoi parles-tu? répéta Cindy d'une voix sourde. Dis-moi.

— C'est tellement idiot. Julia était furieuse que Duncan refuse de l'emmener. Elle l'a traité de noms d'oiseaux, elle lui a dit que c'était un égoïste et un ingrat. Et que s'il avait le culot de se faire entretenir, il pourrait au moins se rendre utile. Il a répondu qu'il n'était pas son chauffeur et elle lui a hurlé de foutre le camp. Alors moi, j'ai crié à Julia qu'elle foute le camp, elle aussi, qu'on en avait marre de supporter son sale caractère. Et elle m'a répondu qu'elle étouffait ici, qu'elle me détestait, que je lui empoisonnais la vie. Elle a ajouté qu'elle n'attendrait pas d'avoir économisé suffisamment pour prendre un appartement, qu'elle allait déménager, peut-être bien aujourd'hui, et qu'elle ne reviendrait même pas après l'audition.

Les mots martelèrent le cerveau de Cindy comme les poings d'un boxeur.

— Je ne l'ai pas crue une seconde.

— Pourquoi ne me l'as-tu pas dit plus tôt?

— Quand? Quand la police était là? Tu étais furieuse lorsque Fiona a suggéré que Julia avait peut-être eu besoin de respirer. Tu as dit qu'elle essayait de saboter l'enquête. Je n'ai pas voulu... si jamais... je ne savais pas...

Cindy avait du mal à saisir ce que ces révélations impliquaient. Julia serait-elle partie sur un coup de tête? Pouvait-elle se montrer à ce point vindicative, insensible? Avait-elle disparu uniquement dans le but de se venger?

Non, c'était impossible. Même furieuse contre sa sœur, même égocentrique et égoïste comme elle l'était, jamais Julia n'aurait osé être aussi cruelle avec sa famille. Elle serait peut-être rentrée plus tard afin de donner une leçon à sa sœur, elle aurait passé la nuit dehors à la rigueur, mais elle ne serait pas restée si longtemps sans donner signe de vie.

— Non, dit Cindy à voix haute. Julia n'aurait pas fait ça. Elle sait que nous nous serions inquiétés.

— Maman, réveille-toi! rétorqua Heather d'un ton véhément. L'unique personne dont se soucie Julia, c'est Julia. Elle...

La main de sa mère s'écrasa sur sa joue. La jeune fille, le souffle coupé, partit en arrière et tomba.

— Oh, ma chérie, je suis désolée! s'écria aussitôt Cindy en se précipitant vers elle.

La lune éclaira la bouche de la jeune fille. Une goutte de sang tachait le coin de ses lèvres comme du rouge mal appliqué.

— Non, laisse-moi!

Heather se releva et remonta les marches du patio en courant.

— Regarde la vérité en face, maman, dit-elle, les doigts agrippés à la porte coulissante, la seule chose que tu regrettes, c'est que je sois là et pas Julia!

La petite phrase dégringola l'escalier, ricocha sur la pelouse mouillée et percuta Cindy en plein front.

Cindy s'arrêta au pied des marches, trop faible pour bouger et trop hébétée pour chuter. Quand on recevait une balle dans la tête, on devait avoir cette sensation juste avant de s'effondrer, songea-t-elle. Heather avait disparu à l'intérieur de la maison.

Cindy leva la tête vers le mince croissant de lune, et chercha des étoiles dans le ciel couvert de nuages. Mais s'il y avait des étoiles, elles étaient bien cachées. Elle ramena machinalement les yeux sur la maison d'à côté.

Faith se tenait à la fenêtre de sa chambre et la regardait. Il faisait sombre. Elle ne pouvait distinguer son expression.

19.

Le téléphone sonna à sept heures, le lendemain matin, et tira brutalement Cindy d'un combat de boxe contre un adversaire sans visage. Elle tendit une main ensanglantée vers l'appareil, mais le cauchemar se dilua quand elle ouvrit les yeux et se dissipa totalement au son de sa propre voix.

— Allô ? articula-t-elle en essayant de prendre l'intonation claire de quelqu'un de bien réveillé.

Elle venait à peine de s'endormir.

— Cindy Carver ?

Elle s'assit et bouscula Elvis au pied du lit.

— Qui est à l'appareil ?

— Je suis Elizabeth Kapiza, du *National Post*. Je voudrais tout d'abord vous dire que je suis sincèrement désolée de ce qui est arrivé à votre fille.

— Quoi ! Que lui est-il arrivé ?

Cindy, affolée, attrapa la télécommande et alluma la télévision, puis passa rapidement d'une chaîne à l'autre. Son cœur battait à cent à l'heure. Il cherchait apparemment à s'échapper avant qu'une terrible nouvelle ne s'abatte sur lui.

— Rien, la rassura aussitôt Elizabeth. Il n'y a rien de nouveau.

Cindy retomba contre les oreillers, au bord de la nausée, le front moite.

— Je ne sais pas si vous savez ce que je fais, continua Elizabeth.

Cindy se représenta aussitôt la journaliste de trente-cinq ans, avec sa coupe à la garçonne et ses éternelles créoles en or, qui souriait sur tous les distributeurs de journaux de la ville.

— Je sais qui vous êtes.

Tout le monde connaissait Elizabeth Kapiza, sans avoir besoin de lire sa rubrique. Elle devait sa célébrité à un savant mélange de talent et de promotion personnelle qu'elle assurait en s'insinuant subrepticement dans chaque tragédie qu'elle couvrait, qu'il s'agît d'une affaire locale d'enfant violé ou d'un acte de terrorisme au retentissement international. En théorie, elle écrivait des articles sur la vie des autres. En réalité, elle ne parlait que d'elle.

— J'aurais aimé vous rencontrer.

— Il est sept heures du matin, lui rappela Cindy après un bref coup d'œil à son réveil.

— Je peux venir quand vous voulez.

— Et de quoi voulez-vous me parler ?

— De Julia, bien entendu, répondit la journaliste, et le nom coula si facilement de sa bouche qu'on aurait dit qu'elle la connaissait depuis toujours. Et de vous.

— De moi ?

— De l'épreuve que vous traversez.

— Vous n'en avez aucune idée.

Cindy balaya une larme indésirable tandis qu'une autre prenait déjà sa place.

— C'est justement ce que je veux que vous me racontiez, insista la journaliste.

Cindy secoua la tête comme si Elizabeth Kapiza pouvait la voir.

— Je n'en ai pas envie.

— Je vous en prie, je peux vous être utile.

— En exploitant ma fille ?

— Cindy ! (Cindy sentit son nom s'enrouler autour de ses épaules comme le bras d'un amant.) Plus on fait de publicité dans ce genre de drame, plus on a de chances de parvenir à un heureux dénouement.

Un heureux dénouement, répéta en elle-même Cindy. Depuis combien de temps ne croyait-elle plus aux heureux dénouements ?

195

— Je suis désolée. Je n'ai rien d'intéressant ou d'utile à dire.

— Vous êtes sa mère.

— Oui, acquiesça Cindy, incapable de prononcer un mot de plus.

— Voulez-vous au moins y réfléchir et me rappeler si vous changez d'avis ?

La journaliste lui communiqua son numéro au journal, puis ceux de son domicile et de son portable, et les répéta, pendant que Cindy les griffonnait sur le dos d'une boîte de Kleenex bien qu'elle n'eût aucune intention de la rappeler.

Elle avait à peine posé le pied par terre que le téléphone sonnait à nouveau. Cette fois, c'était un reporter du *Globe and Mail*, qui souhaitait qu'elle fasse une déclaration. Elle marmonna qu'elle voulait simplement que sa fille rentre à la maison saine et sauve, puis elle exprima le même vœu auprès des journalistes du *Star* et du *Sun* qui appelèrent tous les deux, juste après sa douche.

— Depuis combien de temps votre fille fait-elle du cinéma ? avaient-ils demandé. Pourriez-vous nous citer les films dans lesquels elle a tourné ?

Cindy repoussa ses cheveux trempés de son visage, puis enfila un jean et un T-shirt blanc, et descendit, suivie d'Elvis à qui elle alla ouvrir la porte d'entrée.

Le visage de Julia s'étalait à la une du *Globe* et du *Star* posés par terre. UNE ACTRICE DE VINGT ET UN ANS PORTÉE DISPARUE DEPUIS SIX JOURS, indiquait la légende de la photo en noir et blanc qu'elle connaissait bien.

Un nouvel appel : cette fois, Cindy l'ignora et revint à la cuisine où elle étala les journaux sur la table.

La police enquête sur la disparition de la ravissante actrice Julia Carver, 21 ans, dont on est sans nouvelles depuis jeudi dernier. Julia, fille de l'éminent avocat Tom Carver, n'a plus été revue depuis son rendez-vous avec le célèbre réalisateur Michael Kinsolving.

— La police enquête sur la disparition de la ravissante actrice, Julia Carver, 21 ans, dont on est sans nouvelles depuis jeudi dernier. Julia, fille de l'éminent avocat Tom Carver..., relut Cindy à voix haute tandis que le téléphone s'entêtait.

196

Elle écarta le *Globe* avec un petit sourire et prit le *Star*. Le téléphone cessa de sonner pour recommencer presque aussitôt. UNE ACTRICE DISPARAÎT MYSTÉRIEUSEMENT APRÈS UNE AUDITION, lut-elle sous la photo de Julia. *Julia Carver, 21 ans, la ravissante fille du célèbre avocat Tom Carver, n'a pas regagné son domicile à Toronto depuis le jeudi 29 août.*

— Non ! Cindy relut l'article à deux reprises.

La ravissante fille du célèbre avocat Tom Carver.

Fille de l'éminent avocat Tom Carver.

Julia n'avait donc qu'un parent ! Cindy sentit l'indignation la prendre aux tripes. Depuis quand avait-elle cessé d'exister, de compter ? À l'instar de sa fille, Cindy Carver avait disparu de la surface de la terre sans prévenir. Les journaux, en deux phrases lapidaires, l'avaient effacée du décor et balayée de la vie de sa fille.

Une fois de plus, Tom lui avait volé Julia. Et en l'occurrence, il n'était pas responsable.

La presse avait rendu le fait officiel : Julia était la fille de Tom Carver.

Pas un mot sur sa mère.

Le téléphone se tut.

— Je n'existe pas, dit-elle à Elvis qui, en guise de réponse, leva la patte sur le pied de la chaise.

Cindy considéra l'affreux terrier de sa fille, sans savoir si elle devait rire ou pleurer. Elle épongea avec des serviettes en papier, assumant tranquillement la responsabilité du regrettable comportement du chien. C'était sa faute, finalement. Elle aurait dû le sortir. Elle était aussi mauvaise mère pour Elvis qu'elle l'avait été pour Julia.

— Julia Carver, murmura-t-elle, en contemplant le portrait de sa fille à la une des journaux. La fille de Cindy, bon sang ! Hors de question qu'on m'ignore, ajouta-t-elle intérieurement. Je refuse de disparaître.

Je ne pense pas que je puisse vous dire quoi que ce soit d'utile, avait-elle déclaré à Elizabeth Kapiza.

Vous êtes sa mère.

Cindy se leva et composa rapidement le numéro qu'elle avait griffonné sur le dessous de la boîte de Kleenex et dont, bizarrement, elle se souvenait.

— Elizabeth Kapiza, demanda-t-elle à l'employée qui répondit tout de suite. De la part de Cindy Carver.

— Quand puis-je vous voir ? dit la journaliste.

— Que diriez-vous de neuf heures ?

À huit heures et demie, Cindy s'était déjà changée trois fois et en était à sa quatrième tasse de café.

— Tu es ravissante, approuva sa mère en entrant dans la cuisine, élégamment vêtue elle-même d'un camaïeu de bleus. C'est un nouveau chemisier ?

Cindy lissa le devant du corsage en soie rose qu'elle avait acheté sur un coup de tête chez Andrew's, l'été précédent. Elle ne l'avait jamais porté. Elle trouvait que ce n'était pas son style. Maintenant qu'elle n'existait plus aux yeux des autres, ça lui allait peut-être bien ? Elle boutonna le col.

— Veux-tu prendre un petit déjeuner ?

— Un café me suffira pour l'instant, répondit sa mère en se servant. Qui appelait à une heure aussi matinale ?

— Personne d'intéressant.

Norma haussa les épaules.

— J'en déduis qu'il n'y a rien de nouveau.

Cindy poussa les journaux vers elle.

— Regarde par toi-même.

Norma lut les gros titres des deux quotidiens.

— Mon Dieu ! soupira-t-elle en se laissant tomber sur une chaise.

— Elizabeth Kapiza doit venir m'interviewer dans une demi-heure.

— Crois-tu que ce soit bien raisonnable ?

— J'ai appelé la police et ils m'ont dit qu'ils n'y voyaient aucun inconvénient tant que je ne parlais pas de l'enquête. Au contraire, ça pourrait même être utile.

Sa mère but lentement son café et passa une main tremblante sur le portrait de sa petite-fille.

— Où Heather part-elle de si bonne heure ?

Cindy dévisagea sa mère d'un air interrogateur. De quoi parlait-elle ?

— Quand je me suis levée, elle faisait ses bagages.

— Ses bagages ? Mais qu'est-ce que tu racontes ?

Cindy se précipita dans le couloir. Heather apparaissait justement au sommet de l'escalier, un sac de voyage à la main.

— Qu'est-ce que tu fais ?

— Je vais quelques jours chez papa.

Heather descendit lentement les marches et lâcha son sac, arrivée en bas. Elle agita la main en direction de sa grand-mère.

— Bonjour, mamie.

— Bonjour, ma chérie.

— Pourquoi fais-tu ça ? demanda Cindy.

— Qu'y a-t-il ?

Les yeux de Norma allèrent de sa fille à sa petite-fille.

— C'est un peu tendu ici. Je crois que maman a besoin de respirer. Et il y a longtemps que je ne suis pas allée chez papa. Je pars juste quelques jours.

— Heather, je t'en prie, si c'est à cause de cette nuit...

— Que s'est-il passé ? répéta Norma.

— J'ai déjà appelé papa. Il doit venir me prendre d'une minute à l'autre.

— Tu sais bien que je suis désolée. Je ne voulais pas te gifler.

— Tu l'as giflée ? s'exclama Norma.

— Ce n'est pas pour ça, dit Heather.

— Alors pourquoi ?

Heather hésita, elle avait les larmes aux yeux.

— J'ai pensé que ça serait mieux pour tout le monde si je prenais un peu de distance.

— Pas pour moi, protesta Cindy.

Heather hésita à nouveau, le corps tendu vers sa mère.

— J'ai déjà prévenu papa.

— Rappelle-le.

La sonnette de la porte d'entrée retentit.

— Je t'en supplie, ma chérie, continua Cindy en suivant sa fille. Dis-lui que tu as changé d'avis. Il comprendra.

Heather prit une profonde inspiration et ouvrit la porte. Leigh entra en trombe.

— Je suppose que vous avez lu les journaux !

— Que se passe-t-il ? demanda Cindy en observant d'un œil méfiant la petite valise en cuir que sa sœur venait de déposer à ses pieds.

— Ça fait une heure que j'essaie de t'avoir. Ou c'est occupé ou ça ne répond pas. De guerre lasse, j'ai dit à Warren que je ne pouvais pas rester dans l'incertitude, qu'il devrait se débrouiller sans moi quelque temps. Je resterai ici jusqu'à ce que les choses s'éclaircissent.

— Non, ce n'est pas nécessaire ! assura aussitôt Cindy.

— Heather et Duncan n'auront qu'à s'installer en bas. Je suis sûre qu'ils accepteront. J'ai le dos trop fragile pour dormir dans un convertible.

— En fait, je vais passer plusieurs jours chez papa, dit Heather.

— Ça ne pouvait pas mieux tomber.

Au moment où Cindy s'apprêtait à protester, deux coups de klaxon retentirent à l'extérieur.

Heather se pencha par la porte ouverte et vit apparaître la Jaguar verte de son père.

— Je t'en prie, la supplia Cindy une dernière fois.

— Ne t'inquiète pas, maman. Tout ira bien. Je t'appellerai plus tard.

Heather l'embrassa du bout des lèvres et dévala les marches du perron ; elle jeta le sac sur le siège arrière de la voiture de son père et grimpa à l'avant, à côté de lui.

((Flash-back : Julia porte sa nouvelle valise Vuitton jusqu'à la BMW de son père, attend qu'il l'ait mise dans le coffre puis se glisse sur le siège avant, près de lui.)

Cindy regarda la voiture s'éloigner.

Elle était toujours debout sur le pas de la porte, le regard perdu sur la rue déserte, quand Elizabeth Kapiza apparut à neuf heures tapantes, son magnétophone à la main, son photographe sur les talons.

L'ANGOISSE D'UNE MÈRE
par Elizabeth Kapiza

Toronto, le 5 septembre – Elle est assise dans sa spacieuse maison, artistiquement décorée, du centre de Toronto, son visage livide ravagé par l'inquiétude et la peur, ses grands yeux expressifs gonflés de larmes. Son élégant chemisier en soie rose en est déjà taché. «Je suis désolée», ne cesse-t-elle de s'excuser, en tordant entre ses mains un mouchoir jetable en lambeaux. Elle m'offre un café et une brioche, s'enquiert de ma santé, me demande si je suis bien assise. Une mère typique, me suis-je surprise à penser. Hélas, Cindy Carver n'est pas une mère comme les autres.

Car elle est la mère de Julia Carver, la ravissante actrice de vingt et un ans qui a disparu il y a une semaine, fille du célèbre avocat Tom Carver, dont Cindy est divorcée depuis sept ans. Cindy sourit lorsque je mentionne le nom de son ex-mari, et à l'évidence, quels qu'aient pu être leurs anciens griefs, la disparition de leur fille les a énormément rapprochés.

Il est également évident que la beauté est un trait familial, car Cindy Carver, malgré l'angoisse qui la ronge, reste, à quarante-deux ans, une très belle femme. Alors qu'elle est assise sur le bord d'un de ses délicieux canapés en cuir fauve, on retrouve Julia dans sa façon d'incliner la tête, dans ses lèvres joliment charnues, dans la détermination de son regard. «Ma fille reviendra à la maison», dit-elle, et je voudrais tant la croire. Hélas, les jeunes filles qui disparaissent reviennent rarement chez elles. Et quand on les retrouve, c'est au fond d'une tombe sommaire, à même la terre, après des semaines, des mois, voire des années, de recherches éprouvantes... Il suffit de se souvenir des sinistres découvertes dans cette horrible ferme de Colombie-Britannique, ou de la récente série de kidnappings dans le sud, à deux pas de nos frontières. Il suffit de prononcer les noms d'Ambre et de Chandra. Prions le ciel que jamais le nom de Julia ne soit ajouté à cette liste.

« À votre avis, qu'a-t-il pu arriver à votre fille ? » ai-je doucement demandé, en pensant à ma bambine de cinq ans, bien en sécurité chez moi.

Cindy secoue la tête, les yeux embués de nouvelles larmes, incapable de formuler une réponse, d'énoncer à voix haute ce qui doit lui traverser l'esprit, que son adorable fille aînée, a été victime de cette violence insensée qui, hélas, fait désormais partie de la vie de nos grandes villes, que son doux sourire a pu être mal interprété par un esprit dérangé, que son exubérance naturelle a pu attirer l'attention d'un aliéné.

« Julia possède une telle vitalité, s'émerveille sa mère. Elle déborde d'énergie. C'est une passionnée à qui tout réussit, quoi qu'elle tente. »

Julia, d'après sa plus grande admiratrice, est une actrice extrêmement douée dont les compétences et la beauté n'ont d'égale que sa volonté de réussir. Effectivement, selon l'avis même du célèbre réalisateur Michael Kinsolving, grand connaisseur en talents, qui non seulement a auditionné Julia le matin de sa disparition, mais serait le dernier à l'avoir vue, Julia a tout pour devenir une star. « Un jeu extraordinaire, a-t-il confié plus tard lors d'un cocktail. Une fille splendide, évidemment. Avec ce petit truc en plus qui fait les vedettes. »

Et que pense la mère de Julia des rumeurs d'idylle entre ce don juan vieillissant et la jeune starlette ?

« C'est ridicule ! s'offusque-t-elle. Ils ne se connaissaient pas avant cette audition. » Ne croit-elle pas que le réalisateur pourrait être lié d'une manière ou d'une autre à la disparition de sa fille ? « C'est inconcevable... » Sa voix se brise. Immédiatement sa mère et sa sœur, venues s'installer chez elle jusqu'au retour de Julia, se précipitent, écartent quelques mèches de son visage et la serrent dans leurs bras. Ah, la famille ! me suis-je émerveillée en m'éclipsant discrètement, pressée de retrouver ma fille et son petit frère de trois ans. Je m'imagine déjà leurs sourires ravis, leurs petits bras tendus vers moi. Comme j'ai de la chance ! ai-je songé, douloureusement impatiente de les serrer contre moi. Ce soir, quand je les borderai dans leur lit, je leur demanderai de faire une petite prière pour Julia.

Et aussi pour sa mère.

20.

Le samedi matin, la disparition d'une autre jeune fille fut signalée.

Comme Julia, on la disait grande, blonde et belle. D'après la photographie publiée en première page des quatre principaux journaux de Toronto, elle semblait affectée d'un léger strabisme. Elle s'appelait Sally Hanson, elle avait trois ans et cinq kilos de plus que Julia. Depuis la fin de ses études à Queen's University, il y avait deux ans, elle travaillait au service éditorial du magazine *Toronto Life*, et, selon les témoignages hâtivement recueillis auprès de ses collègues, c'était une fille ouverte et sympathique.

Comme Julia, Sally Hanson venait de rompre avec son petit ami, qui était prié de contacter la police de toute urgence. Il s'était éclipsé à moto lorsque les parents de la jeune fille, inquiets, s'étaient rendus à son appartement.

Comme Julia, Sally avait disparu un jeudi, et comme Julia c'était une passionnée de cinéma. Elle avait choisi ses dates de vacances en fonction du Festival du film. Elle avait acheté trente tickets et, d'après sa mère, se réjouissait de voir trois films par jour pendant le festival. Parmi sa sélection figurait *Lost*, le dernier long métrage fort attendu de Michael Kinsolving.

Pourtant, malgré les points communs surprenants, la police refusait d'établir un lien entre les deux affaires.

« Nous n'avons aucune raison de penser qu'il puisse y avoir un rapport entre les disparitions », aurait dit un certain lieutenant Petersen. Le *Globe* et le *Post* se faisaient largement l'écho de cette opinion, tandis que le *Star* publiait un long article où il comparait l'existence des deux jeunes femmes et les événements précédant leur absence. Le *Sun* était le seul à poser une question pourtant évidente : UN TUEUR EN SÉRIE SÉVIRAIT-IL AU FESTIVAL INTERNATIONAL DU FILM DE TORONTO ?

— Ne lis pas ces âneries, dit Leigh en arrachant le tabloïd des mains de sa sœur

— Hé, rends-le-moi !

Cindy se leva d'un bond et récupéra son journal au moment où sa sœur allait le mettre dans la poubelle, sous l'évier.

— Vraiment, Cindy, je me demande ce que tu cherches ! protesta Leigh.

Elle avait adopté, sans s'en rendre compte, une posture de leur mère, les jambes légèrement écartées, les mains sur les hanches, le menton baissé, les yeux levés comme si elle regardait par-dessus des lunettes de lecture. Elle portait un tailleur bleu ciel peu flatteur qui lui aplatissait la poitrine et lui élargissait le bassin, avec un serre-tête assorti qui lui tirait les sourcils vers le front et lui donnait un air vaguement dérangé.

— Je veux le lire, c'est tout.

— À quoi bon ? Tu vas t'inquiéter pour rien.

Cindy haussa les épaules.

— Ce ne sont que des spéculations, de toute façon, marmonna Leigh.

— Je sais.

— Je suis sûre que si la police pensait qu'il y a un lien entre les deux affaires, elle le dirait.

Cindy dévisagea sa sœur, en essayant de digérer cette dernière déclaration. Depuis quand Julia avait-elle perdu sa condition d'être humain au point de n'être plus qu'une « affaire » ?

Le téléphone sonna.

Leigh se précipita.

— Je prends ! Allô ? (Immédiatement son visage s'obscurcit.) Qui est à l'appareil ?

— Qui est à l'appareil ? répéta Cindy.

— Pauvre malade !

Leigh raccrocha précipitamment.

— Qui était-ce ? demanda Cindy plus amusée qu'effrayée par la réaction de sa sœur.

— Quelle importance ? Ils sont tous pareils.

— Qu'a-t-il dit, celui-là ?

— Les horreurs habituelles.

— C'est-à-dire ?

— Je tiens votre fille. Je vais la couper en petits morceaux. Et patati et patata.

Cindy secoua la tête, déconcertée. Mais au fond cette cruauté ne l'étonnait plus. Les policiers l'avaient mise en garde contre les cinglés et les pervers qui adoraient se repaître du malheur d'autrui. *Raccrochez,* lui avaient-ils conseillé. *Ou mieux encore, ne répondez pas.* Parfois, Cindy suivait leurs conseils. Pas toujours.

Dix minutes plus tard, le téléphone sonna à nouveau.

— Je prends.

Cette fois Cindy fut plus rapide que sa sœur.

— Franchement, Cindy, tu as failli me faire tomber !

— Allô ?

— Salut, vous ! dit une voix féminine inconnue.

Une voix à la fois rauque et claire, rassurante et effrayante, étrange et familière. Et manifestement déguisée. Pourquoi ? Quelqu'un qu'elle connaissait ?

— Qui êtes-vous ?

— Avez-vous lu les journaux du matin ?

— Qui est à l'appareil ?

— Ils pensent que Julia a pu être victime d'un tueur en série.

— Qui est-ce ! s'impatienta Leigh. Que dit-il ?

— C'est bien fait pour elle, continua la voix. Votre fille est une salope. Ce n'est qu'une sale petite pute.

Un cri aigu perça soudain le tympan de Cindy à travers l'écouteur.

— Mon Dieu !

Elle sentit son visage se vider de son sang. Elle avait identifié le hurlement.

— Pour l'amour du ciel, Cindy, la gronda Leigh, raccroche ce satané téléphone !

Cindy retint son souffle, à l'affût d'un nouveau cri. En vain. Aucune importance. Cindy l'avait reconnu.

C'était un bébé qui pleurait.

— Faith? chuchota-t-elle.

La communication fut coupée.

Cindy se précipita vers la porte d'entrée.

— Où vas-tu, Cindy? Où vas-tu?

La voyant franchir la haie qui les séparait des voisins, Leigh se lança à sa poursuite et l'attrapa par le bras. Cindy essaya de se libérer, mais les doigts de Leigh s'accrochèrent comme une liane tenace.

— Lâche-moi!

Elle se dégagea violemment et monta l'escalier des Sellick en courant, sans se retourner. La porte s'ouvrit au moment où elle atteignait la dernière marche.

— Cindy!

Faith, visiblement surprise de la voir, referma la porte et ajusta le porte-bébé ventral en velours côtelé vert dans lequel Kyle dormait à poings fermés, en tétant voluptueusement sa tétine.

— Que se passe-t-il? Tu as du nouveau?

— C'est toi qui viens de m'appeler?

— Quoi?

— Est-ce que tu m'as appelée?

— Non. Pourquoi?

— Ce n'est pas toi qui viens de me téléphoner?

— Que se passe-t-il?

Faith posa un regard interrogateur sur Leigh, au bas de l'escalier.

Leigh leva les bras au ciel, l'air de dire : « J'aimerais le savoir! »

— Je viens d'avoir un appel anonyme et il y avait un bébé qui pleurait dans le fond.

— Ah, je comprends! (Faith sourit, et caressa tendrement le dessus de la tête de son nourrisson.) Eh bien, ce n'était pas Kyle. Tu ne le croiras jamais mais il a dormi comme un ange toute la matinée. Je pense que le mauvais cap est passé. Ça va, Cindy? Tu n'as pas l'air dans ton assiette.

— Viens, Cindy, dit Leigh. Laisse la police s'occuper de ça.

— La police ? demanda Faith.

— Ils ont mis mon téléphone sur écoute.

— Sur écoute ! Pourquoi ?

— Nous recevons des tas de coups de fil de cinglés, expliqua Leigh. Ce qui arriverait moins souvent si ma sœur voulait bien s'abonner au service de présentation du numéro. Nous allons rentrer par le chemin normal, si tu veux bien, ajouta-t-elle en guidant Cindy vers l'allée.

— Je suis désolée de t'avoir bousculée.

— J'ai déjà oublié.

— Elle a failli me casser le bras, tellement elle m'a secouée, se plaignit Leigh à sa mère.

Norma revenait de promenade avec le chien.

— Tu t'es battue avec ta sœur ? demanda-t-elle à Cindy d'un ton incrédule. Décidément, je ne peux pas vous laisser une seconde ! Mmm, qu'est-ce qui sent si bon ?

— J'ai fait un gâteau au citron, répondit Leigh.

La sonnerie se fit à nouveau entendre.

— Ne réponds pas ! lança Leigh.

— C'est peut-être Julia, dit Cindy, pleine d'espoir.

— Tu le saurais si tu t'abonnais au service de présentation du numéro, maugréa sa mère.

Cindy se prépara au pire.

— Comment vas-tu ?

C'était Meg. Elle avait la voix hachée et parlait visiblement en courant. Cindy se la représenta au pas de course dans Bloor Street, passant dare-dare d'une projection à l'autre, pour ne rien manquer. Le festival avait commencé depuis deux jours, et, même si ni Meg ni Trish ne l'avaient mentionné, Cindy savait que ses deux amies y assistaient sans elle.

La vie continuait, c'était normal, songea-t-elle. Elle regrettait de ne pouvoir figer le temps aussi facilement qu'on arrête une image sur la télévision, d'une simple pression sur un bouton.

Elle ne devait pas mal les juger et ne pouvait pas leur demander de tout laisser tomber, d'abandonner leurs projets, de suspendre le cours de leur existence pour un problème qui ne les concernait pas directement. Elle n'avait pas le droit de leur reprocher de continuer à profiter de la vie, de rire, de l'oublier pendant des heures d'affilée. Non, il ne fallait pas. N'empêche qu'elle leur en voulait.

— J'ai lu dans le journal qu'une autre jeune fille avait disparu, reprit Meg, alors qu'une voiture klaxonnait derrière elle. Que te dit la police ?

Cindy resta silencieuse.

— Écoute, tu vas finir par devenir folle à rester enfermée chez toi. Pourquoi ne viendrais-tu pas au cinéma avec nous ?

— Au cinéma ?

— Je sais combien ça doit te paraître frivole mais n'imagine surtout pas que c'est de l'insensibilité de ma part. Ça te ferait le plus grand bien de sortir un peu, de t'aérer, de te séparer de ta mère, de ne plus penser à rien.

— Tu crois que c'est aussi facile que ça ?

Meg poussa le soupir des éternels incompris.

— Non, évidemment. Ce n'est pas ce que je voulais...

— Je sais. Excuse-moi.

— Tu promets d'y réfléchir ?

— Promis, dit-elle, bien décidée à n'en rien faire.

— Appelle-moi sur mon portable. Je l'ai toujours sur moi.

Cindy sourit au souvenir des tollés des aficionados du festival quand un portable sonnait en pleine projection.

— Je t'aime, dit Meg.

— Moi aussi, je t'aime.

Sa mère et sa sœur la dévisageaient, prêtes à bondir au premier signe de faiblesse. Depuis son malaise, elles se tenaient en alerte. Cindy se demanda si on la regarderait un jour de nouveau normalement, sans pitié, sans crainte.

Elle secoua la tête pour chasser ses idées noires. Meg avait raison : elle allait devenir folle à rester enfermée. Elle avait besoin d'air.

— Je monte me doucher, annonça sa mère. Si tu t'allongeais un moment ?

— Je ne suis pas fatiguée.

— Tu es sûre ? insista Leigh alors que leur mère quittait la pièce.

Cindy se laissa tomber sur une chaise tandis que sa sœur préparait le glaçage du gâteau.

— Tu n'es pas forcée de faire ça, dit-elle.

— Je sais.

— As-tu eu Warren aujourd'hui ?

— Bien sûr.

— Il doit commencer à trouver le temps long.

— Non, non. Il va passer.

— Ça va ?

— Que veux-tu dire ?

— Entre vous ?

— Bien sûr ! Pourquoi ça n'irait pas ?

— Je ne sais pas. Je posais simplement la question.

— Tout va bien.

— Tant mieux.

— Warren est un bon mari. Ce n'est peut-être pas le gars le plus excitant de la planète, contrairement à Tom...

— Dieu merci !

— Mais il est gentil et correct, et il ne m'a jamais trompée.

— Loin de moi l'idée de...

— Je ne comprends pas pourquoi tu me poses cette question.

— Je suis désolée, je ne voulais...

— C'est juste ce mariage. Tu connais, ça met les gens dans un état de nerfs...

— Bien entendu.

— En plus, ça va nous coûter une fortune et les parents du fiancé ne nous aident absolument pas, je te l'avais dit ?

— Oui.

— Tout ça crée une légère tension, c'est sûr. Surtout depuis que Julia a disparu, on ne sait plus où on en est.

— Je suis désolée.

— Il ne faut pas t'inquiéter. Entre nous, ça va bien.

— Tant mieux.

La sonnette de la porte retentit.

— J'y vais !

Cindy courut ouvrir, un peu dépassée par ce flot de paroles.

— Regarde qui c'est avant d'ouvrir ! lui lança Leigh.

C'étaient les inspecteurs Gill et Bartolli. Cindy scruta leurs visages en retenant son souffle.

— Pouvons-nous entrer ? demanda Bartolli.

— Oh, mon Dieu !

Cindy recula, une main plaquée sur la bouche.

— Qu'y a-t-il ?

Leigh se précipita vers elle.

— Rien, les rassura aussitôt Gill. Nous venons juste vous tenir informée de l'enquête.

— Julia ?

— Nous n'avons pas d'informations nouvelles.

— Pouvons-nous entrer ? répéta Bartolli.

Elvis lui faisait joyeusement la fête.

Cindy les conduisit au salon et leur fit signe de s'asseoir. Elle entendait l'eau de la douche qui coulait dans les tuyaux, au-dessus de sa tête.

— Je suppose que vous avez entendu parler de l'affaire Hanson, commença Gill en s'installant sur l'un des canapés en cuir.

— Croyez-vous qu'il y ait un lien ?

— Nous ne disposons pour l'instant d'aucun indice dans ce sens, s'empressa de répondre Bartolli.

— Mais ce ne serait pas impossible ?

— Oui, admit Gill. Nous étudions cette éventualité.

— Comment ça ? demanda Leigh.

Les deux inspecteurs se contentèrent d'échanger un regard et ne répondirent pas à la question.

— Nous avons eu plusieurs conversations avec Sean Banack, reprit Bartolli.

— Et ?

— Nous sommes en train de vérifier son alibi de jeudi dernier. Malheureusement, nous ignorons l'heure exacte de la disparition de votre fille...

— C'était entre onze heures quinze et seize heures trente, rappela Cindy.

— Oui, seulement cela représente un grand laps de temps. Et Sean ne peut fournir son emploi du temps que pour une partie de la journée.

— Alors arrêtez-le.

— Il nous faut des preuves, madame Carter.

— L'histoire qu'il a écrite...

— Ce n'est pas suffisant.

— Nous le faisons surveiller, précisa Gill.

— Et ?

— Sans résultat, jusqu'à présent.

— Avez-vous interrogé Lindsey Krauss ?

Bartolli feuilleta ses notes.

— Oui, ainsi que les autres personnes signalées par votre mari.

— Mon ex-mari.

— Votre ex-mari, excusez-moi. (L'inspecteur sourit d'un air penaud et se gratta l'oreille.) D'après plusieurs amis de Julia, elle aurait une liaison avec un homme marié.

— C'est absurde ! s'écria Leigh. Cindy, dis quelque chose !

— Avez-vous interrogé Ryan Sellick ? demanda Cindy.

— Il nie toute idylle avec votre fille.

— Vous le croyez ?

— Pourquoi douter de sa parole ?

Cindy haussa les épaules et raconta la conversation de la semaine passée avec les Sellick. Elle regarda l'inspecteur prendre des notes docilement et se demanda si elle pensait vraiment qu'il y avait une histoire entre Ryan et sa fille et si c'était Faith qui lui avait téléphoné ce matin. L'un des deux pouvait-il avoir joué un rôle dans la disparition de Julia ?

— Et Michael Kinsolving ?

— Nous n'avons aucune raison de le soupçonner.

— Il a quitté la ville juste après l'audition de Julia.

— Il assure s'être rendu à la campagne, en repérage pour son prochain film.

— Et c'est vrai ?

— Nous sommes en train de le vérifier.

Cindy baissa la tête.

— Donc, en résumé, nous n'avons pas progressé depuis la semaine dernière, hormis le fait qu'une autre fille vient de disparaître.

— Madame Carver...

— Je sais. Rien ne prouve que les deux cas soient liés.

Une heure plus tard, Cindy feuilletait le catalogue du Festival du film, allongée sur son lit. Dans la section intitulée *Les Maîtres*, elle s'arrêta sur la photographie d'une ambulance ou d'une voiture de police qui fonçait dans les rues sombres d'une ville, nimbée d'une lumière orangée, avec la silhouette d'une femme au premier plan. *Lost*, annonçait la légende en dessous. *Le nouveau thriller de Michael Kinsolving traite des dessous de la société contemporaine, entre la jeunesse révoltée et l'effrayante génération qui l'a enfantée et élevée. Nous faisons la connaissance de Catherine, vingt-deux ans et déjà spécialiste de l'arnaque, et de sa sœur Sarah, de cinq ans sa cadette, grande adepte de la cocaïne et des hommes assez âgés pour être son père.*

Cindy referma le magazine et fouilla dans l'enveloppe de tickets que Meg lui avait laissée, puis elle feuilleta le guide des horaires à la recherche de *Lost. Ce soir, dix-neuf heures cinquante, au Uptown I*, lut-elle.

— Allô ? répondit Meg, à voix basse. C'est toi, Cindy ?

Cindy se la représenta, tassée sur un fauteuil de cinéma, dans le noir, sous le regard furieux des autres spectateurs.

— Je te retrouve à l'intérieur du cinéma à sept heures, annonça Cindy, avant de raccrocher précipitamment, de peur de changer d'avis.

21.

L'Uptown I était déjà bondé lorsque Cindy arriva, juste après sept heures. Elle chercha ses amies dans la grande salle démodée, et pria le ciel de ne pas tomber sur d'autres connaissances. *Vous n'allez pas me croire ! Sa fille a disparu depuis une semaine, Dieu seul sait ce qu'elle est devenue, et pendant ce temps-là elle va au cinéma !* Et ils auraient raison. Elle-même se demandait bien ce qu'elle fichait là. Pensait-elle sérieusement glaner une quelconque information dans le dernier film de Michael Kinsolving ? Découvrir de mystérieux indices qui lui permettraient de retrouver sa fille ? Pénétrer l'esprit torturé du réalisateur ? Elle avait peut-être besoin uniquement d'un prétexte pour sortir de chez elle ? Fuir sa mère, sa sœur ou le chien... Quel est mon but ? s'interrogea-t-elle, avant de tourner brutalement les talons, affolée par la salle pleine à craquer. Elle déboucha dans le foyer tout aussi comble et s'arrêta net devant une longue table couverte de sushis et de canapés exotiques.

— Que puis-je vous servir ?

Une jeune serveuse la regardait d'un air interrogateur, derrière le buffet.

Cindy s'aperçut brutalement qu'elle mourait de faim. Elle n'avait rien mangé depuis le petit déjeuner, malgré l'insistance de sa sœur. Elle avait ensuite plaidé l'épuisement lorsque Warren les avait invitées au restaurant, et avait insisté pour que sa mère et sa sœur sortent sans elle. À peine étaient-ils partis qu'elle s'était ruée dehors. Elle avait laissé une note laconique pour les rassurer : *Je vais prendre un peu l'air. Je reviendrai à dix heures.* Elles s'inquiéteraient de toute façon, songea-t-elle, le ventre contracté par les remords. Elle décida de grignoter et de rentrer. Quelle erreur de venir ici! Où avait-elle la tête?

— Ce sont des sandwichs à quoi? demanda-t-elle à la pâle jeune femme dont le badge indiquait qu'elle travaillait bénévolement.

— Pain complet, tomates, *havarti* et avocat.

Cindy opina et sentit sa bouche saliver tandis qu'elle sortait son porte-monnaie.

— Non, laissez. Je m'en charge, dit un homme derrière elle.

Cindy se retourna et reconnut Neil Macfarlane.

— D'où sortez-vous? s'écria-t-elle, sidérée de le voir.

— Nous sommes assis au fond, répondit-il avec un geste vers l'auditorium. Meg allait vous appeler quand elle vous a vue faire demi-tour.

— Je ne savais pas que vous seriez là.

— Trish avait une place en plus. (Il esquissa un sourire et des fossettes se creusèrent aux coins de ses lèvres.) Elle m'a appelé pour me dire que vous veniez. J'espère que ça ne vous ennuie pas que je sois là. Sinon...

— Pas du tout!

— Parfait.

Il la prit par le coude et la conduisit dans un coin relativement plus tranquille du vieux hall aux murs couleur sang.

— Je vous ai téléphoné plusieurs fois...

— Oui, je sais. Je suis désolée de ne pas vous avoir rappelé. Mais je mène une vie de folle.

Pourtant ce n'est pas l'envie qui m'en a manqué, continua-t-elle intérieurement.

— Vous ne me devez aucune explication, Cindy.

— Merci.

Elle sourit, réprimant l'envie de lui caresser la joue. Ses yeux avaient-ils toujours été aussi bleus? Elle se força à détourner le regard.

— Vous êtes prête à reprendre un bain de foule?

Cindy redressa les épaules et prit une profonde inspiration.

— Allons-y.

La salle était déjà plongée dans l'obscurité. Neil lui fit monter l'escalier jusqu'à la rangée où les attendaient Meg et Trish. Les trois amies s'embrassèrent avec effusion.

— Ça va ? s'inquiéta Meg en lui prenant la main. Je suis tellement contente que tu sois venue.

— Nous avions peur que tu te dégonfles, ajouta Trish.

— J'ai failli.

— Ça ne t'ennuie pas... pour Neil ?

— Non, pas du tout.

— Chut ! (Des spectateurs devant eux se retournèrent.)

Une lumière venait de traverser la scène pour s'arrêter sur une silhouette solitaire, debout sur la gauche de l'écran géant, saluée aussitôt par quelques applaudissements.

— Bonjour, je m'appelle Richard Pearlman, et je suis l'un des organisateurs du festival de cette année. Je voudrais tout d'abord remercier nos sponsors, annonça-t-il avant de les énumérer courageusement. Ce soir nous avons l'immense privilège d'accueillir la première de *Lost*, le dernier film de Michael Kinsolving, stupéfiant de profondeur et de vérité. Et nous avons également l'honneur d'avoir Michael Kinsolving en personne parmi nous.

Un murmure de ravissement parcourut l'assistance, comme une brise caressant un champ de blé...

— Mesdames et messieurs... Michael Kinsolving !

Sous un tonnerre d'applaudissements enthousiastes, le célèbre réalisateur bondit sur la scène et agita les bras. Il était vêtu de ses éternels T-shirt et jean noirs. Il mit sa main en visière pour regarder la salle.

Peut-il me voir ? se demanda Cindy, déchirée entre l'envie de se pencher en avant et celle de s'enfoncer dans son siège.

— J'espère que vous aurez encore l'envie d'applaudir après la projection. (Le public éclata de rire.) Que puis-je vous dire ? J'adore ce festival. J'adore cette ville. D'ailleurs, comme vous le savez peut-être, j'y tournerai mon prochain film. (Nouveaux applaudissements.) Nous avons essayé de faire quelque chose de différent avec *Lost* et j'espère que vous allez aimer. Quoi qu'il en soit, vous pourrez me poser des questions après la projection. (Applaudissements). Amusez-vous bien.

Il sauta de la scène et le projecteur s'éteignit. Amusez-vous bien, répéta en elle-même Cindy. Sur une musique lancinante, apparaissait à l'écran un groupe de danseurs fantomatiques à moitié nus, dont les bras et les jambes étaient peints comme un clap de cinéma, rayures noires et blanches. Il s'agissait de la bande-annonce du festival de l'année. Ensuite, il y eut plusieurs promotions, puis le film commença.

Cindy se rencogna dans son siège et Meg lui pressa la main. Qu'est-ce que je fais là? se demanda-t-elle une fois de plus en regardant défiler le générique sur fond de rue déserte.

(Images : Cindy dans la chambre de la maison sur Balmoral Avenue, un mois avant le départ de Tom. Il est un peu plus de vingt-deux heures et il vient à peine de rentrer. Cindy l'a attendu toute la soirée, décidée à remettre leur mariage sur les rails, prête à accepter une part de responsabilité. Elle est sûrement trop exigeante, trop coléreuse puisque Tom ne cesse de le répéter. Ils sont mariés depuis dix-sept ans, presque la moitié de sa vie. Ils étaient encore des enfants à l'époque où ils se sont enfuis ensemble. Toute son existence d'adulte a été liée à celle de Tom. Serait-elle capable de vivre sans lui? Et que se passerait-il pour leurs deux adorables filles, si jamais elle ne réussissait pas à recoller les morceaux? Elle n'espérait pas le faire changer de comportement, mais se sentait capable de modifier le sien. Elle pouvait témoigner à Tom l'amour et le respect qu'il attendait, même s'il ne les méritait pas toujours. Ce soir, elle a décidé de porter une nouvelle nuisette en satin rouge avec des talons aiguilles. Elle sait qu'il a toujours admiré ça sur les autres femmes.

Il invoque la fatigue tandis qu'elle se blottit dans ses bras et défait sa cravate. Elle sent un parfum sur sa peau. Pourtant, avec une obstination acharnée, elle ferme les yeux et pose ses lèvres sur celles de son mari. Elle sent le rouge à lèvres d'une autre, lutte contre l'envie de vomir, refoule une sensation de nausée tandis que le corps de Tom commence lentement, avec réticence, à répondre à ses avances. Bientôt, ils se retrouvent sur le lit. Il dégrafe son pantalon, soulève sa nuisette, mais sans la voir. Il l'a à peine regardée depuis qu'il est rentré. Elle n'existait plus à ses yeux... Est-ce que tu me vois? se demande-t-elle, se sentant engloutie sous son poids, et perdant de sa réalité avec chaque coup de reins.

— Regarde-moi, ordonne-t-elle brutalement.

Elle le saisit par le menton pour le forcer à lever les yeux vers elle. La dureté de sa voix les prend l'un comme l'autre au dépourvu. Immédiatement, elle le sent perdre tout désir. Il s'écarte d'elle avec dégoût.

Elle tente de s'excuser mais des explications elle saute aux récriminations puis aux accusations. Et c'est la dispute, la même depuis des semaines, des mois, des années.

— À quoi espères-tu arriver quand tu me dis des âneries pareilles? demande-t-il. Vraiment, Cindy! *Quel est ton but?*)

Je ne sais pas, reconnut-elle. Elle regarda le visage d'une jeune femme envahir l'écran, ses cheveux noirs scintillant sous la lumière. Des diamants dans la nuit. Les lèvres pleines de l'actrice frémissaient. Ses immenses yeux couleur café détaillaient la rue déserte. Je ne sais plus rien, pensa Cindy. La jeune femme entrait maintenant dans un café miteux sous l'œil lubrique des clients, jeunes et vieux.

Quelqu'un aurait-il vu Julia? demanda-t-elle au groupe curieusement assorti.

Cindy étouffa un cri et laissa tomber son sandwich.

— Qu'y a-t-il?

Neil se pencha vers elle. Meg lui serra les doigts.

Jimmy ne vient plus ici, répondit une voix.

Elle avait mal entendu, c'était Jimmy! Elle se plia en deux et sentit ses poumons se vider. Elle avait reçu un coup de poing dans le ventre : oui, c'était Jimmy, pas Julia.

— Ça va? s'inquiéta Trish.

Cindy hocha la tête, incapable de parler.

— Je vais vous chercher un autre sandwich, proposa Neil.

— Non, répondit-elle d'une voix enrouée, l'appétit envolé. Ça ira.

— Chut! dit quelqu'un derrière eux.

Le reste du film se déroula dans un flou miséricordieux. Cindy vit une succession de visages, un étalage de chair. Accompagnés de cris et de soupirs. Beaucoup de longs silences. Sexe, drogue et rock'n'roll. Amour, douleur et le satané tralala. À la fin de la projection, le public se leva comme un seul homme et hurla son plaisir.

— Il tient enfin un nouveau succès ! s'exclama Meg, qui se rassit sans cesser d'applaudir.

Cindy s'aperçut que ses yeux étaient restés rivés à l'écran mais n'avaient retenu aucune image. Elle avait entendu chaque mot, mais ne se souvenait de rien. S'il y avait eu un quelconque indice à relever dans le film, elle l'avait raté. Elle avait tout raté. Comme d'habitude.

Les lumières se rallumèrent. Richard Pearlman revint sur la scène.

— Mesdames et messieurs, voici de nouveau Michael Kinsolving.

Le metteur en scène s'inclina modestement sous une nouvelle ovation assourdissante.

— Cela vous a plu ?

Un rugissement monta de la foule, accompagné de sifflements perçants.

— Merci, dit le réalisateur, visiblement ravi de ce succès. Vous êtes très gentils.

Les applaudissements se turent. Richard Pearlman se penchait vers le micro.

— Michael a généreusement accepté de répondre à quelques questions.

Il regarda attentivement la salle. Peut-il me voir ? se demanda Cindy. Me voit-on encore ?

— Oui, dit Richard Pearlman. Vous, là-bas, au milieu.

Une grosse femme en pantalon léopard se leva.

— D'abord, je voudrais vous féliciter pour cet excellent film. J'ai été frappée malgré moi par certaines similitudes avec Dante...

— Du vent ! marmonna Trish.

— N'importe quoi ! ricana Meg.

— ... et j'aimerais savoir si vous avez consciemment cherché à réaliser un film plus littéraire ? conclut-elle.

— Plus littéraire ? répéta le réalisateur, visiblement amusé. C'est bien la première fois qu'on porte une telle accusation contre moi.

La salle éclata de rire.

— Oui ?

Richard Pearlman tendit le doigt vers un homme au deuxième rang.

— Combien de temps vous a pris le tournage du film?

— Un peu plus de trois mois.

— Où avez-vous trouvé l'actrice qui joue le rôle principal? cria une autre spectatrice sans attendre son tour.

— Monica Mason. Elle est géniale, n'est-ce pas? (Nouveaux applaudissements.) J'aimerais pouvoir répondre que je l'ai découverte au distributeur de boissons de Schwabs, ou vous raconter une des fameuses légendes qui courent à Hollywood, mais en réalité, elle faisait partie des douzaines de jeunes actrices talentueuses auditionnées pour le rôle. Son agent l'a envoyée un après-midi, elle a lu le texte et nous l'avons engagée. Rien de bien sensationnel, je le crains.

Richard Pearlman fit signe à une dame d'un certain âge, au fond à droite.

— Oui?

— À propos de sensationnel, savez-vous où en est l'enquête sur les deux jeunes filles disparues?

— Oh, mon Dieu! murmura Cindy.

C'était peut-être pour entendre ça qu'elle avait attendu, qu'elle était ici!

— Non, répondit sèchement Michael. Je n'en sais pas plus que vous.

— Il paraît que l'une d'elles est actrice, continua la dame.

— Oui, en effet.

— L'avez-vous réellement auditionnée le matin de sa disparition?

— Oui, je crois.

Michael, mal à l'aise, se gratta le dessus du nez et se tourna vers Richard Pearlman pour l'appeler au secours.

— Pourriez-vous limiter les questions au film que nous venons de voir? dit Pearlman. Merci.

Il fit signe à une autre femme sur la gauche.

— Qu'est-ce qu'on ressent quand on se retrouve confronté à un interrogatoire de police? Avez-vous eu l'impression d'être projeté dans l'un de vos films?

Michael laissa échapper un petit rire contraint.

— Un peu, oui. D'autres questions sur *Lost*?

— Si on la retrouve, vous devriez lui donner le rôle! hurla un homme au dernier rang. Vous aurez ainsi une légende d'Hollywood à nous raconter la prochaine fois.

— C'est vrai, reconnut Michael au milieu des rires de l'assistance.

Une légende d'Hollywood, répéta Cindy, l'estomac retourné. La disparition de sa fille réduite à une anecdote amusante pour cinéphiles!

— Il faut que je sorte!

Elle se leva d'un bond, aussitôt suivie par Neil.

— Ça ne va pas? s'inquiéta Meg.

— Je dois y aller.

— Nous venons aussi, proposa Trish.

— Non.

— Je la raccompagne, dit Neil.

— Nous venons avec vous, insista Meg en les suivant dans l'escalier.

Cindy s'arrêta net et se retourna.

— Non. Je t'en prie.

— Tu es sûre?

Meg la dévisagea, les yeux remplis de larmes.

— Je t'appellerai demain.

— Le monsieur à la troisième rangée, dit Richard Pearlman alors qu'ils sortaient dans le hall.

— Votre interrogatoire par la police vous a-t-il fait changer d'avis sur Toronto?

— Tout le monde doit dormir, chuchota Cindy en ouvrant la porte de chez elle, une heure plus tard. Voulez-vous boire quelque chose?

— Non, ça ira, répondit Neil.

— Suivez-moi.

Cindy descendit sur la pointe des pieds l'escalier qui conduisait à l'entresol et, telle une adolescente qui regagne son domicile après l'heure autorisée, sursauta lorsqu'il craqua.

— Vous arrivez à voir?

Elle préférait ne pas allumer. La lueur de la lune qui filtrait par la fenêtre les guidait.

— Ça ira ! répéta-t-il.

Il la suivit vers le canapé de la salle de séjour et s'assit près d'elle.

— Merci pour le dîner. Je n'aurais jamais cru que j'avais si faim.

Cindy était contente que l'obscurité masque les taches du vieux canapé en velours côtelé. Elle sentit son visage s'empourprer en se souvenant que c'était un convertible deux places.

Et soudain elle se pencha vers lui, prit son visage entre ses mains et l'embrassa à pleine bouche. Sa langue cherchait la sienne. Elle se coucha sur lui, enfonça les mains dans ses cheveux et l'attira plus près. Il y avait encore trop d'espace entre eux : elle enroula ses jambes autour de ses hanches comme si elle espérait pouvoir quitter son propre corps pour se réfugier dans le sien. Elle avait besoin de l'air des poumons de Neil pour respirer.

— Oh, mon Dieu ! s'écria-t-elle en reculant brusquement. Qu'est-ce que je fais ? Qu'est-ce qui me prend ?

— Tout va bien, Cindy. Tout va bien.

— Mais non ! Je me vautre sur vous.

— Cindy, vous n'avez rien à vous reprocher, voyons.

— Qu'est-ce que vous allez penser de moi !

Neil la dévisagea dans la semi-obscurité.

— Je pense que vous êtes la femme la plus belle et la plus courageuse que je connaisse, répondit-il d'une voix douce.

— Courageuse ! (Cindy essuya du revers de la main les larmes qui roulaient sur ses joues.) Le courage implique un choix. Je n'ai rien choisi.

— Ce qui vous rend encore plus courageuse à mes yeux.

Cindy le considéra avec tristesse. De quelle planète débarquait-il ? Existait-il vraiment des hommes comme lui ?

— Faites-moi l'amour. J'ai vraiment besoin que vous me fassiez l'amour, ajouta-t-elle avec une vigueur retrouvée.

Neil ne dit rien et l'enveloppa simplement dans ses bras comme dans une cape. Il l'embrassa une fois, puis une autre, et la couvrit de baisers tendres, aussi légers sur sa peau que des ailes de papillon. Puis plus appuyés tandis que d'une main sûre, calme, sans précipitation, il la déshabillait en la caressant. Elle sentait la chaleur de ses doigts, la fraîcheur de sa langue et poussa un cri de joie lorsqu'il la pénétra. Peu à peu, elle sentit l'orgasme monter en elle. Elle essaya de le retenir, de prolonger le moment aussi longtemps que possible, jusqu'à ce qu'elle ne puisse plus rien contrôler. Et elle cria de nouveau, lui planta les ongles dans le dos, s'accrochant à lui comme à une bouée de sauvetage au milieu d'un océan menaçant. Puis ils s'écroulèrent l'un contre l'autre, le corps baigné de sueur.

— Ça va? lui demanda-t-il après quelques secondes de silence.

— Tu plaisantes?

Elle éclata de rire.

Neil rit à son tour, l'embrassa sur le front et la reprit dans ses bras.

— Merci, dit-elle.

— Là, c'est toi qui plaisantes!

Il l'embrassa encore et la remonta contre les gros coussins, leurs corps confortablement emboîtés l'un dans l'autre, leur respiration calmée.

Et soudain, on marcha au-dessus de leur tête, on alluma les lumières et des voix familières leur parvinrent.

— Je te dis qu'il n'y a personne, disait la mère de Cindy couvrant les aboiements d'Elvis.

— Et je te dis que j'ai entendu quelque chose, protesta Leigh. Y a quelqu'un?

— Y a quelqu'un? répéta Norma. Y a quelqu'un en bas?

Elvis se rua dans l'escalier et débaula dans la salle de séjour.

— Oh, mon Dieu! gémit Cindy en repoussant le chien qui lui faisait la fête alors qu'elle essayait de se rhabiller.

— Cindy? Cindy, c'est toi?

— Oui, maman, répondit-elle en enfilant son T-shirt tandis qu'Elvis sautait sur Neil. Tout va bien. Ne descends pas, ce n'est pas la peine.

— Mais qu'est-ce que tu fais en bas?

Le poids de deux personnes fit craquer l'escalier.

— Je vous en prie, ne descendez pas! les supplia Cindy en remontant son pantalon sur ses hanches.

222

Elle savait qu'elle parlait dans le vide : d'une seconde à l'autre, sa mère et sa sœur entreraient dans la pièce. « C'est impossible ! chuchota-t-elle à Neil. J'ai l'impression de revivre mes quinze ans quand elle m'a surprise avec Martin Crawley. »

— Comment ça, tu ne veux pas qu'on descende ? demanda Leigh d'une voix anxieuse. Mais qu'est-ce que tu fais dans le noir ?

Elle tendit la main, appuya sur l'interrupteur du plafonnier, mit une seconde à s'habituer à la lumière, une autre à comprendre que Cindy n'était pas seule.

— Oh !

— Que se passe-t-il ? s'inquiéta Norma, derrière elle.

— Je... je crois qu'on ferait mieux de remonter, bafouilla Leigh.

Mais sa mère lui barrait déjà le passage.

— Ne sois pas idiote. Qu'est-ce... ? Oh ! (Elle dévisagea Neil.) Oh ! excuse-moi, Cindy. Je ne savais pas que tu avais de la visite.

— Tu... tu te souviens de Neil ? bredouilla Cindy.

— Oui, bien sûr. Comment allez-vous, Neil ?

— Très bien, merci, madame Appleton.

— Bonsoir ! murmura Leigh.

— Je suis ravi de vous revoir, répondit Neil.

Personne ne bougea.

— Je crois qu'il est temps que je m'en aille, dit-il.

— Ne partez pas à cause de nous, protesta Norma.

— Il est tard. Je dois vraiment rentrer.

— Je te raccompagne.

Cindy le suivit dans l'escalier, talonnée par sa mère, sa sœur et le chien.

Elle referma la porte d'entrée et accompagna Neil jusqu'à sa voiture.

— Je suppose que nous ne nous reverrons plus, dit-elle avec un pauvre sourire alors qu'il se penchait pour l'embrasser.

— Martin Crawley se serait-il laissé décourager aussi facilement ?

Elle se mit à rire et attendit que sa voiture ait tourné le coin de la rue avant de revenir vers la maison. La porte s'ouvrit juste devant elle, sa mère et sa sœur l'attendaient sur le seuil, le chien entre elles.

— Ça rappelle le bon vieux temps, remarqua Norma avec un petit rire.

— Je vais nous faire du thé, dit Leigh.

22.

Meg appela Cindy dès sept heures, le lundi matin.

— As-tu lu le *Sun* d'aujourd'hui ?

Il y avait onze jours que Julia avait disparu.

Cindy baissa le combiné et regarda Elvis qui l'attendait devant la porte d'entrée.

— Non. Je n'ai pas encore mis le nez dehors. J'allais justement sortir le chien.

— Tu devrais peut-être laisser quelqu'un d'autre s'en charger.

— Pourquoi ? Que veux-tu dire ? Qu'y a-t-il dans le *Sun* que je ne dois pas voir ?

— Je pense simplement qu'il faut te préparer.

— À quoi ? Une nouvelle disparition ?

Elle n'avait rien vu dans les autres journaux.

— Il y a une photo de Julia à la première page.

— Encore ?

— Ce n'est pas la même. Elle est... euh... assez suggestive. Et il y en a d'autres à l'intérieur. Je ne sais pas où ils les ont trouvées...

Cindy lâcha le récepteur et courut vers la porte.

— Cindy ! (La voix de Meg l'appelait.) Cindy, tu es là ?

Elle entendit Elvis protester lorsqu'elle claqua la porte et courut vers la rue. De quoi Meg parlait-elle ? C'était quoi, l'histoire des photos ? Elle n'avait donné à la police que le portrait de Julia. Où avaient-ils pu en trouver d'autres ?

Arrivée devant le distributeur de journaux, au coin de la rue, elle recula horrifiée de voir la photo pleine page de sa fille qui la défiait d'un œil provocant.

La jeune fille narguait l'objectif, vêtue seulement d'un string noir, ses mains plaquées sur les seins d'un air faussement modeste.

LES ATTRAITS PERDUS DE JULIA, pouvait-on lire en légende.

Cindy tituba sous le choc. C'étaient les photos qu'elle avait découvertes dans l'appartement de Sean et que Tom avait fourrées dans son pantalon. Comment le journal se les était-il procurées ? Et les photos à l'intérieur, avaient-elles la même origine ?

Elle plongea la main dans sa poche et s'aperçut qu'elle avait oublié de prendre de l'argent. De colère, elle tapa du poing sur le dessus du distributeur. Dans la foulée, après avoir vérifié que personne ne la regardait, elle lui donna un coup de pied avant de tirer sur la poignée pour essayer de la forcer. En pure perte.

— Merde !

Elle tourna sur elle-même, désemparée. Une femme qui promenait un petit chien blanc déboucha au coin de Lynwood.

— Excusez-moi, l'interpella Cindy. Vous n'auriez pas de la monnaie pour le journal ? Je vous la rendrai.

La femme plissa les yeux comme si elle avait été abordée par un mendiant répugnant, ramassa son chien et traversa la rue.

— Sympa !

Cindy retourna chez elle en courant. Elvis aboyait toujours. Elle ouvrit la porte.

— D'accord, d'accord, je t'emmène, dit-elle en attrapant le porte-monnaie et la laisse du chien.

— Qu'est-ce que c'est que ce vacarme ? lança sa mère du haut de l'escalier.

— Je vais chercher le journal. Rendors-toi.

Elle repartit rapidement vers Avenue Road. Mais Elvis refusait d'être bousculé et s'arrêtait sans cesse pour renifler l'herbe et lever la patte.

— Allez, dépêche-toi. Je n'ai pas que ça à faire.

Elle s'immobilisa brusquement, frappée par l'absurdité de ses paroles. Elle n'avait rien à faire. Ni aujourd'hui, ni les jours suivants. Il va falloir attendre combien de temps ? se demanda-t-elle en interrogeant le ciel sans nuages. Combien de jours passerait-elle encore à chercher vainement sa fille ? Avec des réunions inutiles avec la police, des conversations stériles avec ses amies, des coups de fil sadiques de cinglés ? Combien de jours tiendrait-elle encore ? La réponse était évidente : autant qu'il le faudrait. Elle n'avait pas le choix.

— Sans choix, pas de liberté, dit-elle au chien qui, le derrière en l'air, déposa alors une crotte fumante au milieu du trottoir.

Et elle avait oublié d'emporter un sac en plastique !

Elle jeta un regard affolé autour d'elle, sans savoir que faire. Je vais revenir, promit-elle à la rue déserte en tirant sur la laisse d'Elvis pour l'empêcher de continuer.

Elle arriva au distributeur en même temps qu'un homme fort élégant qui la salua d'un signe de tête. Il déposa la monnaie appropriée dans la fente et tira un journal. Il mit, sans le savoir, les mains sur la poitrine partiellement exhibée de Julia. Cindy sentit un cri monter dans sa gorge et se détourna.

— Bonne journée, lui lança l'inconnu en repartant.

Elle le suivit des yeux. Savait-il quelque chose sur la disparition de sa fille ? S'il vivait dans le quartier, il avait dû la croiser. Il était vêtu avec un soin excessif. Elle le trouvait trop poli. Un certain âge. Refoulé. Il devait vivre seul ou avec sa mère. Le type même de l'homme tranquille qui faisait la une des quotidiens, comme ceux qui avaient toujours le sourire aux lèvres et le tumulte au cœur.

Il y en avait partout, songea-t-elle en glissant à son tour des pièces dans la fente et en prenant son journal. Elle ne pouvait plus croiser un homme sans se demander s'il avait vu Julia, s'il lui avait parlé ou fait du mal. Chaque étranger représentait un ennemi, chaque ami représentait un danger. En fin de compte, on ne connaissait jamais les autres.

Se connaissait-on soi-même ?

Ses pensées dérivèrent sur Neil et ce qui s'était passé le samedi soir. Elle sentit ses bras autour d'elle, ses lèvres sur sa bouche, ses mains dans ses cheveux, sur ses seins, entre ses jambes. Un moment de bonheur. Il lui avait permis d'oublier son angoisse un bref instant. Elle se souvenait aussi des pattes du chien sur ses cuisses nues, des regards impayables de sa mère et de sa sœur, du sourire rassurant au coin des yeux de Neil quand il l'avait embrassée en lui souhaitant bonne nuit... Dieu nous donne, pensa-t-elle, le regard posé sur la photo de sa fille dans le journal en essayant de comprendre. Et Dieu nous reprend.

Suite de notre article en page 3.

Cindy ouvrit le tabloïd et reconnut les photos, celle où Julia portait un soutien-gorge pigeonnant et le string assorti, et celle où elle jouait à cache-cache avec l'objectif, de profil, entièrement nue, le coude pressé contre son sein, les fesses cambrées.

Comment le *Sun* se les était-il procurées ? Sean avait-il des doubles des négatifs et les avait-il vendus à la presse ? Elle remit des pièces dans la fente du distributeur, prit les derniers exemplaires et partit en courant.

Soudain sa sandale dérapa dans une matière visqueuse.

— Oh, merde ! (Elle pila net, sachant pertinemment dans quoi elle avait marché.) C'est bien fait pour moi ! Ça m'apprendra !

Elle arracha sa sandale et la jeta au milieu de la rue.

— Où est passée ta chaussure ? lui demanda sa mère quand elle rentra dans la cuisine en boitillant.

Cindy éluda la question d'un geste, étala le journal sur la table, prit le téléphone et demanda le numéro du *Toronto Sun* aux renseignements.

— Oh, mon Dieu ! (Sa mère contemplait la une avec épouvante.) Oh, mon Dieu !

— Je voudrais parler à Frank Landau, dit Cindy après avoir vérifié le nom qui figurait au bas de l'article salace qui accompagnait les clichés.

— Frank Landau à l'appareil !

— Où avez-vous trouvé les photos de ma fille ?

— Pardon ?

— Les photos de Julia Carver. Où les avez-vous trouvées ?

— Vous êtes Mme Carver ?

— Je vais poursuivre votre saleté de canard. Et je vais vous poursuivre personnellement...

— Attendez, madame Carver. Je vous en prie. Calmez-vous.

— Dites-moi comment vous avez obtenu ces clichés.

Il y eut un long silence. Quand le reporter se résolut à répondre, elle savait déjà ce qu'il allait dire.

— C'est votre ex-mari qui me les a donnés. Tom Carver me les a remis personnellement, en mains propres, hier après-midi.

— Où est-il ? demanda Cindy en faisant irruption dans le bureau de la secrétaire de Tom, à une heure de l'après-midi. Irena Ruskin se leva d'un bond.

— Il n'est pas là. Attendez ! cria-t-elle. (Cindy se précipitait vers le bureau de son ex-mari.) Madame Carver ! Cindy !

Cindy jeta vers la fidèle secrétaire un rapide coup d'œil. Elle n'avait pas changé. Seuls ses cheveux blond fadasse lui parurent plus longs que dans son souvenir, sans doute pour cacher les cicatrices de sa dernière chirurgie plastique. Et ses vêtements semblaient coordonnés au bleu foncé des fauteuils placés devant le grand bureau en chêne massif.

— Où est-il ?

— En réunion.

— Depuis neuf heures du matin ?

— Je lui ai transmis tous vos messages.

— Il faut que je lui parle, Irena. C'est urgent, sinon je ne serais pas là.

— Cindy...

— Voulez-vous aller le chercher ? Je vous prie !

— Serait-ce Cindy Carver que je viens de voir passer ? demanda une voix joviale sur le pas de la porte.

Cindy prit une profonde inspiration, et tendit la main avec un sourire forcé à l'un des collaborateurs de son ex-mari.

— Bonjour, Alan. Comment allez-vous ?

— Très bien. Et vous, vous tenez le coup ?

— Ça pourrait aller mieux.

Cindy s'émerveilla de manier si facilement les euphémismes. Elle aurait même pu rire si Alan Reynolds n'avait pas paru aussi sincèrement inquiet.

— Vous avez sans doute vu le *Sun*.

Il hocha la tête.

— Vous attendez Tom ?

— Il paraît qu'il est coincé dans une réunion interminable.

Cindy regarda Irena qui acquiesça d'un air gêné.

— Ah bon ? Eh bien, ils ont dû faire une pause. Je viens de le voir parler avec Mitchell Pritchard. Je vais essayer de vous le ramener.

— Je vous en serais très reconnaissante.

— Que puis-je vous offrir en attendant ? Une tasse de café ? Un verre d'eau, peut-être ?

— Non, rien, merci.

— Y a-t-il du nouveau pour Julia ? s'enquit Irena quand il fut parti.

— Vous n'avez pas vu le déballage dans le *Sun* ?

— Si.

— Impressionnant, vous ne trouvez pas ?

Irena se dandina d'un pied sur l'autre, et parut sérieusement envisager de se jeter du haut du vingt-cinquième étage.

— Si je peux faire quoi que ce soit en ces pénibles moments...

— Merci.

Cindy se tourna vers les immenses baies vitrées et leur vue magnifique sur le bord du lac, et aperçut dans les vitres son reflet pathétique dans les vitres. Elle portait comme d'habitude un jean bleu et un T-shirt délavé, et avait les cheveux gras à force de tirer dessus. « Arrête de te tripoter les cheveux », entendit-elle Tom la semoncer.

— Combien d'associés y a-t-il maintenant au cabinet ? demanda-t-elle à Irena afin de changer de conversation.

— Seize associés et quarante-huit collaborateurs.

— Fabuleux ! remarqua-t-elle sans le moindre enthousiasme.

— Plus une demi-douzaine de stagiaires.

Cindy se demanda si Irena couchait toujours avec Tom. Elle croisa les bras sur sa poitrine comme pour empêcher son cœur de tomber.

— Vous ne voulez pas une tasse de café, vous êtes sûre ?

— Oui, sûre et certaine, merci.

— Eh bien, moi, j'en prendrai une avec plaisir, si ça ne vous ennuie pas, déclara Tom en entrant dans la pièce, resplendissant dans un costume gris et une cravate imprimée rouge.

230

— Je vous l'apporte.

Irena s'éclipsa docilement et tira la porte, mais sans la fermer.

— Alors, qu'est-ce qui t'amène jusqu'ici ? demanda Tom en considérant son ex-femme comme si c'était un dossier désagréable.

Cindy alla à la porte, la ferma complètement et se retourna vers lui.

— Espèce de sale petit fumier !

— Bon, je te rappelle les principes de base : pas de jurons, pas de hurlements.

— J'en ai rien à foutre.

Il secoua la tête.

— Non, mais tu t'es vue ? Tu ne ressembles à rien.

Les larmes lui piquèrent les yeux. Sept ans après son départ, il arrivait encore à la blesser.

— Tu déconnes ou quoi ?

— Moi, je déconne ?

— Comment as-tu pu faire une chose pareille ?

— De quoi parles-tu ?

— Ne joue pas avec moi.

— Tu es sans doute fâchée à cause des photos du *Sun*.

— Des photos que tu leur as remises personnellement, salaud ! N'essaie pas de le nier.

— Je n'en ai aucune intention.

— Pourquoi as-tu fait ça ?

— Réfléchis une minute.

— Où veux-tu en venir ?

— Tu voyais une autre façon de continuer à faire parler de Julia à la une des journaux ? (Il s'assit et se pencha vers elle d'un air satisfait, les coudes appuyés sur le bureau.) Il y a onze jours qu'elle a disparu.

— Je le sais parfaitement.

— Sa disparition est donc de l'histoire ancienne, maintenant. Une autre fille a déjà pris sa place. Sans compter la foule de célébrités et de vedettes de cinéma qui sont à Toronto en ce moment, toujours ravies d'attirer l'attention des photographes. Je ne voulais surtout pas qu'on oublie Julia. Et là, c'est gagné d'avance.

— Une fois de plus, la fin justifie les moyens, soupira Cindy, consciente qu'il n'avait pas totalement tort même si elle refusait de le reconnaître.

— Sois raisonnable, Cindy. Combien de temps la disparition de Julia restera-t-elle en tête des priorités de la police ?

— Parce que tu crois qu'ils continueront à nous prendre au sérieux après avoir vu ces clichés ? Ils vont penser que c'est une petite écervelée partie se balader sans prévenir personne. Ou pire encore, une petite traînée qui a eu ce qu'elle méritait.

— Non, ils vont se dire qu'ils ont intérêt à se bouger les fesses et à se grouiller de la retrouver. L'affaire pourrait prendre une dimension internationale, rétorqua Tom. J'ai déjà reçu plusieurs appels de l'Associated Press et du magazine *People*.

— Oh, mon Dieu !

Cindy sentit son corps s'affaisser comme un vieux chiffon. Elle se laissa tomber sur l'un des deux fauteuils bleus devant le bureau. Tom se leva et s'approcha d'elle avec méfiance.

— Cindy, il faut te calmer. Tu ne peux pas continuer à te mettre dans des états pareils. Ce n'est pas bon pour toi.

— Tu veux dire que ce n'est pas bon pour *toi*, corrigea-t-elle.

— Regarde-toi.

Il écarta les mèches qui lui tombaient dans la figure. Elle repoussa sèchement sa main.

— Je sais. Je ne ressemble à rien. Tu me l'as déjà dit.

— Tu m'inquiètes.

Cindy se leva, s'approcha de la fenêtre et contempla le lac Ontario.

— Si je t'inquiétais tant, tu aurais dû m'expliquer ce que tu avais l'intention de faire. Pourquoi ne m'as-tu pas prévenue ?

— Parce que je savais que tu t'y opposerais. Et je n'avais pas envie de vivre...

— ... ça ?

— Exactement.

— Lâche !

Tom secoua la tête.

— Écoute. Je crois que nous nous sommes dit l'essentiel.

— Pas moi.

— Bien sûr, soupira-t-il longuement. Je suis prêt. Vas-y.

Il la regardait, les pieds écartés, les bras ballants. Son beau visage avait une expression vide. Elle avait aimé cet homme. Depuis l'âge de dix-sept ans. Au point de s'enfuir avec lui un an plus tard, et de lui faire deux enfants. Deux enfants ! Sa lèvre inférieure se mit à trembler tandis que de nouvelles larmes lui montaient aux yeux. Elle n'avait pratiquement plus pensé à sa fille cadette depuis qu'elle était partie !

— Comment va Heather ?

— Bien.

— Elle t'a raconté ce qui s'est passé ?

— Elle m'a juste dit qu'il y avait beaucoup de monde à la maison. Tu sais que j'ai eu raison pour les photos, reconnais-le.

Elle repoussa ses cheveux d'un geste impatient.

— Je déteste que tu aies raison.

— Tu détestes tout ce qui me concerne, dit-il doucement en s'approchant d'elle.

— Oui.

Il la prit dans ses bras et la serra contre lui. Elle pleura doucement contre sa poitrine, sa cravate en soie absorbait ses larmes comme un buvard. Comment avait-elle pu tomber amoureuse d'un homme qu'elle n'avait jamais vraiment apprécié ?

— Cindy...

— Quoi ?

— Je suis sûr que ça va s'arranger.

La porte de son bureau s'ouvrit et Irena entra, une tasse de café dans sa main tremblante, le visage livide, suivie des inspecteurs Gill et Bartolli.

— Que se passe-t-il ? Il est arrivé quelque chose ? Qu'y a-t-il ?

Bartolli s'approcha, son regard hésitant allait de Tom à Cindy.

— Nous avons trouvé un corps. Pouvez-vous nous suivre ?

23.

Le bureau de la direction régionale de la police criminelle de l'Ontario se situe 26 Grenville Street, près du grand bâtiment de la Credit Union, en plein centre de Toronto. C'est une petite construction trapue de deux étages, en stuc marron et en verre, qui réussit à être à la fois impersonnelle et sinistre. Une chambre mortuaire géante, pensa Cindy quand la voiture de police se gara sur le parking ! Elle refoula la panique qui l'envahissait.

Garde ton calme. Elle se sermonnait, en se grattant nerveusement les bras, la peau en feu. Elle avait envie de sauter de la voiture et d'arracher ses vêtements, d'accoster le premier venu et de lui rire au nez, de hurler jusqu'à ce qu'elle n'ait plus de voix. Mais c'était impossible. Tom lui dirait que ça ne se faisait pas et il aurait raison. Il avait toujours raison. Elle ne savait pas se tenir. Elle hurlait quand un chuchotement aurait suffi, riait quand d'autres auraient pleuré, et lançait des injures quand elle souhaitait qu'on l'embrasse tendrement.

Comment Tom réussissait-il à toujours rester impassible, maître de lui ? Elle se retourna vers son ex-mari, assis à l'arrière. Il regardait par la fenêtre et donnait l'impression que rien ne l'atteignait. Tout semblait glisser sur lui. Il arrivait apparemment à affronter la perte de sa fille avec stoïcisme et détachement.

Et si ce n'était qu'une façade ? Sous cette apparence placide, couvait peut-être un volcan ? Derrière les phrases toutes faites, les hochements de tête condescendants et la réserve exaspérante, pouvait se dissimuler une immense panique.

— Tu te souviens comme Julia était bavarde quand elle était petite ?

Tom n'entendit pas la question ou décida de ne pas répondre.

— On n'arrivait pas à la faire taire, continua Cindy sans se décourager. Elle commençait à la seconde où elle ouvrait les yeux et ne s'arrêtait que lorsqu'elle s'endormait. Et parfois, elle parlait même dans son sommeil. Elle était adorable. Tu te souviens, Tom ?

Tom se raidit.

— Cindy...

— On attendait qu'elle reprenne sa respiration pour essayer de placer un mot. On pensait qu'elle finirait par s'essouffler, mais elle sautait inlassablement d'un sujet à l'autre. Hein, tu te souviens ?

Tom se tourna lentement vers elle.

— Cindy...

— Et on n'osait pas l'interrompre. Sinon, elle reprenait tout depuis le début. Et quand elle arrivait au passage où elle avait été coupée, elle vous jetait un de ces regards ! Tu te souviens, Tom ? Tu disais qu'elle avait un regard à couper du verre.

— Cindy...

— Quoi ? cria-t-elle, comprenant brusquement ce que Julia avait dû éprouver quand on l'interrompait.

De quel droit avait-elle osé la couper ? Pourquoi ne l'avait-elle pas laissée parler ?

— Je crois qu'il faut y aller, dit doucement Tom.

— Pourquoi ? À quoi bon se presser ? Elle ne va pas s'en aller ? (Cindy vit l'expression horrifiée de son ex-mari.) Oh ! je suis désolée. J'ai encore dit quelque chose de choquant ?

— Madame Carver, ça va ? s'inquiéta l'inspecteur Gill.

— Je vais très bien, voyons. Pourquoi en serait-il autrement ? Nous venons juste identifier le corps de notre fille, n'est-ce pas ? Il n'y a pas de quoi en faire un plat.

— Madame Carver..., commença l'inspecteur Bartolli.

— Elle a toujours rêvé d'être actrice, continua Cindy, essayant de prolonger leur séjour dans la voiture et de repousser l'inévitable. Elle adorait se pavaner dans la maison avec mes hauts talons et mes chemises de nuit, comme une princesse de conte de fées. Oh, vous auriez dû la voir ! Et elle inventait des petites pièces rigolotes dans lesquelles elle jouait tous les rôles. Elle dansait et chantait aussi. Elle était vraiment excellente. N'est-ce pas, Tommy ?

— Cindy...

— Je me souviens d'un après-midi, elle devait avoir quatre ans, je m'occupais d'Heather et Julia jouait avec ses Barbie – elle en avait au moins une cinquantaine – lorsque je me suis brusquement rendu compte qu'il n'y avait plus aucun bruit dans sa chambre. J'ai vite posé Heather dans le berceau pour aller voir ce qui se passait. J'ai trouvé Julia nue au milieu de sa chambre, devant toutes les poupées, qu'elle avait disposées en demi-cercle, et elle leur a annoncé, un crayon à la main : « Et maintenant, chers spectateurs, nous allons opérer mon vagin ! » Cindy éclata de rire.

— Cindy, pour l'amour du ciel, protesta Tom.

Le sourire s'effaça du visage de Cindy.

— Quoi ? Ce n'est pas convenable ?

— Madame Carver, reprit doucement Bartolli, l'inspecteur Gill peut vous ramener chez vous. M. Carver procédera à l'identification...

— Non. Je vais très bien !

— Tu ne vas pas bien du tout.

— Jamais je ne te laisserai aller là-bas sans moi.

— Cindy...

— Elle est aussi ma fille.

— Personne ne le conteste.

— Nous savons que c'est une épreuve terrible pour vous, reprit Gill.

— Alors vous devez comprendre que vous n'arriverez pas à me dissuader de la voir.

— Madame Carver, poursuivit Bartolli, il faudra absolument que vous gardiez votre calme, une fois là-bas.

— Pourquoi ? (Cindy le dévisagea, sincèrement curieuse.) Vous avez peur que je dérange les autres cadavres ?

— Maintenant, ça suffit, intervint Tom. Il est évident que ma femme est hystérique.

236

— Je ne suis pas ta femme.

— Mais tu es hystérique.

Cindy se tourna vers les deux inspecteurs.

— Je vais bien, ça ira, je vous le promets.

Je serai gentille, protesta la petite fille en elle. Elle redressa les épaules, prit une profonde inspiration, décidée à prouver qu'elle pouvait être raisonnable, aussi adulte qu'eux. Je serai sage comme une image. Elle réfléchit à cette expression. Elle connaissait pourtant des images qui ne l'étaient guère. Et pourquoi ne disait-on pas sage comme une photo?

Et pourquoi pas sage comme un cadavre, tiens? Voilà des mots de circonstance! songea-t-elle en descendant de voiture, prise d'un fou rire. Mais il valait mieux qu'elle garde pour elle ses divagations. Cindy fut ramenée à la réalité par la chape de chaleur qui s'abattit sur ses épaules. Encore un éclat et ils lui interdiraient l'entrée de l'immeuble, sans parler de celle de la morgue. Ils ne la laisseraient pas voir sa fille. Ou ce qui restait d'elle.

— Oh, mon Dieu! gémit-elle en essayant de ne pas se représenter Julia étendue, rouée de coups et sans vie, sur une table d'acier glaciale.

Elle sentit ses jambes se dérober comme si quelqu'un lui avait donné un coup derrière les genoux, écrasée par la réalité qu'elle tentait de repousser et qui voulait la plaquer au sol pour s'acharner sur son corps, tel un violeur.

— Cindy.

Tom la soutint par le coude avant qu'elle ne s'effondre.

— Ça va, dit-elle, reprenant ses esprits.

— Madame Carver?

— Je vais bien.

Ils s'avancèrent lentement vers l'entrée du bâtiment. Gill courut devant ouvrir la lourde porte de verre, puis s'effaça pour les laisser entrer dans le hall aussi spacieux que froid. Bartolli se présenta au réceptionniste, un homme d'un certain âge dont l'abondante barbe noire contrastait avec le crâne chauve comme un œuf. Puis il entraîna le petit groupe vers une pièce sur la droite.

— Où nous cmmcncz-vous?

Cindy recula.

— Ce n'est qu'une antichambre, la rassura Gill en franchissant le seuil.

Ils furent accueillis par un personnage d'allure étonnamment robuste.

— Mark Evert, le présenta l'inspecteur Bartolli.

— Monsieur Evert.

Tom lui serra la main.

— Qu'est-ce que c'est? Une sorte de salle de deuil?

— Nous l'appelons la salle de recueillement, madame Carver. (Mark Evert tendit la main vers un canapé et des fauteuils récemment retapissés.) Si vous voulez bien vous asseoir... Et il y a un cabinet de toilette, où l'on peut...

— Se rafraîchir? demanda Cindy.

— Cindy..., la mit en garde Tom.

Elle contempla la petite pièce, aux lumières tamisées, qui se voulaient apaisantes, et à la forte odeur de moquette neuve.

— Je crois que je vais aller me rafraîchir.

Elle s'engouffra dans les toilettes, referma la porte à clé, ouvrit le robinet et s'aspergea le visage.

— Reste calme, chuchota-t-elle à son reflet dans le miroir du lavabo qui la dévisageait avec des yeux désespérés.

Cindy nota le teint jaune verdâtre des joues, les larges cernes qui dessinaient des rides circulaires sur son visage. Tu y arriveras, l'admonesta son reflet. Tu y arriveras. Non, je n'y arriverai pas. C'est impossible.

On frappa doucement à la porte.

— Cindy? l'appela Tom. Ça va?

Oui, je suis bien, ici. C'est dehors que j'ai des problèmes, aurait-elle voulu lui répondre.

— J'arrive.

Elle inspira à nouveau profondément, tendit la main vers la poignée, s'arrêta, retourna vers les toilettes, tira la chasse, regarda l'eau tourbillonner inutilement dans la cuvette avant d'être aspirée par le siphon. Partie. Comme ça.

Elle revint dans la pièce dite de recueillement et remarqua combien elle était feutrée. Voilà ce qu'on appelait « un silence de mort », songea-t-elle, consciente qu'il serait tout à fait inconvenant d'exprimer cette observation à voix haute.

— Bien. Que faisons-nous, maintenant?

Mark Evert indiqua la porte juste derrière lui.

— Nous allons vous montrer le corps d'une jeune femme. Elle a été étranglée.

Cindy aspira une goulée d'air et prit machinalement la main de Tom qui referma ses doigts autour des siens.

— Je croyais que vous passiez par un circuit vidéo, dit-il, le corps soudain raidi, la voix tendue.

L'employé de la morgue hocha la tête.

— Oui, le plus souvent. Mais nous préférons procéder aux identifications directement, surtout lorsque le visage a subi de gros traumatismes.

— Son visage a subi de gros traumatismes? répéta Cindy qui luttait pour comprendre.

— Il a quelques ecchymoses accompagnées de gonflements et de décoloration.

— Oh, non!

— Vous ne pouvez pas nous montrer juste une photographie?

— Malheureusement, en cas d'homicide, c'est impossible. Nous exigeons une identification directe.

— Pourtant, à la télévision, on voit les gens se tenir derrière une vitre.

— Les procédures varient selon les juridictions. Mais si vous avez besoin de quelques minutes, monsieur Carver...

— Tu ne te sens pas bien? s'inquiéta Cindy, surprise de voir les rôles brusquement s'inverser.

— Dites-nous simplement à quoi nous devons nous attendre, répondit sèchement Tom.

— La jeune femme que vous allez voir a été étranglée il y a moins de quarante-huit heures. Nous n'avons pas encore procédé à l'autopsie qui permettra de déterminer l'heure exacte de sa mort, mais le processus de décomposition a commencé...

— Décomposition?

L'horrible mot assaillit les oreilles de Cindy. On lui plantait un pic à glace dans le cerveau.

— Nous essayons de vous épargner le plus possible. Malheureusement, nous n'avons pas le droit de nettoyer le corps.

— Y a-t-il beaucoup de sang? demanda Tom.

— Non.

Les poumons de Cindy laissèrent échapper un long soupir.

— On vous demandera d'identifier formellement le corps en présence des inspecteurs, du pathologiste et de moi-même.

— Et si nous ne sommes pas sûrs?

Cindy gémit, horrifiée à l'idée de ne pas être capable d'identifier sa propre enfant.

— Nous vous demanderons de nous fournir le dossier dentaire de Julia, ou sa brosse à cheveux...

— Pouvons-nous y aller maintenant? le coupa Cindy, consciente que si elle devait entendre d'autres mots aussi crus que « décomposition » et « décoloration », ou même « dossier dentaire » ou « brosse à cheveux », elle deviendrait folle.

La main de Mark Evert hésita sur la poignée.

— Vous êtes sûrs que vous êtes prêts?

La question la sidéra. Comment pouvait-on être prêt à pareille épreuve?

— Je suis prête.

Elle sentit la main de Tom se crisper sur la sienne tandis que la porte s'ouvrait, et ils entrèrent dans la morgue.

On se serait cru dans une immense salle d'opération. Le regard de Cindy sauta du carrelage crème sur les murs aux dalles plus foncées du sol. Un énorme réfrigérateur en acier, d'au moins trois mètres de haut, avec plusieurs rangées de compartiments, occupait toute la largeur de la pièce. Il devait pouvoir contenir des centaines de corps. Cindy se demanda en frissonnant comment les employés arrivaient à sortir les corps des tiroirs sans s'abîmer le dos, lorsqu'elle aperçut devant elle une table étroite sur laquelle était posé un long sac en plastique blanc.

— Voici le docteur Jong, notre pathologiste, dit Mark Evert avec un geste vers un homme d'une jeunesse déconcertante qui faisait de son mieux pour passer inaperçu.

Le médecin les salua d'un signe de tête presque imperceptible. Il va la couper en morceaux, réalisa-t-elle brusquement et un bourdonnement lui emplit les oreilles. Des milliers d'abeilles semblaient y être emprisonnées.

240

— Souvenez-vous, leur rappela Mark Evert, vous devez être sûrs à cent pour cent.

Cindy se tourna vers Tom.

— Tu te souviens quand Julia était toute petite et qu'elle faisait la maligne sur le vélo que tu venais de lui acheter et qu'elle s'est cassé les deux bras ?

— Je me souviens, répondit-il en s'accrochant à ses mains.

— Je l'ai emmenée à l'hôpital. Et nous avons dû attendre quatre heures avant qu'on s'occupe de nous. Elle n'arrêtait pas de dire : « Pourquoi le bon Dieu ne m'aime pas, maman ? Pourquoi Il ne m'aime pas ? » Et je lui disais : « Ne dis pas de bêtises. Bien sûr qu'Il t'aime. » Mais elle ne voulait pas en démordre. « Non. Il ne m'aime pas, sinon Il ne m'aurait pas cassé les deux bras. » Nous en avons ri, après, tu te souviens ?

— Je me souviens.

— Et ensuite la pauvre chérie ne pouvait plus manger ni aller aux toilettes avec les deux bras dans le plâtre.

— Elle n'a pas mis longtemps à se débrouiller.

— Et elle ne voulait plus aller à l'école.

— Sa maîtresse a dû penser que c'était une enfant martyre.

— Et c'est là que tu as rencontré le groupe de rock que tu as défendu. Comment s'appelait-il déjà ?

— Rush.

— Oui, Rush. Ça me revient. Des gars très sympas. Ils ont tous signé ses plâtres. Et ensuite elle n'avait plus qu'une idée, retourner en classe pour les montrer. Et quand le moment est venu de les retirer, elle nous a fait une scène terrible.

— Nous avons dû garder ces machins puants pendant des années.

— Lorsque le médecin les a enlevés, elle s'est évanouie, et il l'a rattrapée de justesse. Elle aurait pu se fracturer le crâne par terre. Et moi qui me tenais juste à côté, je ne m'étais rendu compte de rien.

— Cindy, arrête, dit doucement Tom.

— Si je l'avais mieux surveillée, elle ne serait jamais tombée de sa bicyclette.

— Tous les enfants tombent de vélo.

— Si j'avais fait plus attention...

— Madame Carver, intervint doucement l'employé, vous sentez-vous prête maintenant?

— Crois-tu qu'elle sait à quel point je l'aime?

Cindy regarda son mari, les yeux noyés de larmes.

— Elle le sait.

— J'ai hurlé contre elle, le matin de l'audition. J'ai hurlé à cause du chien, j'ai hurlé parce qu'elle tapait sur la porte de la salle de bains. Et j'ai insisté pour qu'elle vienne à l'essayage alors que je savais qu'elle n'en avait aucune envie.

— Tu n'y es pour rien.

— Si on l'a enlevée alors qu'elle se rendait à l'essayage? Et si un malade l'a vue prendre le métro et l'a suivie?

— Cindy...

— J'aurais dû faire plus attention.

— Tu es une mère merveilleuse, Cindy.

— Elle a dû avoir tellement peur.

— Madame Carver..., commença Bartolli sans oser aller plus loin.

Cindy se tourna vers le jeune pathologiste.

— Combien de temps cela prend-il pour étrangler quelqu'un?

— Cindy...

— S'il vous plaît, docteur Jong. Dites-moi combien il faut de temps?

— Environ deux minutes.

— Deux minutes. C'est long!

Le sifflement dans les oreilles s'intensifia.

— Allons-y, crut-elle entendre dire Tom.

Les mots ne lui parvenaient plus que par saccades.

— Êtes... prête... madame...?

Cindy remarqua l'écusson de la police sur le dessus de la housse mortuaire tandis qu'une main masculine tirait sur la fermeture Éclair... Une tronçonneuse perçant une pièce de bois... Elle crut que sa tête allait éclater.

Des mains écartèrent la housse. Une tête émergea, comme d'un ventre. Cindy vit les cheveux blonds et raides plaqués sur la peau d'un blanc fantomatique, essaya d'ignorer les vilaines marques violettes, bleues et rouges qui tachaient les joues. On aurait dit de la peinture sur une toile.

— Oh, mon Dieu! s'exclama-t-elle en scrutant le visage tuméfié.

Tout devint noir et elle s'évanouit.

24.

— Est-ce que ça va ? demandait Tom.

Cindy ouvrit les yeux, décolla la tête de la douce soie beige et ivoire du canapé, et regarda fixement l'homme penché sur elle.

— Je ne sais pas.

Il lui mit un verre glacé dans les mains.

— Cela te fera du bien.

— Qu'est-ce que c'est ?

— De la vodka avec du jus de canneberges.

Cindy s'assit et but une longue gorgée.

— C'est bon.

Tom s'assit à côté d'elle. Il allongea ses longues jambes sur la table basse en bois et en verre, et renversa la tête contre les coussins.

— Quelle épreuve ! (Il se pencha et fit tinter son verre contre le sien.) À de meilleurs jours !

Il but d'une traite.

— À de meilleurs jours ! acquiesça Cindy.

Elle prit une nouvelle gorgée. La vodka adoucissait le goût amer des canneberges tout en le faisant ressortir. Cindy étudia la grande pièce luxueusement aménagée, avec des meubles discrets et des tapis au petit point vivement colorés, des murs écrus agrémentés de toiles modernes éclatantes, une grande baie vitrée, plein sud, qui offrait une vue magnifique sur le lac Ontario.

— Cet appartement est vraiment une réussite.

— Tu étais déjà venue, non ?

— Non, c'est la première fois. C'est splendide ! Je n'imaginais pas que la Bécasse avait si bon goût.

— La Bécasse ?

Tom la dévisagea d'un air sincèrement perplexe.

Cindy détourna la tête, gênée.

— Pardon. Je voulais dire Fiona.

Un petit sourire s'étala sur le beau visage de Tom.

— Tu appelles ma femme la Bécasse ?

— C'est pour rire. (Cindy but une nouvelle gorgée.) Qu'est-ce que je fais là ?

— Tu t'es évanouie, souviens-toi.

— Oui, ça devient une manie, ces derniers temps. Mais je suis revenue à moi.

— Et tu as dit que tu n'avais pas le courage de rentrer, que ta mère et ta sœur te rendaient folle.

— Elles veulent bien faire.

— Ouais, je les connais !

— Alors tu m'as amenée chez toi, déclara Cindy, décidée à ne pas relever la dernière remarque, ébahie par tout ce qui s'était passé depuis une heure.

Elle tendit l'oreille, étonnée de ne pas entendre de cliquetis de talons aiguilles sur le sol en marbre.

— Où est la B... Fiona ?

— À Muskoka.

— Elle est au chalet ?

— Nous avons décidé qu'il valait mieux qu'elle soit là-bas cette semaine, avec tout ce qui se passe et Heather qui habite ici.

Cindy tourna les yeux vers le grand couloir qui desservait les pièces du gigantesque appartement.

— Heather est à l'école ?

— Je crois qu'elle a cours jusqu'à six heures.

Cindy regarda sa montre. Il était quatre heures à peine.

Tom se pencha et posa les coudes sur ses genoux.

— Elle a prévu de rentrer chez toi ce week-end.

Cindy sourit.

— Et Julia ? demanda-t-elle, osant enfin prononcer le nom qu'ils avaient évité depuis l'horrible instant où l'employé de la morgue avait ouvert le sac en plastique blanc.

Ce n'est pas elle, avait-elle entendu Tom murmurer. *Ce n'est pas Julia.*

— Il faut attendre. Que pouvons-nous faire ?

Cindy se leva si vite qu'elle s'éclaboussa la main avec le contenu de son verre.

— Je me sens coupable, dit-elle en s'essuyant sur son jean.

— Coupable ? Mais de quoi, bon sang ?

— De mon soulagement en voyant le visage de cette pauvre fille. J'étais tellement heureuse, reconnaissante que ce ne soit pas Julia.

— C'est normal comme réaction.

— Ça devait être Sally Hanson.

— Qui ça ?

— La fille qui a disparu une semaine après Julia. Ses pauvres parents...

— Au moins, ils sauront.

Tom avala la fin du verre et le reposa sur la table avec une assurance que n'avait pas sa voix. Cindy se demandait s'il valait mieux savoir.

— Il n'y avait pas de sang, c'est déjà ça, continua Tom, en revoyant la scène à la morgue qui l'avait manifestement retourné.

— Quand nous sommes partis, j'ai entendu l'employé parler à l'inspecteur Gill du couple qui a été carbonisé aujourd'hui dans un accident de la route. L'employé les a comparés à deux poulets rôtis. (Cindy dévisagea son mari d'un air incrédule.) Il a vraiment dit ça ou j'ai rêvé ?

— Non, je l'ai entendu, moi aussi.

— Je n'arrive pas à croire qu'on puisse être aussi cynique.

— Il faut se faire une carapace si l'on veut survivre dans ce milieu.

— Quand même... (Cindy frissonna.) Des poulets rôtis ?

— Pourquoi pas des beignets pendant qu'il y était ?

Cindy sentit un gloussement frémir dans sa gorge et, soudain, elle éclata d'un rire irrépressible, auquel se joignit presque simultanément celui de Tom.

— Comment pouvons-nous rire ? hoqueta Cindy. Qu'est-ce qui nous arrive ?

— Je crois qu'un autre verre ne nous ferait pas de mal.

Tom prit le verre que Cindy lui tendait, ramassa le sien sur la table et se dirigea vers la cuisine.

Cindy le suivit comme si elle avait peur de rester seule, ne serait-ce qu'un instant. Elle s'arrêta néanmoins devant l'impressionnante armoire à vin encastrée dans le mur, entre les deux pièces, fascinée par les bouteilles bien étiquetées derrière le verre épais, allongées sur des clayettes métalliques, les unes au-dessus des autres. Des corps dans une morgue, pensa-t-elle, prise d'un nouveau fou rire.

— Belle collection ! dit-elle en entrant dans la cuisine entièrement carrelée de marbre. (Elle s'approcha de Tom qui remplissait son verre.) Tu as combien de cadavres ?

— Quoi ?

— Euh, de bouteilles. C'est bouteille que je voulais dire.

Tom sourit.

— Quatre cents.

— Tu as toujours rêvé d'avoir une cave.

— Oui, c'est vrai.

Ce fut au tour de Cindy de sourire.

— Alors, à quoi buvons-nous, cette fois ?

— Que Dieu nous garde de jamais remettre les pieds dans une morgue ?

— Ça me plaît.

Cindy but une longue gorgée. Cette fois, la vodka noyait le goût des canneberges. Cindy sentit un agréable picotement lui décontracter la nuque. D'une minute à l'autre, sa tête se séparerait de son corps et flotterait dans les airs.

— À ton avis, combien l'énorme machin à la morgue peut-il contenir de corps ?

Tom éclata de rire et, une fois de plus, finit de vider son verre d'un trait.

— Tu as déjà posé la question dans la voiture.

— C'est vrai ? Et qu'est-ce que tu m'as répondu ?

— Bartolli a dit quatre-vingt-dix. Il serait rempli aux trois quarts de sa capacité actuellement, et les corps y restent en moyenne vingt-quatre à quarante-huit heures.

— Ils se servent d'un chariot élévateur pour mettre les corps sur la rangée du haut. Ça me revient.

— Tu te souciais beaucoup du dos des employés.

Cindy rit à son tour, secoua la tête et se retint au comptoir au milieu de la cuisine.

— Ça va ?

— Je me sens de mieux en mieux. (Elle but une nouvelle gorgée.) Alors tu me fais visiter ton antre ?

— Avec plaisir. Nous avons donc pour commencer la cuisine, dit-il avec un grand geste.

— On peut passer.

— Tu n'aimes toujours pas cuisiner ?

— Je déteste.

— C'est vraiment dommage car, si ma mémoire est bonne, tu te défendais très bien.

— C'est vrai ? Comment aurais-tu pu le savoir ? Tu n'étais jamais à la maison. Et qu'y a-t-il par là ? s'empressa-t-elle d'enchaîner.

Elle lâcha le comptoir, sortit de la cuisine et tourna à gauche dans le hall.

— C'est la bibliothèque.

La pièce lambrissée était entièrement tapissée de livres reliés, mis à part l'immense baie vitrée qui donnait sur le lac.

— Très impressionnant. Et moi qui croyais que la Bécasse ne savait pas lire.

— Détrompe-toi, se contenta de répondre Tom, un sourire au coin des yeux.

— Décidément, c'est une femme bourrée de talents.

— En effet.

Tom conduisit Cindy vers la pièce suivante. Un immense écran de télévision occupait tout un mur.

— Notre *home cinema*.

— Tu aimes toujours le cuir à ce que je vois. (Cindy caressa voluptueusement le moelleux du canapé.) Où sont les chambres ?

— De l'autre côté.

Tom lui fit retraverser le hall en marbre.

— Tu es sûre que ça va ?

— Oui, oui, très bien.

Cindy le suivit. Comme un petit chien, songea-t-elle, consciente d'être quelque peu éméchée. Pourtant elle n'avait pas bu grand-chose. À peine deux verres.

— Voici la chambre d'amis.

Cindy s'avança dans la pièce vert et blanc, reconnut un jean d'Heather sur le dossier d'une petite chaise à fleurs et plusieurs de ses chemisiers étalés sur la courtepointe blanche qui recouvrait le grand lit.

— C'est ravissant !

— Et elle a sa propre salle de bains, bien sûr.

— Comme la salle de recueillement, gloussa Cindy. Ils pensent à tout, c'est fou.

— Oui, étonnant.

— Tu crois que c'est Granger, McAllister qui l'a conçue ?

— Qui est-ce ?

— C'est là que travaille notre voisin, Ryan Sellick. Enfin, mon voisin, corrigea-t-elle, en s'appuyant contre le mur pour résister à son envie de s'allonger par terre. Il est architecte.

— Tu crois que c'est lui qui a dessiné la morgue ? demanda Tom en la conduisant vers la chambre des maîtres de maison.

— Non. Que tu es bête !

— Et toi, tu es pompette.

— J'espère bien.

Cindy envoya promener ses chaussures et enfonça ses orteils dans la moquette blanche.

— Waouh ! s'écria-t-elle en contemplant l'immense chambre avec le canapé et les fauteuils devant la baie vitrée, la commode ouvragée contre le mur en face, et le lit, un vrai délire avec son baldaquin drapé de kilomètres de satin crème. On se croirait dans *Les Mille et Une Nuits*. Tu y passes beaucoup de temps ?

— Cindy, Cindy. (Tom s'approcha d'elle par-derrière, posa lourdement ses mains sur ses épaules et pressa ses hanches minces contre son bassin.) Qu'est-ce que je vais faire de toi ?

Cindy sentit son souffle sur la nuque, reconnut le frémissement insidieux entre ses cuisses. Elle se dégagea de l'étreinte et plongea vers une petite pièce en retrait.

— Qu'y a-t-il par là ? C'est dingue ! Tu te sers vraiment de tout ça ?

Tom s'avança, très à l'aise, vers le tapis de course, le Stair-Master et le vélo. On voyait également un gros ballon d'exercice rouge dans un coin et une impressionnante collection d'haltères empilés contre un mur. Plus une télévision de bonne taille sur une tablette en hauteur, face au tapis de course.

— Je fais au moins une heure d'exercice par jour. Et toi ?

— Je fais du yoga, répondit-elle en se souvenant de son unique visite au studio de yoga.

— Tiens, ça m'étonne !

— Pourquoi ?

— Ça ne te tape pas sur les nerfs ? (Il éclata de rire.) Je t'imagine allongée, en train de dire : « S'il vous plaît ? Vous pourriez accélérer ? » En tout cas, ça a l'air de te réussir.

— Tu m'as dit que je ne ressemblais à rien.

— C'est vrai ? Quand ça ?

— Dans ton bureau.

— Ah, oui ! Mais c'était avant notre petit tour à la morgue.

— Tu veux dire que j'ai très bonne mine par rapport à la fille sur la table ?

— Je dis simplement que tu es superbe. Point final.

— Alors, tu mentais avant.

— Je mentais.

— Tu es un menteur ? gloussa-t-elle.

— Je suis avocat.

Ils éclatèrent de rire et il se pencha vers elle. Cindy l'esquiva.

— Et la salle de bains ? Elle est par là ?

Elle passa devant les dressings et entra dans une pièce entièrement carrelée de marbre beige avec un double jacuzzi, une grande douche ouverte, deux lavabos et assez de miroirs pour satisfaire Narcisse en personne.

— Oh là là ! s'écria-t-elle en voyant son image rebondir d'une glace à l'autre : le vieux T-shirt, le jean trop large, les cheveux plats, le regard de zombie. Je ne ressemble vraiment à rien.

— Tu es magnifique.

Tom posa son verre sur le comptoir et s'approcha d'elle.

— Avocat ! dit-elle en se laissant aller en arrière contre sa poitrine pendant qu'il l'entourait de ses bras, appuyait sa joue contre la sienne, lui prenait son verre des mains et le posait sur un meuble.

Allait-il réellement l'embrasser ? se demanda-t-elle tandis qu'il la retournait lentement vers lui. Et allait-elle réellement le laisser faire ?

(Flash-back : Cindy se remémore le coup de fil que vient de lui passer Tom tout en retirant le maquillage qu'elle a laborieusement appliqué une heure plus tôt. « Désolé, ma chérie, je ne pourrai pas venir au cinéma. Nous avons une urgence et je suis coincé au bureau pour encore au moins une heure. Dédommage la baby-sitter et vois si elle peut revenir la semaine prochaine. »)

Sa bouche avait le goût de la vodka et des canneberges, constata-t-elle avec volupté, chavirée par la douceur de ses lèvres et de sa langue qui taquinait la sienne. Ni trop, ni trop peu. Juste ce qu'il fallait. Comme au bon vieux temps, aurait dit sa mère.

Et Neil ? pensa-t-elle brusquement, croyant voir son reflet dans le miroir, derrière la tête de Tom.

Vous êtes la femme la plus courageuse que je connaisse, l'entendit-elle dire.

— C'était si bon avec toi, chuchota Tom. (Il glissa la main sous son T-shirt et dégrafa d'un doigt expert le soutien-gorge.) Mon Dieu, de vrais seins ! J'avais presque oublié ce que c'était.

(Flash-back : Cindy allongée sur son lit, l'oreiller trempé de larmes, pendant que Tom se glisse contre elle, passe la main sous sa chemise de nuit et prend ses seins dans les mains.

— Désolé de rentrer si tard. (Il l'embrasse dans le cou. Son haleine sent le vin.) Mon client n'arrêtait pas de parler, ajoute-t-il en descendant une main entre ses jambes. J'ai cru que le dîner ne finirait jamais.

Elle sent le parfum d'une autre femme tandis qu'il la pénètre.)

— Viens par ici, dit-il en la conduisant entre le tapis de course et le vélo vers la chambre.

Il lui enleva son T-shirt, le soutien-gorge tomba et se fondit sur la moquette blanche, comme la moufle d'un enfant dans la neige.

— Tu as toujours eu des seins si beaux, s'émerveilla-t-il en la renversant sur le lit avant de déboutonner sa chemise.

Qu'est-ce que je fais ? Et Neil ? Après avoir mené une vie de nonne pendant trois ans, voilà qu'elle se conduisait comme la dernière des traînées. Et je ne me sens pas bien, constata-t-elle alors que la langue de Tom lui taquinait le bout des seins pendant qu'il se battait avec le bouton de son jean.

(Flash-back : Cindy au fond de son lit, frigorifiée et nauséeuse, boit de la tisane, lorsqu'elle entend la porte d'entrée s'ouvrir et une femme éclater de rire. Elle se lève péniblement et s'approche en titubant du haut de l'escalier. Elle entend Tom.

— Tu veux que je te serve un verre ?

— Tom ? C'est toi ?

Elle voit Tom émerger de la cuisine, visiblement surpris de la voir.

— Qu'est-ce que tu fais là ? Ce n'est pas aujourd'hui que tu devais aller donner un coup de main à l'école d'Heather ?

— Je ne me sentais pas bien, j'ai préféré annuler. Que se passe-t-il ?

— J'ai oublié ma mallette, dit-il d'un ton désinvolte. Et devine qui j'ai rencontré dans la rue ?

La tête d'une femme apparaît. Cindy reconnaît la mère d'une amie d'Heather.)

Que diable lui arrivait-il ? Elle secoua la tête pour s'éclaircir les idées, mais ne réussit qu'à les brouiller davantage et à se donner mal au cœur.

— Nous avons vécu de tellement bons moments ensemble, continuait Tom, sans percevoir son malaise.

— Quand tu ne me trompais pas, répondit-elle sèchement.

— Oh ! tu prenais ça trop au sérieux. Ça ne comptait pas pour moi.

C'était censé la consoler ?

— Malheureusement, ça comptait pour moi.

Silence. La main de Tom s'immobilisa sur sa peau nue.

— Tu es en train de casser l'ambiance, ma chérie.

— Tu veux vraiment me faire l'amour dans cet appartement ? Dans ce lit ?

Tom recula et leva les mains en l'air, comme s'il avait un revolver braqué sur lui.

— Bon sang, Cindy ! Tu ne pourrais pas te détendre un peu et te laisser aller ? Tu n'as pas changé !

— Bon sang, Tom ! Toi non plus !

252

Cindy se redressa, remonta la fermeture Éclair de son jean tout en cherchant des yeux son soutien-gorge sur la moquette. Elle s'agenouilla, chercha à tâtons par terre et allait se relever lorsqu'une voix demanda sur le seuil de la chambre :

— Papa ? Qu'est-ce que tu fais si tôt à la maison ?

Elle n'eut que le temps de se retourner.

— Oh !

Heather écarquilla les yeux de stupéfaction, son regard naviguant entre son père, chemise ouverte, et sa mère à quatre pattes, à moitié déshabillée.

— Ce n'est pas ce que tu crois, protesta faiblement Tom, en tripotant les boutons de sa chemise.

— Il ne s'est rien passé, bredouilla Cindy en remettant son soutien-gorge.

D'abord sa mère et sa sœur qui la surprenaient avec Neil et maintenant sa fille qui la découvrait avec Tom ! C'était la récompense de trois ans d'abstinence !

— Bien sûr. Voyons. Ben dis donc !

— C'était juste un moment d'égarement, expliqua Cindy.

— Tu n'avais pas cours jusqu'à six heures ?

— Vous allez vous remettre ensemble ?

— Certainement pas ! déclara Tom d'un ton catégorique.

— Mon Dieu, non ! renchérit Cindy.

— Bon... eh bien... je vous laisse.

Heather effectua une retraite prudente vers la porte.

— Ma chérie..., commença Cindy.

— Tout va bien. T'inquiète pas pour moi. Je t'appellerai plus tard.

Elle claqua la porte d'entrée derrière elle. Tom se tourna vers Cindy.

— Tu peux être fière de toi !

25.

Le mercredi 11 septembre, Cindy resta au lit à revivre, devant la télévision, l'horreur des attaques terroristes de l'année précédente contre le World Trade Center.

Comme tous les gens qu'elle connaissait, Cindy se souvenait de l'endroit exact où elle se trouvait lorsqu'elle avait appris la catastrophe. C'était pendant le Festival du film. Elle venait de sortir de l'Uptown avec Meg où elles avaient assisté à la projection du film anglais *Last Orders*, avec Michael Caine et Bob Hoskins. Il était environ onze heures du matin et elles se dirigeaient vers Yonge Street pour manger un sandwich avec Trish avant le film suivant.

— Il n'y a pas un chat! s'était-elle écriée, surprise de ne voir personne faire la queue devant le cinéma.

— Il s'est passé quelque chose au carrefour, avait dit Meg.

Arrivées à l'intersection de Yonge et de Bloor, elles avaient trouvé une foule, plusieurs centaines de personnes muettes de stupeur, les yeux rivés sur l'écran géant accroché sur l'immeuble d'en face : on voyait en boucle, sous différents angles, les deux avions détournés se jeter sur les tours jumelles. Paralysées d'effroi, elles avaient regardé les gratte-ciel s'effondrer sur eux-mêmes, en projetant des débris sur les rues avoisinantes et tout se recouvrir d'une poussière grise suffocante.

À l'époque de l'attentat, Cindy avait cru que rien de plus effroyable ne pouvait arriver.

Leigh entra dans la chambre.

— Il faut que tu parles à maman. Elle vient d'annuler l'essayage avec Marcel. Mais qu'est-ce que tu regardes?

Elle s'approcha du lit, prit la télécommande et coupa la télévision.

— Qu'est-ce que tu fais?

Cindy lui arracha le boîtier et ralluma.

Sa sœur le lui reprit et éteignit de nouveau.

— Tu ne devrais pas regarder ça.

— Pourquoi?

— Ça va te déprimer.

— Donne-moi ça.

Leigh cacha la télécommande derrière son dos, Cindy se leva d'un bond.

— Leigh, je te préviens, rends-moi ça.

— Non.

— Leigh...

— Pas question.

— Oh, pour l'amour du ciel!

Cindy se dirigea droit sur la télévision et appuya triomphalement sur le bouton marche.

Sa sœur éteignit aussitôt.

— Mais à quoi tu joues?

— Je te protège.

— De quoi, bonté divine?

— De toi-même.

— De moi-même?

— Tu ne fais que des bêtises en ce moment.

— Des bêtises? De quoi parles-tu?

— D'abord tu couches avec ton comptable, ensuite avec ton ex-mari...

Cindy leva les yeux au ciel.

— Primo, Neil n'est pas mon comptable et, secundo, je n'ai pas couché avec Tom.

— Uniquement parce que Heather vous a surpris.

— C'était fini avant qu'elle n'arrive.

— Comment ça? Tu disais qu'il ne s'était rien passé.

— C'est vrai.

— Mais ça a failli! Je m'en doutais.

Cindy se laissa tomber sur le lit.

— Cette conversation ne rime à rien.

— Il faut t'habiller.

Cindy contempla sa chemise de nuit jaune.

— Je suis très bien comme ça.

— Il est presque midi et tu es encore en pyjama.

Cindy lui lança un regard qui disait « Et alors ? »

Leigh se dirigea d'un pas décidé vers le placard.

— Qu'est-ce que tu fais ?

Leigh revint avec un corsaire noir et un pull rayé vert et blanc. Elle les jeta sur le lit avec des sous-vêtements propres.

— Tiens, mets ça !

— Je n'ai pas envie.

— Je ne quitterai la chambre que lorsque tu seras habillée.

— Eh bien, installe-toi confortablement parce que je ne mettrai jamais tes nippes.

— Pour l'amour du ciel, Cindy, tu es pire que mes enfants.

— Pour l'amour du ciel, Leigh, tu es pire que notre mère.

— Cindy...

— Leigh...

Match nul, pensa Cindy.

— Alors qu'est-ce qu'on fait ? demanda Leigh, les mains sur les hanches, sans lâcher la télécommande qui avait l'air scotchée à sa paume droite.

— Bon, d'accord, tu as gagné, soupira Cindy.

— Tu t'habilles ?

— Aide-moi à enlever ça, dit-elle en tirant sur le devant de sa chemise de nuit.

Et alors que Leigh s'approchait sans méfiance, Cindy lui sauta dessus et la fit tomber par terre. Elle essayait de lui arracher la télécommande.

— Non, mais ça va pas ! hurla Leigh. T'es malade !

— Donne-moi ça.

— Non !

— Donne !

— Maman !

— Donne-moi cette maudite télécommande.

— Maman !

— J'arrive ! cria leur mère au rez-de-chaussée. Que se passe-t-il ?

— Quel bébé ! ricana Cindy.

Elle griffa le bras de sa sœur.

— Sale gosse !

Norma fit irruption dans la pièce et leva les bras au ciel en voyant ses filles se battre comme des chiffonnières.

— Mais qu'est-ce que c'est que cette pagaille ?

— Elle m'a griffé le bras.

— Elle m'a pris ma télécommande.

— Arrêtez, toutes les deux ! Immédiatement !

Les filles s'écartèrent et s'assirent en se fusillant du regard.

— C'est ma télécommande, marmonna Cindy.

— Rends-lui sa télécommande, ordonna leur mère.

Leigh jeta le boîtier par terre. Cindy s'empressa de le ramasser.

— Regarde ce qu'elle m'a fait au bras.

Leigh montra une petite éraflure au-dessus du coude.

— Cindy, présente des excuses à ta sœur !

Cindy détourna la tête.

— Présente des excuses, répéta sa mère.

— Désolée, grommela-t-elle d'une voix à peine audible.

— Qu'est-ce que tu as dit ? demanda Leigh. Je n'ai pas entendu.

— Maman ! protesta Cindy.

— N'en rajoute pas, dit Norma.

Elle aida sa fille cadette à se relever.

— C'est ça. Prends son parti.

— Je ne prends aucun parti.

— *N'en rajoute pas !* Comment je dois le prendre, à ton avis ?

Leigh en tremblait d'indignation. Sa mère fit un signe de tête vers le dessous de ses bras.

— Oh, ma chérie, tes « Bonjour, Helen ! » Tu ne devrais pas mettre des chemisiers sans manches.

Cindy éclata de rire.

— Vous êtes aussi cinglées l'une que l'autre ! cracha Leigh.

Cindy se releva à son tour, elle riait de plus belle.

— Qu'y a-t-il de si drôle?

— C'est toi. Tu es ridicule.

— Moi? Moi, je suis ridicule?

— Oui, ridicule.

— Les filles, je vous en prie.

— C'est moi qui refuse de m'habiller? C'est moi qui me fais surprendre par ma fille à moitié nue avec mon ex-mari?

— Heather n'était pas à moitié nue, protesta Cindy.

— Vas-y! Plaisante! Fais celle qui ne comprend pas! C'est plus facile que de regarder la vérité en face.

— Quelle vérité?

— Écoutez..., tenta d'intervenir Norma.

— Tu as un comportement complètement irresponsable.

— Quoi?

— Tu n'arrêtes pas de t'enfuir de la maison sans dire où tu vas ni à quelle heure tu reviens.

— Je suis chez moi. Je suis adulte. J'ignorais que je devais rendre des comptes.

— Le problème n'est pas là. C'est une simple question de considération.

— Et si je ne sais pas où je vais ni quand je rentre?

— C'est bien ce que je disais. Tu ne sais plus ce que tu fais.

— Tu réalises que tu commences à parler comme Tom?

— Eh bien, il n'a peut-être pas tort, finalement.

— Je suis désolée si je ne me comporte pas toujours raisonnablement ces derniers temps...

— Oh, ça ne date pas d'aujourd'hui! Tu n'en as jamais fait qu'à ta tête. De qui tient Julia, à ton avis?

— Attention! la mit en garde Cindy.

— Quand Cindy a décidé de se marier à dix-huit ans et que ses parents s'y opposent, pas de problème. Elle s'enfuit aux chutes du Niagara. Quelle importance si ses parents se rongent les sangs pendant deux jours à se demander où elle est passée? Quelle importance si cela les empêche d'assister à la représentation de *Our Town*, dans laquelle leur fille cadette tient le premier rôle qu'elle a répété pendant des mois? Que diable, ce n'est qu'une pièce jouée par des élèves! Il y aura plein d'autres occasions. Ce n'est pas ce que tu m'as dit, maman?

— Voyons, ma chérie, qu'est-ce qui t'arrive? protesta Norma.

— *Our Town*? s'esclaffa Cindy. Non, mais tu plaisantes!

— Pourquoi? Parce que ça comptait pour moi?

— Leigh, ma chérie, je t'en prie...

— Tu me pries de quoi, maman? Je t'en prie : pas de scandale? Je t'en prie : ne sois pas fâchée si je n'ai pas le temps de m'occuper de toi?

— Est-ce à cause de l'essayage que j'ai dû annuler cet après-midi...?

— Tu n'as pas dû l'annuler, tu as choisi de l'annuler.

— J'avais l'impression qu'il y avait des choses plus importantes...

— Plus importantes que le mariage de ta petite-fille?

— Je n'ai jamais dit ça.

— Pourquoi la fille de Cindy passe-t-elle avant la mienne?

— Au cas où tu ne l'aurais pas remarqué, la coupa Cindy, ma fille a disparu.

Et elle éclata en sanglots. Sa mère se précipita.

— Laisse-la. Arrête de la materner, marmonna Leigh.

Norma se retourna vers sa fille cadette.

— Qu'est-ce qui te prend? Pourquoi te conduis-tu ainsi?

— J'en ai marre qu'on m'ignore.

— Qui t'ignore? demanda Cindy

— J'ai carrément abandonné ma famille pour venir ici, je te fais la cuisine, je nettoie derrière toi...

— Personne ne t'a rien demandé.

— Je prends soin de toi depuis que tu es née. Après ton mariage, qui a pris ta défense? Qui a fait en sorte que papa et maman se réconcilient avec toi? Qui était là quand ton merveilleux mari t'a plaquée? Qui est restée des heures à côté de toi à écouter le putain de message qu'il a laissé sur le répondeur? Qui s'est précipitée quand Julia a décidé d'aller vivre chez son père? Qui t'a tenu la main pendant que tu versais toutes les larmes de ton corps?

— Toi! hurla Cindy. (Elle agitait les poings comme un boxeur luttant contre un adversaire invisible.) Toi, toi, toi!

Toujours la première sur les lieux du drame ! Disponible en période de crise ! Mais le reste du temps, dis-moi, quand viens-tu ?

Silence.

— Dis-moi quand tu m'invites ?

Les deux sœurs se dévisagèrent. La sonnette de la porte retentit.

— Merde ! dirent-elles presque simultanément.

— Merde ! dit leur mère.

Personne ne bougea.

La sonnette retentit une nouvelle fois.

— J'y vais. (Norma se tourna lentement vers le couloir.) Je peux vous laisser seules ?

La sonnette retentit une troisième fois.

— J'arrive ! J'arrive.

— Tu attends quelqu'un ? demanda Leigh.

Cindy secoua la tête et tendit l'oreille.

— C'est stupide, mais chaque fois qu'on sonne, j'espère que c'est Julia.

— Moi aussi.

Elles tombèrent dans les bras l'une de l'autre, en larmes.

— Oh, Cindy ! murmura Leigh. Je suis sincèrement désolée. Je ne pensais pas un traître mot de ce que j'ai dit.

— Non, tu avais raison. Je n'ai vraiment pas été gentille avec toi.

— Arrête.

— Je ne t'ai jamais remerciée pour tout ce que tu avais fait.

— Ce n'était pas la peine.

— Si. J'aurais dû le faire. Tu mérites davantage de reconnaissance.

Leigh sourit tristement et serra sa sœur encore plus fort.

— Ce n'était pas le moment de parler de *Our Town*.

— Je suis sûre que tu as été géniale.

— Je t'aime.

— Je t'aime aussi. (Cindy écarta une mèche qui tombait sur le front de sa sœur.) Est-ce que je t'ai dit que j'adorais ta nouvelle couleur de cheveux ?

260

— C'est vrai ? Tu ne crois pas que je devrais faire quelques mèches plus sombres ?

— Ça ne serait pas mal, non plus.

— Cindy ? appela Norma depuis l'entrée. Descends voir ce qu'on vient de t'apporter.

— Qu'est-ce que c'est ?

— Des fleurs.

Pendant que sa mère écartait le papier cellophane et sortait une ravissante composition de saintpaulias, Cindy détacha la petite enveloppe blanche épinglée sur le côté.

Je pense à vous, lut-elle. *Martin Crawley.*

Elle laissa échapper un petit rire et glissa la carte dans la poche de sa liquette.

— De qui est-ce ?

Cindy sourit.

— De mon comptable.

— Il a l'air charmant.

Leigh prit la plante et la porta à la cuisine.

— Et si je faisais mon fameux poulet au citron que Julia aime tant ? On pourrait lui en congeler pour quand elle reviendra. Qu'en penses-tu ?

— Je pense que ça lui fera très plaisir, dit Cindy en la suivant.

— Eh bien, c'est parti !

— Leigh ?

— Oui ?

Cindy prit une profonde inspiration.

— Merci.

26.

— Qu'est-ce que tu leur as dit pour qu'elles s'en aillent ? demandait Neil.

— Juste « s'il vous plaît ». Une petite phrase que j'avais tendance à oublier ces derniers temps.

Il était presque minuit et ils étaient assis, nus, dans son lit, après avoir fait trois fois l'amour depuis l'arrivée de Neil, deux heures plus tôt. Elvis était couché par terre. Il avait senti qu'ils avaient besoin d'intimité... Ou alors il en avait assez de cette agitation.

— Je crois qu'elles étaient ravies de faire une pause. Mon beau-frère a été très patient mais il doit être content de récupérer sa femme, ne serait-ce quelques jours. Et ma mère était là depuis...

Cindy laissa la phrase en suspens, répugnant à prononcer le nom de Julia. Elle ne voulait pas que l'angoisse qui la torturait depuis la disparition de sa fille se dresse entre eux, alors que faire l'amour avec Neil était son seul répit.

Mais c'était déjà trop tard. La souffrance, qui s'était matérialisée au départ par de véritables coups de poignard dans la poitrine ou dans l'estomac, s'était transformée en une douleur sourde, plus lancinante. Elle pénétrait chaque fibre de son corps et se glissait déjà sournoisement entre eux.

— Et si nous regardions la télé ?

Cindy alluma le poste et se mit à zapper nerveusement.

— Qu'est-ce que c'est ? demanda Neil au moment où les doigts de Cindy se figeaient sur la télécommande.

262

Le célèbre chef-d'œuvre d'Edvard Munch venait d'apparaître à l'écran, sous la forme du masque hideux de *Scream*. Derrière se cachait le visage d'un tueur sans pitié qui traquait un groupe d'adolescents nubiles.

— *Scream*, annonça Cindy, et elle secoua la tête en pensant que la stupéfiante œuvre d'art avait connu la consécration grâce à une série de films d'horreur. Dire qu'elle les avait tous vus !

Non, je n'irai pas voir Scream 3 *avec toi*, avait protesté Julia, quand le film était sorti. *Tout le monde sait qu'il est nul. Comment peux-tu aller voir un navet pareil ?*

Avant la disparition de Julia, Cindy disposait d'une réponse toute faite, un peu similaire à celle qu'elle avait donnée à Neil lors de leur premier rendez-vous. Elle adorait souffrir par procuration, avait-elle expliqué à Julia, justement parce que c'était indirect. Elle pouvait ressentir le plaisir du danger sans en expérimenter la réalité. Le danger était entièrement illusoire et elle parfaitement en sécurité.

Sauf que personne n'est à l'abri, s'apercevait-elle maintenant. C'était la notion de sécurité et non la menace du danger qui était illusoire.

Les monstres existaient vraiment.

Cindy se remit à passer d'une chaîne à l'autre.

— Arrête-moi si tu vois quelque chose d'intéressant.

Neil lui retira doucement la télécommande des mains et éteignit le récepteur.

— Il est tard. Si on dormait ?

— Est-ce que tu trompais ta femme ? demanda-t-elle brusquement, à l'affût de sa réaction.

— Non. Ce n'est pas mon genre.

— Tom m'a constamment trompée.

— C'était un crétin.

— Oui, c'est vrai.

Cindy sourit, mais cette fois sans le petit rictus contraint qu'elle affichait automatiquement à la moindre allusion à son mari.

Votre divorce remonte à sept ans, entendit-elle dire Julia. *Il serait temps de t'en remettre.*

À sa grande stupéfaction, elle se rendait compte qu'elle venait de s'en remettre.

— Tu as faim ? demanda-t-elle à Neil, soudain revigorée. Ou soif ?

— Non, juste sommeil.

Cindy sentit son corps se crisper. Dormir ! Elle aimerait pouvoir le faire !

— Vite. Donne-moi le nom des sept nains.

— Quoi ?

— Dans *Blanche-Neige*. Tu sais... Dormeur, Timide, Grincheux, Prof, Joyeux...

— Cindy, qu'est-ce qui ne va pas ?

— Rien. Pourquoi ?

— Il est minuit et tu me parles d'un conte de fées. Que se passe-t-il ? Tu veux que je m'en aille ?

— Non. Bien sûr que non.

— Tu en es certaine ? Si ça te pose un pro...

— Tu n'y es pas du tout.

Cindy prit son peignoir, descendit du lit, alla à la fenêtre, ouvrit les volets et contempla les toits des demeures cossues de Clarendon, en se demandant distraitement quels secrets ils dissimulaient.

Neil arriva derrière elle et la prit dans ses bras.

— Alors qu'est-ce qui ne va pas ?

— Je ne dors plus depuis quelques jours.

— C'est compréhensible.

— Je ne suis pas sûre que tu aimeras être réveillé en sursaut par mes cris dans une heure ou deux.

— Tu fais des cauchemars ?

— Je ne sais pas si c'est le terme qui convient. Ils sont tellement stupides.

Elle lui raconta qu'elle se réveillait en sueur toutes les nuits, persuadée de mourir parce qu'elle avait oublié de prendre de mystérieux cachets.

— Ma mère dit que c'est hormonal. Ma sœur, la conséquence directe de mon angoisse. Quoi qu'il en soit, ça me mine.

— Je pourrais peut-être t'aider.

— C'est vrai ? Comment ?

— Viens.

Neil la ramena vers le lit, la fit asseoir puis disparut dans la salle de bains. Elle l'entendit fouiller dans la pharmacie et ensuite ouvrir un robinet.

— Je ne veux pas prendre de somnifères, dit-elle en le voyant revenir avec un verre d'eau.

— Tu as besoin de dormir, Cindy.

— Les médicaments ne guérissent pas tout.

— Essaie ceux-là.

Neil s'assit sur le lit et ouvrit la main.

Cindy regarda sa paume vide.

— Qu'est-ce que c'est ? Les médicaments neufs de l'empereur ?

— Prends-en autant que tu veux.

Cindy se perdit dans le bleu de ses yeux.

— Tu crois vraiment que ça va marcher ?

— Ça ne pourra pas te faire de mal. Vas-y. Fais confiance au médecin.

Elle tendit des doigts hésitants vers les comprimés invisibles. Elle fit mine d'en prendre un, de le mettre sur le bout de la langue et de l'avaler avec un peu d'eau. Puis elle en prit un autre.

— Et si tu en avalais un de plus pour te porter bonheur ?

— Pour me porter bonheur, acquiesça-t-elle.

Puis elle lui rendit le verre.

— Et qu'est-ce qu'on fait maintenant ?

Neil posa le verre sur la table de nuit puis se glissa sous les draps contre elle et la prit dans ses bras.

— Bonne nuit, Cindy, dit-il en l'embrassant tendrement. Fais de beaux rêves.

Lorsque Cindy se réveilla le lendemain matin, à sept heures, Neil était déjà à la salle de bains.

— Tu ne le croiras jamais. Mais tes pilules magiques m'ont fait de l'effet.

Elle éclata de rire et s'apprêtait à le rejoindre sous la douche lorsque le téléphone sonna.

— Cindy, c'est Ryan Sellick. Je suis certainement la dernière personne à qui tu aies envie de parler, vu les circonstances, mais...

Neil émergea de la salle de bains. Il se frottait les cheveux, et lui lança un regard interrogateur.

— Que se passe-t-il? (Cindy plaqua la main sur le micro.) C'est mon voisin, glissa-t-elle à Neil.

— Crois-moi, je ne t'appellerais pas si je n'étais pas complètement coincé...

— Qu'y a-t-il, Ryan?

Neil vint vers elle, l'embrassa sur le front et commença à ramasser ses vêtements.

— ... mais tu as été tellement gentille avec Faith, et je ne sais vers qui me tourner.

— Faith ne va pas bien?

— Elle vient de passer une très mauvaise nuit, et s'est endormie il y a à peine un quart d'heure. Malheureusement, je dois partir à Hamilton...

— Tu veux que je m'occupe d'elle?

— Je me demandais si tu ne pourrais pas garder Kyle jusqu'à ce qu'elle se réveille. Je sais que ce n'est pas le moment de te demander un service pareil, surtout quand tu penses que j'aurais pu... Mais on doit venir me chercher dans moins d'une demi-heure et...

— C'est d'accord, dit Cindy en regardant Neil s'habiller.

— C'est vrai?

— Je serai là dans un quart d'heure.

— Merci. Cindy?

— Quoi?

Silence.

— Je t'en prie, crois-moi. Je n'ai rien à voir dans la disparition de Julia.

— Je me dépêche.

Elle raccrocha.

— Tu crois que c'est une bonne idée? s'inquiéta Neil.

Elle haussa les épaules. Elle n'était plus sûre de rien.

— Peut-être que m'immerger dans les problèmes des autres quelques heures me fera oublier les miens.

— Tu es étonnante.

— J'ai bien dormi.

Neil l'embrassa doucement sur les lèvres. Ses cheveux sentaient le shampooing à la pomme.

— Il vaut mieux que je rentre me changer avant d'aller travailler.

— Remercie Max de ma part d'avoir autorisé son père à passer la nuit dehors, dit-elle en le raccompagnant à la porte, quelques minutes plus tard.

— Je t'appellerai.

Cindy le regarda reculer jusqu'à la rue, puis elle monta s'habiller, consciente de ne pas s'être sentie aussi bien depuis des jours. Peut-être... parce qu'elle avait dormi comme un loir... qu'elle avait fait l'amour pour la première fois depuis des années... ou alors elle était amoureuse ?

— Comment puis-je envisager de tomber amoureuse à un moment pareil ? s'exclama-t-elle à voix haute, prenant la maison déserte à témoin.

Elle retira son peignoir et resta nue au milieu du couloir. Seule. Pas de mère pour lui dire qu'elle allait prendre froid, pas de sœur pour lui faire observer qu'elle aurait le ventre plat si elle faisait de la gym. Ni même d'Heather pour se plaindre de ce que lui réservait l'avenir. Enfin, sans Julia pour lui demander de se couvrir... Oh ! mon Dieu...

Sans Julia.

— Je suis seule, dit-elle au chien qui s'empressa de lui lécher les orteils. Enfin, pas si seule que ça, corrigea-t-elle, soudain reconnaissante à l'animal de sa présence.

Elle s'agenouilla afin de lui caresser le flanc, et le regarda rouler sur le dos et lui offrir son ventre.

— Merci d'être là, lui dit-elle, en le gratifiant de grattouillis supplémentaires.

Elvis grogna de plaisir, s'étira de tout son long et battit l'air de sa patte pour en redemander.

Continue, semblait-il dire. *Continue*.

Continue ! avait-elle crié cette nuit quand Neil avait enfoui sa tête entre ses cuisses.

— Je recommence, soupira-t-elle. Comment puis-je être heureuse, croire en l'avenir alors que le présent est si perturbé ?

Pourtant c'était bien de l'espoir qu'elle éprouvait. Ou une prémonition ? se demanda-t-elle en prenant sa douche et en s'habillant. Son intuition lui soufflait-elle que tout allait changer, que rien n'était perdu, qu'elle avait des raisons d'être optimiste ?

Peut-être qu'à cet instant précis on sauvait Julia, s'imagina-t-elle en dévalant l'escalier, que, dans quelques minutes, la police viendrait lui apporter la bonne nouvelle. Et elle ne serait pas là. Elle décida d'appeler l'inspecteur Bartolli. Au cas où. Elle laissa le numéro de téléphone des Sellick au policier de permanence, puis enferma Elvis dans la cuisine et partit.

Elle arriva chez les Sellick au moment où une Caprice noire s'arrêtait dans l'allée.

— Pourriez-vous dire à Ryan que son chauffeur l'attend ? lui lança la séduisante jeune femme au volant.

Cindy opina, notant au passage la cascade de cheveux bouclés, la robe fleurie et décolletée. Elle sonna.

— Cindy, Dieu merci te voilà, dit Ryan en ouvrant la porte.

— Ton chauffeur est là, annonça-t-elle avec un geste vers l'allée.

Ryan fit signe à la jeune femme qu'il arrivait et referma la porte.

— Kyle dort. Faith a tiré son lait et il y a des biberons dans le réfrigérateur. Tu n'auras plus qu'à les réchauffer légèrement au micro-ondes...

— Ryan, ne t'inquiète pas. Je sais ce qu'il faut faire.

— Oui, bien sûr. (Il balaya la pièce du regard rapidement.) Bon sang ! Où ai-je mis ma mallette ?

— C'est ça ?

Cindy indiquait une sacoche en cuir noir appuyée contre le mur de la cuisine.

— Oui.

Il fit deux pas de géant, la ramassa, la serra contre son costume gris, et considéra d'un air ennuyé la cuisine et la salle de séjour.

— Je suis désolé de laisser la maison dans un tel état.

— Je rangerai.

— Oh non ! je t'en prie. Ce n'est pas à toi de faire ça.

— Ça ne m'ennuie pas. Ça m'occupera.

Un klaxon retentit dehors.

— Je dois y aller.

— Vas-y.

— Comment je suis ?

— Parfait.

— C'est un client très important sinon j'aurais envoyé quelqu'un d'autre.

— Tu l'auras !

— Tu es un cadeau du ciel, Cindy. Je ne sais pas comment te remercier.

Tu pourrais retrouver ma petite fille, pensa-t-elle.

— Ton chauffeur t'attend.

Ryan ouvrit la porte.

— J'ai laissé le numéro de mon portable sur le comptoir de la cuisine, si tu as un problème.

— Tout se passera bien.

— Je t'appellerai dès que j'aurai deux minutes.

— Ne t'inquiète pas.

Ryan dévala les marches, courut vers la voiture et s'arrêta, la main sur la poignée.

— Tu n'as toujours pas de nouvelles ?

Cindy secoua la tête.

— Soyez prudente ! dit-elle à l'impatiente jeune femme derrière le volant.

— Je t'appellerai.

Cindy fit au revoir de la main. La voiture s'engagea dans la rue en direction des embouteillages de Poplar Plains. Elle n'aurait pas aimé être à leur place. En temps normal, il y avait déjà une heure de route mais, aux heures de pointe, il fallait compter une demi-heure en plus, et davantage encore, s'il n'y avait pas d'accidents.

(Dispute typique :

— Bonté divine ! Mais puisque je te dis que c'est un accident ! crie Julia, treize ans, en jetant un regard méprisant au vase Lalique qu'elle vient de faire tomber par inadvertance du manteau de la cheminée.

— Je sais, répond Cindy d'un ton égal. J'ai juste dit que tu pourrais faire attention.

— Tu ne vas pas faire un drame pour un vase !

— C'était un cadeau d'anniversaire de Meg. Et je te prie de me parler sur un autre ton.

— Mais qu'est-ce que j'ai encore dit, nom d'un chien ?

— Julia...

— Maman...

Match nul.)

Cindy referma la porte d'entrée, et appuya la tête contre le battant, en essayant de ne pas entendre l'écho des récriminations de Julia. Il fallait qu'elle arrête. Elle ne pouvait pas continuer à l'associer à toutes les situations, ou à mettre ses inflexions sur toutes les paroles.

Mais comment pouvait-elle cesser de penser à sa fille, s'habituer à vivre sans elle ?

Elle entra dans le salon et sentit l'espoir qui renaissait se dissiper devant le désordre. Les coussins du canapé étaient éparpillés sur le plancher. Des tasses à café sales traînaient partout. Le sol collait sous les semelles. Une assiette de poulet grillé presque intacte trônait sur la table basse constellée de taches. Cindy emporta l'assiette à la cuisine et la vida dans la poubelle, sous l'évier rempli de vaisselle sale.

— Quelle pagaille !

Elle mit les assiettes dans le lave-vaisselle, puis rinça à la main la demi-douzaine de verres à vin abandonnés sur le comptoir.

Était-ce Faith qui buvait ? Ou Ryan ?

Votre fille boit-elle ? avait demandé l'inspecteur Gill.

Non, avait-elle répondu.

Parfois, avait corrigé Tom.

— Arrête ! dit-elle à voix haute. Il n'y a pas que Julia.

Le reflet de Julia lui fit un clin d'œil dans la grande vitre de la cuisine qui donnait sur le jardin.

— Bien sûr que si ! soupira-t-elle, tandis que le bébé se mettait à pleurer à l'étage.

27.

Cindy monta en courant et passa sur la pointe des pieds devant la porte de la chambre des parents. Pourvu que les cris du bébé n'aient pas réveillé Faith.

Il hurlait à pleins poumons, le visage crispé par la colère ; on aurait dit une pelote de laine rose vif. Elle le prit avec précaution dans ses bras, l'appuya contre sa poitrine, lui embrassa la tête, et le berça.

— Tout va bien. Tout va bien, tout va bien, mon bébé. Ne pleure pas. Ne pleure pas.

À son grand étonnement, le bébé se calma presque instantanément.

C'était facile, pensa-t-elle sans cesser de se balancer. Trop facile, corrigea-t-elle en sentant le bébé se raidir puis agiter fiévreusement les bras et les jambes en poussant de nouveaux cris encore plus perçants. Elle referma la porte du bout du pied.

— Julia criait-elle aussi fort quand elle était bébé ? marmonna-t-elle. Tu veux que je te change ? C'est ça qui te gêne ?

Cindy regarda autour d'elle, et s'aperçut seulement à ce moment-là que la pièce était ravissante. Des murs bleu pâle, un berceau en bois blanc et une commode peinte à la main, une grande étagère couverte d'animaux en peluche, qui courait sur trois des murs, un fauteuil à bascule près de la petite fenêtre latérale, des rideaux assortis au délicat vichy bleu des draps. Un mobile composé d'éléphants pendait du lustre ; un autre composé de papillons pastel était accroché au-dessus du berceau.

— Tu as tout ce dont on peut rêver, murmura-t-elle en posant l'enfant sur la table à langer. Nous allons te nettoyer et tu te sentiras beaucoup mieux, tu verras.

Elle déboutonna son pyjama blanc et lui enleva sa couche d'une main experte.

— Ça ne s'oublie pas, c'est comme la bicyclette.

Le nourrisson hurla de plus belle.

— Oh, ça ne t'impressionne pas apparemment !

Et il n'était pas mouillé non plus. Elle décida quand même de lui mettre une nouvelle couche et, au moment où elle se penchait pour l'attacher, un jet de pipi jaillit vers son visage, ratant de peu son œil. Elle recula de surprise.

— Oh, mon Dieu ! dit-elle de la voix de sa mère. C'est vrai que je n'ai eu que des filles. Elles ne font pas ça !

Elle essuya la table à langer, remplaça la couche maintenant mouillée par une autre et remit avec précaution le pyjama au bébé qui se tortillait vigoureusement.

— Chut, dit-elle avant d'ouvrir la porte de la chambre. Il ne faut pas réveiller maman. Maman a besoin de dormir.

Maman a surtout besoin d'un psychiatre, pensa-t-elle, en passant devant la chambre de Faith. Ou d'une femme de ménage, au moins. Elle traversa le séjour dévasté pour aller dans la cuisine maintenant rangée. Elle ouvrit le frigo, repéra les biberons, en prit un, le passa au micro-ondes. Le bébé criait toujours aussi fort.

Quand elle approcha le biberon de ses lèvres, il refusa de téter.

— Allons, mon chéri. Mmm. Du bon lait bien chaud. Miam-miam. Goûte !

Cindy retourna au salon et se laissa tomber sur le canapé en velours vert, toujours dépouillé de ses coussins. Puis elle berça Kyle comme elle avait bercé Julia. Elle l'avait nourrie pendant presque un an, se souvint-elle avec tendresse tandis que les lèvres de Kyle se frottaient contre son T-shirt à la recherche de son sein.

— Oh, mon bébé, je suis désolée, je n'ai pas de lait. Mais j'ai un délicieux biberon.

Elle glissa la tétine dans sa bouche et essaya de l'y maintenir. Il détournait la tête.

— Allez, mon chéri. Essaie, au moins.

Soudain, Kyle referma les lèvres sur le caoutchouc et cessa de pleurer, toute son énergie consacrée à aspirer le liquide entre deux hoquets.

— Voilà un bon garçon. Oui, c'est bien. Tu as compris.

Julia tétait avec la même détermination farouche. Cindy se souvint de leurs bagarres quand elle refusait de boire. Elle embrassa le haut du crâne duveteux de Kyle en essayant de se rappeler la façon dont elle procédait avec Heather. Mais le seul souvenir qui lui en restait, c'était Julia. Sa fille aînée s'asseyait à ses pieds et enroulait ses bras autour de ses jambes chaque fois qu'elle voulait donner le sein à la cadette. C'était devenu une telle épreuve pour toutes les trois qu'au bout de deux mois Cindy avait mis le bébé au biberon.

— Regarde comme tu vas vite !

Le lait diminuait rapidement. Lorsque le biberon fut vide, Cindy appuya Kyle contre son épaule et lui tapota le dos jusqu'à ce qu'il fasse son rot.

— Quel grand garçon ! murmura-t-elle en le berçant dans ses bras.

Elle avait toujours adoré pouponner. Beaucoup de femmes avaient du mal à communiquer avec leur bébé. Elles avaient besoin d'attendre qu'il soit capable de dialoguer. Peut-être était-ce le cas de Faith. Elle se sentirait sans doute moins démunie quand il commencerait à s'asseoir, à se lever, à marcher, à parler. Elle réaliserait alors quelle merveille ils avaient conçue, quel fabuleux cadeau la vie leur avait offert, et elle serait enfin heureuse.

Quoi qu'il en soit, Cindy ne pourrait pas venir à la rescousse chaque fois qu'il y aurait un problème, songea-t-elle en remontant Kyle dans sa chambre.

Pourquoi pas ? Qu'avait-elle d'autre à faire ?

Elle sentit une larme inattendue rouler sur sa joue puis tomber sur la tête de Kyle. Il remua et tendit instinctivement le poing en avant, comme pour se défendre. Cindy le serra tendrement, s'assit sur le fauteuil à bascule et commença à se balancer.

Quelques minutes plus tard, elle dormait.

(Rêve : Cindy descend le couloir désert du lycée Forest Hill Collegiate, à la recherche du bureau du principal. *C'est par là*, lui crie Ryan, qui vient de surgir de nulle part. Soudain Cindy se retrouve devant le bureau de la secrétaire de son mari. *Je cherche Julia Carver*, dit-elle à Irena, occupée à repasser un pantalon d'homme. *Chambre 113*, lui répond l'assistante sans lever le nez. Cindy descend le couloir, passe devant un distributeur d'eau fraîche qui gicle de tous les côtés, pousse la porte de la chambre 113, et rencontre le regard étonné de rangées d'étudiants. *Où est Julia ?* demande-t-elle au nain qui fait la classe. Michael Kinsolving baisse le script qu'il lisait et fonce sur elle d'un air menaçant. *Qui est Julia ?* rétorque-t-il.)

Cindy se réveilla en sursaut et le bébé se remit aussitôt à pleurer.

— Tout va bien, le rassura-t-elle doucement, reprenant ses esprits.

À son grand soulagement, Kyle se rendormit instantanément. Elle prit une profonde inspiration, le remonta contre elle avec précaution et consulta sa montre. Onze heures ! Elle avait dormi presque deux heures. Elle vérifia qu'elle ne s'était pas trompée, puis se leva, les jambes en coton, les épaules et les bras courbatus. Les pilules de Neil étaient vraiment extraordinaires !

Lentement, avec d'infinies précautions, elle reposa Kyle dans le berceau, puis quitta la pièce discrètement. Elle s'approcha de la chambre de Faith à pas de loup et colla son oreille contre la porte. N'entendant rien, elle poussa le battant et entra.

La pièce plongée dans l'obscurité sentait le renfermé, une odeur si forte qu'elle en était presque palpable. Cindy se fraya un chemin sur la moquette parsemée de vêtements, jusqu'au gigantesque lit en fer forgé, appuyé contre le mur du fond. Faith était allongée au milieu, sur le dos, un bras au-dessus de la tête ; un pied dépassait des épaisses couvertures, ses cheveux plaqués sur le front, elle ronflait la bouche ouverte. Cindy écarta les mèches moites, remit le pied sous la couverture. Combien de fois avait-elle répété les mêmes gestes avec Julia, remis un pied qui dépassait et écarté les mèches de son visage ?

Laisse-moi, protestait Julia qui repoussait sa main jusque dans son sommeil.

Cindy descendait l'escalier lorsqu'elle entendit des aboiements qui venaient de chez elle. Elvis ! Elle l'avait complètement oublié. Il hurlait peut-être depuis son départ ?

— Il faut vite que j'aille le sortir, déclara-t-elle à un tribunal imaginaire. Ça ne me prendra que deux minutes.

Non. Elle se faisait des illusions. On ne pouvait pas se contenter de le mettre dehors. Il fallait l'escorter autour du pâté de maisons pendant qu'il reniflait le moindre brin d'herbe à la recherche de celui qui l'inspirerait. Le rituel se répétait indéfiniment. Inutile d'espérer conclure l'affaire en deux minutes. Il en fallait vingt, au minimum. Elle ne pouvait pas abandonner Kyle si longtemps, même avec sa mère qui dormait dans la chambre à côté. Elle était dans un état quasi comateux. Incapable de se lever. Allez savoir ce qui pouvait arriver. On lisait régulièrement dans le journal que des enfants avaient péri dans des incendies en l'absence des gens censés les garder. *Je l'ai juste laissé deux minutes!*

Ça t'apprendra à te débarrasser de moi, entendit-elle dire sa mère.

Je t'en prie, ajouta sa sœur. *Si c'est tout ce que tu as comme problème, viens passer une journée chez moi.*

Le bébé se mit à pleurer.

— Eh bien, voilà la question réglée.

Cindy griffonna sur un papier qu'elle emmenait Kyle se promener et déposa le message par terre, devant la chambre de Faith.

— Nous te changerons plus tard, dit-elle au bébé, en le descendant au rez-de-chaussée.

Puis elle prit la clé de la maison, accrochée à un clou dans l'entrée, et sortit.

Elle trouva le grand landau de style anglais dehors et y coucha Kyle. Il luttait avec Elvis à qui braillerait le plus fort! Elle gara le landau en bas de son escalier, monta ouvrir au chien, qui lui bondit dessus avec une telle force qu'il faillit la renverser.

— Comment es-tu sorti de la cuisine? s'exclama-t-elle en le voyant dévaler l'escalier et courir arroser les roues du landau. Génial! Tu as vraiment des idées géniales. Bon, attends-moi là. Je vais chercher la laisse.

Cindy ouvrit le placard de l'entrée et la chercha à tâtons. Où était-elle, bon sang? Où l'avait-elle fichue?

Elle finit par la dénicher à la cuisine, dans un tiroir réservé aux vieilles cartes d'anniversaire et aux courriers indésirables envoyés par différentes œuvres de bienfaisance. Elle ressortit en courant au moment où Elvis disparaissait au coin de la rue.

— Elvis! Reviens ici!

Elle poussa le landau vers l'allée et s'arrêta net, le souffle coupé.

Le bébé avait disparu.

Elle le sentit avant même de baisser les yeux.

Elle l'avait laissé à peine soixante petites secondes et cela avait suffi pour qu'un cinglé jaillisse de derrière un érable et l'enlève. Le kidnappeur devait déjà être remonté dans sa voiture en route vers l'inconnu. Elle avait perdu un autre enfant. Les Sellick ne reverraient jamais leur bébé.

— Non, supplia-t-elle, en se forçant à regarder dans le landau.

Elle faillit s'évanouir de joie devant les grands yeux bleus de Kyle qui la fixaient.

Il était là. Sain et sauf.

Cindy s'effondra sur le trottoir, les jambes coupées, le cœur prêt à exploser. Et soudain, Elvis sauta sur elle, lui lécha le visage. Il donnait des coups de tête vers la laisse, sa queue battait joyeusement contre le landau.

Mais pourquoi tu te roules par terre? semblait-il demander.

Cindy attacha le chien puis se releva. Kyle remuait les jambes en gazouillant de contentement.

Cindy poussa la voiture d'enfant vers Poplar Plains, puis en direction d'Edmund. Comme ça se construit! remarqua-t-elle distraitement en voyant une nouvelle palissade autour d'une tentaculaire maison de style Tudor, puis un porche en béton inachevé devant une belle demeure bourgeoise, juste en face. Il y avait des gros camions partout. Des ouvriers casqués, chargés de grosses pierres et de grandes échelles, la saluèrent au passage. Depuis quand travaillaient-ils dans le voisinage? Assez longtemps pour avoir remarqué Julia?

Il n'y a qu'elle pour se pavaner comme ça, avait dit Ryan.

Arrivée sur Edmund Street, Cindy contempla d'un œil méfiant les grands duplex à gauche, puis les grosses maisons bourgeoises et les immeubles à droite. Julia se trouvait-elle dans l'un d'eux ?

Cindy avait toujours considéré le quartier autour d'Avenue Road et de St. Clair comme sûr.

Mais l'était-il vraiment ?

Julia avait traversé ces rues juste après onze heures du matin – à peu près l'heure qu'il était maintenant – avant de disparaître sans laisser de traces !

Cindy frissonna, malgré la chaleur étonnante pour la saison, et accéléra le pas. Elle faillit percuter une jeune femme aux cheveux crépus qui se débattait entre une poussette vide et un bambin qui ne voulait pas lui donner la main. Vous avez raison, l'exhorta silencieusement Cindy. Tenez-le bien. Vous n'êtes pas aussi en sécurité que vous le croyez.

On n'est en sécurité nulle part, d'ailleurs.

Elvis aboya de dépit lorsqu'ils revinrent sur Balmoral. Sa brève promenade touchait à sa fin.

— Désolé, mon toutou, soupira Cindy en tirant sur la laisse pour lui faire gravir le perron.

Elle le fit entrer. C'était inutile de l'enfermer dans la cuisine.

— Je te sortirai dès que Ryan sera rentré. C'est promis. Je t'en prie, ne fais pas pipi par terre.

Le bébé se remit à pleurer presque à la seconde où ils rentrèrent chez les Sellick. Cindy l'emmena à la cuisine et sortit un autre biberon du réfrigérateur qu'elle réchauffa au micro-ondes. Quand elle eut nourri Kyle, elle le remonta à l'étage, ramassant au passage le message qu'elle avait laissé. Elle lui changea sa couche en prenant garde de ne pas se mettre dans la ligne de tir. Après l'avoir emmitouflé dans une petite couverture en coton bleu, elle l'allongea sur le dos dans le berceau et lui caressa le ventre jusqu'à ce qu'il s'endorme.

Son estomac se mit à protester et elle s'aperçut qu'elle avait oublié de prendre un petit déjeuner. Elle n'arrêtait pas de sauter des repas depuis quinze jours, malgré les exhortations constantes de sa mère et de sa sœur. Son visage semblait déjà plus maigre, plus tendu. Son soutien-gorge lui paraissait moins rempli. *Les femmes prennent du poids en bas et le perdent en haut*, avait remarqué un jour Julia.

Et Julia savait de quoi elle parlait. Julia s'y connaissait.

Cindy alla voir discrètement si Faith était réveillée et voulait déjeuner mais elle dormait toujours à poings fermés, le pied sorti des couvertures. Cindy referma la porte, et son regard suivit machinalement le couloir jusqu'à la chambre qui donnait sur le devant de la maison. Qu'y avait-il dans la pièce ? Pourquoi la porte était-elle fermée ?

Si Julia se trouvait à l'intérieur ? Elle se rua sur la porte et l'ouvrit, sachant que c'était ridicule, toutefois incapable de repousser cette idée. Et si les Sellick étaient un couple de pervers qui avaient kidnappé Julia et prenaient un plaisir sadique à réunir la mère et la fille sous le même toit ?

(Images : Julia ligotée, essayant de se libérer de ses liens, ses cris étouffés par un bâillon, pendant que sa mère, sans se douter de quoi que ce soit, change le bébé dans la chambre à côté.)

Était-ce possible ?

Elle avait lu que, souvent, les meurtriers assistaient à l'enterrement de leurs victimes et prolongeaient ainsi leur jouissance par la contemplation du désespoir de la famille.

De tels monstres vivraient-ils juste à côté de chez elle ?

Cindy entra, à la fois soulagée et déçue de ne découvrir qu'une pièce ordinaire, aux meubles fonctionnels et quelconques. La pièce où travaillait Ryan, supposa-t-elle en voyant le bureau encombré, les piles de livres, les plans d'architecte étalés sur la grande table à dessin devant la fenêtre, les photos d'immeubles en noir et blanc sur les murs. Elle scruta chaque recoin sans y voir de trace de sa fille. S'attendait-elle réellement à découvrir quelque chose ?

Le téléphone sonna, la désignant d'un doigt accusateur.

Cindy plongea vers le combiné sur le bureau et décrocha avant qu'il ne sonne une seconde fois.

— Allô ?

— Cindy, c'est Ryan. Je suis désolé, je n'ai pas pu appeler plus tôt. Comment ça se passe ?

— Très bien.

Cindy remarqua un placard au fond de la pièce. Qu'y avait-il à l'intérieur ?

— Ils dorment profondément.

— Parfait. Écoute, j'ai bientôt fini. Nous ne devrions pas tarder. Tu peux encore tenir une heure ou deux ?

Cindy regarda sa montre. Ça la mènerait à quatorze heures.

— Pas de problème, répondit-elle, les yeux de nouveau fixés sur le placard.

— Tu ne peux pas savoir le service que tu me rends.

— À plus tard.

Cindy raccrocha, alla au placard et l'ouvrit.

(Image : Julia, la bouche couverte de papier adhésif, les mains attachées dans le dos, les chevilles ligotées, assise nue et tremblante dans un coin du placard.)

La penderie contenait des vêtements d'hiver, fraîchement nettoyés et rangés sous de grandes housses individuelles. Cindy les examina : un épais pardessus d'homme marron, une veste de femme en polaire violette, des costumes masculins marron, gris et bleu marine, une robe noire, une grande jupe grise. Elle fouilla les étagères remplies de pulls, et extirpa un gros savon parfumé glissé entre deux épaisseurs de laine. Le temps qu'elle sente qu'on l'observait, c'était trop tard. Elle se retourna d'un bond et lâcha le savon qui roula aux pieds de Faith Sellick.

Faith contempla Cindy, puis le placard, puis de nouveau Cindy d'un œil glacial.

— Qu'est-ce que tu fiches ?

28.

— Faith ! Je ne t'avais pas entendue.

— Qu'est-ce que tu fais là ? Où est Ryan ?

Faith se dandinait d'un pied sur l'autre, les orteils enfoncés dans l'épaisse moquette beige. Elle portait un pyjama écossais rouge trop grand pour elle et trop chaud pour la saison, mais cela ne semblait pas la déranger. Des mèches de cheveux lui tombaient dans les yeux sans qu'elle cherche à les repousser.

— Il a dû aller à Hamilton. Tu dormais. Il ne voulait pas te réveiller.

— Alors il t'a demandé de venir garder sa nullité de femme.

— Non, bien sûr que non. Il voulait juste que tu récupères.

— Quelle heure était-ce ?

— Huit heures environ. Il avait un rendez-vous important...

— C'est toujours important. (Faith regarda vers la fenêtre.) Quelle heure est-il maintenant ?

Cindy consulta sa montre.

— Presque midi.

— J'ai donc dormi toute la matinée.

— Tu étais épuisée.

— Et Kyle ?

— Il dort comme un bébé, répondit Cindy, espérant susciter un sourire. (Raté !) Je lui ai donné deux biberons, je l'ai emmené faire le tour du pâté de maisons...

— Quelle activité !

Cindy s'éclaircit la gorge et toussa dans sa main.

— As-tu faim ? Je pourrais nous préparer à déjeuner.

— Tu peux me dire pourquoi tu fouillais dans mon placard ?

— Je suis vraiment désolée, répondit Cindy en cherchant une excuse crédible. J'avais juste un peu froid et je voulais t'emprunter un pull.

Les épaules de Faith se détendirent.

— Il fait froid dans la maison. Je n'arrête pas de le répéter à Ryan mais il dit que la température est parfaite. Moi, je me passerais très bien de l'air conditionné. Essaie celui-là, ajouta-t-elle en montrant un long gilet jaune pendu sur un cintre, au fond du placard.

Cindy décrocha le luxueux cachemire et l'enfila.

— Ça va mieux.

Le contact de la laine chaude lui fit l'effet d'un coup de soleil dans le dos.

— La couleur te va bien.

— Merci.

— Tu devrais le garder.

— Quoi ?

— Il te va mieux qu'à moi. Autant que tu le gardes.

— Oh non ! Je ne peux pas accepter.

— Pourquoi ?

— Il est à toi !

Faith haussa les épaules.

— Tu as dit que Ryan était à Hamilton ?

— Oui, il vient d'appeler pour dire qu'il rentrerait d'ici une heure ou deux.

— Marcy est avec lui ?

— Marcy ?

— Des cheveux orange, des gros nichons et des grandes dents.

— Ça ressemble en effet à la jeune femme qui est venue le chercher.

Faith hocha la tête d'un air entendu.

— Marcy Granger. La fille d'un des patrons et la proche associée de Ryan. (Elle souligna le mot « proche ».) Je suis pratiquement sûre qu'ils ont une liaison. Tu crois vraiment que le savon chasse les mites ? demanda-t-elle en le ramassant.

— Je ne sais pas. Je n'ai jamais essayé.

— Ton mari te trompait constamment, n'est-ce pas ?

Cindy essaya de cacher sa surprise. Avait-elle bien entendu ?

— Désolée. Je sais que ça ne me regarde pas.

— Qui t'a dit qu'il me trompait ?

— Toi.

— Moi ?

À son tour Faith parut gênée.

— La semaine dernière. Quand je suis allée prendre le thé chez toi.

Cindy essaya de se souvenir de leur conversation. Elle savait qu'elles avaient parlé d'enfants, des inquiétudes de Faith pour l'avenir. Elle se rappelait de la longue énumération des suicides dans la famille de sa voisine, de son impression que Ryan ne l'aimait plus. Cindy avait aussi expliqué que la Bécasse était la femme de Tom, mais n'avait pas évoqué les nombreuses infidélités de son ex-mari.

— J'ai faim, annonça Faith. Tu ne parlais pas de déjeuner ?

Cindy lui prit le savon des mains, le glissa au milieu de la pile de pulls et referma le placard, l'esprit en ébullition. Si elle n'avait pas dit un mot des frasques de Tom à Faith, qui lui en avait parlé ?

Julia ?

Les questions se bousculaient dans sa tête. Comment Julia aurait-elle pu évoquer les infidélités de son père devant Faith alors que les deux femmes se connaissaient à peine ? À moins que Julia ne se fût confiée à Ryan lors d'un rendez-vous galant ? Et que Ryan n'ait glissé négligemment le détail croustillant à Faith ?

— Je crois qu'il reste du thon dans le réfrigérateur, continua Faith en sortant dans le couloir.

Elle s'arrêta devant la porte de son fils.

— Je devrais aller voir si Kyle va bien, dit-elle, rechignant visiblement à entrer.

— Et si on le laissait dormir ? suggéra Cindy en l'entraînant vers l'escalier.

Elle espérait rester en tête à tête avec elle. Dieu seul savait ce qu'elle pourrait lui révéler.

Le soulagement se peignit sur le visage de la jeune femme.

— Il t'a donné du fil à retordre ? demanda-t-elle en s'asseyant à la table de la cuisine pendant que Cindy cherchait le thon dans le réfrigérateur.

— Non. Il a été adorable. Mais il a bien failli me faire pipi dans l'œil.

— Je suis sûre qu'il le fait exprès.

Cindy allait rire lorsqu'elle s'aperçut que Faith parlait sérieusement. Déconcertée, elle passa rapidement en revue le contenu du frigo, renonça à retrouver le thon, et sortit des œufs en espérant qu'ils n'étaient pas trop vieux.

— Si je nous faisais une omelette ?

— Au fromage ?

— Tu en as ?

— J'adore le fromage, déclara Faith comme si cette réponse suffisait.

— Et une omelette au fromage ! annonça Cindy en apercevant un vieux morceau de cheddar au fond d'une clayette, ainsi que des morceaux de beurre en vrac et un pack de lait intact, à un jour de la date d'expiration. (Le sel et le poivre étaient posés sur le comptoir mais elle dut ouvrir plusieurs portes avant de localiser un saladier et une poêle.) Je crois que j'ai ce qu'il faut.

Faith la regarda sans un mot casser les œufs, les mélanger avec du lait puis verser le tout dans la poêle. Elle ne manifesta un semblant d'intérêt que lorsque Cindy ajouta le cheddar.

— J'adore le fromage.

Elles mangèrent en silence. Faith coupa l'omelette en petits morceaux bien réguliers qu'elle mâcha lentement l'un après l'autre. Cindy la contempla avec l'envie de la prendre par les pieds et de la secouer comme un prunier. Combien de fruits en tomberait-il ? Savait-elle quelque chose ? Lui cachait-elle quelque chose qui concernait Julia ?

— L'enquête progresse-t-elle ? demanda brusquement Faith, comme si elle lisait dans ses pensées.

Elle posa sa fourchette, poussa son assiette vers le milieu de la table et se renfonça dans le siège, son couteau à la main.

— Non. Il n'y a rien de nouveau.

— Ça doit être terrible pour toi.

— Oui.

— Il se passe tant de choses horribles.

Faith leva le couteau vers son visage et s'étudia dans l'acier de la lame.

— Je suis affreuse.

— Non, pas du tout.

— Ça ne t'arrive pas d'avoir envie de te coucher et de ne plus jamais te réveiller ?

— Faith..., commença Cindy, sans bien savoir quoi dire.

— Je suis fatiguée.

Faith écarta la chaise de la table et se leva en titubant.

— Je crois que je vais remonter m'allonger.

Sans un mot, elle quitta la cuisine d'un pas décidé. Ce fut seulement lorsque Cindy l'entendit ouvrir la porte de la chambre de Kyle qu'elle s'aperçut que Faith avait gardé le couteau.

Cindy monta rapidement, avec l'impression soudaine que l'omelette lui pesait sur l'estomac. Pourquoi n'avait-elle pas fait plus attention ? Et si elle arrivait trop tard ?

Trop tard pour quoi ?

— Faith ! (Elle se mit à courir et le gilet lui glissa des épaules.) Faith, attends !

Un hurlement de bébé déchira le silence, suivi par les cris de Faith.

— Non !

Cindy fit irruption dans la chambre et s'arrêta net. Faith, le visage défiguré par le chagrin et la colère, s'arrachait les cheveux d'une main tandis que l'autre était posée sur la poitrine du bébé qui hoquetait de rage dans son berceau.

— Faith, non ! Qu'est-ce que tu as fait ?

Cindy l'écarta si brutalement qu'elle la fit tomber sur le fauteuil à bascule. Elle souleva le bébé, cherchant frénétiquement des traces de sang sur le pyjama blanc. Mais il n'y en avait aucune. Ni sur les draps. Il n'y en avait nulle part, constata-t-elle avec soulagement. Le couteau était abandonné innocemment au pied du berceau.

— Que s'est-il passé ? Qu'est-ce que tu lui as fait ?

— Rien. Je le regardais simplement, il a ouvert les yeux et s'est mis à hurler.

— Tu ne l'a pas piqué avec le couteau ?

— Quel couteau ?

La confusion de Faith était tangible.

— Tu ne l'as pas touché ?

Elle secoua la tête et plaqua les mains sur ses oreilles pour ne plus entendre les cris du bébé.

— Il me déteste, gémit-elle. Il ne supporte pas de me voir.

— Pas du tout.

Cindy reposa Kyle dans le berceau et s'accroupit près de Faith.

— Écoute-le.

— Les bébés pleurent, Faith. C'est normal.

— Je ne le supporte pas.

— Je sais. (Cindy la prit dans ses bras et la berça, comme elle avait bercé le bébé un peu plus tôt.) Je sais.

— Parfois, quand il hurle, j'ai l'impression que ma tête va exploser.

— Je sais.

Cindy se souvenait qu'il n'y avait rien de pire pour une mère, rien de plus poignant que de voir son bébé malheureux.

— Il faut que tu ailles voir un médecin, continua-t-elle doucement. Je demanderai à mes amies le nom d'un bon psychiatre.

— Tu crois que je suis folle ?

— Non, je crois simplement que tu as besoin de plus d'aide que je ne peux t'en donner.

Faith secoua la tête.

— Tu crois que je suis folle.

Ryan revint chez lui un peu après quatre heures, les bras chargés de roses d'un orange sanguin.

— C'est pour toi, dit-il en les tendant à Cindy. Avec mes sincères cxcuses de rentrer si tard.

— Ta réunion a duré plus longtemps que tu ne pensais.

Cindy ne se faisait aucune illusion. Elle connaissait la chanson. Tom la lui avait apprise depuis longtemps.

— Je suis vraiment désolé. Quand je t'ai appelée, je croyais honnêtement que nous avions terminé.

Cindy lui décocha un sourire des plus compréhensifs.

— Mais ça y est, tout est réglé, ajouta-t-il comme s'il voulait la rassurer.

— Vous avez décroché le contrat?

— Oui, mais ça n'a pas été sans mal. Et trop tard pour échapper aux embouteillages.

— Tu dois être épuisé.

— Je suis vidé, si tu veux savoir la vérité. Un petit verre me ferait du bien. Et toi?

Elle lui trouvait déjà l'haleine un peu chargée.

— Non, il faut que je rentre à la maison mettre les fleurs dans l'eau.

— Juste un petit verre. Pour célébrer mon succès.

Ryan disparut dans le salon et revint quelques secondes plus tard avec une bouteille et deux verres.

— Ça te va, du vin rouge?

— Parfait.

Il déboucha la bouteille pendant que Cindy posait les roses sur la table basse.

— À toi, dit-il en faisant tinter son verre contre le sien. Avec ma reconnaissance éternelle.

— Au retour de Julia saine et sauve.

Cindy but une longue gorgée et un léger goût de mûres lui resta sur la langue.

— Et comment tu tiens le choc? demanda-t-il avec une grimace.

— Assez mal.

— J'aimerais pouvoir t'aider. Honnêtement, Cindy, j'ai dit à la police ce que je savais.

Il but une nouvelle gorgée et regarda le plafond.

— Quel calme!

— Tout le monde dort.

— Stupéfiant. Tu as un don.

— Ta femme penses que tu as une liaison, déclara-t-elle d'un ton détaché.

— Quoi ?

— Ta femme...

— Elle a une imagination délirante, rétorqua Ryan sans lui laisser le temps de répéter la phrase.

— Les femmes se trompent rarement.

Cindy regarda le sang se vider du visage de Ryan avec autant de facilité que le vin avait disparu de son verre.

— Faith est dépressive...

— Cela ne veut pas dire qu'elle délire.

— Tu sais aussi bien que moi qu'elle n'a pas un comportement normal.

Cindy devait admettre qu'il avait raison.

— Que dit le médecin ?

— Je voulais l'appeler, mais j'ai été débordé, tu sais.

— Ta femme a besoin qu'on l'aide, Ryan.

— Je suis d'accord.

Il finit son verre, visiblement navré d'avoir insisté pour qu'elle reste.

— Je l'appellerai demain à la première heure.

Comme par hasard, le téléphone se mit à sonner.

Cindy emporta son verre à la cuisine et le posa dans l'évier, en se demandant combien de temps il attendrait d'être lavé.

— Je dois y aller, dit-elle à Ryan tandis qu'il décrochait.

— N'oublie pas tes fleurs, chuchota-t-il, la main sur le micro.

— Ah, oui !

Elle retourna au salon, prit les deux douzaines de roses et se piqua le doigt sur une épine. Elle suça le sang. Il lui parut plus sucré que le vin.

— Juste une minute, entendit-elle dire Ryan qui vint vers elle et lui tendit le téléphone. C'est pour toi.

— Pour moi ?

Cindy se rappela brusquement qu'elle avait laissé le numéro à la police. Était-il arrivé quelque chose ? Son pressentiment ce matin... Avait-on retrouvé Julia ? Elle mit le combiné contre son oreille pendant que Ryan s'écartait avec tact.

— Allô.

— Madame Carver, ici l'inspecteur Bartolli.

— Vous avez du nouveau ?

— Est-ce que vous allez bien ?

— Oui. Bien sûr. Avez-vous retrouvé Julia ?

— Non. (Un silence.) Ryan Sellick est-il dans la pièce avec vous ?

Cindy sentit son pouls s'accélérer. Elle jeta un regard à la dérobée à Ryan qui faisait semblant de contempler par la fenêtre le ciel de fin d'après-midi.

— Oui.

— D'accord, écoutez-moi bien et ne faites aucun geste inconsidéré. Vous me comprenez ?

— Oui, mais...

— Pas de mais. Je veux que vous inventiez n'importe quelle excuse pour quitter la maison le plus vite possible. Nous arrivons.

— Que voulez-vous dire ?

— Faites simplement ce que je vous dis.

— Je ne comprends pas.

— Nous avons vérifié les appels anonymes que vous avez reçus. Plusieurs viennent de chez les Sellick.

— Quoi ?

— Vous m'avez bien entendu.

— Qu'est-ce que ça signifie ?

— Nous l'ignorons mais nous avons l'intention de le découvrir. Maintenant, fichez le camp et laissez-nous régler la question.

— Des problèmes ? s'enquit Ryan quand elle raccrocha.

— Je dois y aller.

— C'était la police ?

Ne dis rien, ne fais aucun geste inconsidéré. Fais ce que t'a dit l'inspecteur Bartolli, fiche le camp en vitesse.

— Cindy ?

— Qu'as-tu fait à ma fille ? hurla-t-elle.

Elle lâcha les fleurs et lui jeta le téléphone sans fil à la figure.

— Qu'as-tu fait à Julia ?

29.

Le téléphone frôla le crâne de Ryan et alla percuter le piano où il fit sauter une écaille d'ébène en forme de croissant, avant de finir sa course par terre où il oscilla, aussi pitoyable qu'une tortue renversée sur le dos.

— Seigneur, Cindy! Qu'est-ce qui te prend?

Ryan se dandinait d'un pied sur l'autre. Il hésitait apparemment entre s'enfuir ou la plaquer au sol.

Cindy décida à sa place et se jeta sur lui

— Où est-elle? Qu'est-ce que tu lui as fait? hurla-t-elle en le secouant par la cravate.

Ryan tentait de se dégager mais Cindy ne desserrait pas sa prise. Son teint passa du rosé au rouge vif, pendant qu'il portait la main droite à sa gorge en essayant de parer de la gauche les coups qu'elle lui assenait.

Une douleur fulgurante traversa le bras de Cindy. Une vraie décharge électrique. Ryan avait réussi à lui prendre le poignet et à le tordre. Elle se défendit en lui décochant un coup de pied.

— Bon sang, Cindy...

— Où est Julia? Où est-elle?

— Je ne sais pas.

Cindy recula et le gifla à toute volée. La marque de la main apparut en blanc sur la joue

— Merde!

Ryan, stimulé par la rage, réussit enfin à la maîtriser.

Cindy poussa un cri lorsqu'il lui donna un coup de pied derrière les genoux. Elle partit en arrière, sans pouvoir se retenir et bascula, cul par-dessus tête, aurait dit sa mère. Son coude heurta le dessus du tabouret du piano et elle ouvrait la bouche pour pousser un « Merde ! » retentissant lorsque Ryan lui coupa la respiration. Il se laissa choir sur elle et lui plaqua les bras derrière la tête. Elle se débattit en projetant les roses mais elle était coincée. Après quelques secondes d'efforts inutiles et épuisants, elle finit par s'immobiliser.

— Ah, enfin ! déclara Ryan d'une voix de conquérant, malgré sa respiration haletante.

Cindy regarda l'homme penché sur elle, les traits délicats déformés par la pesanteur tel un pull en soie pendu trop longtemps sur un cintre ! Il avait le visage tuméfié, en sueur, ses cheveux bruns lui tombaient sur le front comme des morceaux de papier carbone déchirés. La colère intensifiait le noir de ses yeux, la confusion l'adoucissait. Soudain, Cindy détecta un troisième sentiment : l'excitation. Ryan Sellick s'amusait follement.

— Bon Dieu, tu me dis ce qui se passe maintenant ?

En guise de réponse, Cindy lui cracha à la figure. Malheureusement, le geste se révéla plus symbolique qu'efficace, sa salive lui retomba sur les lèvres.

— Tu es folle ou quoi ? Tu as complètement perdu l'esprit !

— Lâche-moi !

Ryan resserra la prise sur ses poignets.

— Pas tant que tu ne m'auras pas promis de te calmer.

— Tu ne fais qu'aggraver ton cas.

— De quoi parles-tu ?

— La police sera là d'une minute à l'autre.

Il la lâcha brusquement et s'assit sur les talons.

— La police ?

— Ils savent tout sur ton aventure avec Julia, improvisa-t-elle.

Il se laissa tomber à côté d'elle et s'appuya contre un pied du piano, le visage livide, les pommettes écarlates.

— C'est ridicule, protesta-t-il, d'un ton qui manquait de conviction.

Cindy se recula sur les fesses jusqu'à sentir le canapé dans son dos. Elle était trop fatiguée pour se relever et lancer une nouvelle attaque.

— Dis-moi simplement où est Julia, murmura-t-elle.

Elle voulait juste savoir si elle était en vie.

— Je ne sais pas où elle est.

— La police pense le contraire.

— La police se trompe.

— Comme elle se trompe sur les appels anonymes que j'ai reçus ?

— Quels appels anonymes ?

— Ceux où l'on me dit que ma fille est une traînée, qu'elle n'a eu que ce qu'elle méritait.

— Je ne comprends pas.

— Des appels qui viennent de cette maison.

— Quoi !

— La police se trompe aussi là-dessus ?

Une ombre obscurcit le visage de Ryan. Même effet que dans les films, songea Cindy, quand l'écran s'assombrit lentement. Elle lut dans son expression l'incrédulité, l'acceptation puis l'angoisse presque simultanément. Il secoua la tête.

— Non, c'est impossible. Ce n'est pas possible.

— Qu'est-ce qui n'est pas possible ?

Cindy entendit des pas derrière elle et se retourna. Faith se tenait sur le seuil. Elle portait toujours son pyjama écossais. Une désagréable odeur de lait caillé l'accompagnait. Son regard allait de son mari à Cindy.

— Que se passe-t-il ?

Ryan se releva péniblement et alla vers elle en boitant.

— Qu'est-ce que tu as au visage ? (Faith passa la main sur sa joue.) Que se passe-t-il ? répéta-t-elle d'une voix plate et atone.

Elle semblait endormie.

— Faith...

Ryan s'arrêta et écarta d'une main tendre les cheveux qui tombaient sur le front de sa femme.

— La police va arriver, l'informa Cindy.

— La police ? Pourquoi ?

— Ils pensent que nous savons quelque chose pour Julia, expliqua Ryan.

— Mais ils t'ont déjà interrogé.

291

— On aurait donné des coups de fil anonymes depuis la maison...

— Qu'est-ce que tu racontes ?

— La police a mis mon téléphone sur écoute, dit Cindy d'une voix glaciale, toute sympathie envolée. Apparemment, dans ce genre d'affaire, il est fréquent que la famille de la victime reçoive des appels de malades, continua-t-elle.

Elle s'apprêtait à voir Faith protester énergiquement.

— Tu crois que c'est Julia la victime ? entendit-elle alors à sa grande surprise.

— Quoi ?

Cindy se leva d'un bond.

— Quoi ? hurla simultanément Ryan en écartant les mains.

— Je t'assure, poursuivit Faith en tirant sur le bas de la veste de pyjama pour décoller le tissu trempé de lait. Julia n'a rien d'une pauvre petite victime innocente.

— Faith, la mit aussitôt en garde Ryan, ne dis plus rien, je t'en prie.

— Oui, ça te plairait que je me taise, hein ? Tu aimerais bien que je sois une gentille petite fille, une petite fourmi laborieuse, la petite fée du logis qui passe son temps à faire le ménage et la cuisine, à s'occuper de ton rejeton démoniaque, sans cesser de sourire. Sans dire que son mari saute sur tout ce qui bouge.

— Faith, je t'en prie...

— Quoi ? Tu croyais que je l'ignorais, que je ne savais rien pour Brooke, Ellen, Marcy ? Et pour Julia ? ajouta-t-elle après une pause.

— Quoi, Julia ? demanda doucement Cindy, interrompant à contrecœur la litanie.

Faith passa brutalement de Ryan à Cindy.

— Eh bien, je déteste jouer les messagères de mauvaises nouvelles, surtout sachant en quelle haute estime tu tiens ta chère Julia, mais ta petite fille n'a été qu'une parmi tant d'autres. N'est-ce pas, Ryan ? Prenez un ticket et à la queue comme tout le monde !

— Faith, ça suffit, l'avertit son mari.

— Ça suffit ? Tu plaisantes ? Tu n'es jamais rassasié !

— Écoute, tu es perturbée. Tu es fatiguée. Tu ne sais pas ce que tu dis.

— Je dis que tu n'es qu'un fumier de menteur qui couche avec les femmes de tes clients, la fille de ton patron et la fierté de ta voisine. Sauf qu'il n'y a pas de quoi être fière, n'est-ce pas, Cindy ? Crois-moi : Julia n'est pas une petite victime innocente. Elle n'est pas de celles qu'un étranger peut entraîner sur la banquette arrière de sa voiture en lui offrant un bonbon. Elle couchait avec un homme marié, et si tu veux mon avis, elle a mérité ce qui lui est arrivé.

— Faith, la supplia Cindy, essayant de reprendre le contrôle de la situation. Si tu sais où elle est...

— As-tu consulté les pages jaunes à la rubrique « Putains » ?

Ryan sursauta et la gifla violemment.

— Ferme-la, Faith ! Tais-toi !

Faith tituba, une main plaquée sur le visage.

— Je ne me tairai pas ! Je me suis tue assez longtemps, maintenant c'est fini !

— Si tu as une idée, même une toute petite idée, de ce qui est arrivé à Julia..., la conjura Cindy.

Faith la contempla. Elle plissait les yeux, comme si elle regardait le soleil.

— Tu crois que j'ai un rapport avec la disparition de ta fille ?

— Dis-moi la vérité.

Faith laissa échapper un son grave, guttural, à mi-chemin entre le ricanement et le grognement, et se laissa tomber sur le canapé. Au-dessus de leur tête, le bébé se mit à pleurer.

— Et voilà la surprise ! Il ne manquait plus que lui ! Qu'est-ce qu'il attendait ? hurla-t-elle vers le plafond.

— As-tu un rapport avec la disparition de Julia ? insista Cindy et elle sentit que Ryan attendait la réponse avec autant d'anxiété qu'elle.

Faith lut la question dans les yeux de son mari et poussa un autre cri, mais cette fois de tristesse.

— Tu crois vraiment que j'ai fait du mal à ta petite chérie ? lui dit-elle, ignorant Cindy. Dis-moi, quand en aurais-je eu le temps ? Entre le moment de donner le sein et celui de changer les couches ? Entre le moment où je couchais ton fils et celui où j'essayais, moi aussi, de dormir ? Ou peut-être entre deux pipes ?

— Faith, pour l'amour du ciel...

Elle se tourna vers Cindy.

— Je n'ai pas touché à ta précieuse Julia. Je n'ai aucune idée de l'endroit où elle se trouve ni de ce qui a pu lui arriver. Oui, c'est moi qui ai donné les coups de fil anonymes, ajouta-t-elle en enfouissant son visage entre ses mains. Ne me demande pas pourquoi. Tu as toujours été si gentille avec moi. Mon amie. Ma seule amie.

Elle remonta les pieds sur le canapé et se roula en position fœtale, les bras serrés autour de la tête, comme si elle craignait des coups.

— Mon Dieu, quelqu'un pourrait-il faire taire ce maudit bébé ?

— Combien de temps a duré ta liaison avec ma fille ? demanda Cindy à Ryan, à voix basse, sans quitter Faith des yeux.

— Cindy...

— Je t'en prie, ne m'insulte pas en continuant à nier.

Il hocha la tête.

— Deux mois. Peut-être un peu plus.

— Pourquoi as-tu menti ?

— Que voulais-tu que je fasse d'autre ? Dis-le-moi, Cindy. Que voulais-tu que je fasse ?

— Tu étais censé dire la vérité.

— Quel intérêt ? À quoi ça sert qu'on sache que j'ai eu une liaison avec Julia ? Ça va aider à la retrouver ?

— Je ne sais pas. Et toi ?

— Honnêtement, Cindy, si j'avais pensé que mon aveu pouvait être utile, je l'aurais fait. Je voulais juste la protéger.

— Elle ? Tu n'as jamais cherché qu'à te protéger, toi !

— Je ne sais pas où elle est. Oui, j'ai menti en disant qu'il n'y avait jamais rien eu entre nous. Oui, je suis un salaud qui trompe sa femme. Mais sais-tu ce que c'est que d'être marié à une femme constamment déprimée ? On dirait que Faith est la seule au monde à avoir accouché. Elle considère son propre fils comme une maladie contagieuse. Eh bien, oui ! J'aime qu'une jolie fille me regarde avec admiration plutôt qu'avec mépris. Je me sens redevenir un être humain. Mais cela ne veut pas dire que je sois responsable de la disparition de Julia. Je t'en prie, Cindy, il faut me croire. Jamais je n'aurais pu lui faire du mal.

— Est-ce que tu l'aimes ?

Elle entendit une voiture de police s'arrêter dans l'allée et des portières claquer.

Ryan détourna les yeux et ne répondit pas. Là encore, il était incapable de dire la vérité !

— Tu n'es vraiment qu'un pauvre type ! soupira-t-elle.

Les policiers tambourinaient à la porte.

Il était presque neuf heures du soir lorsque l'inspecteur Gill appela enfin Cindy pour lui dire que l'interrogatoire des Sellick était terminé et qu'ils étaient libres.

— Comment ça, vous les avez relâchés ?

— Nous n'avions aucune raison de les garder.

— Comment ça, aucune raison ? (Combien de fois commençait-elle ses phrases par « Comment ça » ?) Ryan Sellick a reconnu qu'il avait bien eu une liaison avec Julia, et sa femme a avoué que c'était elle qui téléphonait !

— Oui. Nous les avons interrogés pendant quatre heures et ils n'ont rien dit de plus.

— Quatre heures ? Ma fille a disparu depuis quinze jours !

— Madame Carver, soyez sûre que nous ne laissons rien au hasard, mais l'alibi de Ryan Sellick a été confirmé et il est fort improbable que Faith Sellick soit impliquée dans la disparition de Julia. Il aurait fallu qu'elle la suive à son audition, qu'elle l'attende, qu'elle lui tende un piège...

— Non, protesta Cindy, mais elle s'accrochait à un fétu de paille. Il lui suffisait de prétendre qu'elle passait au centre commercial par hasard et de lui proposer de la ramener à la maison en voiture...

— Et le bébé ?

— Elle l'avait peut-être laissé chez elle. Ou il était sur le siège arrière. Peut-être même s'est-elle servie de lui afin d'inciter

Julia à monter dans la voiture. Allez-vous demander un mandat de perquisition ?

— Ce ne sera pas nécessaire.

— Comment ça, ce ne sera pas nécessaire ? Pourquoi ?

— Les Sellick nous ont donné l'autorisation de fouiller leurs voitures et leur domicile.

— Vraiment ? Qu'est-ce que ça veut dire ?

— Sans doute qu'ils n'ont rien à cacher.

— Vous le pensez réellement ?

Pourquoi lui posait-elle la question ? La réponse était évidente !

— Nous devons attendre de voir si l'équipe médico-légale découvre un indice qui les implique dans la disparition de Julia.

— Si on ne trouve rien ? Vous ne pouvez pas les arrêter quand même ?

— Il nous faut des preuves avant d'arrêter les gens, madame Carver. Nous pouvons poursuivre Mme Sellick pour les coups de fil anonymes, mais je ne vois pas l'intérêt, vu son état...

Cindy prit une profonde inspiration et refoula son envie de hurler. Elvis se leva et vint poser la tête sur ses genoux. Cindy se surprit à sourire malgré sa détresse et le caressa avec reconnaissance.

— Et où en êtes-vous avec Sean Banack ?

— Ses alibis ont été pratiquement confirmés.

— Pratiquement ?

— Il y a peu de chance qu'il soit impliqué dans la disparition de Julia.

— Et Michael Kinsolving ? Et Duncan Rossi ? Et les amis de Julia ?

— Nous n'avons rien de nouveau.

— Donc vous n'êtes pas plus avancés qu'il y a quinze jours. En fait, vous auriez plutôt reculé. (N'avait-elle pas lu que plus une affaire traînait en longueur, plus les pistes s'amenuisaient ?) Pouvez-vous me dire ce que vous faites exactement pour retrouver ma fille, inspecteur ?

— Nous faisons notre travail, madame Carver. Et vous ne nous facilitez pas la tâche en faisant irruption chez les gens et en interférant avec notre enquête.

296

— Je n'ai pas fait irruption chez les Sellick. Ils m'ont demandé de venir.

— Vous savez très bien ce que je veux dire.

— Vous auriez voulu que je reste assise à attendre?

— Exactement.

— J'en suis incapable.

— Maintenant vous n'avez pas le choix, madame Carver.

Cindy serra les poings et retint un autre cri. Elvis enfonça aussitôt son museau humide au creux de sa main pour qu'elle le caresse. Elle s'exécuta distraitement en pensant à ce que venait de dire l'inspecteur. *Maintenant vous n'avez pas le choix.* Combien de décisions majeures de son existence avaient été prises sans son approbation? Il n'y avait pas de choix. C'était un leurre. Un concept réconfortant et néanmoins spécieux que les êtres humains avaient élaboré pour se convaincre qu'ils possédaient un quelconque contrôle sur leur vie.

Le contrôle... encore une illusion.

— Madame Carver, continuait l'inspecteur Gill, avez-vous compris ce que je viens de dire?

— Oui, monsieur l'inspecteur. Je ne suis pas une idiote.

— Alors cessez d'agir comme telle. (Une soudaine dureté raidit l'accent jamaïcain.) Vous pourriez finir par faire capoter l'enquête, continua-t-il d'une voix adoucie. Ou pire encore, vous pourriez être blessée. À quoi cela servirait-il?

— Vous avez raison.

Cindy regarda autour d'elle en songeant que si, elle ne raccrochait pas, si elle ne sortait pas de la maison, elle allait devenir folle.

— Je suis désolée, monsieur l'inspecteur. Cela ne se reproduira plus.

— Nous vous tiendrons au courant.

— Merci.

Cindy raccrocha et se leva d'un bond.

— Il est temps d'aller prendre l'air! dit-elle à Elvis qui courut vers la porte, comprenant, sinon les paroles, du moins l'intention.

Quelques secondes plus tard, ils couraient vers Avenue Road.

Ils dévalèrent la côte entre Edmund et Cottingham. Il était plus de neuf heures du soir et Avenue Road était encore encombrée. La circulation avançait lentement sur trois files, et il y avait beaucoup de piétons sur les trottoirs : des joggeurs, des gens qui promenaient leurs chiens, des couples qui flânaient. C'était une belle nuit finalement, chaude. L'été s'accrochait plus que d'habitude.

Encore quelques mois et la colline serait aussi traîtresse qu'une montagne de glace. Cindy se souvenait de certains hivers où le tronçon de route était impraticable, quand les voitures, après avoir patiné inutilement, calaient dans la côte et glissaient vers le bas, percutant les autres véhicules, provoquant des embouteillages jusqu'à Queen's Park.

Cindy dépassa un couple âgé qui se promenait, main dans la main, puis un joggeur vêtu d'un short orange éclatant. Que faisait-elle ? Elle qui ne faisait pas de jogging ni de course d'endurance, voilà qu'elle dévalait la pente à une vitesse excessive, avec un jean serré, des sandales lâches et un terrier aussi exubérant qu'imprévisible. Elle serait raide comme un balai demain matin. Elle éclata d'un petit rire qui déchira l'obscurité tel un pic trouant la glace. Tant pis. Ça l'empêcherait au moins de faire irruption dans les maisons ou les bureaux des autres, et d'interférer dans l'enquête de la police. Ha, ha, ha !

Arrivée au bas de la colline, elle tourna à droite dans Cottingham et jeta un regard aux maisons de grès rouge. Elle se demandait toujours quels secrets se cachaient derrière les stores vénitiens et les rideaux de dentelle. Elle ralentit le pas en apercevant deux jeunes femmes blondes qui bavardaient près d'une palissade blanche. Mais il n'y avait pas de Julia.

— Quel est ton film préféré ? demandait l'une.

— J'hésite entre *Magdalene Sisters* et *L'Homme du train*. Aussi stupéfiants l'un que l'autre.

— Je me trompe ou la qualité des films s'est améliorée cette année ?

Cindy se remit à courir, prit à droite, à gauche, et déboucha dans Rathnelly, une petite avenue excentrique que ses habitants, encore plus originaux, avaient autrefois proclamée République. Elle tourna encore d'un côté, de l'autre, Elvis sur les talons, avec la vague impression qu'elle ne devait surtout pas s'arrêter. Les rues familières défilaient dans une curieuse impression de brouillard, et elle ne ralentissait pas, avec l'espoir de finir par disparaître, par se perdre dans l'accueillante obscurité.

Elle suivit la voie ferrée le long de Dupont, dépassa le minuscule Tarragon Theater sur Bridgeman, auquel elle avait été abonnée une année, puis le majestueux Casa Loma, où avait eu lieu le repas de mariage de Meg, traversa ensuite le pont à Spadina, remonta St. Clair et revint par Poplar Plains jusqu'à Balmoral.

Elle arriva au coin de sa rue au moment où les Sellick descendaient de leur voiture avec le bébé et rentraient à la maison.

À la maison !

À quoi bon courir si c'était pour se retrouver au point de départ ?

Elle ne pourrait jamais se perdre, même si elle le voulait.

À deux heures du matin, son téléphone la réveilla en sursaut.

— Vous êtes bien Cindy Carver ?

— Qui êtes-vous ?

— Ici l'agent Medavoy de la cinquante-troisième division. Nous avons votre fille, madame Carver...

Cindy lâcha le récepteur et se rua hors de chez elle.

30.

Le commissariat de la cinquante-troisième division de la police municipale se situe dans un bâtiment de briques rouges couvert de lierre, équipé d'un spectaculaire atrium en verre, au coin d'Eglinton et de Duplex, juste en face de la station de métro. Cindy se gara dans le petit parking à l'arrière du bâtiment, entre deux voitures pie, et remonta Duplex Street jusqu'à l'entrée. Elle avait des crampes dans les jambes quand elle atteignit l'entrée. Elle s'arrêta pour se frotter le genou et respira profondément pour se calmer.

Ils avaient retrouvé Julia. Elle était vivante !

— Je suis Cindy Carver, annonça-t-elle en se précipitant vers le long comptoir qui barrait le milieu du hall. Où est ma fille ?

Une policière brune, au long nez pincé, était assise à l'un des bureaux. Elle se leva, jeta un regard inquiet derrière elle, avant de dévisager Cindy d'un œil méfiant.

— Pardon ?

— Je suis la mère de Julia Carver. On vient de m'appeler... L'agent Medavak...

— Medavoy, corrigea la policière.

— Où est-il ?

— Je vais voir si je le trouve.

Le regard de Cindy glissa sur le tableau d'affichage, couvert de photos d'enfants disparus, pendant que la policière se dirigeait d'un pas traînant vers des locaux situés plus loin. Cindy se mordit la langue pour ne pas hurler : « Bougez-vous ! »

La femme se retourna.

— Je suis désolée. Vous pouvez me répéter votre nom ?

— Cindy Carver.

D'où sortait cette idiote ? Ne savait-elle donc pas qui elle était ? Elle ne lisait pas les journaux ? Elle n'avait pas vu la photo de Julia à la une pendant plusieurs jours ? Certes, il n'y en avait plus depuis que la police avait écarté l'hypothèse d'un tueur en série en arrêtant le meurtrier de Sally Hanson. L'assassin était en fait son petit ami. Aurait-on déjà oublié Julia ? Tom aurait-il eu raison ? Loin des yeux, loin du cœur ?

— Tom ! pensa-t-elle à voix haute.

Était-il là ? Avait-on songé à le prévenir ?

Elle se sentit subitement coupable, elle avait à peine pris le temps de s'habiller avant de se ruer dans la voiture. Elle examina son pull noir en espérant qu'il était propre, qu'elle ne sentait pas mauvais. Elle ne se souvenait plus de la dernière fois où elle avait fait une lessive. Pas depuis que sa sœur était partie, en tout cas. Il fallait qu'elle lui annonce la bonne nouvelle. Et à sa mère. Et à Tom. Il fallait absolument qu'elle prévienne Tom.

Elle plongeait la main dans son sac à la recherche du portable lorsqu'elle se ravisa. Elle voulait passer un moment seule avec sa fille. C'était très égoïste, sans doute, mais elle savait qu'une fois que Tom serait là, elle pourrait disparaître. Elle savait qui Julia préférait. Et elle voulait se réserver quelques minutes en tête à tête avec elle, la toucher, la serrer dans ses bras, lui dire combien elle l'aimait. Après, Tom pourrait l'accaparer.

À moins que ce ne fût déjà trop tard.

Il devait être là, voyons ! Ils avaient dû l'appeler en premier ! Et il était arrivé avant elle. Il habitait à cinq minutes à peine. Elle avait mis trois fois plus de temps pour venir. Surtout qu'elle avait tourné à droite dans Chaplin au lieu de prendre à gauche, pour se retrouver derrière un pauvre type qui roulait à cinq à l'heure. Que fichait-il là, l'andouille, à deux heures du matin ? Et en plus, il lui avait jeté un regard terrifiant quand elle l'avait doublé ! Tout ça pour ne plus savoir où elle était. Comment pouvait-elle se perdre alors que sa fille était enfin retrouvée ?

Tom, avec son calme habituel, avait dû se présenter poliment et la policière, aussitôt séduite, l'avait fait entrer dans le service sans délai. Il avait demandé à rester seul avec sa fille, donc on la faisait poireauter.

Ou alors il l'avait déjà ramenée. Voilà pourquoi l'agent Machin Chose avait disparu. Où étaient les inspecteurs Gill et Bartolli ? C'étaient eux qui auraient dû lui annoncer la bonne nouvelle.

À moins que la nouvelle ne... Cindy sentit son estomac se retourner, et ses genoux douloureux flancher. Si on ne lui avait pas tout dit ?

La porte d'entrée s'ouvrit, et Cindy pivota d'un seul bloc. Un policier en uniforme − étonnamment petit, trapu, au cou de taureau réglementaire − traversa le hall et la salua en souriant.

— Vous êtes l'agent Medavoy ? demanda-t-elle, remplie d'espoir.

— Non, désolée. Vous le cherchez ?

— Je suis Cindy Carver. Il m'a appelée pour me dire que vous aviez retrouvé ma fille.

Elle songea soudain que c'était peut-être encore un coup de fil d'un cinglé. Pourquoi n'y avait-elle pas pensé plus tôt ? L'agent Medavoy n'avait peut-être jamais existé.

— Je vais essayer de vous le trouver, dit le policier d'un ton enjoué, comme si elle avait l'air d'une femme normale et non d'une échappée d'un asile d'aliénés, avec le visage blême, les yeux bouffis de fatigue et d'angoisse, les cheveux en bataille.

Il avait sûrement l'habitude de parler à des mères à moitié folles toutes les nuits.

Qu'en savait-elle finalement ? Il existait un véritable monde parallèle qui s'animait entre minuit et sept heures du matin. Un univers dans lequel les gens vivaient, travaillaient et menaient des existences relativement normales. Où se situait la normalité en fin de compte ? se demanda-t-elle en regardant le policier disparaître dans le saint des saints du commissariat.

Presque aussitôt, la policière revint par une autre porte.

— L'agent Medavoy est à vous dans un instant, annonça-t-elle à Cindy avant de regagner sa place.

— Puis-je aller voir ma fille ?

Cindy se retenait de sauter par-dessus le comptoir.

— L'agent Medavoy voudrait d'abord vous parler.

— Pourquoi ? Elle a un problème ? Elle ne va pas bien ?

— Elle a vomi.

— Vomi ?

— On la nettoie.

— Je peux le faire. Je vous en prie. Laissez-moi juste la voir.

— Je suis désolée. Vous devez attendre l'agent Medavoy, répondit la policière au moment où l'autre policier réapparaissait.

— L'agent Medavoy arrive tout de suite, annonça-t-il.

Il se pencha pour chercher quelque chose derrière le comptoir.

Cindy regarda avec un étonnement croissant les policiers vaquer à leurs occupations. Que se passait-il ? Pourquoi étaient-ils si calmes, si indifférents ? Pourquoi ne la laissaient-ils pas voir son bébé ?

Ça n'allait pas. Elle ne s'expliquait pas un tel détachement, surtout si Julia était malade au point de vomir ? Ne savaient-ils pas ce qui lui était arrivé ? Où étaient Gill et Bartolli ?

— Les inspecteurs Gill et Bartolli sont-ils là ? demanda-t-elle d'une voix plus forte qu'elle ne le voulait.

Les deux policiers échangèrent un regard en biais, sans tourner la tête.

— Non, je ne crois pas, répondit la femme.

— Pourquoi ne les a-t-on pas appelés ? Que se passe-t-il ?

Les deux policiers s'avancèrent, sur leurs gardes.

— Ça ne va pas, madame Carver ?

— Non, ça ne va pas ! Je veux voir ma fille.

— Il faut vous calmer.

— Me calmer ? Vous voulez que je me calme ? Mais qu'est-ce qui vous prend ?

Avait-elle rêvé ? On lui avait bien téléphoné, non ? Tout cet épisode n'était-il qu'un cruel canular ?

Une autre porte s'ouvrit dans le fond et un homme à la forte stature entra. Une quarantaine d'années, la mâchoire carrée, un nez de boxeur.

— Madame Carver ?

— Où est ma fille ?

— Je suis l'agent Medavoy.

Il contourna le comptoir et lui tendit la main.

Cindy la serra, puisqu'il le fallait, avec une seule envie : écarter l'intrus de son passage. Pourquoi toutes ces formalités ? On devrait la conduire simplement auprès de Julia. Quel besoin avait-on de lui parler ? À quelle horreur voulait-on la préparer ?

— Je vous en prie, monsieur l'agent, j'ai besoin de voir ma fille.

— Elle n'est pas très présentable, vous comprenez.

— Non, je ne comprends pas. Je ne comprends rien du tout. Où l'avez-vous trouvée ? Et quand ?

— Nous l'avons arrêtée il y a une heure dans un parking souterrain près de Queen Street.

— Dans un parking souterrain ?

— Elle a été prise dans une bagarre avec d'autres filles. Elle est un peu contusionnée.

— Une bagarre ?

— Au sujet d'un garçon, je crois.

— Je ne comprends pas.

— Eh bien, elle était salement éméchée.

— Éméchée ?

— Ça fait dix minutes qu'elle vomit, dit le policier en la conduisant vers l'un des bureaux. Mais il ne faut pas vous fâcher. Ou attendez au moins demain matin, lui conseilla-t-il en ouvrant.

— Julia ! s'écria Cindy en se précipitant vers la jeune fille qui était effondrée sur une chaise en plastique, devant un affreux bureau marron.

— Pardon, maman, répondit Heather, en levant vers elle ses yeux bleus trempés de larmes. Ce n'est que moi. Je suis désolée.

— Heather ! Mon Dieu, Heather !

Cindy ne savait plus si elle devait rire ou pleurer. C'était Heather, pas Julia. Elle n'avait pas envisagé une seule seconde qu'elle allait voir Heather. Elle se laissa tomber à genoux devant sa fille cadette et tendit une main tremblante vers son menton.

— Oh, mon pauvre bébé ! Qu'est-ce qui t'est arrivé ? Qu'est-ce qu'on t'a fait ?

Heather détourna la tête. Une grande éraflure lui barrait la joue gauche.

— Rien. Je vais bien.

— La police m'a dit que tu t'étais battue avec des filles.

— Quelle bêtise! Je les ai rencontrées dans une boîte et elles avaient l'air sympas. Elles m'ont proposé de me ramener à la maison. Nous sommes descendues au garage et je n'ai pas eu le temps de dire ouf qu'elles me tombaient dessus à bras raccourcis en hurlant que j'avais dragué l'un de leurs petits copains. C'était ridicule. Il n'était même pas mignon.

Cindy se tourna vers le policier.

— Vous les avez arrêtées?

— Elles ne nous ont pas attendus. Et votre fille prétend qu'elle ne peut identifier personne.

— Heather...

— Il faisait sombre. Ce n'est pas grave.

— Bien sûr que c'est grave. Tu as vu dans quel état tu es?

— Je vais bien, maman. Ce n'est pas grave. Je t'en prie, je veux juste rentrer à la maison.

Cindy lança un regard suppliant au policier qui se contenta de hausser les épaules.

— Ramenez-la chez vous. On verra demain, après une bonne nuit de sommeil. La mémoire lui reviendra peut-être.

Cindy prit sa fille par la taille et l'aida à se lever.

— Tu peux marcher?

— Je vais très bien, insista Heather en s'accrochant à elle.

Et la mère et la fille repartirent dans la nuit.

Elles firent le trajet du retour silencieusement. À plusieurs reprises, Cindy se tourna vers Heather, décidée à lui parler, mais les mots refusaient de sortir.

(Flash-back : Heather, huit mois, assise sur la moquette de la chambre, contemple, émerveillée, sa grande sœur qui danse ; Heather, treize mois, le visage rayonnant de fierté, chante joyeusement, assise sur son pot ; Heather, trois ans, écoute avec attention Cindy lui lire une histoire, les deuxième et quatrième doigts de sa main droite dans la bouche, tandis que l'index frotte une couverture en lambeaux sur le bout de son petit nez en trompette ; Heather, six ans, déguisée en ange à l'occasion d'Halloween ; Heather, douze ans, les yeux remplis de larmes, observe sa mère alors que Julia s'éloigne dans la voiture de leur père.)

— Veux-tu que je te prépare quelque chose ? demanda Cindy tandis qu'Elvis leur faisait la fête. Un chocolat chaud ? Un thé ?

— Il est trois heures du matin.

Heather se pencha pour laisser le chien lécher ses blessures.

— Ce n'est pas propre, la mit en garde Cindy.

Heather se redressa et se dirigea vers l'escalier. Elle s'arrêta.

— Leigh dort toujours dans ma chambre ?

— Elle est repartie il y a quelques jours. Mamie aussi.

Heather eut l'air soulagée.

— Alors je vais prendre un bain si ça ne t'ennuie pas.

— Veux-tu que je le fasse couler ?

— Je peux le faire.

Heather était déjà à moitié déshabillée avant d'arriver à l'étage.

— Et si tu prenais ma baignoire ? proposa Cindy.

En temps normal, Heather adorait profiter de la spacieuse salle de bains de Cindy, avec son jacuzzi.

— D'accord, répondit-elle simplement.

— Il faudra que tu ailles voir le médecin demain, lança Cindy au-dessus du bruit de l'eau qui coulait. Qu'il vérifie que tu n'as rien de cassé.

— Mais non, maman.

Cindy la regarda finir de se déshabiller et entrer dans la baignoire qui continuait de se remplir.

— Ne mets pas de l'eau trop chaude.

— Non.

— Tu veux que je te laisse ?

— Tu peux rester.

Cindy abaissa le couvercle des toilettes, s'assit et contempla le ravissant corps de sa fille dans le miroir, un million de questions sur les lèvres. Que faisais-tu dans un club toute seule ? Qu'as-tu bu ? As-tu beaucoup bu ? Pourquoi as-tu bu ?

— Tu as toujours mal au cœur ? se contenta-t-elle de demander.

— Non, ça va maintenant.

— Tu es sûre ?

— Ce n'est pas dans mes habitudes de m'enivrer, tu sais.

— Je sais.

— Je ne bois jamais.

— C'est bien.

— Tu le diras à papa ?

— Je ne sais pas.

— Tu l'as vu depuis...

La voix d'Heather se volatilisa avec la vapeur qui montait de la baignoire.

— Non.

Heather ferma les robinets, puis appuya sur le bouton qui commandait le jacuzzi. Aussitôt, l'eau se mit à bouillonner.

— Et ton amoureux ? Tu l'as revu ?

— Il est venu hier.

— Ah bon ?

— Ça t'ennuie ?

— Pourquoi ça m'ennuierait ?

— Parce que les enfants de divorcés espèrent toujours que leurs parents finiront par se remettre ensemble.

— Je ne suis plus une enfant, maman.

— Je sais.

— Je veux que tu sois heureuse, c'est tout.

— C'est moi qui devrais te dire ça, non ?

— Ça n'empêche pas.

Cindy sourit.

— As-tu eu des nouvelles de Duncan ?

— Nous avons eu une grande conversation. Tu avais raison. Nous sommes trop jeunes pour nous caser. Il vaut mieux qu'on couche à droite à gauche, comme tu le disais.

Doux Jésus ! Si c'était tout ce que sa fille avait retenu de ses conseils !

— Que dirais-tu de dormir avec moi, cette nuit ?

Heather sourit.

— Tu sais, au sujet de Neil...

— Oui?

— J'ai un bon pressentiment pour vous deux.

Heather ferma les yeux et ne les rouvrit que lorsque la minuterie arrêta le jacuzzi.

Elvis dormait déjà sur le lit lorsque Cindy ouvrit les draps pour qu'Heather se couche. Il partit en leur lançant un regard méfiant comme s'il se souvenait des acrobaties de la nuit précédente. Cindy passa un bras autour de la taille d'Heather et l'étreignit. Elles restèrent allongées en silence, serrées l'une contre l'autre comme des cuillères dans un tiroir, respirant alternativement, deux parties d'un tout. Mon bébé, songeait Cindy. Ma jolie petite fille.

— Je t'aime, murmura-t-elle.

Et sans qu'elle sache pourquoi, Heather s'assit brusquement et fondit en larmes, le corps secoué de sanglots.

— Oh, maman, je suis désolée. Je t'en prie, pardonne-moi, je suis tellement désolée.

— Mais de quoi parles-tu, ma chérie? Je n'ai rien à te pardonner.

— J'ai été tellement stupide.

— Pas du tout.

— Je n'avais pas les idées claires quand j'ai donné ton numéro à la police. Je n'ai pas réalisé que tu penserais que c'était Julia qu'on avait retrouvée. Pourtant, c'était évident. Tu ne pouvais pas imaginer autre chose. Et ton expression quand tu m'as vue, ta déception...

— Mais non, ma chérie. Tu m'as juste prise au dépourvu.

— Je lui ai dit des choses tellement affreuses ce jour-là, maman. Que je ne voulais jamais plus lui parler, que sa vue me rendait malade.

Cindy se souvint de la récente altercation avec Leigh.

— La colère nous pousse toujours à des excès de langage que nous regrettons après. Julia sait bien que tu ne les pensais pas vraiment.

— Tu crois? J'ai ajouté aussi que je regrettais son retour à la maison, que je voulais qu'elle parte et ne revienne jamais. Oh! maman, j'ai même souhaité qu'elle meure.

Cindy écarta lentement Heather, la tint à bout de bras et la regarda droit dans les yeux.

— Heather, écoute-moi bien. C'est très important. Quoi qu'il arrive, où que soit Julia, quelle que soit la raison qui la retient loin de nous, ça n'a aucun rapport avec toi. Tu comprends? Tu n'as pas ce pouvoir. Tu n'es pas à blâmer. Tu m'entends? Tu n'es pas à blâmer.

Cindy serra de nouveau sa fille dans ses bras et la berça jusqu'à ce qu'elle sombre dans un sommeil agité. À travers ses larmes, Cindy voyait les minutes défiler au radio-réveil, sur la table de nuit. De temps en temps, Heather marmonnait dans son sommeil et Cindy mit un moment à comprendre ses paroles.

— Je ne suis pas à blâmer, disait-elle. Je ne suis pas à blâmer.

31.

À sept heures, le lendemain matin, Cindy se leva en prenant soin de ne réveiller ni son chien ni sa fille. Elle alla sur la pointe des pieds dans la salle de bains, se doucha, se lava les cheveux et se maquilla. Elle enfila ensuite un pantalon café et un joli chemisier blanc. Il y avait trop longtemps qu'elle ne prenait plus soin d'elle. Elle devait au moins sauver les apparences. Pour Heather comme pour elle. Elle avait deux filles, pas une seulement.

Heather dormait encore à poings fermés lorsqu'elle revint dans la chambre. Elvis avait changé de position et s'était roulé en boule contre l'oreiller. Il leva la tête quand elle s'approcha, avec l'air de lui demander ce qu'elle faisait debout après une nuit si courte, puis il referma les yeux quand Cindy quitta la pièce.

Elle aussi se demandait pourquoi elle s'était levée si tôt. Mais elle n'avait pas réussi à se rendormir et finissait par avoir des crampes. Autant se lever, essayer de se comporter en adulte responsable et mener un semblant de vie normale.

Lorsque Heather se réveillerait, elle trouverait une mère habillée et présentable, qui lui aurait préparé des pancakes, et serait impatiente de connaître ses projets pour le week-end.

En attendant, elle la laisserait dormir.

Cindy descendit à la cuisine préparer du café, puis elle s'assit devant la table et regarda dehors par la porte coulissante. Une belle journée s'annonçait. Elle se renversa contre le dossier et étudia le ciel. Un gros nuage rose avec un soupçon de jaune planait au-dessus du jardin des Sellick. Quelques écheveaux s'étaient détachés et dérivaient paresseusement sur la droite. Cindy les regarda s'effilocher et se perdre dans le ciel de plus en plus bleu.

Tout disparaissait. Les nuages, les gens, des civilisations entières. Les êtres humains étaient aussi fragiles, aussi volatiles que des courants d'air.

Elle étendit les jambes et entendit craquer ses articulations. Les charnières avaient besoin d'être huilées ! Elle avait été idiote de courir comme une dératée la veille, surtout qu'elle ne faisait plus de gym depuis des semaines. C'est de cette façon qu'on finit par se ratatiner, songea-t-elle en tapotant son petit ventre arrondi. Elle repoussa la chaise et sentit une raideur dans ses cuisses tandis qu'elle se dirigeait vers la porte d'entrée. Il fallait qu'elle refasse de l'exercice. Elle demanderait à Leigh de venir la rejoindre à la salle de gym un de ces quatre.

Elle trouva le *Globe* et le *Star* juste devant la porte et vit que le même portrait peu flatteur du Premier ministre était à la une des deux journaux.

— Ça vous étonne ? lui demanda-t-elle en ramassant les journaux. On est vendredi 13.

Alors qu'elle s'apprêtait à refermer, elle entendit une porte s'ouvrir dans son dos.

Elle s'immobilisa en voyant Faith Sellick émerger et descendre précipitamment l'escalier, en serrant son bébé dans ses bras, avant de disparaître de l'autre côté de la maison. Comme Cindy, Faith était habillée avec soin pour la première fois depuis des semaines. Elle avait remplacé le pyjama écossais par une robe en coton bleu mi-longue et s'était attaché les cheveux en queue de cheval. Quelques secondes plus tard, Cindy la vit revenir dans son champ de vision et se diriger vers la rue en poussant Kyle qui hurlait dans le landau.

Où allaient-ils de si bonne heure ? Cindy se pencha mais recula précipitamment en voyant Faith se retourner. Elle devait sentir qu'elle l'observait.

Cindy attendit une fraction de seconde et sortit de nouveau la tête. La voiture de Ryan était garée dans l'allée. Savait-il où allait sa femme ? Était-il au courant qu'elle était partie ? Elle pensa lui téléphoner pour le prévenir mais se ravisa en songeant qu'elle devait être la dernière personne à qui il avait envie de parler.

Qu'est-ce qui avait pris Julia d'avoir une aventure avec un homme marié ? Elle pouvait avoir tous les hommes qu'elle voulait. Pourquoi choisir celui-là ?

Cindy connaissait en fait la réponse. Julia avait été attirée par Ryan Sellick parce qu'il était, en plus jeune, la réplique de l'homme qu'elle aimait le plus au monde. De façon délibérée ou inconsciente, Julia avait choisi un homme qui ressemblait à son cher vieux papa.

— Ainsi va la vie ! marmonna Cindy en regardant Faith traverser au beau milieu de la rue.

Où allait-elle avec tant de hâte ? Elle lâcha les journaux et sortit sur le perron. Elle vit la jeune femme prendre Avenue Road.

Sans réfléchir, Cindy courut chercher son sac dans le placard de l'entrée et partit à sa poursuite. Elle restait à bonne distance pour ne pas se faire repérer. Faith marchait vite et Cindy sentait ses jambes protester à chaque pas. Elle faillit la perdre au croisement d'Avenue Road et de St. Clair, lorsque Faith passa au feu vert. Mais elle la repéra ensuite un peu plus bas, devant Granite Place, deux grands immeubles résidentiels en retrait de la rue.

Faith s'arrêta au coin de St. Clair et de Yonge. C'était pourtant à elle de traverser. Une fois de plus, elle se retourna, comme si elle craignait d'être suivie, et Cindy n'eut que le temps de s'engouffrer dans l'entrée d'un Photo Minute, le souffle court. Une goutte de transpiration coula dans l'échancrure de son chemisier et elle l'essuya du bout du doigt avant qu'elle n'atteigne son soutien-gorge. Il était sept heures et demie du matin et il faisait déjà au moins vingt-cinq degrés. Elle était en sueur et l'humidité la faisait friser. Elle qui voulait sauver les apparences, c'était réussi ! Elle entendit un pas pressé se rapprocher, et s'apprêta à une nouvelle confrontation désagréable avec sa voisine.

Mais une inconnue passa devant elle, elle ne jeta qu'un regard furtif dans sa direction, et s'écarta prudemment. Elle l'avait peut-être prise pour une folle, de celles qui vous accostent dans la rue pour mendier ou qui parlent toutes seules. Elle n'avait pas totalement tort : il fallait avoir un grain pour jouer les détectives et filer sa voisine, après l'esclandre de la veille. Qu'est-ce qui lui prenait d'aller encore se mêler des affaires des autres ? Elle n'était pas près de devenir une adulte responsable.

— Rentre chez toi. Immédiatement.

Mais alors même qu'elle prononçait ces mots elle repartit vers le carrefour en cherchant Faith des yeux.

— Où est-elle ?

Peut-être était-elle rentrée dans le McDonald, pensa-t-elle en voyant le petit fast-food coincé entre la Banque de Nouvelle Écosse et l'entrée du métro.

C'est alors qu'elle vit un homme écarter le landau, abandonné devant les portes vitrées du métro, en plein milieu du passage.

— Kyle ! hurla-t-elle en se précipitant vers le landau.

Mais il était vide. Le bébé avait disparu.

Pourquoi Faith aurait-elle abandonné la coûteuse voiture d'enfant en pleine rue ? Avait-elle repéré Cindy et décidé de la semer ? Où emmenait-elle le bébé de si bonne heure ? Elle avait un but précis ou avait-elle décidé, sur un coup de tête, de prendre le métro, comme Cindy, la veille, de se mettre à courir ?

— Avez-vous vu une jeune femme avec un bébé ? demanda-t-elle à l'employé qui semblait s'ennuyer mortellement derrière son guichet. Il y a juste deux minutes, continua-t-elle.

— J'ai pas fait attention, répondit-il enfin. Vous bloquez le passage.

Cindy voulut franchir le portillon mais il refusa de tourner.

— Faut un jeton, lui rappela l'employé.

— Je n'en ai pas.

— Alors c'est deux dollars et vingt-cinq cents.

Cindy chercha la monnaie dans son sac pendant que plusieurs voyageurs pressés la doublaient en râlant et que ceux qui étaient obligés d'attendre s'impatientaient.

Une fois de l'autre côté du tourniquet, elle descendit l'escalier quatre à quatre en essayant de deviner de quel côté Faith était allée. Elle choisit le nord, et descendit une deuxième volée de marches vers le quai sans cesser de chercher Faith et Kyle des yeux. Elle les aurait ratés ? La rame serait déjà passée ?

C'est alors qu'elle entendit un bébé pleurer et vit la jeune femme debout sur le quai opposé. Elle berçait son enfant en souriant calmement. Elle avait l'air bien et Cindy lui fit de grands gestes pour attirer son attention. Faith lui sourit comme si c'était naturel de la croiser à cette heure matinale dans le métro, puis elle ramena son attention sur le bébé qui gesticulait dans ses bras.

Il y avait quelque chose qui clochait. Cindy remonta la première volée de marches, malgré la foule qui descendait à contre-courant, puis dévala la seconde en direction de l'autre quai.

— Attention ! lui lança quelqu'un, la voyant courir de l'autre côté de la ligne jaune qui longeait le quai. Vous ne devriez pas marcher si près du bord.

Cindy se rapprocha du mur sans ralentir.

— Inutile de vous presser, cria un autre. Une rame vient de passer.

Était-ce à elle qu'il s'adressait ?

— Bon sang ! Je vais être en retard, répondit un troisième. Dans combien de temps la suivante ?

— Dans deux minutes.

Cindy rejoignit enfin Faith qui lui sourit comme si elle était sincèrement contente de la voir.

— Cindy, qu'est-ce que tu fais là ?

— J'allais te poser la même question.

— Kyle a rendez-vous chez la pédiatre.

— Si tôt ?

— C'était le seul moment où elle pouvait me prendre.

— Kyle est malade ?

— Il a des rougeurs.

— Des rougeurs ?

Cindy n'en avait remarqué aucune la veille.

— J'ai appelé le docteur Pitfield dès que je m'en suis aperçue. Elle m'a dit de l'amener à la première heure, pour l'examiner.

— Son cabinet ne se trouve pas à Wellesley ? s'étonna Cindy.

C'était elle qui avait recommandé la pédiatre à Faith. Elle avait suivi Julia et Heather.

— Elle a déménagé.

— Vraiment? Où est-elle maintenant?

— Sur Lawrence.

— C'est génial. Nous ferons la route ensemble.

— Tu vas à Lawrence?

— Oui, à mon cours de yoga, répondit aussitôt Cindy en se demandant pourquoi la pédiatre avait déménagé après trente ans de pratique au même endroit.

Pourquoi Ryan n'avait-il pas conduit sa femme chez le médecin afin de lui épargner l'inconfort des transports en commun? Et pourquoi Faith était-elle si gentille avec elle après ce qui s'était passé la veille?

— C'est le landau de Kyle que j'ai vu devant la station?

Faith haussa les épaules.

— Je n'ai jamais aimé cette horreur. Tu es ravissante, ajouta-t-elle, comme si c'était le plus logique des enchaînements.

— Merci. Toi aussi. C'est une nouvelle robe?

Faith baissa les yeux. Elle semblait ne pas se souvenir de ce qu'elle portait.

— Non. Elle est vieille.

— Elle est très jolie. La couleur te va très bien.

— Tu trouves?

— Oui.

Faith sourit.

— Nous avons encore une belle journée.

— Oui, vraiment.

— Mais on finit quand même par se lasser de ce soleil.

— Un peu de pluie ne nous ferait pas de mal.

— Oui, ça ferait du bien. J'adore la pluie, pas toi?

— Si, de temps en temps. Il n'y a rien de tel qu'un bon orage.

Cindy croyait rêver. Elles parlaient du temps!

— J'ai peur des éclairs, avoua Faith.

— Moi aussi.

— As-tu déjà vu une tornade?

— Une tornade ? Non, en tout cas pas une vraie. J'ai vu le film... tu sais... *Twister*.

— Je l'ai vu, moi aussi. Il n'était pas terrible.

— Non. L'histoire était nulle.

— Mais il y avait de sacrés effets spéciaux.

— C'est vrai. Quel est ton film préféré ?

Faith leva les yeux, pinça ses lèvres. La question demandait visiblement réflexion.

— Je n'en ai pas.

— Vraiment. Et *Titanic* ? Tu l'as vu ? *Le Parrain* ?

— Je l'ai vu à la télévision. Sur Bravo, je crois. Ils n'arrêtaient pas de le passer. On ne pouvait pas le rater.

— As-tu vu la suite ? On dit que le deuxième était meilleur que le premier, ce qui est rarement le cas, mais le troisième était nul.

— Je ne l'ai pas vu.

— Il n'y a rien à regretter.

Le bébé recommença à se tortiller. Faith le berça d'un air distrait et surveilla par-dessus l'épaule si le train arrivait.

— Moi, mon film favori c'est *L'Invasion des profanateurs*, continua Cindy avec un malaise croissant qui gagnait ses articulations. L'original, avec Kevin McCarthy et Dana Wynter, pas le remake.

— Je ne le connais pas.

— J'ai la cassette à la maison. Je te la prêterai.

— Je ne sais pas. Ça doit faire peur.

— Oui, un peu. Je le regarderai avec toi, si tu veux.

Faith secoua la tête et se mit à se balancer d'avant en arrière sur les talons.

— Non, ça ne me dit rien. Merci quand même.

— Es-tu déjà allée au Festival du film ? J'y vais chaque année avec deux amies. Il y a des tonnes de films fabuleux. Tu pourrais venir avec nous l'an prochain, si ça te tente.

Faith sourit. Le bébé commença à pleurer et très vite les cris se firent perçants.

— Chut ! Allez, Kyle, sois sage. Je t'en prie, ne pleure pas.

— Veux-tu que je le porte un moment ? Il doit être lourd.

Faith recula en secouant la tête.

— Ça va.

— On dirait qu'il a faim.

— Je viens de le nourrir.

— Il a peut-être besoin d'être changé.

— Il est bien.

Faith se mit à décrire des petits cercles qui, à chaque tour, la rapprochaient de la voie.

— Fais attention. Tu vas trop près du bord.

Faith lui sourit sans rien dire.

Cindy entendit le grondement d'un train qui arrivait.

— Et si nous allions prendre le petit déjeuner quelque part? proposa-t-elle.

— Je n'ai pas faim.

— Alors juste un café. Je connais des tas d'endroits sympas.

— Je ne veux pas de café.

— Faith, tu ne vas pas faire une bêtise, dis-moi?

— Une bêtise?

— Tu sais parfaitement ce que je veux dire.

Cindy sentit le courant d'air de la rame qui entrait dans la station sur le quai d'en face, consciente que l'autre rame arriverait bientôt.

— Tu devrais t'en aller, dit Faith.

— Je ne partirai pas d'ici sans toi.

Faith parut perplexe.

— Pourquoi?

— Parce que tu es mon amie. Parce que tu m'inquiètes.

— Tu n'as aucune raison de t'inquiéter. Je vais bien maintenant.

— Tu crois?

— Oui. J'ai tout compris.

— Tu as compris quoi?

— Ce que je dois faire.

— Tu dois t'écarter du bord du quai, insista Cindy d'un ton égal. S'il te plaît, Faith, tu ne voudrais pas qu'il arrive malheur à Kyle?

— Je ne ferai jamais de mal à mon bébé.

— Alors écarte-toi du bord.

— C'est pas moi qui lui fais du mal, c'est vous.

317

— Nous ?

Faith considéra les gens qui attendaient le train, derrière Cindy.

— Oui, vous tous.

Cindy chercha quelqu'un à alerter discrètement. Hélas, personne ne les regardait.

— Personne ici ne veut du mal à Kyle, dit-elle d'une voix forte, espérant attirer l'attention.

— Le monde n'est pas un endroit très joli, Cindy. Tu es bien placée pour le savoir.

— Oui. (Cindy hésitait à appeler à l'aide de peur d'aggraver la situation.) Je le sais. Mais je sais aussi que même si ça va très mal, tout finit par s'arranger.

— Tu le crois réellement ?

— Oui.

— Et si ça ne s'arrange pas ? Qu'est-ce que tu fais ?

Les yeux de Cindy se remplirent de larmes.

— Je m'accroche.

— Vraiment ? Pourquoi ?

Cindy pensa à Heather qui dormait.

— Parce qu'il y a des personnes qui ont besoin de nous, et qui seraient désespérées si nous faisions quelque chose de définitif, d'irréversible. (Elle entendit un grondement et réalisa avec horreur que la rame arrivait.) Je t'en prie, Faith, fais-moi confiance. Tout va s'arranger. Honnêtement.

— Tu le promets ? chuchota Faith.

Ses yeux l'imploraient.

— Oui, je te le promets, répéta Cindy, suppliant le ciel de les aider, tendue en avant, prête à se jeter sur Faith et à la renverser sur le quai s'il le fallait.

Faith se détendit subitement, prit une profonde inspiration et lui sourit.

— D'accord, dit-elle simplement tandis que Cindy la prenait dans ses bras.

Merci, Seigneur ! Cindy l'entraîna sans la lâcher vers l'escalier.

— Oh !

Faith s'arrêta brusquement.

— Qu'y a-t-il?

— Peux-tu me tenir Kyle une seconde?

Faith lui colla le bébé dans les bras sans lui laisser le temps de comprendre ce qui se passait. Puis elle se dégagea de son étreinte, traversa le quai et sauta sous le train qui entrait dans la station.

32.

(Reprise de la séquence : Cindy entend un grondement, comme un tonnerre dans le lointain, et réalise qu'un train approche. Elle supplie sa voisine.

— Je t'en prie, Faith. Ne fais pas de bêtise. Tout va s'arranger. Honnêtement.

— Tu le promets ? lui demande Faith d'un ton implorant.

— Je te le promets.

Faith prend une profonde inspiration et se détend.

— D'accord, dit-elle en s'effondrant dans les bras de Cindy.

Merci, Seigneur ! Cindy serre la jeune femme contre elle et l'entraîne à travers la foule vers la sortie. Elles arrivent pratiquement à l'escalier lorsque Faith s'arrête brusquement, comme si elle avait oublié quelque chose.

— Oh !

— Qu'y a-t-il ?

— Tu peux me tenir Kyle une seconde ?)

Cindy, assise sur un canapé en cuir de son salon, se forçait à fixer le mur, pour ne pas tourner les yeux vers la fenêtre, de peur de voir repasser dans le reflet des vitres sombres les événements de la matinée. Mais il suffisait qu'un rayon de lune perce les nuages pour qu'elle se retrouve, à l'heure de pointe du matin, sur le quai de la station St. Clair, un bras passé autour des épaules de sa voisine apparemment consentante. Une seconde, elle marche tranquillement en l'entraînant vers la sortie, la crise miraculeusement évitée et, la seconde suivante, Faith lui plaque le bébé dans les bras et court se jeter sous le train. Cindy entend le bruit mat du corps contre le métal, le crissement insupportable des freins, les hurlements horrifiés des témoins.

Puis c'est le chaos.

(Le chaos : les gens qui courent dans toutes les directions. Des passagers enfermés dans les compartiments de la rame qui tapent sur les portes pour qu'on les laisse descendre. Une odeur de vomi. Le conducteur au teint de cendre, le front pressé contre la vitre d'une fenêtre latérale, qui hurle dans l'émetteur radio. Des sirènes au-dessus de leurs têtes. L'arrivée des services de secours. Et de la police qui pose des questions. Quelqu'un qui tend le doigt vers Cindy, assise sur le sol sale, le dos appuyé au carrelage jaunâtre, les jambes étendues, comme une poupée de chiffon. Elle serre le bébé enfin endormi dans ses bras, les yeux perdus dans le vide.

— Pouvez-vous nous dire ce qui s'est passé ?

Un policier aux épaules carrées s'agenouille et entre dans sa ligne de vision.

— Vous connaissiez cette femme ?

Cindy regarde le jeune homme, mais le visage reste flou, elle ne voit que de grands yeux marron.

— C'est ma voisine, répond une voix inconnue dans le lointain.

— Pouvez-vous nous dire son nom ?

— Faith [1]. Faith Sellick, continue la voix désincarnée tandis que Cindy est soudain frappée par l'ironie du prénom. Elle est morte ?

Silence.

Question idiote, pense Cindy. Le policier confirme d'un battement de paupières.

— Y a-t-il quelqu'un à prévenir ?

— Son mari.

La voix fournit au policier les informations nécessaires. Cindy le regarde les noter sur son calepin. Combien de fois a-t-elle vu le même geste ces derniers jours ? Trop souvent. Beaucoup trop souvent.

---

1. « Confiance. » *(N.d.T.)*

— Et lui, c'est Kyle, continue la voix. Le bébé de Faith.

— Il faudrait nous dire exactement ce qui s'est passé. (Le policier fait signe à un collègue d'approcher.) Vous vous en sentez capable?

Les deux hommes l'aident à se relever en la prenant par les coudes. Elle a l'impression que le sol bouge sous ses pieds comme si elle se tenait sur un tapis roulant. Elle s'accroche à Kyle et refuse qu'on le lui prenne.

— Vous êtes sûre que ça ira? insiste le policier aux yeux marron.

Mais les paroles sont brouillées, elles défilent à la mauvaise vitesse.

Cindy hoche la tête et marche lentement entre les deux hommes qui la guident vers la sortie.

— Il nous faut votre nom, dit l'un d'eux alors que le regard de Cindy est attiré par un mouvement sur les rails du métro.

— Cindy, répond la voix étrangère, et, l'espace d'un instant, Cindy voudrait que la personne cesse de parler et la laisse répondre. Cindy Carver.

— Cindy Carver? répète l'autre policier, s'immobilisant presque à l'endroit où Faith s'est arrêtée quelques secondes plus tôt. La mère de la jeune fille qui a disparu?

Cindy voit les pompiers poser le corps brisé de Faith sur une civière et aperçoit un bout de tissu de la robe sur la voie. Elle se retourne, distingue des lambeaux de chair ensanglantée sur le pare-brise du train.

— Vous êtes la mère de Julia Carver? demande le premier policier.

Un bourdonnement insistant couvre presque les paroles.

— *Vous... la mère de Julia Carver? Vous êtes... de Julia Carver? Vous êtes la mère... Carver?*

Puis la voix étrangère reprend le contrôle.

— Excusez-moi, dit-elle calmement. (Cindy tend Kyle au policier, comme Faith le lui avait tendu tout à l'heure.) Je crois que je vais m'évanouir.

Elle sent ses jambes se dérober, ses yeux rouler dans leurs orbites, le tout au ralenti. Son corps se rabat sur lui-même comme une chaise pliante. Je commence à faire ça très bien, songe-t-elle en basculant vers le sol carrelé.

— Elle a sauvé le bébé, vous savez, informe quelqu'un tandis que des bras se tendent pour arrêter sa chute. Elle mérite une médaille. Cette femme est une héroïne.

Je suis une héroïne, pense-t-elle, et elle aurait ri si tout n'était pas devenu noir autour d'elle.)

— Bref, à en croire les informations de onze heures, me voilà une héroïne, dit Cindy à Neil qui lui apportait une tasse de thé.

Il était accouru à son secours dès qu'elle l'avait appelé du métro, après son malaise.

Elle était assise entre sa mère et sa sœur. Leigh laissa la place à Neil et se serra sur l'autre canapé où se trouvaient déjà Heather, Meg et Trish.

— Et tu n'es pas d'accord ?

Neil s'assit et lui caressa doucement la nuque pendant qu'elle trempait les lèvres dans la tasse, sous le regard vigilant d'Elvis.

— J'ai l'impression d'être une mystificatrice.

— Comment ça ? s'étonna Meg.

— Je n'ai rien fait.

— Tu as sauvé la vie du bébé, rappela Trish.

— C'est Faith qui l'a sauvé, pas moi.

— Voyons, c'est uniquement grâce à toi s'il n'est pas mort, lui aussi, protesta Norma.

Cindy secoua la tête.

— Tout est ma faute.

— Tu dis n'importe quoi !

Cindy laissa échapper les mots qu'elle avait tenté de retenir toute la journée :

— C'est moi qui l'ai poussée à bout ! C'est comme si je l'avais moi-même poussée du quai.

— Cindy...

— Je lui ai mis sous le nez la liaison de son mari avec Julia. J'ai appelé la police, j'ai voulu qu'on l'interroge au commissariat alors qu'elle tenait à peine debout. Je savais qu'elle était fragile, oui, je le savais. Pourtant ça ne m'a pas empêchée de lui lancer des accusations ridicules. Quand la police m'a ordonné de ne plus me mêler de rien, j'ai continué. Et maintenant vous voyez ce qui s'est passé...

— Cindy..., commença sa mère.

— Je t'en prie, ne me dis pas que je n'y suis pour rien.

— Crois-tu vraiment que tu aies un tel pouvoir ? demanda Heather, reprenant les paroles qu'elle-même avait prononcées la veille au soir.

Cindy sourit tristement et lui tendit les bras. Heather vint se blottir contre elle. Cindy l'embrassa sur la tête.

— Merci à vous tous d'être là.

— C'est normal, répondirent-ils, presque en même temps.

Heather l'attendait quand Neil l'avait ramenée à la maison. Sa mère et sa sœur, de nouveau en rendez-vous chez le couturier, s'étaient précipitées dès qu'elles avaient appris la triste nouvelle, comme Meg et Trish. Tom était le seul à ne pas avoir donné signe de vie. Il devait être sur la route de Muskoka quand on l'avait annoncé aux informations.

Normalement, les médias ne parlaient pas des suicides dans le métro, de peur de donner des idées à d'autres désespérés. Mais la présence de Cindy sur les lieux du drame avait changé la donne. Les journaux d'information, à la radio ou à la télévision, ne parlaient que de ça : la mère de Julia Carver avait sauvé le bébé d'une malheureuse, qui se trouvait être, de surcroît, sa voisine. Depuis le début de l'après-midi, les journalistes assaillaient son domicile. Les hypothèses allaient bon train. Y avait-il un lien entre la disparition de Julia et le suicide ? Il était évident que l'affaire ferait la une des journaux le lendemain, surtout si la presse avait vent de l'idylle entre Ryan et sa fille, ce qui était à craindre. Cindy poussa un énorme soupir.

— Ça va ? s'inquiéta Neil.

— J'aurais dû comprendre plus vite ce qui se passait.

— Alors elle aurait sauté avant, et avec Kyle.

Cindy tourna la tête vers la porte d'entrée.

— La maison est toujours assiégée ?

— J'ai vu un type de CITY-TV rôder dans les buissons il y a une heure, mais je crois qu'il a fini par rentrer chez lui.

— Et toi ? demanda-t-elle à contrecœur. Tu ne veux pas rentrer ? Il est bientôt minuit. Ton fils...

— Je peux rester encore un moment.

Le téléphone sonna. Ils se tournèrent d'un même mouvement vers l'appareil. Mais personne ne se leva.

— Tu veux que je réponde ? proposa Meg.

— Non, le répondeur prendra le message.

Il sonna encore quatre fois et s'arrêta. Deux minutes plus tard, il recommença. Et encore après.

— Il insiste, le bougre, plaisanta Trish.

— C'est peut-être important, ajouta Leigh.

— Non.

Combien de coups de fil de malades avait-elle déjà reçus aujourd'hui ? Entre les journalistes et les dingues, le téléphone n'avait pas arrêté de sonner. Heureusement, ça s'était calmé dans la soirée. À un moment, le bruit était tellement pénible entre la fichue sonnerie, les cameramen qui cognaient leurs objectifs contre les carreaux, le chien qui aboyait dès qu'on approchait de la porte, que Cindy avait envisagé d'empoigner Neil et de courir se réfugier dans un hôtel. Seulement sa mère et sa sœur auraient tenu à les accompagner, et Heather, Meg et Trish aussi. Il lui avait suffi de les imaginer tous ensemble entassés dans une chambre pour y renoncer.

Cindy se leva et alla d'un pas traînant à la cuisine écouter le répondeur.

— Rien. Personne n'a laissé de message.

— La prochaine fois, je répondrai, dit sa mère.

— Et si tu montais te coucher ? proposa Neil.

— Je ne sais pas si j'arriverai à dormir. Dès que je ferme les yeux, je vois...

Elle n'avait pas besoin de les fermer, songea-t-elle. Elle revoyait Faith se jeter sous le métro. Elle entendit le crissement des freins, le bruit sourd de l'acier froid contre le corps tiède, vit le morceau de tissu bleu clair sur la voie, le sang sur le pare-brise qui s'incrustait dans le verre. Une pluie acide qui marquait son âme au fer rouge.

— Je dois encore avoir de mes fameuses pilules, lui chuchota-t-il.

— Vraiment ? De quelles pilules s'agit-il ? s'informa Leigh. Ça fait des mois que je dors mal.

— As-tu eu des nouvelles de l'inspecteur Bartolli ? demanda Trish à son amie.

Cindy grimaça en se souvenant de la fureur de Gill et de Bartolli quand ils avaient appris que Faith s'était suicidée devant elle. Bartolli avait même été jusqu'à la menacer de l'arrêter en cas de nouveaux problèmes.

— Vous n'êtes pas forcés de rester, vous savez.

— Tu veux qu'on s'en aille? demanda Meg.

— Non. Je voudrais toujours vous garder près de moi.

— Alors on reste, dirent-ils en chœur, et Cindy sourit.

Ils continuèrent à parler de tout et de rien pendant une heure puis Norma annonça qu'elle tombait de sommeil et monta se coucher, suivie de Leigh, puis d'Heather dix minutes plus tard. Meg et Trish partirent à contrecœur, peu de temps après. Elles promirent d'appeler le lendemain.

— À ton tour, dit Cindy à Neil alors qu'ils se tenaient devant la porte ouverte.

— Tu es sûre?

— Seulement si tu promets de revenir demain.

— Au petit déjeuner, ça t'irait? J'apporterai des petits pains.

— Si ma mémoire est bonne, ma famille adore tes petits pains.

Neil sourit.

— Je viendrai peut-être avec Max. Lui aussi les adore.

— Ça me ferait très plaisir.

Neil l'embrassa tendrement sur les lèvres.

— À demain matin.

Cindy le regarda s'éloigner avant de rentrer. Elle s'apprêtait à refermer la porte lorsqu'elle aperçut plusieurs voitures arrêtées de l'autre côté de la rue. Depuis combien de temps étaient-elles là? Est-ce qu'elles étaient vides? Cindy plissa les yeux. La police, des journalistes?

Sans doute personne.

Elle verrouilla la porte et monta se coucher, avec la désagréable impression d'être observée.

33.

Elle s'endormait lorsqu'elle entendit un bruit à la fenêtre de sa chambre. Elle se redressa en faisant attention de ne pas réveiller Heather qui était blottie contre elle, ni Elvis couché à leurs pieds, et elle attendit. Le silence de la nuit lui enveloppait la tête comme un parfum trop capiteux. Cindy perçut alors un petit coup contre la vitre, rapide et net. Puis un autre.

Il s'agissait peut-être d'un oiseau qui frappait du bec pour qu'on le laisse entrer. Mais les oiseaux ne volaient pas la nuit, se dit-elle en écartant le store. Au même instant, quelque chose heurta le carreau juste devant elle. Elle recula. Son cœur battait la chamade. On avait essayé de lui tirer une balle dans la tête ? Mais non, le verre n'était pas brisé. Pas même fêlé. Elle s'approcha de nouveau et vit un petit caillou ricocher contre la vitre.

Quelqu'un jetait des graviers contre la fenêtre.

Cindy prit son peignoir, descendit à la cuisine et alluma le patio qui donnait sur l'arrière de la maison. Un homme entièrement vêtu de noir se tenait debout au milieu du jardin. Cindy étouffa un cri lorsqu'il se tourna vers la lumière.

— Tom !

Elle ouvrit la porte coulissante, vit son ex-mari lâcher une poignée de cailloux par terre puis monter les marches en courant. Immédiatement, la Bécasse, vêtue elle aussi de noir, surgit de l'obscurité.

— Mais pour l'amour du ciel, qu'est-ce que vous faites là ? Qu'est-ce qui vous arrive ?

— On essaie d'attirer ton attention, bon sang! Pourquoi ne réponds-tu pas à ce putain de téléphone?

— Quoi?

Ils entrèrent dans la cuisine, la Bécasse referma la porte pendant que Tom éteignait le patio que la pleine lune s'empressa d'éclairer comme un projecteur.

— Que se passait-il ce soir, chez toi? Vous faisiez la fête?

— Tu espionnais la maison?

— Il fallait que je te parle. Je ne pouvais pas le faire tant que tout le monde était là.

— Je ne comprends pas. Il est arrivé quelque chose? (La terreur lui glaça le sang.) C'est Julia?

Tom glissa une main dans ses cheveux.

— Écoute, tu vas sûrement avoir un choc, mais il faut absolument garder ton calme. J'ai cru comprendre que tu venais d'avoir une journée déjà très éprouvante, alors je veux que tu me promettes de ne pas péter les plombs.

— Si tu me disais plutôt de quoi il s'agit?

— Je suis venu te préparer.

— Me préparer?

Tom ne dit rien pendant de longues secondes, puis il se retourna vers la porte coulissante et l'ouvrit.

— Tu peux venir!

Une ombre surgit de l'obscurité et Cindy retint son souffle. Une forme humaine montait maintenant lentement les marches du patio, le visage caché par la capuche d'un sweat-shirt.

Et elle apparut, debout sur le seuil, la capuche tomba, révélant les longs cheveux blonds et raides, aussi magnifique que la dernière fois que Cindy l'avait vue, quinze jours plus tôt.

Julia.

— JULIA!

Cindy se jeta sur l'apparition, et l'attrapa dans ses bras avant qu'elle ne s'envole. Son imagination devait lui jouer des tours. Les événements de la journée ajoutés à la fatigue avaient dû finir par perturber les circuits de son cerveau. Julia! criat-elle en regardant, hallucinée, la vision en combinaison de velours noir. Elle lui touchait le visage, les épaules, les cheveux.

— Julia ! » reprit-elle encore comme si la répétition du nom pouvait matérialiser le fantôme, lui donner de la substance. Julia, pleura-t-elle, s'attendant à une disparition du rêve.

Mais le mirage se blottit dans ses bras. Et Cindy étreignit un être de chair et de sang, bien réel, avec une peau douce qui sentait *Angel*.

— Tu es vraiment là, s'écria-t-elle, en pressant les bras, les hanches de Julia. Tu es vraiment là ?

— Oui, je suis vraiment là, répondit la jeune fille, avec exactement la même voix que Julia.

— C'est toi. Tu es là. Tu es bien réelle.

Julia éclata de rire.

— Oui, je suis là. C'est bien moi.

Cindy fondit en larmes. Elle attira sa fille contre sa poitrine secouée par les sanglots. Elle voulait souder leurs corps, lui couvrir les joues de baisers et la dévorer !

Julia était revenue. Elle la touchait. Elle était saine et sauve. Et elle était magnifique : l'air reposé et plus belle que jamais. Aucun coup ne souillait son teint, aucune terreur innommable n'assombrissait son regard.

— Tu es là, n'arrêtait pas de répéter Cindy. Tu vas bien.

— Je suis là. Je vais bien.

Malgré ses affirmations, Cindy refusait de lâcher les mains de sa fille. Sinon, son rêve se terminerait sûrement. Elle se réveillerait. Et ce serait fini, sa fille envolée.

— Tu n'es pas blessée ?

— Je vais bien.

— Tu vas bien.

Cindy était incapable d'arrêter le flot de larmes qui coulait sur ses joues. Sa fille était vivante, en bon état et de retour à la maison. Là où était sa place. Ce n'était pas un fantôme. Elle était là. Et il ne lui était arrivé aucun mal. Comment était-ce possible ?

— Je ne comprends pas. Où étais-tu ?

Julia se tourna vers son père qui l'encouragea silencieusement d'un signe de tête.

— Tu me promets que tu ne seras pas fâchée ?

— Fâchée ? (De quoi parlait-elle ?) Pourquoi serais-je fâchée ?

— Promets-moi au moins d'essayer de comprendre.

— Comprendre quoi ? Que se passe-t-il ? (Cindy leva un regard implorant vers son ex-mari...) Tom, de quoi parle-t-elle ? Où l'as-tu trouvée ?

— Tu n'as toujours pas pigé ?

Il considéra Cindy avec un mélange de pitié et de mépris.

— Pigé quoi ?

Julia marqua une seconde d'hésitation.

— Je n'ai jamais disparu.

Les mots percutèrent Cindy comme des balles de fusil. Elle recula en titubant et lâcha la main de sa fille.

— Qu'est-ce que tu racontes ? Où étais-tu ?

Long silence. Nouvel échange de regards entre le père et la fille.

— Au chalet.

— Elle a absolument voulu revenir quand elle a appris le suicide de Faith Sellick, s'empressa de préciser la Bécasse.

— Comment va Ryan ? demanda Julia. On n'en a pratiquement pas parlé aux informations.

— Tu étais à Muskoka depuis tout ce temps ?

Cindy avait le vertige. Sa fille était de retour. Indemne. Elle n'avait pas été kidnappée, ni violée, ni assassinée, ni enterrée sommairement. N'était-ce pas la seule chose qui comptait ? Quelle importance qu'elle fût allée se mettre au vert pendant que sa mère devenait folle en ville ? Qu'au lieu de s'inquiéter pour sa sœur, sa grand-mère, sa tante, elle ne songeât qu'à Ryan ? Et plus stupéfiant encore, elle semblait parfaitement inconsciente de l'enfer qu'elle avait fait vivre à sa famille depuis quinze jours !

Cindy dévisagea Tom, assaillie soudain par un affreux doute.

— Tu étais au courant ? Tu savais où elle était depuis le début ?

— Tu as promis que tu ne te fâcherais pas, rappela Julia.

— Tu devrais peut-être t'asseoir, suggéra Tom.

Sans protester, Cindy se laissa tomber sur une chaise et se prépara à entendre les terrifiantes révélations.

— Cela ne doit pas quitter cette pièce, l'avertit Tom, en verrouillant la porte coulissante.

330

Julia prit une profonde inspiration et expulsa l'air comme si elle savourait une cigarette interdite.

— Tu le sais, il y a quinze jours, j'ai passé une audition avec Michael Kinsolving pour un rôle dans son nouveau film. Papa m'a dit que tu avais vu la cassette.

— Oui. Tu étais merveilleuse.

Julia sourit de fierté.

— Merci.

— Malheureusement, être merveilleuse ne suffit pas, reprit Tom. Il y a beaucoup trop de jeunes actrices belles et talentueuses et Julia devait trouver quelque chose qui lui donne un avantage dans la compétition, qui attire l'attention qu'elle mérite. (Il fit une pause théâtrale.) Existe-t-il un meilleur moyen pour se faire remarquer que de disparaître ?

Cindy secoua la tête. Elle devait mal comprendre. Elle devait interpréter de travers ce que son ex-mari et sa fille essayaient de lui expliquer.

— Vous voulez dire que c'était un coup publicitaire ?

— Je voulais juste avoir une chance, maman. Michael auditionnait tellement de filles ! Et d'après papa, comme il n'avait pas réalisé de succès depuis un certain temps, les studios le pressaient d'engager une actrice célèbre. Il fallait arriver à me mettre sur un pied d'égalité.

— Et tu as donc concocté cette supercherie...

— Julia devait être aussi reconnaissable que les stars qui viennent au festival, continua Tom, sans pouvoir cacher son enthousiasme. Cindy, je travaille dans le show-biz. Je sais comment marche le milieu. Nous n'avions pas d'autre choix que de trouver quelque chose de percutant. Et c'est un succès ! Bon sang, tout le monde connaît le nom de Julia à présent. L'autre soir, *Entertainment Tonight* a consacré deux minutes à l'éventualité de l'implication de Michael Kinsolving dans sa disparition. As-tu idée de la valeur d'une telle couverture médiatique ? Michael serait insensé de ne pas lui donner le rôle maintenant, et, fais-moi confiance, il n'est pas fou. Il sait reconnaître un bon filon. Le studio aussi. Et ils savent également que tout le monde aime les fins heureuses.

— Un bon filon ? répéta Cindy, stupéfaite. Une fin heureuse ?

— D'accord, Cindy. Tu es contrariée. Mais tu ne pourrais pas essayer de garder l'esprit ouvert ?

Cindy regarda sa fille, les yeux écarquillés par la stupeur. Pouvait-elle être aussi insensible ? Aussi monstrueusement égocentrique ?

— Pourquoi ne m'as-tu rien dit ? Peux-tu imaginer un instant le supplice que nous avons tous enduré ? Pourquoi ne m'as-tu rien dit ?

— On y a pensé...

— Vous y avez pensé ?

— On ne pouvait pas te le dire, jeta Tom. Tu te serais confiée tôt ou tard à ta mère et à Heather. Et Heather l'aurait répété à Duncan, ta mère l'aurait dit à Leigh et tu vois comment ça se serait terminé. Le plan ne pouvait marcher que si tu croyais sincèrement à la disparition de Julia. C'est ta fille, l'actrice de la famille, pas toi, Cindy. La police t'aurait tout de suite percée à jour.

— En plus, vous n'auriez jamais accepté, lâcha la Bécasse.

Cindy se sentit envahie par une terrible nausée.

— Mais alors, l'après-midi où nous avons été à la morgue...

— Ce n'était pas prévu au programme, je te le promets. (Tom agita les mains devant son visage comme pour chasser le souvenir.) Je ne voudrais revivre cette abomination pour rien au monde.

— Et ce qui s'est passé ensuite dans ton appartement...

— Que s'est-il passé à l'appartement ? s'inquiéta la Bécasse.

— Les personnes que la police a interrogées – Sean, Duncan, Ryan – ont eu leur vie bouleversée à cause de ce mensonge. Et Faith. Mon Dieu, pauvre Faith !

Cindy revit une fois de plus la jeune femme se jeter sous le train et entendit le choc mou du corps contre la tôle.

— Ce n'est pas ma faute si Faith s'est suicidée ! protesta Julia.

Cindy fit un terrible effort pour rester calme. Surtout ne pas hurler.

— Elle souffrait d'une dépression postnatale. Crois-tu sincèrement que son interrogatoire au poste l'a aidée ? Et qu'elle a été heureuse d'apprendre que tu avais couché avec son mari ?

332

— Et c'est la faute à qui si elle l'a appris ? demanda Tom en plissant les yeux d'un air accusateur.

— Je suis franchement désolée, reprit Julia. Mais elle était complètement givrée pour commencer. Tu ne peux pas me reprocher quoi que ce soit. On ne pouvait pas deviner qu'elle irait inventer ça.

— Vous ne pouviez pas deviner qu'elle irait inventer ça ! répéta Cindy, sidérée.

— Tu peux avoir l'amabilité de baisser la voix ! dit Tom.

— Tu peux avoir l'amabilité d'aller te faire foutre !

— Je vous avais dit qu'il ne fallait pas venir, soupira la Bécasse, en levant les bras au ciel.

— Tu n'as pas pensé aux conséquences possibles ? Il ne t'est pas venu à l'idée que les choses ne se déroulaient pas toujours comme on le voulait ? Qu'elles pouvaient finir en drame ?

— Je voulais juste être célèbre, répondit calmement Julia. L'explication était apparemment suffisante...

— Donc la fin justifie les moyens ?

Cindy contempla sa fille. Dire qu'elle aurait donné sa vie quelques minutes plus tôt pour pouvoir la serrer dans ses bras ! Mais Julia était la fille de son père, s'apercevait-elle brutalement. Elle l'avait toujours été.

(Flash-back : Julia, quatre ans, ses cheveux bouclés à la Shirley Temple sagement tressés, descendant la rue avec son père main dans la main ; Julia, huit ans, fièrement campée sur la bicyclette rutilante que son père vient de lui offrir pour son anniversaire ; Julia, treize ans, vêtue d'une splendide robe en taffetas rayé bleu et marron, posant près de son père, en smoking, avant de se rendre à la soirée annuelle Havergal « père et fille » ; Julia, l'année suivante, jetant ses vêtements dans la nouvelle valise Vuitton que son père lui a achetée, et courant le rejoindre dans sa BMW, abandonnant derrière elle son enfance... et sa mère.)

— Et qu'avez-vous prévu maintenant ? demanda Cindy, à bout de forces. Qu'avez-vous l'intention de raconter aux gens ? Que Julia a été victime d'une crise d'amnésie ?

— C'est simple. Nous leur dirons simplement que Julia a déprimé parce qu'elle pensait avoir raté son audition, qu'elle est allée se mettre au vert, le temps de s'éclaircir les idées, et qu'elle n'a pas ouvert de journal jusqu'à aujourd'hui...

— La police ne le croira jamais.

— Tu plaisantes. Ils ne voulaient pas démordre de cette idée.

— Et je suis censée cautionner le mensonge?

— As-tu le choix?

— Je pourrais dire la vérité.

— Oui, bien sûr. Mais dans ce cas, Julia sera arrêtée, sa carrière prometteuse tuée dans l'œuf, et je serai radié du barreau. C'est ce que tu veux?

Tom marqua une pause, le temps qu'elle assimile ses paroles.

— Écoute, Cindy. Pour le moment, tu es fâchée et tu as de la peine, c'est compréhensible. Tu as vécu l'enfer ces deux dernières semaines. Personne ne le sait mieux que moi. Cependant je te supplie de réfléchir et de penser à l'intérêt de notre fille.

— L'intérêt de notre fille, répéta Cindy, hébétée.

— Je t'en prie, maman. Je vais voir enfin la réalisation de mes rêves.

— Vous ne voulez quand même pas envoyer votre fille en prison! s'exclama la Bécasse.

— Je croyais que tu voulais qu'elle revienne à la maison, rappela Tom.

— Je le croyais aussi.

Il y eut du bruit dans l'escalier et Elvis fit soudain irruption dans la cuisine.

— Elvis!

Julia s'agenouilla et serra son chien contre elle.

— Comment vas-tu, mon toutou?

Heather apparut sur le seuil de la pièce.

— J'ai entendu des voix...

Elle se tut en voyant sa sœur.

— Que se passe-t-il? cria Norma du haut de l'escalier.

— Julia est revenue, s'écria Heather.

— Julia?! Leigh, réveille-toi! Julia est revenue!

La mère et la sœur de Cindy dévalèrent les marches et firent irruption dans la cuisine en pleurant de joie. Elles se précipitèrent sur Julia et la couvrirent de baisers. Quelques minutes plus tard, les trois femmes étaient assises, serrées les unes contre les autres devant la table de la cuisine, le visage stupéfait de colère et de soulagement, encore sous le choc des révélations.

— Je suis réellement désolée, leur dit Julia, qui se tenait près de son père de l'autre côté de la pièce. Je ne pensais pas que vous vous inquiéteriez à ce point.

— Quoi! Tu ne t'en doutais pas?

Sa grand-mère secoua la tête.

— Tu ne pensais pas, point final, lâcha Leigh, amère.

— Comment as-tu pu faire ça à maman? demanda Heather.

— J'ai dit que j'étais désolée!

Silence.

— Bon, dit la Bécasse. La discussion est close. Je ne vois pas l'intérêt de continuer à parler *ad vitam æternam*.

— J'appellerai les journaux à la première heure demain matin, pour leur dire que Julia est rentrée. (Tom pressa la main de Julia.) Je leur dirai que tu es prête pour les gros plans.

Julia sourit et, de sa main libre, lissa machinalement ses cheveux.

Cindy observait sa fille aînée. Toujours une enfant, malgré ses vingt et un ans. Peut-être y avait-il encore de l'espoir? Allez savoir, on pouvait penser que le temps lui apporterait une certaine maturité... À moins qu'elle reste monstrueuse. Son égocentrisme maladif lui permettrait sans doute de devenir une star et son mépris des sentiments des autres lui gagnerait l'adoration de millions de fans.

C'était bien la fille de son père.

Mais c'était également la sienne.

Cindy alla au téléphone et composa le numéro de la cinquante-troisième division.

— J'aimerais parler au responsable de garde, s'il vous plaît.

— Qu'est-ce que tu fais? s'inquiéta Tom.

— Si tu dis la vérité à la police, je nierai, menaça Julia. Je dirai que tu étais au courant depuis le début.

— C'est ridicule, cracha la Bécasse. Vous faites ça uniquement pour vous venger de moi et de Tom.

— De Tom et de moi, corrigea Heather.

— Quoi ?

— Simple question d'éducation.

— C'est incroyable ! Tom, dis quelque chose !

— Maman, s'il te plaît, supplia Julia. Je veux juste rentrer à la maison.

Cindy sentit son cœur flancher.

— Agent Medavoy, annonça une voix familière à l'écouteur.

— Ici Cindy Carver. Nous nous sommes vus l'autre nuit. Ma fille Heather...

— Oui, bien sûr. Comment va-t-elle ?

— Elle va merveilleusement bien. Oui, merveilleusement bien, répéta-t-elle, éblouie par le miracle qu'était sa fille cadette.

Toutes ces années, elle avait ignoré son éclat tranquille parce qu'elle avait été captée par le feu dévastateur de Julia. Elle avait négligé Heather, tout occupée qu'elle était à pleurer la perte de sa fille aînée. Et maintenant, Julia était de retour et prononçait enfin les paroles qu'elle n'avait jamais cessé d'attendre : *S'il te plaît, maman, je veux juste rentrer à la maison.*

C'était trop tard.

— C'est au sujet de Julia, mon autre fille, que je vous appelle.

Tout le monde retint son souffle.

— Elle est rentrée.

Cindy ferma les yeux, secoua la tête, incapable de continuer. Pouvait-elle réellement dire la vérité à la police ? Elle savait que sa fille irait en prison et que ses rêves seraient brisés. Et pour sa part, elle avait connu suffisamment d'angoisses ces deux dernières semaines pour alimenter des cauchemars jusqu'à la fin de ses jours.

— Julia est arrivée il y a une heure, comme une fleur. Elle ignorait totalement que tout le monde la recherchait.

— Merci, Seigneur ! entendit-elle soupirer la Bécasse.

Julia sanglotait de joie contre la poitrine de son père.

Cindy continua à réciter le script invisible que son ex-mari et sa fille avaient préparé, surprise de son ton très convaincant. Tom avait raison. Maintenant c'était fait, elle n'avait plus le choix.

— Merci, dit-elle au policier avant de raccrocher.

Puis elle se retourna :

— Il prévient immédiatement les inspecteurs Gill et Bartolli, ils nous contacteront demain à la première heure.

— Je ne sais pas comment te remercier, maman.

— Tu as pris la bonne décision, dit Tom.

Cindy se tourna vers la table de la cuisine, guettant un reproche dans le regard de sa mère, de la désapprobation sur les lèvres de sa sœur, de la déception sur le visage d'Heather. Mais elles pleuraient toutes les trois de soulagement. Aucune ne portait de jugement, s'aperçut-elle. Elle ne lut dans leur expression que de l'amour.

Tom embrassa Julia sur le front.

— Essaie de dormir, ma chérie. Il faut que tu aies bonne mine pour les journalistes demain matin.

Il prit la Bécasse par le coude et la conduisit vers l'entrée.

— Attendez, dit Cindy. Que va-t-elle faire maintenant ?

— Cindy, nous sommes tous épuisés. Ça ne pourrait pas attendre demain ?

— Julia ne peut pas rester là.

Les mots jaillirent de sa bouche.

Tom s'arrêta net.

— Quoi ?

— Quoi ? s'écria Julia en écho.

— Tu ne peux pas rester là.

— Je ne comprends pas.

Cindy prit une profonde inspiration, expira lentement l'air de ses poumons, avec l'impression que sa tête allait éclater.

— Je t'aime, ma chérie. Je t'aimerai toujours. Tu le sais. Et je suis sincèrement désolée. (Son regard alla de Julia à Tom, puis de Tom à Julia.) Mais je ne peux plus vivre avec quelqu'un dont le comportement me déplaît.

Les yeux de Julia se remplirent de larmes inattendues. Elle baissa la tête et ses cheveux tombèrent devant son visage comme pendant son audition avec Michael Kinsolving.

(Rêve : Julia lève la tête, les larmes roulent sur ses joues.

— Je suis désolée, dit-elle. Je t'en supplie, pardonne-moi. Je ne voulais pas te faire souffrir. Je t'aime plus que tout au monde. Je te promets d'être différente. Vraiment.)

Au bout de quelques secondes, Julia secoua ses cheveux, redressa les épaules et releva la tête. Quand ses yeux rencontrèrent ceux de sa mère, les larmes avaient disparu.

— Tant pis. J'irai chez papa.

La Bécasse écarquilla les yeux d'angoisse.

Puis-je réellement renvoyer ma fille, se demanda Cindy. Était-elle prête à la perdre, peut-être à jamais ? Elle frémit : elle l'avait perdue depuis longtemps.

Julia attendait, immobile au milieu de la cuisine, comme pour lui laisser le temps de changer d'avis.

— Bon, d'accord. Si c'est ce que tu veux ! Viens, Elvis. Nous repartons chez papa.

— Ah non ! gémit la Bécasse. Je ne veux pas que ce chien galeux revienne pisser sur mes tapis.

— Viens, Elvis ! répéta Julia, ignorant la remarque de la Bécasse.

Elvis se leva lentement de dessous la table et s'approcha de Cindy. Puis il aboya plusieurs fois et se coucha à ses pieds.

— Parfait. (Julia leva les yeux au ciel d'exaspération.) Reste là, si ça te chante.

— Merci, Seigneur ! marmonna la Bécasse.

— Ferme-la ! lança Julia.

— Ferme-la toi-même.

— Je vous en prie, mesdames, les implora Tom en les poussant vers la porte sans jeter un regard en arrière.

Cindy les suivit jusqu'au perron. Julia monta dans la voiture de son père, qui démarra et disparut au coin d'Avenue Road.

Elle était partie.

(Flash-back : Julia, quatorze ans, queue-de-cheval au vent, met sa valise dans la BMW de son père en laissant son enfance et sa mère derrière elle.)

Heather s'approcha d'elle.

— Ça va ?

— Oui.

Et Cindy se rendit compte avec stupeur que c'était vrai.

Peut-être que la blessure qu'elle avait au cœur ne guérirait jamais. Il y aurait sans doute toujours une part d'elle-même qui voudrait courir dans la rue après sa fille pour la supplier de revenir à la maison. Mais c'était trop tard. Julia n'avait plus quatorze ans. Elle était adulte maintenant. Et Dieu merci, elle était saine et sauve. Que diable, elle était indestructible !

C'était sa famille qui avait été maltraitée, meurtrie, depuis quinze jours, pensa Cindy. Elles avaient cessé de vivre et retenu leur souffle en luttant pour garder la tête hors de l'eau, en dépit du courant. Leur existence avait été bouleversée. Et tout à coup, c'était terminé. Comme ça ! Deux semaines de torture dissipées en quelques secondes.

Et pourtant ces secondes les marqueraient jusqu'à la fin de leur vie.

— Comment vous sentez-vous ?

— Fatiguée, dit sa mère.

— Épuisée, renchérit sa sœur.

— Nous devrions aller nous coucher.

— Que se passera-t-il demain, à votre avis ?

— Je ne sais pas.

— Neil doit nous apporter des petits pains, rappela Heather.

Cindy leur sourit.

— Je vous aime.

— Nous aussi, nous t'aimons, répondirent-elles à l'unisson.

Elvis se leva et la regarda d'un air impatient.

— Ne t'inquiète pas, nous t'aimons aussi, le rassura Cindy.

(Images finales : Cindy passe un bras autour des épaules de sa fille et tend l'autre pour enlacer sa mère et sa sœur ; la queue du chien lui fouette joyeusement la jambe tandis qu'elle entraîne tout le monde vers l'escalier.)

Remerciements

Une fois de plus, je tiens à exprimer mes remerciements et ma gratitude à Owen Laster, à Larry Mirkin et à Beverley Slopen pour leur indéfectible amitié, leurs conseils et leur totale ouverture d'esprit. Sachez que votre soutien m'est toujours infiniment précieux.

À ma splendide éditrice, Emily Bestler, et à son assistante Sarah Banham, pour leur travail brillant et acharné et leur dévouement. Et à l'assistant d'Owen, Jonathan Pecarsky, pour avoir toujours paru ravi de m'entendre.

À Judith Curr, à Louise Burke, à Laura Mullen, à Estelle Laurence, et aux gens merveilleux d'Atria et de Pocket, pour tout ce qu'ils font pour moi ainsi que pour leurs délicieux chocolats à Noël.

Un merci particulier à Michael Steeves de MacInfo, qui a toujours répondu à mes frénétiques appels au secours lorsque mon ordinateur voulait manger mes disquettes. Il a été carrément héroïque.

À Maya Mavjee, à John Neale, à John Pearce, à Stephanie Gowan, et au personnel de Doubleday Canada, une maison de Random House, qui m'ont vaillamment soutenue. Notre association a franchi les années et survécu à différents bouleversements dans l'édition et je suis à la fois fière et heureuse que nous soyons toujours ensemble.

Lost est le premier de mes romans à se dérouler à Toronto, ma ville natale, et je me suis aperçue en l'écrivant de tout ce que cette belle ville représentait pour moi. Je suis particulièrement reconnaissante au Dr Jim Cairns, médecin légiste de la province de l'Ontario, et à Gord Walker du temps qu'ils ont consacré à répondre à mes questions et à me faire profiter de leur savoir. Mes remerciements également au Festival international du film de Toronto, le plus génial festival cinématographique au monde, pour m'avoir servi de toile de fond et m'avoir permis de connaître des films inoubliables.

À mes lecteurs, encore merci pour vos mails, vos commentaires et votre enthousiasme. Et plus particulièrement à ceux qui viennent à mes séances de dédicace. C'est pour vous que je les fais.

Et enfin, merci à ma famille et à mes amis, et surtout à Warren, mon étonnant mari depuis presque trente ans, et à nos belles et talentueuses filles, Shannon et Annie. Sans vous, vraiment, je serais perdue.

C FIE

RELIURE LEDUC INC.